Laura Johnston
Zwischen uns nur der Himmel

Laura Johnston wuchs in Utah in einer Familie mit fünf Geschwistern und mehreren Pferden auf. Mittlerweile lebt sie mit ihrem Mann und zwei Kindern in Arizona. Die aktive Bloggerin hat mit »Zwischen uns nur der Himmel« ihren ersten Roman geschrieben, der in den USA zunächst als eBook erschien und sich dort sogleich eine große Fangemeinde eroberte.

Kattrin Stier hat Anglistik, Germanistik und Pädagogik studiert. Sie lebt mit ihrer Familie, unzähligen Büchern, vielen Musikinstrumenten, drei Kaninchen und zwei Nähmaschinen in einem alten Bauernhaus in der Nähe von München. Seit vielen Jahren übersetzt sie Bücher aus dem Englischen. Die besten Einfälle kommen ihr dabei meist am späten Abend.

Laura Johnston

Zwischen uns nur der Himmel

Roman

Aus dem amerikanischen Englisch
von Kattrin Stier

dtv

Ausführliche Informationen über
unsere Autoren und Bücher
www.dtvjunior.de

MIX
Papier aus verantwortungsvollen Quellen
FSC® C019821

Deutsche Erstausgabe
2015 dtv Verlagsgesellschaft mbH & Co. KG, München

Titel der amerikanischen Originalausgabe: ›Rewind to you‹,
2014 erschienen bei Kensington Publishing Corp., New York

Umschlagkonzept: Balk & Brumshagen
Umschlaggestaltung: Katharina Netolitzky unter Verwendung
eines Fotos von plainpicture/amanaimages
Gesetzt aus der Goudy Old Style 10,5/13˙
Gesamtherstellung: Druckerei C.H.Beck, Nördlingen
Gedruckt auf säurefreiem, chlorfrei gebleichtem Papier
Printed in Germany · ISBN 978-3-423-71647-5

Für KC

Bis zum nächsten Mal

»Also, wenn du zufällig mal wieder auf der River Street bist«, durchbricht Austin das Schweigen, »und da spätabends rumläufst und ein betrunkener Idiot dich belästigt und du jemanden brauchst, der dich auffängt ...«

Ich lächele.

Er lächelt zurück. »Dann komm doch einfach bei *River Street Sweets* vorbei.«

»Und du wirst da sein, was?«, sage ich schmunzelnd.

Der Anblick seines Grinsens macht mich ganz flatterig. »Höchstwahrscheinlich.« Er greift mit der Hand durch das offene Fenster und drückt auf den Knopf, um die Autotüren zu verriegeln, bevor er zurücktritt. »Bis zum nächsten Mal also?«

Eine hypothetische Frage, die ich mit einem Lächeln quittiere. Mit diesen fünf Worten hat sich Austin in mein Gehirn gebrannt ...

1

Sienna

Mein Blick fällt auf das Foto von Dad und mir und da bricht die Trauer über mich herein. Ganz plötzlich und fast ohne Vorwarnung. Ich kann kaum atmen. Mein Herz klopft heftig, die Handflächen werden feucht, ich sehe nichts mehr. *Was ist nur los mit mir?* Dann wird alles um mich herum schwarz.

Als schließlich die Schatten dem Licht weichen, frage ich mich, ob ich wohl tot bin, denn ich sehe ihn genauso vor mir wie vor einem Jahr. Vor dem Unfall. Wir stehen nebeneinander, ein Vater mit seiner Tochter.

»Komm, wir schließen einen Pakt«, sagt mein Dad und ein Lächeln spielt um seine Lippen und Augen. Der Duft von etwas Süßem lockt mich, bevor ich in die Realität zurückgerissen werde.

Ich schlage die Augen auf. Langsam erinnere ich mich, wo ich bin und was passiert ist – und vor allem auch, wie beschissen mein Leben ist. Wenn ich nur die Zeit zurückdrehen und diesen letzten Tag mit meinem Vater noch einmal durchleben könnte, vielleicht wäre er dann noch am Leben.

Komm, wir schließen einen Pakt.

Die Verandatür öffnet sich mit einem zirpenden Laut, wie eine Zikade, und fällt wieder ins Schloss.

»Du tust doch nur so, oder?«

Ich drehe den Kopf und sehe Spencer, meinen achtjährigen kleinen Bruder, mitsamt Batman-Cape, Stiefeln und allem Drum und Dran. »Wie – ich tu nur so?«

Spencer stützt die Hände in die Hüften und stöhnt. »Du hast nur so getan, als würdest du ohnmächtig werden.«

Ich massiere meine schmerzende Stirn. »Spencer, ich tu überhaupt nicht so, weil ich gar nicht ohnmächtig war.«

»Warst du doch! Ich hab gesehen, wie du hingefallen bist.«

»Ach wirklich? Du warst ja noch nicht mal hier.«

»War ich doch! Auf der Veranda.«

Sein Nintendo DS liegt draußen auf dem Gartentisch und bestätigt seine Behauptung. Trotz der nervenden Kopfschmerzen muss ich lächeln, weil ich mich erinnere, wie ich als Kind nach draußen gelaufen bin, um Badminton zu spielen, und mir dabei an den heißen Sommernachmittagen hier in Georgia die Füße verbrannt habe. Doch nun lässt mich der weite Blick aufs Meer und das Knarren der Verandatür meinen Vater nur umso schmerzlicher vermissen.

Ich wende mich wieder zu Spencer, der da als Batman steht, die Hände auf den Hüften, Brust raus, Kopf hoch. Das beendet meine düsteren Gedanken und ich lächele.

»Worüber lachst du?«

»Ach nichts«, sage ich, aber ein kleines Kichern entschlüpft meinen Lippen.

»Du lachst mich aus!«

Ich unterdrücke das Lächeln, weil Spencer wirklich nichts weniger brauchen kann, als ausgelacht zu werden. »Ich lache dich nicht aus. Du bist einfach nur süß, Spencer.«

»Süß?« Er speit das Wort geradezu aus, als könnte er den Geschmack nicht ausstehen.

»Sienna«, sagt meine Mutter scharf, und beim Ton ihrer Stimme versuche ich rasch, mich hinzustellen. Ich greife nach dem Nächstbesten, um mich zu stabilisieren. Eine Vase mit großen weißen Seidenblumen liegt zu meinen Füßen auf dem Boden. In diesem Augenblick löst sich die Blockade in meinem Kopf und die Erinnerung kehrt zurück. Beim Anblick des Fotos auf dem Sofatisch krampft sich mein Herz zusammen, genau wie in dem Moment, in dem ich den Raum zum ersten Mal betreten habe.

»Was ist passiert, Sienna?«

Hastig stelle ich die Vase wieder hin, die ich wohl umgestoßen haben muss. »Nichts. Alles gut.«

»Bist du gestürzt?«, fragt sie.

»Ich weiß nicht. Es ist …«

»Du weißt es nicht?«, unterbricht sie mich. »Das ist doch eine einfache Frage. Was hast du da auf dem Boden gemacht? War dir schwindelig?«

Oh, Mann. Nicht schon wieder. »Nein.«

»Schläfst du gut?«

»Ja.«

Mom schluckt, so als wäre die nächste Frage schwer zu verdauen. »Hast du … getrunken?«

»Nein.«

»Bist du gestresst?«

»Nein.«

»Hast du in den letzten fünf Tagen mal geduscht?«, wirft Spencer ein.

»Nein«, antworte ich ganz automatisch, bevor ich ihm einen bösen Blick zuwerfe. Reingelegt! Jetzt hat er es geschafft.

»Natürlich hat sie geduscht!«, ruft Mom, als wäre unregelmäßiges Duschen noch schlimmer als Alkoholkonsum von Minderjährigen.

Mit einem hämischen Grinsen tänzelt Spencer aus dem Zimmer. *Ich* bin hier nicht diejenige, deren grundlegende Hygienegewohnheiten zu wünschen übrig lassen, das wissen wir alle.

Moms forschender Blick durchbohrt mich. Ich bemerke die Autoschlüssel auf dem Tisch, und die Vorstellung, ihren Fragen zu entkommen, lockt mich in Richtung Tür. Vielleicht weil sie diesmal wirklich recht hat. Aus unerfindlichen Gründen bin ich ohnmächtig geworden, nachdem dieses Foto von meinem Dad und mir die Erinnerung wachgerufen hatte. Die Erinnerung an die letzten Tage, die wir gemeinsam als Familie verbracht haben, bevor unser Leben eine scharfe Wendung nahm.

»Entspann dich, Mom. Ich hab geduscht. Und es geht mir gut. Ich bin nur ein bisschen erschöpft, weil ich den ganzen Tag gefahren bin.«

Ihr manikürter Finger trippelt auf dem Granit der Arbeitsplatte. »Stimmt, die Fahrt war wirklich ziemlich lang. Leg dich doch ein bisschen hin. Vielleicht hat dir die Hitze zu schaffen gemacht.«

»Die Hitze?« Spencer gleitet auf Socken über den Holzboden und jongliert dabei mit einer Legokiste. Er verdreht die Augen. »Mom, das ist doch Quatsch! Sie ist sechzehn, nicht fünfzig.«

»Siebzehn«, sage ich.

»Dann eben siebzehn«, erwidert Spencer. »Und es waren vielleicht gerade mal achtzehn Grad, als wir in Virginia losgefahren sind.«

»Spencer, das reicht jetzt!«, ruft Mom scharf, und ich merke, dass es ihr schon im selben Augenblick leidtut.

Spencer wirft dem Fußboden böse Blicke zu, die aber eigentlich unserer Mutter gelten, nur eben indirekt. Er schmeißt die Kiste runter und es regnet Legosteine wie Limo aus einer durchgeschüttelten Getränkedose. Ich spüre, wie meine Mutter scharf einatmet und die Luft anhält. Na toll. Genau das, was wir jetzt brauchen.

Manchmal ist die Reibung zwischen uns dreien kaum wahrnehmbar. Dann tun wir so, als würden wir unser normales Leben leben. Aber die Spannung ist immer da und erfüllt unser Zuhause wie ein alles erstickender Smog. Als Dad noch da war, war das alles ganz anders, und ich frage mich, ob Spencer sich später noch daran erinnern wird. Wird er, wenn er erwachsen ist, überhaupt noch eine Erinnerung an unseren Vater haben?

»Entschuldige, dass ich laut geworden bin, Spencer«, sagt Mom, aber er tut schon so, als wäre sie gar nicht da. Sie hebt die Hände in die Höhe. »Dass er aber auch immer so überreagieren muss.«

Ich schaue zur Seite, wo ich wieder den stillen, medikamentös ruhiggestellten Spencer sehe, der mit seinem Lego spielt und sich windet angesichts der Tatsache, dass Mom über ihn spricht, als wäre er zu doof, das zu kapieren. Der Himmel weiß, dass sie sich alle Mühe mit ihm gibt. Aber gleichzeitig sind ihre Erwartungen an mich enorm hoch, seit man bereits in schockierend frühem Alter eine bipolare Störung und ADHS bei Spencer festgestellt hat.

»Immer«, fährt sie fort. »Ganz gleich, wie sehr ich mit ihm daran arbeite, dass …«

»Hey, Spencer«, rufe ich ihm zu. Dabei wage ich es nicht,

meine Mutter anzusehen, kann ihren scharfen Blick aber dennoch spüren. »Sollen wir morgen am Strand Ball spielen?«

Spencer sucht nach einer Antwort, während sich der Kummer in sein Gesicht gräbt. »Du kannst ja doch nicht so werfen wie *er*.«

»Sienna Nancy Owens!«, fährt meine Mutter mich an.

»Vielleicht kannst du's mir ja zeigen, Spencer. Bitte! Ich weiß, dass ich nicht so gut werfen kann wie Dad, aber ich kann es ja wenigstens mal versuchen.«

»Sienna!«, ruft meine Mutter wieder, so als wäre es bereits verwerflich, Dad gegenüber Spencer auch nur zu erwähnen.

Obwohl mich die Legosteine, die jetzt durch die Luft fliegen, eigentlich nicht überraschen sollten, zucke ich genau wie meine Mutter zusammen, als Spencer gleich noch eine Handvoll hinterherschmeißt. Wir schaffen es mit Mühe, ihnen auszuweichen.

»Hört auf!«, schreit er. Ich spüre, dass er noch mehr sagen will, doch stattdessen versetzt er der leeren Legokiste einen Tritt und rennt die Treppe hinauf. *Hört auf zu streiten!* Ich weiß, dass er das sagen wollte.

»Siehst du?«, schimpft meine Mutter. »Das kommt davon, wenn du von eurem Vater sprechen musst.«

Mich durchzuckt es heiß. Ist das jetzt etwa *meine* Schuld? Na, klar! Alles ist meine Schuld. »Dass ich Dad erwähnt habe? Du machst wohl Witze!«

Mom zerrt die Wäscheschublade auf und fängt an, die Servietten andersrum – andersrum! – zusammenzulegen. »Sei doch nicht so gedankenlos, Sienna! Footballspielen mit Dad war jeden Sommer Spencers Lieblingsbeschäftigung. Wir sind hierher auf die Insel gekommen, um einen Neuanfang zu schaffen.

So schwer es auch sein mag, wir müssen Dad hinter uns lassen und weiterleben.«

»Ihn hinter uns lassen, ja?«, sage ich. »Hier? Auf Tybee? Mom, wir sind jeden Sommer *mit Dad* auf diese Insel gefahren. Wie kannst du erwarten, dass wir jetzt herkommen und ihn einfach vergessen?«

»Ich erwarte ja gar nicht, dass du ihn vergisst!«

»Aber das hast du eben gesagt!«

»Ich hab's nicht so gemeint.« Mom knallt die Schublade zu. »Ich will nur, dass du wieder du selbst bist. Du tanzt nicht einmal mehr so wie früher. Seit einem Jahr schon wirkt es immer so, als stündest du zwar auf der Bühne, wärst aber nicht wirklich da.«

Schon wieder etwas, dass ich falsch mache. Ich nicke, nehme alles in mich auf und gehe in Richtung Tür.

»Sienna?« Mom kommt mir hinterher. »Gehst du mit Brian weg?«

Ein glückliches, wenngleich wehmütiges Gefühl flattert in meinem Bauch, doch es ist wohl nicht der Gedanke an Brian. »Vielleicht«, antworte ich, während ich meine Tasche nach meinem Handy abklopfe.

»Vielleicht?«

»Ja.«

»Prima. Du bist also bei Brian zu Hause?«

»Nein«, antworte ich mit einem Grinsen. Und genau das scheint komischerweise dieses wehmütig-glückliche Gefühl auszulösen. »Brian trifft sich mit ein paar Freunden auf der River Street.«

Ihr Mund bildet eine schmale Linie. »Du fährst nach Savannah rein? Heute Abend noch?«

»Ja. Ist das okay?«

River Street – wild und lebendig und voller Abenteuer – ist alles, was ich insgeheim liebe und was sie hasst. Aber immerhin geht es hier um Brian, den Sohn von Moms bester Freundin aus ihrer Heimatstadt in Georgia.

»Na gut«, sagt sie. »Aber bleib mit Brian zusammen. Treib dich da nicht alleine rum, ja?«

Ich schlüpfe nach draußen, und mein Magen krampft sich zusammen, als ich sehe, wie sich meine Mutter nach den Legosteinen bückt. Sie hat recht, es ist mein Fehler. *Alles* ist mein Fehler. Ich habe uns allen Dad weggenommen.

Im Laufschritt eile ich zu Moms Geländewagen. Mal abgesehen von ihrem architektonischen und kunstgeschichtlichen Interesse ist die Innenstadt von Savannah für meine Mutter der Inbegriff von Armut, Chaos und ungesundem Leben. Mein Vater hat das dagegen ganz anders empfunden.

»Auf der River Street ist alles möglich«, hatte er einmal mit seinem breiten Lächeln zu mir gesagt. Das war, nachdem ich als Kind dort einen Silberdollar gefunden hatte.

Ich stecke den Schlüssel ins Zündschloss und unterdrücke den Gedanken, dass Dad, wenn er hier wäre, gesagt hätte, ich sollte auf meine Mutter hören. Er hätte mir gesagt, ich sollte all das hinter mir lassen und nach vorne schauen; so selbstlos war er. Ich drehe den Schlüssel, der Motor erwacht brummend zum Leben und unterbricht die Stille.

»Also, schauen wir nach vorne!«, sage ich vor mich hin und fühle, wie mir diese Worte in der Kehle stecken bleiben, während ich den Schalthebel auf D stelle. Fast höre ich die Stimme meines Vaters, als ich den Kiesweg entlangfahre: *Auf der River Street ist alles möglich.*

2

Austin

Wenn das Leben dir Zitronen gibt, kauf dir 'ne Cola. Das ist mein Motto. Okay, schon gut, ich bin einfach nur ein Durchschnittstyp, der sich irgendwie durchschlägt und versucht, aus den Früchten, die mir das Leben so ins Gesicht schleudert, wenigstens eine Saftschorle zu machen.

Ich werfe einen Blick auf den Online-Kontoauszug meiner Bank. Lauter Kleinbeträge. Da dauert es schon eine Weile, bis man sich was zusammengespart hat, und es ist nicht leicht. Mein Leben hat in vielerlei Hinsicht Ähnlichkeit mit einem Football-Spiel. Viele kurze, heftige Abschnitte voller Dreck und Schweiß, einer nach dem anderen. Immer ein Stückchen näher in Richtung Tor. Manchmal kommt ein perfekter weiter Pass in meine Richtung geflogen, doch da ist immer eine wachsame Verteidigung, die mich wieder zurücktreibt. Aber heute Abend wird mir der Durchbruch gelingen.

»Bis dann«, sage ich, als ich auf dem Weg nach draußen an Onkel Mark vorbeikomme. Sein Blick klebt am Fernseher, wo ein Testspiel läuft, seine Ohren hören nichts außer dem Jubel der Menge und der Pfeife des Schiedsrichters.

»Darf ich die Fernbedienung für dich ins Klo schmeißen?« Den Spaß kann ich mir einfach nicht verkneifen.

»Ja, klar«, sagt Mark. Reingefallen. Er fischt einen lila Socken aus dem Wäschekorb und legt ihn mit einem braunen zusammen. »Mach nur.«

»Na bravo!«, ertönt Tante Debs Kommentar aus der Küche, wo sie gerade eine Lasagne aus dem Ofen holt. »Austin, mein Süßer, bring doch mal eins von deinen Mädels am Sonntag zum Essen mit. Deine Mutter wird wissen wollen, mit wem du dich hier so triffst.«

»Ja, klar.« Ich zwinge mich zu lächeln. Es ist nämlich so, dass ich meiner Mutter langsam genauso lästig bin, wie mein Dad es war. Ihr wäre es bestimmt lieber, es würde mich gar nicht geben.

Bevor ich die Tür öffne, erreicht mich noch der Duft der Lasagne und mein knurrender Magen hält mich zurück. Keiner kocht so gut wie meine Tante. Außer meiner Mom natürlich. »Du bringst mich um, Deb.«

»Bist du sicher, dass du nicht noch zum Essen bleiben willst?«

»Ich muss los«, sage ich. »Heb mir was auf.«

»Nimm bitte den Müll mit nach draußen, ja?«, ruft Deb mir hinterher.

Ich ziehe meine Baseballcap auf. Schnappe mir den Müll. »Bis dann.«

Draußen fährt eine alte Limousine vor, aus der laut Heavy Metal dröhnt. Ich werfe Debs Müll in die Tonne. Meine zwei Jahre alte Cousine ist süß, aber, Mann, ihre Windeln stinken wirklich zum Gotterbarmen.

Das Beifahrerfenster wird langsam heruntergelassen. Leo hängt seinen Arm heraus. »Yo, Bro! Was geht?«

»Ich bring nur noch schnell den Müll weg.«

»Mann, ey, lassen sie dich jetzt schon das Aa entsorgen?«

Ich lache und steige ein.

Reggie nimmt einen Zug aus seiner Zigarette. Schmeißt sie aus dem Fenster. Er dreht die Musik auf und wir cruisen durch die Stadt Reg-Style: Geschwindigkeitsbeschränkung ist ein Fremdwort für ihn.

»Also, raus damit. Was geht ab heute Abend, das so toll ist, dass du es mir nicht verraten konntest?«, frage ich, als wir uns der Altstadt von Savannah nähern.

Die beiden tauschen schweigend Blicke aus. Leo dreht sich zu mir und mustert mich von oben bis unten. Dann rümpft er die Nase. »Wie siehst du eigentlich aus, Mann?« Er wirft mir eine andere Cap zu und geht gar nicht auf meine Frage ein. »Hier, zieh die an.«

Ich werfe einen Blick auf die Kappe, irgend so ein plattes Ding mit spitzen Metallnieten und Glitzerkram, das ich nie im Leben anziehen würde. »Chic, Mann. Echt hübsch.«

»Findest du?« Leo lächelt. Er glaubt, ich meine es ernst.

Ich werfe es ihm zurück. »Wohin fahren wir?«

»Komm schon, Opa«, sagte Leo. »Du trägst deine Cap, als würdest bei den Senioren golfen. Wo bleibt dein Stolz? Außerdem hast du dein T-Shirt verkehrt rum an. Bis du blind?«

»Ist doch egal, oder? Ihr habt gesagt, da wo wir hingehen, ist es gechillt.«

»Ist es auch.«

»Komm schon, Leo. Bitte sag mir, dass wir nicht …«

»Wir gehen nur auf eine Party«, unterbricht Reggie.

»Ihr alten Lügner.«

»Was du nicht sagst.«

Sie haben mich reingelegt. Schon wieder. So viel zum Thema Durchbruch. »Hey, ich hab 'ne bessere Idee.«

»Ach ja?« Leo klingt nicht überzeugt. »Und was soll das für

eine bessere Idee sein? Irgendein blöder Film, den nur Austin Dobbs kapiert, der nebenbei trotzdem die Mädels aufreißt, weil er so ein cooler Football-Star ist, oder wie?«

Ich starre ihre Hinterköpfe an, während sie sich kaputtlachen. »Genau, ich hatte eigentlich an einen richtigen Mädelsfilm gedacht«, sage ich mit todernster Stimme.

Warum gebe ich mich mit diesen Affen ab? Gute Frage. Ich schätze mal, weil man einfach weniger Mitleid erntet, wenn man von Idioten umgeben ist, deren Leben noch viel mehr im Arsch ist als das eigene. Reggie und Leo gehören nicht zu den Typen, die alles im Leben haben. Und entsprechend haben sie auch kein Mitleid mit Leuten, denen es ebenso ergeht.

»Komm schon«, bettelt Leo. »Bestimmt ist Lindsay da und sieht wieder so heiß aus!« Er zählt jede verlockende Kleinigkeit auf. Musik, Mädchen und so weiter. Seine Miene spiegelt seine Begeisterung, so als hoffte er, dass seine Partylaune ansteckend wirken könnte. Ich nicke und tue so, als würde ich ihm zuhören. Dabei merke ich plötzlich, wie mich der zuckrige Duft von *Pralines* ablenkt, der in der Luft hängt. Eines habe ich gelernt in diesem einen Jahr, das ich nun schon in Georgia lebe: In Savannah werden mit Abstand die besten *Pralines* hergestellt. Alle möglichen Varianten von Sahnekaramell mit Nüssen bis hin zu Schokolade – einfach unvergleichlich lecker.

»Seid ihr sicher, dass ihr nicht auch Lust auf ein paar *Pralines* habt?«

Leo verzieht das Gesicht. »*Pralines*? Hast du überhaupt ein einziges Wort von dem gehört, was ich gesagt habe?«

»Nicht wirklich.«

Er stöhnt genervt auf. »Wo ist dein Problem mit Partys, Alter? Manchmal benimmst du dich echt wie dein eigener Großvater.«

»Komm schon. Alle Partys sind gleich«, sagte ich. »Ein Haufen Möchtegerns, die so tun, als würden sie sich amüsieren.«

»Wovon redest du?«, sagt Leo. Er zieht eine Plastiktüte aus der Tasche und lässt sie über seine Schulter baumeln. »Wir *werden* uns amüsieren!«

Schweigend wende ich den Blick ab. Dazu fällt mir nichts mehr ein. Gar nichts.

Meine Augen schweifen über die Backsteingebäude draußen und ich lausche dem Gerumpel eines Reisebusses hinterher, der nach einem Halt wieder auf die Straße einbiegt und langsam Fahrt aufnimmt. Ein Mann rennt hinterher und versucht, ihn mit einem Schirm wedelnd zum Stehen zu bringen. Der arme Kerl wird den Bus nie einholen. Ich schaue überallhin, nur nicht auf das Tütchen mit Gras in Leos Hand. Das erinnert mich plötzlich wieder an den Grund, warum meine Mutter mich überhaupt nach Savannah geschickt hat, und es macht mich traurig.

»Halt an.«

Trotz Reggies lauter Musik liegt ein drückendes Schweigen in der Luft.

»Was?«, fragt Leo.

»Halt an.«

Reggie deutet auf die dicht stehenden Reihen von Autos. »Anhalten? Hier?«

Ich tippe gegen das Fenster. »Ja, genau hier.«

»Musst du mal pissen, oder was?«, scherzt Leo.

»Nee«, murmelt Reggie. »Er will sich verpissen.«

»Verpissen?«

»Absolut!«, bestätige ich.

»Hey, wir ham ja nix dagegen, wenn du nicht auf das Zeug stehst. Aber wir wollen auf diese Party«, sagt Leo.

»Und ich hasse Partys.«

»Warum musst du alles hassen, Mann?«

»Ich hasse gar nicht alles«, sage ich. »Ich will da einfach nicht hin, kapiert?«

»Bestimmt ist Lindsay auch da.«

»Lindsay und ich haben Schluss gemacht.«

»Bestimmt ist sie da und tanzt wieder so geil.«

Von diesem Typ krieg ich echt Kopfweh. »Ich tanze nicht, Alter!«

»Stimmt doch gar nicht. Ich hab dich schon tanzen sehen. War gar nicht *so* schlecht.«

»Halt. Einfach. An.«

Reg tritt auf die Bremse, als die Ampel von Gelb auf Rot schaltet. »Wo willst du hin?«

Ich strecke die Hand nach dem Türgriff aus. »Keine Ahnung, vielleicht ... vielleicht schau ich mir einfach das Feuerwerk an«, sage ich, weil mir gerade wieder einfällt, was für ein Tag heute ist.

»Feuerwerk?«

»Genau. Ich hol mir irgendwo an der River Street ein Eis und such mir dann eine Bank. Da setz ich mich dann mit meiner Opa-Mütze hin, um mir mit einer netten alten Dame zusammen das Feuerwerk anzusehen.«

Beide kichern und prusten dann los. »Du willst ein Eis?«, fragt Leo und lässt wieder das Zeug vor meinem Gesicht baumeln. »Ich hab hier was viel Besseres als Eis, Alter.«

Ich schubse seine Hand nach unten und blicke mich rasch um. »Runter damit. Am besten schaust du, wie du das schnellstmöglich los wirst.«

Leo verzieht das Gesicht. »Ist dir klar, wie teuer das Zeug war, Opa?«

»Zu teuer. Offenbar habt ihr nicht mehr viel Hirn übrig, das ihr euch noch wegpusten könnt, also lasst es lieber gleich bleiben.«

Reg dreht sich um. »Okay, jetzt hör mal zu, Austin. Du chillst jetzt und kommst mit zu der Party. Du musst nichts davon probieren und wir halten uns zurück. Einverstanden?«

Ich richte den Blick auf den Sonnenuntergang. Etwas in mir lockt mich nachzugeben. Zu der Party zu gehen. Mich neben Lindsay setzen, den Arm um sie legen und die Vergangenheit vergessen. Vielleicht sogar dem Beispiel von Reg und Leo folgen und den ganzen Mist ertränken mitsamt der harten Wahrheit, wie verkorkst meine Familie ist. »Austin?«, fragt Reg noch einmal.

Meine Finger gleiten über den Türgriff. Ich zögere nie. Niemals. Ich analysiere die Verteidigung, erkenne Lücken in der Deckung, drehe mich kurz um und fange den Ball, bevor ich mich in Sekundenschnelle explosionsartig von der Startlinie wegbewege. Das ist das Einzige, was ich wirklich gut kann.

Und doch sitze ich jetzt hier und zögere. Ganz gleich, was ich sage, Leo und Reg werden das durchziehen. Die beiden sind voll okay. Manchmal so dumm wie Brot und man darf sich von ihrer etwas ruppigen Art nicht täuschen lassen, aber eigentlich sind sie total in Ordnung, wie eigentlich die meisten Menschen.

»Austin?«, fragt Reg noch einmal. »Bist du dabei?«

Meine Hand liegt wie erstarrt auf dem Türgriff. Dann schaltet die Ampel von Rot auf Grün und die Zeit ist abgelaufen. Normalerweise glaube ich nicht an so etwas wie Schicksal. Aber als ich jetzt endlich einen Entschluss fasse, habe ich das seltsame Gefühl, dass dieser Entschluss mein Leben für immer verändern wird.

3

Sienna

Ich sollte nicht hier sein, und schon gar nicht alleine. Ich checke mein Handy. Noch immer keine Antwort von Brian. Mit einem Blick auf die untergehende Sonne mache ich mich trotzdem auf den Weg in Richtung River Street. Zu Fuß. Alleine.

Meine Mutter würde ausflippen.

Das schwindende Sonnenlicht fällt durch die ausladenden Zweige der Eichen. Ich scrolle durch die Kontakte auf meinem Handy und drücke auf Anruf. Die wohltönende Stimme zaubert ein Lächeln auf mein Gesicht, bis mir klar wird, dass es nur seine Mailbox ist.

Yo, hier ist Kyle. Peace, Leute.

Ich kann mich gut an Kyles Grinsen erinnern, als er mir zum ersten Mal während Mathe eine SMS geschickt hat.

Hey. Du gefällst mir. Hast du nachher Zeit?

Hatte ich mir je vorstellen können, dass wir drei Jahre später, nach unserem Highschool-Abschluss, immer noch zusammen sein würden?

Ich hinterlasse eine kurze Nachricht, stecke das Handy in meine Handtasche und versuche, nicht auf die Schatten um mich herum zu achten, während ich durch den Emmet Park laufe.

Wenn es nach Mom ginge, dann bliebe ich auch während der gesamten College-Zeit mit Kyle zusammen und würde ihn anschließend heiraten. Im Ernst. Sie fährt voll auf seine Eltern ab: charmant, angesehen, wohlhabend – die perfekten potenziellen Schwiegereltern, zumindest in ihren Augen. Sich in Kyle zu verlieben, war nicht schwer. Sich dann im vorletzten Highschool-Jahr wieder von ihm zu trennen, war dagegen wie während eines Hurrikans schwimmen zu gehen. Aber irgendeine Kraft zog uns nach dem Tod meines Vaters wie Magnete an und brachte uns wieder zusammen.

Erleichtert seufze ich auf, als ich aus dem Park herauskomme und mich unter die Touristenschwärme mische, die von Geschäft zu Geschäft drängen. In meiner Handtasche vibriert es und ich hole mein Handy heraus. »Hallo?«

»Sienna?«, brüllt Brian in dem Versuch, die laute Musik an seinem Ende zu übertönen.

Mit Brian bin ich schon befreundet, solange ich denken kann. Er könnte auch mein älterer Bruder sein, so nahe stehen wir uns. Unsere Mütter sind zusammen in Georgia aufgewachsen, dementsprechend wäre Brian für meine Mutter die zweitliebste Lösung. Mein Leben ist wie ein Navigationsgerät mit einem vorprogrammierten Ziel (und meine Mutter ist die Stimme, die sagt: »Die Route wird neu berechnet«, sobald ich vom Weg abweiche). Langweilig, aber leider wahr.

»Hi, Brian!«

»Wo steckst du?«, fragen wir beide genau gleichzeitig.

Ich muss lächeln. »Du bist auf der River Street, stimmt's?«

»Nee, leider doch nicht. Sorry. Wir sind auf einer Party bei …« Brians Stimme wird von Rauschen abgeschnitten.

»Willst du herkommen?«, kann ich schließlich verstehen. »Du könntest hier die Tanzfläche ein bisschen aufmischen.«

»Wohin?« Meine Stimme hallt wider wie ein ständig unterbrochenes Echo. »Brian?« Ich halte das Handy in die Höhe, in der Hoffnung, dass der Empfang dort besser ist, tänzle mit dem Handy um eine Parkbank herum und ziehe damit garantiert ein paar schräge Blicke auf mich.

»Echt jetzt, du musst einfach kommen …«, sagt Brian, bevor erneut das Rauschen einsetzt. Ich schüttele das Handy und fühle mich wie ein Idiot auf der verzweifelten Suche nach Gesellschaft.

Bei näherem Nachdenken fällt mir dann aber ein, dass ich schon im Herbst auf dem College sein werde und es dann keine friedlichen Augenblicke wie diesen mehr geben wird. Dann wohne ich mit meiner besten Freundin Haylee in einer Wohnung in der Nähe der Uni, direkt um die Ecke von Kyle.

»Hallo, hallo. Bist du noch dran?«, fragt Brian. »Wo steckst du denn jetzt?«

»Auf der River Street«, antworte ich.

Schweigen. »Allein?«

»Komm schon, Brian. Wenn mir jemand zu nahe kommt, dann Wusch, Bäng, Zack, Bumm.« Es ist kaum zu glauben. Wörter wie »Wusch, Bäng, Zack, Bumm« machen sich in meinem Wortschatz breit – ein Beweis dafür, dass ich auf der Fahrt durch drei Bundesstaaten zu lange neben einem Achtjährigen im Auto gesessen habe, der von Action-Figuren besessen ist.

»Soll ich kommen und dich holen?«, fragt Brian.

»Was? Nein.« Fast muss ich lachen, als ich mir sein besorgtes Gesicht vorstelle, wie ein älterer Bruder, der seine kleine Schwester beschützen will. »Das ist total lieb von dir Brian, aber mir geht es gut. Viel Spaß bei deiner Party.«

»Du kommst also nicht?«

»Sorry, nein.«

Brian seufzt. »Okay.«

Mich zwickt das schlechte Gewissen, als ich seine Enttäuschung spüre. »Wir sehen uns dann morgen, ja?«

»Echt?«, sagt Brian mit einem hoffnungsvollen Unterton in der Stimme. »Wie wär's, wenn wir zusammen zum Strand gehen und uns am Pier ein Hotdog reinziehen?«

»So einen richtig fetten, bei dem meine Mutter die Krise kriegen würde, wenn sie wüsste, dass ich das gegessen habe?«

»Genau.«

Ich lache. »Abgemacht.«

Die Musik im Hintergrund verschluckt seine Worte und unser Gespräch findet ein plötzliches Ende. Ich schmeiße das Handy wieder in die Handtasche und holte tief Luft. Dabei steigt mir der zuckrige Geruch von Vanille und Pekannüssen in die Nase. Der typische Duft der River Street.

Komm, wir schließen einen Pakt.

Die Worte meines Vater, die ich gehört habe, als ich ohnmächtig wurde, kommen mir wieder in den Sinn. Aber was war das noch mal für ein Pakt? Ein scharfer Schmerz durchbohrt mein Herz, als ich denke: *Ich fange schon an, ihn zu vergessen.*

Ich bemühe mich, diese Gedanken beiseitezuschieben und mich an den einfachen Dingen zu erfreuen: am Gezwitscher der Vögel, an einem Künstler, der den Savannah River malt, an einem Paar Schuhe, das ich mir gerne kaufen würde. Aber dabei trete ich in einen frisch ausgespuckten Kaugummiklumpen, ein Vogel kackt mir auf den Kopf, als wäre ich eine Schießbudenfigur, und bald schon muss ich zugeben, dass sich dieser Ausflug zur River Street nicht wirklich gelohnt hat. Während ich durch den Park zu meinem Wagen zurückgehe und mein einer Absatz bei jedem Schritt am Pflaster kleben bleibt, wird es langsam dunkel. Das Licht der Straßenlaternen wirft Schatten um mich herum. Ich lenke mich mit meinem Handy ab und bemerkte eine SMS von meiner Mutter.

Kannst du auf dem Heimweg ein paar Schokopops mitbringen? Hab ich vergessen. Am besten gleich eine Großpackung.

Oh, Mann. In unserem Wohnzimmer herumfliegende Legosteine sind gar nichts im Vergleich zu dem, was los sein wird, wenn wir keine Schokopops mehr haben. Aber das kann ich Spencer wirklich nicht verdenken. Ohne seinen regelmäßigen Protest würde uns unsere Mutter jeden Morgen eine Schüssel warmen Getreidebrei samt einem grünen (besser gesagt Gras-) Smoothie zum Frühstück servieren.

Erleichterung macht sich in mir breit, als ich die Steinstufen sehe, die zu der Straße hinaufführen, in der ich den Wagen geparkt habe. Siehst du, Mom, kein Grund, dir Sorgen zu machen, denke ich zufrieden.

Den scharfen Pfiff aus der Dunkelheit registriere ich gar nicht richtig, bis sie mir unter dem Dämmerlicht der Straßenlaterne entgegentreten. Es sind zwei. Mir entfährt ein leiser Schrei.

»Na, Süße«, säuselt der eine und zwinkert mir zu. »Lust auf einen kleinen Spaziergang?«

Oh, bitte. Schon beim ersten Wort kann ich den Alkohol in seinem Atem riechen.

Ich weiche einen Schritt zurück und bin selbst überrascht, wie schnell ich mir ein erstes Bild der beiden mache. Knapp 1,80 m der eine, schlabbriges T-Shirt und er stinkt nach viel zu viel Aftershave. Der andere ist locker über dreißig, auch wenn er mit seinem fusseligen Schnurrbart eher wie vierzehn aussieht.

»Entschuldigung«, sage ich und mache Anstalten, um die beiden herumzugehen, doch sie treten zur Seite und versperren mir den Weg.

Stinker boxt Fusselbart spielerisch gegen den Arm. »Ey Mann, die Dame möchte nicht gestört werden.«

Ich nehme das als kleinen Hoffnungsschimmer. Es scheint doch noch Kavaliere zu geben auf dieser Welt, denke ich, kurz bevor er in Gelächter ausbricht. Ich mache einen großen Bogen um sie herum.

»Ach, komm schon, Baby. Wir wollen doch nur spielen. Willst du dich nicht ein bisschen amüsieren heute Abend?«

Ich mache einen großen Schritt über eine matschige Pfütze. »Definitiv nicht.«

Als ich wieder nach vorne schaue, stehen sie schon vor mir und versperren mir wieder den Weg. Ich blicke mich um auf der Suche nach Hilfe. Nach irgendjemandem. Die Angst schlägt mir wie eine Steinschleuder gegen meine Brust.

Ich halte mein Handy fest umklammert und mache mich bereit, loszurennen und einen Notruf abzusetzen, wenn es sein muss. Doch wen soll ich anrufen? Meine Mutter? Unmöglich. Brian würde mir natürlich zu Hilfe eilen, aber anschließend würde er sich göttlich über mich amüsieren, weil ich ihm doch eben erst versichert habe, dass ich alleine zurechtkomme. Und Kyle ist Tausende von Meilen entfernt. Ich könnte natürlich die Polizei rufen, doch das erscheint mir im Augenblick reichlich dramatisch.

Eine Gruppe von Leuten geht in Hörweite durch den Park, aber sie werden von Lachanfällen geschüttelt (vermutlich sind sie genauso besoffen wie diese beiden hier) und merken überhaupt nicht, in was für einer blöden Lage ich mich befinde, und im Ernst, ich werde schon alleine damit fertig. Ich schiebe den Riemen meiner Handtasche auf der Schulter zurecht und stemme eine Hand in die Hüfte, um mich ein bisschen aufzuplustern.

»Hört mal«, sage ich und hoffe, dass ich dabei nicht so verunsichert aussehe, wie ich mich fühle. Fusselbart legt mir den Arm um die Schulter und mir läuft es kalt den Rücken hinunter.

Ich schubste seinen Arm weg. »Hände weg, Fusselbart.« Aus Versehen entschlüpft mir der Spitzname.

Er lacht amüsiert. »Oho, die traut sich was.«

Wusch, Bäng, Zack, Bumm? Was für ein Witz. Ich balle eine Hand zur Faust und überlege, wie viel Schaden ich damit wohl anrichten könnte. Gleichzeitig halte ich meine Handtasche noch fester umklammert und wünschte, ich hätte Pfefferspray oder einen Schirm oder wenigstens High Heels, die ich als Waffe schwingen könnte. Aber wenn ich einfach laut schreie, dann wird das bestimmt jemand hören.

»Komm schon, Süße. Wir wollen doch bloß ein bisschen Spaß haben«, lallt Stinker.

»Ich aber nicht, also lasst mich jetzt endlich durch.«

Fusselbart seufzt. »Och, dann verpasst du ja das Feuerwerk.«

Feuerwerk. Wie erstarrt blicke ich durch die beiden hindurch, während eine unterdrückte Erinnerung gewaltsam von meinem Denken Besitz ergreift. Ich bin wie in Trance. Sprachlos. Gelähmt. Nehme alles um mich herum nur noch wie betäubt wahr.

Bitte nicht. Bitte kein Feuerwerk! Trotz der schwülen Luft bildet sich eine Gänsehaut an meinen Armen, während die entsetzliche Erinnerung nach oben steigt. Als ein lauter Knall meine Ohren trifft, zucke ich zusammen. Ein Lichtblitz erhellt alles und wirft einen roten Schein auf die Gesichter der beiden Männer. Ich schaudere und wage einen Blick auf die fallenden Funken.

Heute ist Freitag, der 5. Juni. Jeden ersten Freitag im Monat erstrahlt ein Feuerwerk am Himmel über der River Street. Über mir zerbersten die Feuerwerkskörper, eine Explosion von Farbe. Es donnert, knistert, zischt. Genau wie in jener Nacht vor fast einem Jahr am 4. Juli, dem Nationalfeiertag. Wir hätten damals eigentlich hier in Georgia sein sollen, doch meinetwegen waren wir das nicht.

Ich sehe uns vor mir, meinen Dad und mich in dem Jeep an jenem Abend. Die Erinnerung trübt meine Sicht. Das Feuerwerk damals war so heftig, dass ich fast spüren konnte, wie es meinen Jeep zum Wackeln brachte, während mein Dad und ich über die Brücke rasten und nicht bemerkten, wie eines der beiden Motorräder, die uns überholten, uns den Weg abschnitt.

Instinktiv riss ich das Steuerrad herum. Viel zu weit. Ich erhaschte gerade noch einen Blick auf die beiden Motorradfahrer, bevor unser Jeep zur Seite kippte, sich überschlug, gegen das Geländer krachte und dann …

Später hieß es, wir wären beim Überschlag auf das Geländer gestoßen und dann direkt darüber hinwegkatapultiert worden und so außer Sichtweite jedweder Augenzeugen geraten. Ich selbst kann mich erst wieder an den Augenblick erinnern, als ich aufwachte, weil mir Wasser in den Mund drang, während der Fluss unseren Jeep verschluckte und die Windschutzscheibe dem Druck nicht mehr standhielt. Das Wasser spülte so schnell herein, dass ich nicht einmal mehr Luft holen konnte.

Der scharfe Geruch des Feuerwerks erfüllt die schwüle Luft,

so dicht, dass ich ihn beinahe schmecken kann. Kalter Schweiß dringt mir aus den Poren, genau wie vorhin, als ich das Bild von meinem Vater und mir betrachtet habe und anschließend ohnmächtig geworden bin.

Kleine Punkte fangen an, durch mein Gesichtsfeld zu kreisen. Ein dumpfes Gefühl von Taubheit kriecht meine Arme hinauf und hinab.

Nicht schon wieder.

Dieser bescheuerte Ausflug zur River Street ist nicht nur eine Zeitverschwendung, sondern die reinste Katastrophe. Ich spüre, wie sich eine Hand fest um meinen Arm schließt, aber die Worte und das Gelächter sind ebenso verschwommen wie meine Sicht. Sie zerren mich weiter. Ich atme zitternd ein. »Lasst mich in Ruhe!«

Ich kämpfe gegen sie, doch das Blut weicht aus meinem Kopf und aus meinen Armen und Beinen und macht jeden einzelnen Muskel kraftlos. Ich bin ein albernes, hilfloses Prinzesschen, das nichts zu seiner eigenen Rettung beitragen kann.

»Lasst mich los!« An meiner schrillen Stimme merke ich, wie viel Angst ich habe. Die Sekunden vergehen und ich weiß, dass ich alleine bin.

Aus dem Augenwinkel nehme ich undeutlich wahr, dass sich eine weitere Gestalt nähert, offenbar jemand, der mich gehört hat. Nach meinem Schrei lässt Fusselbart von mir ab, aber dieser Retter in der Not zerrt ihn dennoch fort und stößt ihn zu Boden.

»Hey!«, protestiert Fusselbart und rappelt sich wieder auf. Stinker kommt seinem Kumpel zu Hilfe, packt den Retter am Hemd und brüllt ihm etwas ins Gesicht. Neben diesem Kerl sehen Fusselbart und Stinker aus wie Zwerge. Ich versuche, das Gleichgewicht wiederzuerlangen, sodass ich diesen Heiligen sehen kann, der mir hier zu Hilfe eilt, aber ich kann an seinen verschwommenen Umrissen nur erkennen, dass er groß und kräftig gebaut ist und eine Baseballcap trägt.

Ich fasse mich am Kopf und versuche, mich zusammenzureißen. Ich bin ganz außer Atem und sauer darüber, wie schwach ich mich fühle, wie hilflos. Wütende Stimmen über mir, knapp und scharf. Das Letzte, was ich noch sehe, bevor meine Beine unter mir nachgeben, ist, wie schnell Fusselbart zu Boden geht, nachdem mein Baseballcap-Held ihm eine verpasst hat.

Mein Dad. Obwohl es jeder Vernunft widerspricht, er muss es sein. Dieses Gefühl von Sicherheit und Geborgenheit. Seine Arme, die mich gerade noch erwischen, bevor ich auf dem Boden aufschlage. Er beugt sich über mich und hält mich umfangen.

»Alles okay mit dir?«, ertönt seine Stimme wie ein Echo, kaum hörbar und rasch verhallend.

Dann wird alles von einem hellen Licht verdrängt.

»Alles okay mit dir?«

Beim Klang seiner Stimme krampft sich mein Herz zusammen und mein Kopf schießt in die Höhe. Das blendend helle Licht weicht der Szene vor mir und ich kann ihn jetzt deutlich sehen.

Es ist mein Dad.

Der Anblick seiner tiefen, liebevollen Augen verschlägt mir die Sprache.

Dad deutet auf mein Bein. »Alles okay mit dir?«

Ich schaue nach unten und spüre jetzt erst den Schmerz. Frisches Blut tropft aus einem Schnitt an meinem Bein.

»Oh. Ja, schon …« Meine Stimme versagt. Ich räuspere mich, während die Schwerelosigkeit dieses Augenblicks allen Schmerz des vergangenen Jahres fortsaugt.

Er ist hier. Mag ja sein, dass das alles nur ein Traum ist, aber er ist hier – mein Dad, hinter unserem Haus in Richmond, mit einer Schaufel in einer Hand und einem Glas Apfelsaft in der anderen.

Genauso habe ich ihn auch vor mir gesehen, als ich heute am frühen Abend im Strandhaus umgekippt bin. Ein Hauch von Apfelsaft steigt mir in die Nase, die perfekte Mischung von süß und sauer, und schon ist alles wieder da. Wie vorhin hält er auch jetzt den frisch gepressten Saft von den Äpfeln unserer eigenen Bäume in den Händen. Der Duft ist unglaublich lebendig. Aber wie kann ich zweimal am Tag denselben Traum haben?

Er nimmt einen Schluck, seufzt zufrieden und reicht mir das hohe Glas. Ich blicke mich in dem Garten um, in dem wir stehen. Unser Garten, wo ich früher meine Puppen nach draußen geschleppt habe, um mit ihnen Kaffeekränzchen zu spielen. Hier draußen durfte ich im Matsch spielen, ohne dass meine Mutter dagegen protestieren konnte. Unser Grundstück war immer gepflegt und lieferte eine reiche Ernte. Ich habe nie verstanden, wie Dad das machte. Leben und Glück schienen in seiner Nähe zu gedeihen, und das fehlt mir.

Ich blicke nach unten auf meine erdverkrustete Schaufel, und dabei fällt mir plötzlich wieder ein, dass ich mich damals mit meiner Schaufel am Schienbein verletzt habe. Erinnerungsfetzen flattern herbei, Stück um Stück fügen sie sich zu einem Bild zusammen. Dieser Augenblick im Garten hat sich wenige Stunden vor dem Unfall ereignet. Wie konnte ich das vergessen?

Ich lächele. »Wenn wir nicht ein klein wenig leiden, dann können wir uns später nicht erinnern, weißt du?«

Dad lächelt zurück und reicht mir wieder den Saft.

Kühle Flüssigkeit rinnt mir beim Trinken durch die Kehle, ebenso erfrischend wie die Erinnerungen, die sie hervorruft. Mir fehlen die Worte, ich bin überwältigt von dem, was geschieht. Ich lehne mich gegen den Zaun und beschließe, dieses Wunder einfach zu genießen.

Dad wendet den Blick in Richtung der untergehenden Sonne, die gerade noch durch die dichten Bäume zu sehen ist. »Weißt du, Sienna, es gibt nicht so viele Augenblicke wie diesen.«

Ich nicke, denn was immer hier gerade geschieht, es ist jedenfalls nicht normal. Aber es fühlt sich so echt an. Ich wünschte, es würde für immer so bleiben.

»Komm, wir schließen einen Pakt«, sagt er, und ich komme mir vor, als wäre ich wieder sieben und würde mich mit meiner besten Freundin verbünden. »Lass uns diesen Augenblick in unserer Erinnerung bewahren, ja?«

Der Pakt. Ich blicke mich um, und es fällt mir nicht schwer, die Schönheit dieses Ortes in meine Erinnerung aufzunehmen: der mehrstufige Brunnen, die Apfelbäume, die umrankten Pfosten unseres Gartenhäuschens. Schließlich nicke ich.

»Und wenn mal harte Zeiten kommen«, sagt er, »dann können wir uns diesen Augenblick ins Gedächtnis rufen und uns daran erinnern, was für ein wunderbarer Tag das war.«

Mir schnürt sich die Kehle zu bei dem Gedanken, wer an jenem Abend am Steuer saß: *Ich.* »In Ordnung. Der Pakt gilt.«

Ich bin so auf meinen Dad fokussiert, dass ich zunächst gar nicht bemerke, wie ein weißer Punkt durch mein Gesichtsfeld huscht, dann zwei, drei. Das Bild meines Vaters verschwimmt und mich überkommt ein heftiges Gefühl von Übelkeit, während ich von ihm und von der gesamten Szene im Garten fortgerissen werde.

»Kannst du mich hören?«, fragt jemand. Ich spüre eine Hand auf meiner Schulter und eine weitere, die meinen Kopf stützt. In vollkommener Verwirrung schlage ich die Augen auf und nehme die unscharfen Umrisse einer Figur wahr, die sich über mich beugt. Und die Baseballcap.

»Hey, da bist du ja«, sagt derjenige, der mich da hält, und in seiner tiefen Stimme schwingt Erleichterung mit. Mein Herz krampft sich zusammen, als mir klar wird, dass es nicht mein Vater ist. Der Schwindel geht zurück, mein Körper ist wieder in der Gegenwart angekommen. Außer einem pochenden Schmerz in meinem Kopf fehlt mir nichts. Auch mein Schienbein ist unverletzt.

»Uah.« Ein unschöner Laut entfährt meinen Lippen, während die Übelkeit nachlässt. Ich blinzele und mir fällt ein, dass ich nach Hause muss. Ich versuche, mich aufzusetzen, doch noch bevor mir das gelingt, hebt er mich einfach in die Höhe. Verblüfft suche ich nach Halt, indem ich mich an seine Schultern klammere. Und *oh mein Gott*. Ich spüre seine Muskeln unter meinen Fingerspitzen und ziehe meine Hände zurück, was ich sogleich wieder bedauere.

Ich mache den Mund auf, um ihm zu sagen, dass ich selbst laufen kann, aber dann bemerke ich seine kräftigen Gesichtszüge, das kantige Kinn, und die Verbindung zwischen meinem Denken und meinem Mund löst sich in nichts auf. Mein Blick wandert über seine Lippen zu seinen Augen, dann spielt mein Herz verrückt und setzt einen Schlag aus. So unglaublich blaue Augen, wie ich sie noch nie gesehen habe, erwidern meinen Blick, und ich verliere dabei nicht nur den Faden meiner Gedanken, sondern auch jegliche Kontrolle über meine Gesichtszüge.

Einer seiner Mundwinkel hebt sich zu einer Art Grinsen

in die Höhe, wobei sein Gesicht nur wenige Zentimeter von meinem entfernt ist. Sein Blick wandert von meiner Stirn bis zu meinem Kinn, um schließlich bei meinen Lippen innezuhalten, bevor er mir wieder in die Augen schaut. Er zieht eine Augenbraue hoch. »Alles okay mit dir?«

»J-j-ja.« Meine Stimme hört sich eher an wie das Quaken eines Frosches. »Alles gut. Danke.«

»Sicher?«

»Mm-hm.« Noch ein Versuch, meine Stimme wieder unter Kontrolle zu bekommen. Ich probiere, den Flirt-Modus zu aktivieren, und setze mein strahlendstes Lächeln auf, während ich ihm versichere: »Der Boden kann gut alleine gehen.«

Er grinst.

»Ich meine. *Ich* kann gut alleine gehen. Auf dem Boden. Du kannst mich absetzen.« Ich beiße mir auf die Zunge, bevor ich noch mehr Blödsinn rede.

»Na gut«, sagt er zweifelnd. Etwas an der Art, wie er mich hält, und an der Dreistigkeit seines Blicks signalisiert mir, dass ich mich vorsehen sollte.

»Mir geht es gut. Versprochen.«

Endlich setzt er mich ab. Aus seinen Armen befreit, kann ich wieder vernünftig denken und ihn mir in Ruhe anschauen. Dunkles Haar, das unter dem Rand seiner Baseballcap hervorlugt. Dickes Haar. Mindestens 1,90 m. Ein Traumtyp. Zwar bin ich jetzt aus seiner Umarmung befreit, aber mein Herz rattert noch immer so schnell, dass ich befürchte, gleich wieder in Ohnmacht zu fallen, oder was immer da gerade geschehen ist.

Er sieht, wie ich schwanke. »Bist du sicher, dass es geht?«

Ich nicke, auch wenn ich mich fühle wie eine Primaballerina, die soeben von der Bühne gestürzt ist. »Wo sind diese … äh … diese Typen abgeblieben?«

»Die Loser von eben?«, fragt er.

Ich nicke.

Er lächelt. »Die sind abgehauen.«

Kein Wunder. Ein weiterer Blick auf seine – ähem – *einschüchternde* Erscheinung erklärt auch, warum. Er sieht heiß aus, okay, so heiß, dass es schon fast ungerecht ist. Und dummerweise muss er sich auch selbst drüber im Klaren sein. Er ist einer von *dieser* Sorte. Er scheint sich über mich lustig zu machen, so als könnte er an meiner Miene ablesen, wie faszinierend ich ihn finde. Ich kann derweil den Blick nicht von seinen blauen Augen wenden und ich fühle mich dabei wie ein Patient beim Zahnarzt nach einer allzu hoch dosierten Betäubung.

Ich fahre mir mit einer Hand durch die Haare und dabei fällt mir plötzlich die Vogelkacke dort wieder ein. Und das Kaugummi an meinem Schuh. Das wird ja immer besser.

Dann zucke ich zusammen, als ich neben meinem Kopf einen Schwarm Mücken bemerke, von denen mir eine direkt ins Auge fliegt.

»Was zum …«, murmele ich.

»Alles okay?«, fragt er. Schon wieder.

»Ja«, lüge ich und beuge mich blinzelnd nach vorne. Dabei mache ich einen Schritt rückwärts direkt in die Matschpfütze hinter mir. Da gibt es nur eine Maßnahme – Anweisung an mich selbst: *Abmarsch! Sofort!*

Ich rufe mir den eigentlichen Plan in Erinnerung: Schokopops kaufen und anschließend nach Hause fahren. Während mein mückenfreies Auge zwischen diesem tollen Typen und dem Feuerwerk im Hintergrund hin- und herspringt, mache ich mich zum Aufbruch bereit. Ich habe immer einen Plan. Mein Leben ist eine vorprogrammierte Route von A nach B, sicher und vorhersagbar. Vielleicht bin ich deswegen noch nie von ihr abgewichen.

»Danke«, sage ich und wende mich nun wirklich zum Gehen. Allerdings nicht ohne mir noch einen letzten Blick auf sein Gesicht zu gönnen. Mein Magen schlägt Purzelbäume, als ich merke, dass er mich ansieht. Unverwandt. Und zwar keineswegs abschätzig nach dem Motto *Was-bist-du-denn-für-eine-bekloppte-Tussi-dass-du-nicht-mal-heil-von-der-River-Street-wegkommst*. Nein, sein Blick fühlt sich gut an und hält meine Füße wie festgeklebt an Ort und Stelle. Das Blut schießt mir in die Wangen und gegen meinen Willen verziehen sich meine Mundwinkel nach oben.

Mit einem unsagbar gewinnenden Lächeln, das ihn vermutlich viel Übung gekostet hat, streckt er die Hand aus: »Ich bin Austin.«

4

Austin

Pralines haben mich noch nie in die Irre geführt.

Dieses Mädchen hier ist heiß. Nein, streicht das. Sie ist *schön*. Und nett. Das ist selten. Und, vielleicht täusche ich mich, aber ich glaube, sie wird sogar rot.

»Danke, Austin«, sagt sie und schaut zu mir auf mit diesen dunklen Augen, von denen eines noch immer zuckt wegen dieser Mücke. Die ist ihr direkt ins Auge geflogen.

»No problem«, sage ich und beuge mich hinunter. »Komm, ich helf dir beim Aufsammeln.«

Abgrundtiefe Verlegenheit lässt alle Farbe aus ihrem Gesicht weichen, als sie ihre Handtasche auf dem Boden bemerkt, deren Inhalt sich auf dem Gras verteilt hat.

»Ich hab's schon«, sagt sie und müht sich, alles zusammenzuklauben. Sie braucht eine Ewigkeit, weil ihre Handtasche randvoll ist mit allem möglichen teuer aussehenden Kram, den ich noch nie zuvor gesehen habe. Ein paar Sachen erkenne ich allerdings und verstehe, warum es ihr so peinlich ist. Klar, ich hatte nie eine Schwester (und übrigens auch keinen Bruder), aber man muss nicht gerade Nobelpreisträger sein, um zu wissen, was ein Tampon ist.

Ich hebe eine Packung mit Desinfektionstüchern auf, so eine Reisegröße, von der ich immer dachte, die kauft keiner.

»Danke«, sagt sie, stopft alles in die Tasche und schiebt sie sich dann über die Schulter. Sie steht auf wie jemand, der am ersten Schultag bemerkt, dass er im falschen Klassenzimmer sitzt. Wenn ich die Lippen spitzen würde, könnte ich sie küssen, so nahe stehen wir beieinander.

Diese Tatsache scheint sie zu überraschen, denn als sie nach oben blickt, zuckt sie zurück. Und tritt schon wieder in den Matsch. Ich konnte sie nicht einmal schnell genug warnen. Sie rutscht aus und schwenkt windmühlenartig mit den Armen durch die Luft. Mich stört das gar nicht, weil es mir Gelegenheit gibt, sie noch mal festzuhalten.

Ich fange sie auf. Und halte sie wieder im Arm.

Sie beißt sich auf die Unterlippe. Mann, ist das heiß. »Also ehrlich, normalerweise falle ich nicht andauernd hin.«

Aus unerfindlichen Gründen ist sie etwas außer Atem, und während ich sie umschlungen halte, kommt mir bereits zum zweiten Mal heute Abend der Gedanke, wie es wohl wäre, sie zu küssen.

»Diesmal kann ich wirklich gehen. Versprochen«, sagt sie.

Ich muss lächeln und setze sie ab. Den Arm lasse ich aber – nur sicherheitshalber – um sie gelegt und führe sie zum Gehweg.

Sie lächelt mich an. Ein Abschiedslächeln. »Danke noch mal.«

»Keine Ursache.«

Ihre Wangen werden ganz rosig. »Ich weiß nicht, was ich sonst sagen soll.«

»Wie wär's mit deinem Namen?«

Ein kleines, schüchternes Lächeln umspielt ihre Lippen.

»Nur für den Fall, dass dich wieder mal solche Typen belästigen und ich zufällig vorbeikomme.«

Sie lacht, und ich beschließe, dass dies definitiv nicht das letzte Mal gewesen sein darf, dass ich dieses Lachen gehört habe. »Sienna.«

»Sienna«, wiederhole ich und präge mir den Namen ein.

»Danke, Austin. Es war doch Austin, oder?«

Ich nicke.

»Austin ...«

»Austin Dobbs«, antworte ich.

»Weißt du, Austin. Ich habe scheinbar ein bisschen überreagiert wegen dieser ganzen Geschichte mit Fusselbart und Stinker vorhin.« Sie spricht schnell. Es scheint ihre Nerven zu beruhigen. Sie schlägt nach einer Mücke in der Luft, zieht ein Fläschchen mit Anti-Insekten-Spray aus den dunklen Tiefen ihrer Handtasche und sprüht das arme Tier zu Tode. »Dann bin ich ohnmächtig geworden und – willst du auch was?« Sie bietet mir das Spray an.

»Nein danke.«

»Jedenfalls ...« Sie holt tief Luft, noch immer völlig durcheinander, und lächelt mich wieder an. »Danke.«

Ich lächele zurück. »Kein Problem.«

Wir sehen uns an und ich frage mich, ob sie sich wohl ebenso wenig verabschieden mag wie ich. Schließlich frage ich, in welche Richtung sie geht, und sie deutet zurück in die Richtung, aus der ich gekommen bin, die Steintreppe hinauf, die zur Bay Street führt. Hier trennen sich also unsere Wege.

Dieses reiche Mädchen und ich passen überhaupt nicht zueinander. War ja klar. Auf ihrer Handtasche prangt so ein arschteures Markenlabel und sie könnte vermutlich die ganze Stadt desinfizieren mit all dem Zeug, das sie darin herumschleppt. Aber ihre dunklen Augen verraten mir, dass noch mehr in ihr steckt. Ein Geheimnis. Und genau das will ich unbedingt herausfinden.

»Vielleicht sieht man sich ja mal wieder.« Das ist das Erste, was aus meinem Mund kommt. Und das Letzte, was ich eigentlich sagen will. Idiot.

»Ja, bestimmt«, sagt sie.

Ich genehmige mir einen letzten Blick auf sie, den ich abwende, bevor man es als Anstarren einordnen könnte. Zwei Besoffene haben sie belästigt, eine Mücke ist ihr ins Auge geflogen und ihre Shorts sind voller Matsch; das war wirklich genug Pech für einen Abend. Da muss sie nicht auch noch zu allem Überfluss mich kennenlernen.

Ich wende mich zum Gehen.

Aber während sie davongeht und ich auf das nächtliche Treiben auf der River Street starre, wird mir klar, dass ich soeben einen Riesenfehler begangen habe. Feigling. Bestimmt hat sie einen Freund, der schon irgendwo auf sie wartet. Aber wenn der arme Loser nicht da war, um sie aufzufangen, dann ist das sein Problem. Und mein Glück.

Meine Chance.

Ich fahre herum und bin angenehm überrascht. Auch sie hat sich nicht von der Stelle bewegt. Vielleicht ist das so etwas wie Schicksal oder einfach nur Glück. So oder so, jetzt liegt es an mir. »Magst du *Pralines*?«

5

Sienna

Nun ja, immerhin hat er mich gerade gerettet. *Aber er ist ein vollkommen Fremder*. Ein Blick auf sein Lächeln samt Grübchen lässt mich diesen letzten Gedanken beiseiteschieben. Ich fürchte, wenn ich diesen Typen zu lange ansehe, dann wird mein Blick irgendwann für immer an ihm kleben bleiben. *Mädchen verliebt sich auf der Stelle unsterblich in großen, dunklen und gut aussehenden Fremden*. Das ist eigentlich ganz und gar nicht meine Art. Mom würde komplett austicken, wenn sie mich jetzt sehen könnte.

Aber ich glaube, er hat mich gerade eingeladen.

Pralines. Ich weiß nicht mehr darüber, als dass sie viel zu viel Zucker enthalten, als dass Mom jemals zugelassen hätte, dass wir damit in Kontakt kommen. Entgegen jeder möglichen Vernunft erscheint mir der Gedanke, mit diesem heißen Fremden hier *Pralines* zu essen, gefährlich reizvoll. Genau deswegen sollte ich Nein sagen. Ein definitives Nein.

»Ja.«

Als mein Hirn begreift, was da gerade meinem Mund entschlüpft ist, vergessen meine Lungen Luft zu holen.

»Echt?«, sagt Austin.

Ja, ich lass mich von ihm einladen, oder ja, ich mag *Pralines*? Was war noch mal die Frage?

»Also eigentlich habe ich das noch nie probiert, *Pralines*, meine ich.«

Angesichts seiner Miene könnte man meinen, ich wäre eine Siebenjährige, die noch nie ein Fahrrad gesehen hat. »Du hast noch nie *Pralines* gegessen?«

»Nope.«

»Das geht gar nicht.«

Normalerweise neige ich nicht zu nervösem Kichern, aber jetzt bin ich schon wieder dabei.

»Jedenfalls bist du genau am richtigen Ort«, sagt er.

»Ach wirklich?«

Er macht eine ausladende Armbewegung in Richtung River Street. »Die besten *Pralines* der Welt gibt es genau hier.«

»Gleich die besten der Welt?«, necke ich ihn.

»Glaub mir. Ich kenne mich mit *Pralines* aus.«

Ich zögere eine Sekunde lang, bevor sich ein befreiendes Gefühl in mir ausbreitet. Es ist genug, um den ersten Schritt mit Austin entlang der River Street zu wagen, und jeder Schritt verstärkt dieses sorglose Empfinden. Ich nehme alles um mich herum genau wahr. Vielleicht auch nur, weil ich bemüht bin, nicht die ganze Zeit den Typen neben mir anzustarren.

Künstler verkaufen Gemälde, Schmuckverkäufer schachern mit Touristen über Muschelketten, Kameras blitzen, während ein großer Kahn den Fluss hinaufschwimmt. Und alle scheinen zu lächeln, und als ich bei *River Street Sweets* ein Stückchen einer *Praline* probiere, bin ich überzeugt.

»Okay«, sage ich, »vielleicht hattest du recht.«

Austin lächelt und wendet sich zu dem Mann, der die Probierstücke verteilt. »Hi, Bob.«

Der Mann – Bob, wie ich vermute – schiebt ihm noch ein paar Stücke von den *Pralines* hin. Dann reden sie ein bisschen und lachen, so als wären sie alte Freunde.

Die Menge vor uns teilt sich und gibt den Blick auf alle möglichen Leckereien und Kuchen frei, die hier ausgestellt sind. Sie sind auf nahezu vollkommene Weise mit Schokolade überzogen und wirken wie eine ganz eigene Kunstform. Wir gehen zwischen den Regalen hindurch, wobei sich unsere Arme immer wieder berühren, wenn wir auf etwas deuten, von den Probierstückchen naschen und uns anlachen. Ich nehme jeden Blick, jede Berührung überdeutlich wahr. So leicht es mir auch fällt, mit Austin zusammen zu lachen, kann ich doch die Nervosität nicht abschütteln, die mich befällt, wann immer ich ihn ansehe.

»Komm mit«, sagt er und weist mit dem Kopf in Richtung des nächsten Raumes. »Das hier ist das Beste.«

Seine Finger gleiten über meine. Meine Sinne erwachen, fangen Feuer, während er mich mit sanfter Hand hinüber in die Eisdiele führt.

»Hallo, Austin«, sagt die Frau hinter der Theke mit leichtem Südstaaten-Tonfall und lacht ihn verführerisch an. »Für dich das übliche, Sugar?«

Bestimmt ist Austin schon sein ganzes Leben lang so angehimmelt worden. Plötzlich frage ich mich, warum ein Typ wie er an einem Freitagabend nicht auf einer Party ist. Mit seiner Freundin. Es kann nicht sein, dass er keine hat, dafür ist er viel zu süß. Und falls nicht, dann bestimmt nur deshalb, weil er sich nicht festlegen, sondern aus dem Vollen schöpfen will.

»Wie geht's dir, Patricia?«, fragt Austin.

»Ach, ja. Mir geht's gut. Aber *Ladies first*. Was darf's denn sein?«

Ich lehne dankend ab. Ich muss mein restliches Geld für Spencers Schokopops aufsparen und ich will auf keinen Fall die Kreditkarte von meiner Mutter benutzen. *Viva Bella* Imports, die Inneneinrichtungs-Firma meines Vater, ist kurz nach seinem Tod bankrott gegangen. Unter anderem wegen der Wirtschaftskrise.

Was er wohl davon halten würde, wenn er wüsste, dass er uns nichts hinterlassen hat? Und das, obwohl er immer gespart und für den Ruhestand vorgesorgt hat. Aber Wirtschaftskrise hin oder her, *Viva Bella* hätte es überstanden, wenn sein Kompagnon im vergangenen Herbst nicht Gelder veruntreut und sich damit aus dem Staub gemacht hätte.

»Sie nimmt eine große Portion in der Waffel«, sagt Austin und zückt mit einem Seitenblick auf mich sein Portemonnaie. »Du kannst nicht auf der River Street sein und dir das Beste daran entgehen lassen.«

»Das stimmt«, pflichtet Patricia ihm bei und mustert mich von oben bis unten. »Du kannst es wirklich gebrauchen, Mädchen. Bist ja nur Haut und Knochen.«

Ich lache und lasse mir die Eiswaffel von Patricia reichen. Dabei rumort es in meinem Magen, und ich denke daran, dass ich seit dem Unfall eigentlich überhaupt keinen Appetit mehr habe. Dann löffelt sie drei große Kugeln Mandel-*Praline* in Austins Waffel.

»Ich habe in meinem ganzen Leben noch nie so viele Süßigkeiten gesehen«, sage ich.

Austin wirft im Hinausgehen einen Blick zurück auf den Laden. »Ernsthaft? Das dahinten ist sozusagen mein zweites Zuhause.«

»Wirklich?« Ich wünschte, er würde mehr über sein Zuhause erzählen und darüber, wie es ist, in Savannah aufzuwachsen, aber er sagt nichts weiter.

Es ist, als hätte jemand die Lautstärke auf der River Street heruntergedreht, während wir in dem Laden waren. Die Lichter der Stadt spiegeln sich im Fluss. Ein Mann spielt auf einem Saxophon und es klingt wie aus einem Film. Wir gehen an ihm vorüber und Austin lässt einen Fünf-Dollar-Schein in seinen Hut fallen.

Der Mann setzt kurz zwischen zwei Songs ab. »Austin, Mann, du bist einfach zu gut zu mir.«

Austin reicht ihm eine Tüte mit Karamellbonbons, die er eben bei *River Street Sweets* gekauft hat, und klopft ihm kräftig auf die Schulter. »Ich hab dir wieder deine Lieblingssorte mitgebracht.«

Auch das noch. Und ich hätte Austin schon fast als Angeber abgestempelt, der dem Mann Geld in den Hut wirft, nur um mich zu beeindrucken. Im Ernst, wen kennt Austin hier eigentlich nicht?

»Ich bin dir was schuldig, Mann.«

»Schon gut«, sagt Austin. »Spiel einfach weiter so gute Musik, dann sind wir quitt.«

Der Mann nimmt das Mundstück seines Saxophons zwischen die Lippen und spielt einen anderen, lebhafteren Song.

»Wohnst du schon dein ganzes Leben lang hier?«, frage ich, während wir nebeneinander über die Pflastersteine gehen.

Austin lacht. »Nein.«

»Aber du lebst schon eine ganze Weile hier, oder?«

»Seit einem Jahr ungefähr.«

»Ach, komm! Und da kennst du schon alle?«

»Na ja, nicht wirklich.«

»Patricia. Bob. Den romantischen Saxophonisten dahinten.«

Er lässt ein Lächeln samt Grübchen aufblitzen, bei dem ich ganz zitterige Knie bekomme. Dann hält er seine Eiswaffel in die Höhe. »Ich esse einfach viel Mandel-*Praline*-Eis.«

Grinsend lecke ich an meinem Eis, dessen kalte Süße mich in eine Zeit zurückversetzt, als alles im Leben auf angenehme Weise überzuckert war.

Ich bemerkte einen nachdenklichen Ausdruck auf Austins Gesicht. »Woran denkst du gerade?«

»An dein Lächeln.«

Plötzlich fühle ich mich verunsichert und frage mich, ob ich zu oft dumm herumgekichert habe.

Er bohrt mir einen Finger zwischen die Rippen, als wüsste er ganz genau, wo ich kitzelig bin. Er weiß es anscheinend. Ich krümme mich vor Lachen zusammen und lasse dabei fast mein Eis fallen.

»Hör auf gar keinen Fall auf zu lächeln«, sagt er. »Es ist so schön.«

»Das hast du gar nicht gedacht.«

»Hab ich doch.«

»Nee.«

»Ich würde dich doch nicht anlügen.«

»Okay, gut«, sage ich und fordere ihn heraus. »Was machst du dann alleine an einem Freitagabend auf der River Street?«

Ich habe ihn mit vollem Mund erwischt und warte ab, bis er geschluckt hat. Wieder hält er sein Eis in die Höhe wie ein Sechsjähriger im Disneyland und antwortet: »Eis essen.«

Ich lache, obwohl ich ihm nicht so recht glauben kann. Eis essen? Ich muss zugeben, es ist irgendwie süß, aber trotzdem. Ich schaue zu einer Gruppe von Breakdancern hinüber, während ich versuche, mir über diesen Jungen klar zu werden. Ziemlich geradeheraus. Hatte vorhin kein Problem damit, sich mit diesen beiden Fieslingen anzulegen. Ist einfach so dazwischengegangen, als wäre das ganz selbstverständlich. Scheinbar hat er Übung mit so was. Schulhofkämpfe? Oder ist er sonst selbst mit etwas raueren Typen unterwegs?

»Das sieht gut aus«, sagt Austin und stopft sich den Rest seiner Eiswaffel in den Mund.

Peinlich berührt muss ich feststellen, dass ich mich zum Beat der Musik bewegt habe. Reine Gewohnheit, nach so vielen Jahren Tanzunterricht. »Tanzt du gerne?«, frage ich, um die Aufmerksamkeit von mir abzulenken.

»Hmm …«

»Zeig mir, was du kannst«, fordere ich ihn auf.

Er schlingt den letzten Bissen Eis hinunter und verschluckt sich fast daran.

Dann schiebe ich ihn mit einem kleinen Schubs in die Gruppe von Breakdancern hinein. »Gib zu, du willst es doch selbst.«

Seine Miene sagt etwas ganz anderes. Einzelne um uns herum wagen ein paar Tanzbewegungen und machen hier und da mit.

»Komm schon, ich will sehen, was du kannst.«

Zum ersten Mal am heutigen Abend weiß Austin nicht, was er sagen soll. Vielleicht ist er echt ein richtig mieser Tänzer.

»Für einen Kuss?«, sage ich.

Ein Leuchten, das ich nicht so recht deuten kann, huscht über sein Gesicht.

»Ich meine natürlich auf die Wange.«

»Abgemacht.« Er lässt sich in der Mitte der Gruppe zu Boden gleiten und gibt uns den *Worm*.

Und das macht er gar nicht so schlecht. Er ist sportlich. Das hilft. Aber er tanzt nur diesen einen Move und versteckt sich dann gleich wieder hinter mir. Sein Kopf ist so rot wie eine Tomate, während die Leute jubeln, aber er zieht nur den Rand seiner Baseballcap tiefer, als könnte er sich darunter verbergen.

Ich klopfe ihm aufmunternd auf die Schulter und lasse meine Hand dort liegen. »Das war cool.«

»Du lügst.«

»Tu ich nicht!«

Sein Lächeln ist unbezahlbar. »Und, wann krieg ich ihn jetzt?«

»Wen?«

»Na, den Kuss!«

Ich lache. »Ach so, bestimmt irgendwann.«

»Hey, so leicht kommst du mir nicht davon«, sagt er. »Ich hab das nur aus einem einzigen Grund gemacht.«

Unser Lachen verstummt und unsere Blicke treffen sich. Ich mache einen Schritt nach vorn und hebe mein Kinn. Er wendet den Kopf leicht zur Seite und beobachtet mich aus den Augenwinkeln. Austin zu küssen, damit hätte ich am heutigen Abend ganz sicher nicht gerechnet. Aber während ich meine Lippen auf seine Wange drücke, habe ich nur einen einzigen Gedanken: *Das ist hoffentlich nicht der letzte Kuss*.

6

Austin

Entweder hat sich Sienna was am Kopf getan, als sie umgekippt ist, oder sie ist das netteste Girl der Welt. Kein einigermaßen zurechnungsfähiges Mädchen würde mich küssen, nachdem sie gesehen hat, wie ich tanze.

Es liegt auf der Hand, was ich jetzt als Nächstes sagen sollte: »Okay. Jetzt bist du an der Reihe.«

»Ich bin an der Reihe?«

»Mmm.« Ich deute auf die Gruppe von Jungs, die tanzen, als gäbe es nichts anderes auf der Welt. Vermutlich stimmt das in ihrem Fall auch. Ich bin jedenfalls froh, dass sie hier sind, weil das meine Chance auf Ausgleich ist. Und darauf, sie ebenfalls küssen zu können. »Du bist dran.«

Sienna schüttelt den Kopf, als wäre das ihr schlimmster Albtraum. Immerhin wären wir damit schon zu zweit.

»Komm schon. Für einen Kuss?«

Langsam hebt sie den Blick, bis sie mir in die Augen schaut. Mist, ich schrecke sie ab.

»Natürlich nur auf die Wange.«

Sie wirft einen Blick zu den tanzenden Jungs hinüber. »Nein danke.«

»Also wirklich. Das ist ein echter Tiefschlag für mein Selbstwertgefühl!«

»Nein, so hab ich das doch gar nicht …«

»Ich werde es überleben.«

»So hab ich das nicht gemeint«, sagt sie lachend. »Ich hätte gerne einen Kuss von dir.«

Ich ziehe eine Augenbraue in die Höhe.

»Ich meine …« Sie beißt sich auf die Lippe und reiht sie sich in die Gruppe von Breakdancern ein, um mich zufriedenzustellen.

Ich brauche nicht lange, um zu erkennen, dass ich mich lächerlich gemacht habe. Selbst die Breakdancer, die sonst nichts anderes in ihrem Leben zu tun haben, müssten sich neben ihr wie blutige Anfänger vorkommen. Wahnsinn! Sie tanzt, als käme sie direkt aus einem Film. Die Leute jubeln ihr zu – was nicht verwunderlich ist. Vor allem die Jungs – was noch weniger verwunderlich ist.

Sie tanzt aber nicht lange, sondern zieht sich aus dem Rampenlicht zurück und stellt sich neben mich.

Ich sehe sie von der Seite an. »Warum hörst du denn schon auf?«

Sie verkneift sich ein Lächeln. »Ich kann nicht glauben, dass wir das gerade gemacht haben.«

»Genau das habe ich auch eben gedacht.«

»Können wir jetzt gehen?«

Nur zu gern nehme ich das als Einladung, ihre Hand zu ergreifen und sie hinter mir herzuziehen. Ich bin versucht, meine Finger mit den ihren zu verschränken, aber ich halte mich zurück. Auf dem Weg zu ihrem Wagen schleppe ich Sienna in fast jeden Laden. Alles, um Zeit zu schinden.

Sie betrachtet die Auslagen, während ich etwas zurückbleibe und sie ansehe. Dabei frage ich mich plötzlich, was eigentlich aus dem Kuss geworden ist, den ich ihr schulde.

Sie ertappt mich dabei, wie ich sie anstarre, aber ich wende meinen Blick nicht ab. Wieder werden ihre Wangen ganz rot. Am liebsten würde ich jetzt quer durch den Laden zu ihr gehen und sehen, wie sehr sie errötet, wenn ich sie voll auf den Mund küsse.

»Probier die doch mal an«, sage ich und deute auf die Schuhe, mit denen sie gerade liebäugelt.

Sie zieht sie an. Mädchenhafte Dinger mit rosa Rüschen an den Riemen und hölzernen Absätzen, die so geschnitzt sind, dass sie aussehen wie Palmen. Eigentlich ganz süß. Sie senkt den Blick und lächelt auf eine Weise, die eindeutig verrät, wie gerne sie diese Schuhe hätte.

»Ich glaube, das ist gar keine Frage?«

Sie blickt auf. »Wie?«

Ich deute auf ihre Chucks, die auf dem Boden liegen. Weiße Stoffdinger mit Sternen und Spiralen und sogar Unterschriften, die mit bunten Filzstiften daraufgeschrieben sind.

»Meine Freunde aus dem Tanzteam«, erklärt sie. »Wir hatten alle solche Schuhe.«

Das erklärt also die erstaunlichen Tanzkünste. »Tja, also, die sind natürlich unschlagbar«, schwindele ich, »aber …«

Sie lacht. »Halt die Klappe.«

»Was?«

»Du machst dich über meine Schuhe lustig!«

Ich hebe die Hände in einer Unschuldsgeste.

»Schon gut«, sagt sie. »Meine Mutter findet sie auch scheußlich.«

»Dann liegt sie total daneben. Ich finde sie cool.«

Sienna lacht. »Ich muss ja zugeben, sie sind nicht besonders kleidsam.«

Ich hebe eine Augenbraue und lasse den Blick ihre Beine entlanggleiten. »Ich bin ziemlich sicher, dass an dir fast alles gut aussieht.«

Errötend zieht sie die hochhackigen Schuhe aus und stellt sie wieder ins Regal. »Zu teuer.«

Und das von einer, die aussieht, als wäre sie einer Modezeitschrift entstiegen.

Ich schnappe mir die Schuhe. »Jetzt komm schon.«

Sie sieht mich verblüfft an. »Im Ernst, Austin. Ich brauche sie nicht.«

»Ich übernehme das.«

»Nein, wirklich.« Sie lacht und versucht zu scherzen. »Hör mal, du müsstest schon mein Freund sein, um mir einfach so ein paar Schuhe zu kaufen.«

Ich sehe sie durchdringend an und verziehe meinen Mund zu einem vielsagenden Lächeln. Es dauert nicht lange und sie ist knallrot angelaufen.

»Danke«, sagt sie zu mir, als der Verkäufer die Schuhe kassiert. Sienna wendet sich ab und tut so, als würde sie irgendwelche Souvenirs betrachten, aber ich ertappe sie dabei, wie sie mich in einem Spiegel anschaut. Augenblicklich senkt sie den Blick und der verlegene Ausdruck weicht aus ihrem Gesicht und wird durch, ich weiß nicht was, Schrecken vielleicht?, ersetzt. Sie greift nach dem Saum ihres Shirts und dreht sich im Kreis, so als wäre ihr gerade ein Schwanz gewachsen und sie versuchte, den zu betrachten.

»Oh mein Gott«, sagt sie und mustert ihr Shirt im Spiegel. Sie schüttelt den Kopf und ich kann sie beinahe schlucken hören. »Meine Mutter wird mich umbringen.«

7

Sienna

Dank Austin scheine ich heute Abend alle möglichen Dinge überhaupt nicht zu bemerken. Wie zum Beispiel meinen völlig verschmierten Rücken. Und den unteren Rand von meinem Shirt, das mir meine Mutter gerade erst gekauft hat. Mom wird ausflippen.

»Sorry«, sagt Austin. »Ich hätte dir das schon früher sagen sollen.«

Na toll. »Du hast das die ganze Zeit gesehen?«

Er macht ein unschuldiges Gesicht und zuckt die Schultern. »Hey, ich trage mein T-Shirt auf links gedreht, du trägst deins eben mit Dreck verschmiert.«

»Da fühle ich mich doch gleich viel besser«, murmele ich, bin aber immer noch damit beschäftigt, mir auszumalen, was meine Mutter wohl sagen wird, wenn ich so durch die Tür komme.

»Ich hab ja noch versucht, dich aufzufangen, bevor du in den Matsch fällst, aber du bist so schnell ohnmächtig geworden und dabei ist dein Rücken in das Zeug eingetaucht, genau wie dein …« Er deutet auf meinen Hintern und räuspert sich. »Deine Shorts.«

Oh Mann. Wie soll ich das nur erklären? Ich hatte eigentlich vorgehabt, die ganze Sache mit Austin auszulassen, wenn meine Mutter mich nach dem heutigen Abend fragen würde. Aber noch viel weniger kann ich ihr erzählen, dass ich schon wieder ohnmächtig geworden bin.

Ich reiße meine Handtasche auf und krame in dem ganzen Zeug herum, das meine Mutter mir eingepackt hat, bis ich schließlich den Fleckentferner-Stift zu fassen kriege.

Austin mustert meine Tasche. »Ich frage mich langsam, ob du das Ding mit einer Art Vergrößerungszauber belegt hast.«

Ich stopfe den Fleckentferner zurück, weil mir klar wird, wie affig der wirkt und wie wenig ich damit eigentlich ausrichten kann.

»Hier«, sagt Austin und fängt an, durch einen Stapel T-Shirts in einem Regal an der Wand zu wühlen. »Ich spendiere dir ein neues.«

»Nein, du hast mir doch schon die Schuhe gekauft.«

»Dann machen wir das Outfit eben komplett.«

»Ist schon okay so, echt. Das musst du nicht.«

»Muss ich doch.«

»Hör auf, Austin. Im Ernst.« Ich werfe einen Blick auf das Preisschild.

»Zehn Dollar«, sagt er. »Du willst doch nicht behaupten, das wäre zu teuer.«

Ich lege die Hand auf seinen Arm. »Austin.«

Er schaut auf meine Hand und lässt den Blick dann nach oben wandern, bis wir uns ansehen. »Gut. Dann nimm meins.«

Ich kann es mir nicht verkneifen, auf seine zerrissenen Ärmel zu schauen. »Ach, das Angebot ist echt nett von dir, aber …«

Austin deutet auf die Breakdancer draußen vor dem Schaufenster. »Also, wenn du nicht einfach dein Oberteil ausziehen und den Jungs da draußen noch mehr Grund für Applaus bieten willst, sehe ich keine andere Möglichkeit.«

Ich pruste los. Er grinst mich frech an, bis ich mich schließlich geschlagen gebe und die Hand ausstrecke. Immerhin ist das hier die amüsanteste Option. Für mich jedenfalls.

Ich kann den Blick nicht abwenden, als er sein T-Shirt auszieht, denn dabei entgehen mir weder seine muskulösen Schultern noch das Sixpack, das sich unter dem engen Stoff seines Unterhemds abzeichnet. Warum muss er auch ein Unterhemd tragen! Ich schlüpfe rasch in die Umkleidekabine und komme einen Augenblick später mit Austins dunkelblauem T-Shirt wieder heraus.

Irgendwann finden wir dann auch noch ein Waschbecken, wo ich den restlichen Dreck so gut wie möglich abschrubbe, bevor Austin mich zu meinem Wagen begleitet. Dabei bleibt er die ganze Zeit schützend einen Schritt hinter mir.

»Danke«, sage ich und bleibe vor dem Auto meiner Mutter stehen. »Für die *Pralines* und das Eis und vor allem dafür, dass du mich gerettet hast.«

Austin stützt sich mit den Arm am Wagen ab und kommt mir dabei ganz nahe. Gefährlich nahe. Ich schlucke, was er mit diesem leicht amüsierten, stets selbstsicheren Grinsen zur Kenntnis nimmt. »No problem.«

»Wie alt bist du eigentlich?«, platzt es aus mir heraus, weil mir der Gedanke gerade durch den Kopf geht. Oh, bitte, ich bin doch nicht etwa mit einem wildfremden sechsundzwanzigjährigen Mann durch die Gegend gelaufen.

Er grinst. »Ich hab grad meinen Abschluss an der Highschool gemacht.«

Oh, gut. »Ich auch.«

Seinem jungenhaften Gesicht, dem Grinsen und dem wilden Haarschopf nach zu schließen, hätte ich ihn auf keinen Fall älter als 21 geschätzt. Andererseits wirkt er ziemlich erwachsen. Jedenfalls, was seine Statur anbetrifft. Und was für eine Statur!

Mein Handy summt und zwingt meine Gedanken zurück auf sichereres Gelände. Ich hole es aus der Tasche und schaue aufs Display. *Kyle*.

Mein Freund. Das schlechte Gewissen versetzt mir einen kleinen Stich, und mir wird bewusst, dass ich zwischen meinem Anruf bei Kyle vorhin und jetzt in einer völlig anderen Welt war. Irgendwo auf Wolke sieben mit diesem Fremden hier. Und wenn es eines gibt, wovor ich in solchen Angelegenheiten oft genug gewarnt wurde, dann, dass ein solcher Zustand immer nur eine begrenzte Zeit anhält.

Austin mustert mich mit fragender Miene.

»Da ruf ich später zurück«, sage ich zu meiner eigenen Überraschung. Wenn Kyle anruft, gehe ich sonst immer dran. »Eine letzte Frage: Warum hast du dich um mich gekümmert?«

»Du sahst ziemlich durcheinander aus«, antwortet er.

»Ach was.« Ich versuche ungläubig zu klingen. *Echt jetzt, Sienna*. Immerhin bin ich direkt vor seiner Nase umgekippt.

»Aber wenn du die ganze Wahrheit hören willst …« Austin lächelt und beugt sich so weit zu mir, dass mein Herz aufhört zu schlagen. »Ich wollte einfach nur wissen, wie es sich anfühlt, dich im Arm zu halten, für den Fall, dass dein Freund mich das nie wieder tun lässt.«

Austins Augenlid bewegt sich so schnell, dass ich mich frage, ob ich mir das Zwinkern nur eingebildet habe. Mann, ist der cool. Sehr cool. Und sehr selbstsicher. Fast schon an der Grenze zur Dreistigkeit. Und dabei drängt sich mir die Frage auf, wie viele andere Mädels schon unter dem Eindruck dieses entwaffnenden Lächelns dahingeschmolzen sind.

Ich ertappe mich, wie mein Mund offen steht, und gestatte mir schnell die Frage: »W…woher wusstest du, dass ich einen Freund habe?«

Wieder dieses Grinsen, aber diesmal kann ich noch etwas anderes darin erahnen: Enttäuschung.

»Das hab ich mir gedacht«, sagt er, und mir wird klar, dass ich soeben nur seinen Verdacht bestätigt habe. Er wusste es nicht. Jetzt weiß er es.

Austin öffnet die Autotür, hält sie für mich auf, und ich klettere hinein, setze mich zurecht und schnalle mich an. Das Geräusch der zuschlagenden Tür hört sich an, als würde damit all das, was an diesem Abend schön und gut war, zu einem abrupten Ende kommen. Ich stecke den Schlüssel ins Schloss, lasse das Fenster hinunter und bin mir dabei nur allzu bewusst, dass Austins Arme nun neben mir auf der geöffneten Scheibe ruhen. Da bemerke ich sein Tattoo.

Ich versuche, nicht zu sehr hinzuschauen, kann es mir aber nicht verkneifen. Ist ja kein großes Ding, schließlich hab ich schon jede Menge Tattoos gesehen. Aber ich kannte noch nie einen Typen näher, der eins hatte. Meine Eltern wären ausgeflippt, Mom ist da sehr altmodisch in ihren Ansichten. Mein Magen schnürt sich nervös zusammen und ich versuche, mich an diesem Gefühl festzuhalten. Ich trete auf die Bremse und drehe den Zündschlüssel. Der Motor erwacht schnurrend zum Leben, wie ein Wiegenlied, das Geborgenheit gibt.

Den heutigen Abend werde ich nie vergessen. In Austins Gegenwart habe ich mich so lebendig gefühlt wie schon lange nicht mehr, jedenfalls nicht mehr, seitdem mein Dad im letzten Sommer gestorben ist. Das habe ich gebraucht. Ich war auf der Suche nach meiner Lebenslust, die ich vor elf Monaten verloren habe. Ich habe nach einem Silberdollar gesucht und tatsächlich einen gefunden.

Ich lege den Gang ein und Austin tritt vom Fenster zurück. Währenddessen sehe ich die ganze Zeit das zufriedene Lächeln meiner Mutter vor mir, die stolz ist auf mich, weil ich so ein braves Mädchen bin und ihn gehen lasse.

Ich schaue Austin an und verliere mich noch einmal in seinen blauen Augen. »Soll ich dich nach Hause fahren?«

Wenn meine Mutter wüsste, wie mein Ausflug zur River Street wirklich verlaufen ist, wäre sie gar nicht *soo* enttäuscht von mir, oder? Ein harmloser Spaziergang entlang der Promenade am Flussufer. *Pralines* und Eis – Mist, der erste Kritikpunkt. Und dann mein Begleiter? Da brauche ich mir nichts vorzumachen, der zählt gleich als Punkt 2 und 3. Mom würde mich umbringen, wenn sie wüsste, dass ich einen tätowierten Unbekannten nach Hause fahre und dabei irgendwo in den Straßen von Savannah herumkurve. Und das in ihrem Auto. Und wir sind allein.

Austin weist mir den Weg entlang einer Straße mit kleinen Häusern, an einem Spielplatz vorbei, der mehr wie ein Treffpunkt von Straßenbanden aussieht. Schuhe baumeln von Telefonkabeln über der Straße herab. Überall Graffiti. Ich halte neben dem schmalen Gehweg und betrachte das kleine Haus, zu dem er mich dirigiert hat. Es wirkt einfach und gemütlich. Irgendwie erscheint mir das Ganze einladend und unheimlich zugleich.

Während ich so Austins Zuhause betrachte, bin ich mehr als froh, dass er nicht gesehen hat, wo ich wohne. In diesem monströsen Strandhaus. Und dabei ist das ist nur ein Sommerhaus, das meinen Großeltern gehört.

»Wirklich schade, dass es diese Batman-Stunt-Figuren nicht mehr gab«, bemerkt Austin.

Lächelnd schaue ich auf die Packungen mit Schokopops. Auf dem Weg zum Supermarkt habe ich Austin erzählt, wie verrückt Spencer auf Batman ist und wie er vor einer Weile einmal unsere Mutter überredet hat, dreißig Packungen mit Schokopops zu kaufen, weil da Batman-Figuren als Werbegeschenke drin waren. Ich habe ihm von Spencers ADHS erzählt und von der bipolaren Störung, die man bei ihm schon so erschreckend früh festgestellt hat, von seinen wilden Gefühlsschwankungen zwischen depressiven und manischen Phasen, den Bemühungen meiner Eltern, die richtigen Medikamente zu finden, mit denen sich seine Stimmungsschwankungen ausgleichen lassen, und davon, dass ich meinen Bruder trotz allem sehr lieb habe. Absoluter Informations-Overkill, das ist mir schon klar. Vor allem, wenn man bedenkt, dass ich Austin gerade erst kennengelernt habe. Aber es fiel mir so leicht, mit ihm zu reden, und ich hatte das Bedürfnis, mich ihm anzuvertrauen.

Und was hat Austin von sich und seiner Familie erzählt? Rein gar nichts. Er hat kaum ein Wort über sich verloren, und ich bereue es schon fast, dass ich einfach so drauflosgeplappert habe.

Austin öffnet seine Tür ein Stück. »Versprich mir eins.«

Ich schaue ihm in die Augen.

»Nimm nicht noch andere Unbekannte in deinem Auto mit, okay?«

Errötend senke ich den Blick. Er hat recht. Jemanden im Auto mitzunehmen, den ich eigentlich gar nicht kenne, war keine besonders schlaue Idee.

Austin macht Anstalten auszusteigen, dreht sich aber noch einmal um. »Bist du sicher, dass du jetzt klarkommst?«

»Das hast du mich schon ein paarmal gefragt«, antworte ich leichthin und werfe dabei einen misstrauischen Blick die Straße entlang, die ich noch nie zuvor gefahren bin. Aber wozu gibt es so etwas wie ein Navi?

Er hat die Augenbrauen fragend in die Höhe gezogen und seine Augen wandern zu dem Lenkrad vor mir. Schließlich bin ich erst vor ein paar Stunden in seinen Armen ohnmächtig geworden und jetzt sitze ich hinter dem Steuer.

»Ich komme schon klar.«

Er nickt und steigt nun endgültig aus. Ich lächele, während er vor dem Auto entlanggeht und von den Scheinwerfern angestrahlt wird. Er beugt sich noch einmal zu meinem Fenster hinunter und meine Nerven erbeben angesichts seiner Nähe. Wieder dieser fragende Blick. »Wirklich, Austin, es ist alles okay.«

»Darf ich dich anrufen? Um sicherzugehen, dass du heil gelandet bist?«, fragt er. Oh Mann, ich kann kaum atmen, wenn er mich so ansieht. »Also ehrlich gesagt, will ich vor allem deine Nummer.«

Nervöses Lachen. Schon wieder. »Du brauchst dich nicht um mich zu sorgen.«

Diese Antwort scheint ihn zufriedenzustellen, was mir eigentlich gar nicht gefällt. Er tritt einen Schritt vom Auto zurück und mit jedem Zentimeter, den er sich entfernt, spüre ich mein Bedauern wachsen. Bis seine Hände wieder auf dem Fensterrahmen liegen. »Und was wäre … wenn ich dich beispielsweise trotzdem morgen mal anrufe. Würde dein Freund sich dann mit mir anlegen?«

Kyle. Mich durchzuckt das schlechte Gewissen und ich lege

die Hände wieder ans Lenkrad. *Falls* Kyle dazu in der Lage wäre, denke ich. Meine Augen wandern noch einmal über die Muskelpakete unter Austins engen Hemdsärmeln. Ich habe einen Freund. Einen Freund, den ich liebe, der aus einer guten Familie stammt, in die ich, wenn es nach meiner Mutter geht, eines Tages einheiraten werde. Klar, das war immer nur so ein spielerisches Mutter-Tochter-Geplänkel. Aber meine Mutter sagt selten etwas, was sie nicht ernst meint. Und es sind ja nun wahrlich schon genug ihrer Zukunftsträume zerplatzt.

»Also, wenn du zufällig mal wieder auf der River Street bist«, durchbricht Austin das Schweigen, »und da spätabends rumläufst und ein betrunkener Idiot dich belästigt und du jemanden brauchst, der dich auffängt …«

Ich lächele.

Er lächelt ebenfalls. »Dann komm doch einfach bei *River Street Sweets* vorbei.«

»Und du wirst da sein, was?«, sage ich schmunzelnd.

Der Anblick seines Grinsens macht mich ganz flatterig. »Höchstwahrscheinlich.« Er greift mit der Hand durch das offene Fenster und drückt auf den Knopf, um die Autotüren zu verriegeln, bevor er zurücktritt. »Bis zum nächsten Mal also?«

Eine hypothetische Frage, die ich mit einem Lächeln quittiere. Mit diesen fünf Worten hat sich Austin in mein Gehirn gebrannt und Hoffnung auf ein nächstes Mal geweckt, das es nie geben wird.

Beim Wegfahren denke ich darüber nach, ob Austin mich wirklich mag und ob das möglicherweise etwas Gutes ist. Ich spüre, dass seine Augen meinem Wagen folgen. Ich blicke nach unten und bemerke etwas, das mich augenblicklich lächeln lässt. Ich trage noch immer sein T-Shirt.

War das etwa Absicht? Bestimmt. Ich werde ihm also irgendwann das T-Shirt zurückbringen müssen, und jetzt weiß ich ja auch, wo er wohnt. Ich ziehe den Ausschnitt weit genug nach vorne, um den Aufdruck zu erkennen, auf den ich vorhin in der Dunkelheit noch gar nicht geachtet habe. Und mich trifft fast der Schlag, als ich vertraute Wörter lese.

PROPERTY OF MEADOWBROOK MONARCHS

Etwa das Football-Team der Meadowbrook Highschool? Das muss es wohl sein. Die einzige Meadowbrook Highschool, die ich kenne, ist in Richmond, wo ich aufgewachsen bin, wenngleich am anderen Ende der Stadt. Und da ist Austin zur Schule gegangen? Oder zumindest scheint er jemanden dort zu kennen.

Mein Blick wandert rasch zum Rückspiegel, weil ich sicher bin, dass er noch immer auf dem Gehweg steht und mir hinterhersieht. Mit einem Anflug von Enttäuschung muss ich jedoch feststellen, dass er nicht mehr da ist.

Ich fahre nach Hause. Ohne Radio. Nur ich und meine Gedanken über die Meadowbrook Highschool und einen Unbekannten aus meiner Heimat. Vom anderen Ende der Stadt, daher, wo ich nach Ansicht meiner Eltern lieber nicht hinfahren sollte.

Rechts und links des Highways breiten sich üppige Marschwiesen aus, auf denen hier und dort das Wasser im Mondlicht glitzert. Das tiefe Dröhnen eines aufheulenden Motors hinter mir durchbricht meine friedlichen Gedanken. Schneidet in meine Träumereien. Ein verhasstes Geräusch, das dunkle Erinnerungen an die Oberfläche zerrt.

Zwei Motorräder rasen an mir vorbei.

Eines schneidet mir den Weg ab. Über uns das Feuerwerk.

Ich reiße mich zusammen, versuche, mich ganz auf die Straße vor mir zu konzentrieren und auf das Hier und Jetzt. Ich gebe mir alle Mühe, den Unfall beiseitezuschieben. Das ist das Beste, was ich jetzt tun kann.

Reifen quietschen auf dem Asphalt. Ein schriller Schrei. Von mir?

Meine Hände umklammern das Lenkrad, als mich auf der Straße nach Tybee ein Motorrad überholt. Es ist schwarz. Komplett schwarz. Ganz anders als die beiden Motorräder an jenem Abend mit Dad. Trotzdem …

Ich habe meinen Vater getötet.

Ich schlucke. Wieder und wieder. Aber nichts kann den rauen Kloß in meinem Hals lösen.

Nur noch ein paar Minuten bis zum Strandhaus. Reiß dich zusammen!

Mir schwirrt der Kopf, während mich die Bilder jener Nacht überfallen. Ich flehe meinen Körper, mein Hirn an. Konzentrier dich! Halt durch! Ich bete. *Bitte, bitte hilf mir!*

Plötzlich kann ich nicht mehr richtig sehen. Diesmal geht alles ganz schnell. Ich schnappe nach Luft, gehe vom Gas und fahre an den Straßenrand, bevor ich nach vorne kippe und ohnmächtig werde.

Jedenfalls fast. Zitternd gelingt es mir, den Hebel auf P zu stellen. Trotz der Panik, die mein Denken umnebelt, kommt mir ein Gedanke. Er mag albern sein, aber einen Versuch ist es wert. Ich stelle mir vor, dass mich jemand auffängt. Mein Dad. Austin. Keine Ahnung, wer. Ich ziehe diese Arme fest um mich und hole tief Luft. Es ist nicht echt, aber ich kann es spüren: eine Ruhe und Geborgenheit, die das Zittern beruhigt. Arme, die mich umfangen und mich in die Spur zurückbringen.

Noch einmal.

Ich bleibe eine Weile so sitzen und halte das Lenkrad mit

beiden Händen umklammert. Ich starrte nach vorne, atme ein und aus, ein und aus. Bis mein Handy brummt und eine eingehende SMS ankündigt.

Wann kommst du nach Hause?

Meine Mutter.

Bin schon unterwegs.

Ich drücke auf Senden, atme noch einmal ruhig durch und starte den Wagen. Dann wende ich und mache mich auf den Weg durch den alten Badeort.

Und irgendwie schaffe ich es, nach Hause zu kommen.

8

Austin

Es gibt Dinge, die sind kaum zu glauben. Wie beispielsweise die Tatsache, dass es da ein Mädchen namens Sienna gibt und ich Freitagabend mit ihr auf der River Street war.

Der Pier, den man von dem Strand-Shop auf Tybee Island sehen kann, wird nicht mehr lange so friedlich und still bleiben, denn nachmittags ist am Strand immer viel los. Ich sehe einem Vogelschwarm hinterher, der der Morgensonne entgegenfliegt. Und schon nach kurzer Zeit bleibt mein Blick dort hängen und ich bin in Gedanken ganz woanders, irgendwo auf der River Street. Die Erinnerung an ihr Lachen lässt mich die Gegenwart völlig vergessen … was nicht gut ist, denn ich bin bei der Arbeit.

Ich räume Flip-Flops in ein Regal, um mich auf andere Gedanken zu bringen.

Jesse, der Besitzer von *Marjorie's Café*, winkt mir von der anderen Straßenseite aus zu, während er die Stühle von den Tischen räumt. Ich winke zurück und frage mich, wie viele Plätze heute wohl in seinem alten Café besetzt sein werden. Ich selbst kann nur eine begrenzte Menge von Sandwiches essen, und das reicht auf die Dauer nicht aus, um den alten Jesse im Geschäft zu halten. Meine Mom sagt immer, das Leben sei nicht gerecht, aber, verdammt, ich finde, für nette Leute wie Jesse sollte es so sein.

Es scheint tatsächlich zu funktionieren! Ich habe es geschafft, nicht mehr ausschließlich an Sienna zu denken.

Die Türglocke ertönt und kündigt die Ankunft des ersten Kunden an.

»Eine Frage«, ruft ein Typ hinter mir. Ich drehe mich um, und da trifft es mich vollkommen unvorbereitet.

»Ich kann gut barfuß gehen, Brian«, sagt sie. Kaum zu glauben, aber die Stimme ist echt.

Lange, vom Wind zerzauste Haare und große braune Augen. Also, wenn das nicht ... Und wer ist dann *der da*? Ich werfe dem Typen in ihrer Begleitung einen bösen Blick zu. Brian. Eigentlich sollte es mich ja nicht überraschen, dass ein Mädchen wie Sienna noch einen anderen hat, der ihr Schuhe kauft.

Sienna schaut sich im Laden um und hat nichts gemerkt. Als sie sich schließlich umdreht und mich entdeckt, zuckt sie zusammen.

»Dieses Mädel hier ist so heiß, dass sie glaubt, den glühenden Sand da draußen barfuß überstehen zu können«, bemerkt der Idiot namens Brian und legt Sienna dabei seinen schlaksigen Arm um die Schulter. Zum ersten Mal verspüre ich das Bedürfnis, einem Kunden eine zu verpassen. Sienna verdreht die Augen. Sie schüttelt den Kopf. Immerhin scheint ihr dieser Trottel von Freund irgendwie peinlich zu sein.

Ich zwinge mich, höflich zu sein, als Brian sich vor mich schiebt und in den Flip-Flops herumkramt, die ich gerade ordentlich hingelegt habe. Nachdem er ein heilloses Durcheinander angerichtet hat, fische ich ein Paar heraus. »Hier, die sind in ihrer Größe.«

Brian dreht die Schuhe um und blickt abwechselnd von der Schuhsohle auf Siennas Füße. »Wow, du hast aber ein echtes Auge dafür, Mann.«

Sienna lächelt, ein wenig zögernd, so als könnte ich vergessen haben, wer sie ist (haha). »Hallo Austin.«

Ich nicke.

Brian legt die Stirn in Falten und schaut uns verständnislos an. Der arme Trottel ist sichtlich verwirrt und vielleicht sogar ein bisschen sauer, dass seine Freundin meinen Namen kennt. Ich muss grinsen.

Sie tritt näher. »Ich hab noch dein T-Shirt. Ich wollte es dir irgendwann zurückbringen, wenn ...«

Brian unterbricht sie. »Ihr kennt euch? Woher das denn?«

»Wir haben uns auf der River Street kennengelernt«, erklärt Sienna. »Am Freitagabend, als du auf der Party warst.«

»Und sie hat mich geküsst«, füge ich hinzu und fühle mich ziemlich gut dabei.

Brians Augenbrauen schießen in die Höhe.

Sienna lacht. »Austin hat mir endlich mal gezeigt, was es eigentlich mit den berühmten *Pralines* aus Savannah auf sich hat.«

Ich genieße ihr schelmisches Lächeln und dazu Brians Miene, so als hätte er einen Schlag abbekommen.

Brian schiebt nachdenklich die Unterlippe vor. »Ooooo-kay.«

Und ich dachte schon, ich sollte das Mädchen abschreiben ... Dabei ist sie ehrlich und nett und überraschend geradlinig für eine verwöhnte, reiche Tussi. Aber da liegt leider auch der Haken. Ein Blick auf Brian und seine Marken-Badeshorts, sein University-of-Georgia-T-Shirt und die trendige Sonnenbrille macht mir nur zu deutlich, dass dieser reiche, stromlinienförmige Sunnyboy bestimmt besser in Siennas Welt passt als ich.

Sienna strahlt mich an, als hätte sie noch eine Überraschung für mich parat. »Und weißt du was, du wirst es nicht glauben.«

»Was denn?«

»Das T-Shirt, das du mir geliehen hast …«

Brian schaut weiter zwischen uns hin und her wie ein Zuschauer bei einem spannenden Tennismatch, der gleich selbst aufs Spielfeld läuft.

»Da steht PROPERTY OF MEADOWBROOK MONARCHS drauf«, fährt sie fort.

Na, das wusste ich ja schon. »Und?«

»Ich bin auf die Deep Run Highschool gegangen. Ich bin nämlich auch in Richmond aufgewachsen, allerdings im West End. In Twin Hickory.«

Hickory Schickory, ergänze ich im Stillen. Jedenfalls haben wir von der South Side es so genannt. Und die Tatsache, dass es immer besonders ätzend war, gegen die Deep-Run-Mannschaft zu spielen, macht die Sache auch nicht besser. Die miesesten Verlierer der Welt.

»Du machst Witze«, ist alles, was ich sage. Dass ich Sienna getroffen habe, fühlte sich an, als gäbe es so etwas Bescheuertes wie das Schicksal, obwohl ich vor Freitagabend noch nie einen Gedanken daran verschwendet habe. Und wenn ja, dann ist das Schicksal echt mies. Wir haben so nah beieinandergelebt und sind uns vielleicht sogar schon einmal über den Weg gelaufen, ohne es zu merken. »Was für ein Zufall.«

Siennas Lächeln erstirbt, so als hätte sie eine überschwänglichere Reaktion erwartet.

Brian klatscht in die Hände. »Hey, wie wär's, wenn wir jetzt an den Strand gehen?«

Während ich die Flip-Flops kassiere, quasselt Brian die ganze Zeit. Ich blende ihn aus und frage mich stattdessen, warum Sienna und ich uns ausgerechnet in diesem Sommer hier in Savannah über den Weg laufen. Mit Ausnahme ihrer geröteten Wangen und den zartrosa getönten Lippen ist das alles, woran ich denke. Von wegen, nicht mehr an Sienna denken!

»Äh, sorry, Alter«, nuschelt Brian, nachdem ich ihm die Tüte über den Tisch gereicht habe. Ich blicke auf. Er hält einen Zwanzig-Dollar-Schein in der Hand.

»Was ist?«, frage ich irritiert.

»Ist ja cool und so, wenn die nichts kosten, aber ich bin ziemlich sicher, dass du mir eigentlich die Quittung geben wolltest.«

Betreten schnappe ich ihm den Zwanzig-Dollar-Schein aus der Hand, den er mir kurz zuvor gegeben hatte. Ich reiße die Quittung aus der Kasse und schiebe sie zusammen mit dem passenden Rückgeld über die Theke. Sienna versucht, ein Lächeln zu verbergen, während sich beide zum Gehen wenden.

»Ey, sag mal«, wendet sich Brian plötzlich an mich, so als wäre es ihm gerade noch eingefallen. »Spielst du eigentlich Football?«

»Ja, schon«, antworte ich.

»Du spielst Football?«, fragt Sienna und zieht eine Augenbraue in die Höhe, als könne sie sich mich kaum mit einem Football in der Hand vorstellen. Aber vielleicht interpretiere ich das auch falsch. Vielleicht auch nicht. Jedenfalls bin ich jetzt natürlich darauf aus, mich zu beweisen.

Brians Miene hellt sich auf. »Sehr gut! Wir treffen uns gegen Mittag mit ein paar Leuten am Strand um Touch Football zu spielen. Wir könnten noch einen Mitspieler gebrauchen.«

Sienna scheint den Schock noch nicht verdaut zu haben,

jedenfalls schaut sie überallhin, nur nicht zu mir. Vielleicht ist es ihr nicht recht, wenn ich komme. Mag sein, dass es sie in eine unangenehme Situation bringt. Deswegen beschließe ich, mich wie ein Gentleman aus der Affäre zu ziehen.

»Ich wäre gern dabei«, sage ich.

Brian lächelt. »Sweet!«

Ich werde nicht schlau aus dem Typen. Erst habe ich seine Freundin zum Eis eingeladen und jetzt will er mit mir Football spielen? Gut, dass mein Tag schon ziemlich voll ist. »Ab Mittag habe ich frei, muss aber um vier schon wieder zu einem anderen Termin. Wenn ich es schaffe, komme ich dazwischen vorbei.«

Als ob ich das wirklich tun würde. Zwar ist meine Schicht wirklich um zwölf zu Ende, doch warum sollte ich mich dieser Folter aussetzen? Sienna hat einen Freund, und obwohl ich gerne glauben möchte, dass sie und dieser Sunnyboy überhaupt nicht zueinanderpassen, ist meine Meinung doch keinen Dreck wert. Dennoch – während ich Sienna und Brian hinterhersehe, wie sie in Richtung Pier gehen, frage ich mich, ob ich mir nicht soeben eine Riesenchance habe durch die Lappen gehen lassen.

Ab jetzt funktioniere ich auf Autopilot und bringe meine stressige Vormittagsschicht hinter mich. Ich beschließe, das mit dem Football ganz bleiben zu lassen. Aber als ich gerade gehen will, bemerke ich plötzlich Sienna, die in der Nähe der Tür steht. Im ersten Augenblick bin ich wie gelähmt, und auf einmal kommt mir der Tag doch ziemlich gut vor. Sie ist zurückgekommen.

»Hey«, sagt sie. Verborgen hinter der langen Schlange von Kunden, lehnt sie an der Glasscheibe. Keine Ahnung, wie lange sie da schon gestanden und mich beobachtet hat.

Ich lächele.

Dann wirft sie etwas hinter ihrem Rücken hervor, das ich instinktiv auffange. Ich schaue auf den Football in meinen Händen und fahre mit den Fingern über das vertraute Leder. Als ich wieder aufblicke, lächelt sie mich an. Ich wüsste keine andere, die mich je dazu gebracht hätte, mich im einen Augenblick so mies und im nächsten so glücklich zu fühlen. Das Schicksal hat uns nicht nur einmal, sondern gleich zweimal zusammengebracht. Also packe ich den Football mit der einen Hand und verlasse den Laden mit ihr zusammen.

Ich vermute, der Vollpfosten ist dein Freund? »Ich vermute, Brian ist dein Freund?«, frage ich stattdessen.

Sienna lächelt. »Nein, Brian und ich sind nur Freunde. Und das schon, solange ich denken kann.«

Da ich ja schon weiß, dass sie sehr wohl einen Freund hat, bin ich mir nicht so sicher, ob ich mich jetzt besser fühlen soll oder nicht.

»Und wer ist dann der andere Kerl, den ich verjagen muss, wenn ich eine Chance bei dir haben will?«

Sie lacht. Ich glaube, sie nimmt mich nicht richtig ernst.

»Mein Freund ist auch auf die Deep Run Highschool gegangen«, gibt sie zu.

Wir überqueren die Straße und gehen die sandige Holzbrücke hinauf.

»Da ist also Brian und …?«

»Kyle«, sagt sie. »Er hat auch Football gespielt.«

Ich versuche, mich damit zufriedenzugeben, um unsere Unterhaltung in ungefährlicheres Terrain zu steuern. »Kyle …«

»Kyle Price«, wiederholt sie, so als wäre sein Nachname keine große Sache. Ist es aber.

»Warte mal«, sage ich. »Kyle Price? Von der Deep Run Highschool?«

»Genau, kennst du ihn etwa?«

Und das ist der Moment, wo alles unendlich kompliziert wird.

Erinnerungen an ein unvergessliches Play-off-Spiel in meinem Junior Year strömen auf mich ein. Dazwischen tauchen glasklare Bilder eines ganz bestimmten Spielers von der Deep Run auf. Kyle Price war damals mit Abstand das größte Arschloch auf dem Feld. Mann, jetzt wünschte ich fast, Brian wäre ihr Freund.

Wenn es das Schicksal wirklich gibt, dann hat es einen ziemlich fiesen Sinn für Humor. Siennas Freund spielt Football und er hat schon gegen mich gespielt. Klar habe ich Kyle bei diesem Spiel damals das Leben schwer gemacht und mit ausgestrecktem Arm von mir ferngehalten, aber er hat dafür meinen Unterarm gepackt und ihn verdreht. Ohne ein Foul dafür zu kassieren. Mistkerl. Und dann ist da noch das kleine Detail, dass ich ihm nach dem Spiel den Arm gebrochen habe.

Das war alles halb so wild, wie es klingt. Ernsthaft. Ein paar Jungs aus meiner Mannschaft und ich sind nach dem Spiel noch beim *Woodman Sports Grill* vorbeigefahren, um was zu essen. Wie sich herausstellte, hatten Kyle und seine Kumpels dieselbe Idee. Gegnerische Mannschaften, die sich nach einem hitzigen Spiel über den Weg laufen? Das ist kein Zuckerschlecken. Kyle hat den Streit begonnen; ich habe ihn nur beendet.

Und wenn ich jetzt so zurückdenke, dann fällt mir ein, dass Kyle neben einer von den Cheerleadern gesessen hat, als wir hereinkamen – Mund an Mund, wenn ich mich recht erinnere. Und der Punkt ist: Dieses Mädchen war nicht Sienna.

Aber ich sollte nicht petzen. »Wie lange seid ihr zwei schon zusammen?«

Sienna zögert. »Fast drei Jahre.«

»Drei?«

»Ja.«

Nach dem ersten Schreck – ich trete gegen einen Freund an, mit dem sie schon seit drei Jahren zusammen ist! – denke ich an das Football-Spiel und an jenen Abend, an dem ich in das Lokal kam und Kyle gesehen habe, wie er dieses Mädel küsste. Das ist nicht länger als ein Jahr her.

Ich zwinge mich zu einem Lächeln, obgleich mein Inneres in Flammen steht. Nicht nur, dass Sienna einen Freund hat – noch dazu ist der ein Arschloch und ich kenne ihn. Ich bin auf geradezu lächerliche Weise eifersüchtig bei der Vorstellung, wie Sienna auf der Tribüne steht und Kyle Price anfeuert. Ich hätte ihm auch noch den anderen Arm brechen sollen. Kleiner Scherz. Oder doch nicht?

»Price ist also dein Freund, was?«

»Du kennst ihn?«

Ich grinse gequält und spiele mit dem Gedanken, ihr zu sagen, dass sie etwas Besseres verdient hätte.

»Ja«, sage ich stattdessen. »Ich kenne ihn.«

9

Sienna

»Ich habe schon mal gegen Kyle Football gespielt«, erklärt Austin. »Bei den Play-offs vor einem guten Jahr.«

»Im Ernst?«, sage ich.

Was hab ich nur immer mit diesen Football-Spielern? Ich weiß noch genau, wie ich ganz zu Beginn meiner Beziehung zu Kyle dachte, etwas Besseres könnte mir gar nicht passieren, als mit einem Topfootballer zusammen zu sein, samt allem, was damit einherging: dem Coolness-Faktor, den Punkten auf der Beliebtheitsskala und dem ganzen Pipapo. Alles Mist, ich weiß. Das habe ich inzwischen gelernt. Aber dennoch ist aus der Sache mit Kyle mehr geworden. Er bedeutet mir viel mehr als das.

»Es scheint dich zu überraschen, dass ich Football spiele«, sagt Austin.

»Nein, gar nicht. Du warst bestimmt gut.«

Austin macht ein zweifelndes Gesicht.

»Es ist einfach verrückt! Vielleicht hab ich dich da sogar gesehen. Bei dem Spiel.«

Bestimmt habe ich das. Ich war bei allen Spielen dabei. Ich habe mich gegen Ende unseres Junior Years von ihm getrennt, aber im Herbst und Winter und sogar noch im Frühjahr davor waren wir unzertrennlich.

»Ich kann mich sogar ziemlich genau an das Spiel erinnern«, sage ich, während die Einzelheiten langsam wieder an die Oberfläche steigen. Die fiese Erkältung, die ich schon seit zwei Wochen mit mir rumschleppte und deretwegen ich früher vom Spiel weggegangen war. Und der arme Kyle, der mit einem gebrochenen Arm nach Hause kam.

»Ihr habt uns komplett abgezockt, stimmt's?«

Austin nickt, und ich habe das Gefühl, dass er sich das Grinsen verkneifen muss.

Heute kommt wirklich alles zusammen. Erst schleppt Brian mich ausgerechnet in den Shop, in dem Austin arbeitet. Anschließend drehe ich mich den ganzen Vormittag vom Strand aus immer wieder zu dem Laden um und schaue alle paar Minuten aufs Handy, wann es denn endlich zwölf Uhr ist. Und dann quetscht mich Austin nach meinem Freund aus.

Dabei müsste mir das wirklich nicht peinlich sein, schließlich ist Austin nur ein Bekannter. Das versuche ich mir zumindest schon die ganze Zeit einzureden. Gerade als ich mich selbst davon überzeugt habe, schleicht sich ein Mädchen mit lila Haarsträhnen an Austin heran und hängt sich an seinen Arm.

»Austin, Baby!«, ruft sie und macht einen Schmollmund.

War ja klar. Die beiden Typen neben dem Mädchen kennen Austin offensichtlich auch. Sie begrüßen ihn mit High fives und Knuffen, die sehr vertraut wirken.

»Sienna, das hier sind Reg und Leo«, sagt Austin.

Leo legt den Arm um mich, als wären wir alte Kumpels. »Na, meine Hübsche?«

Austin schubst ihn scherzhaft beiseite und Leo lacht. Dann deutet Austin auf das Mädchen. Sie gibt sich nicht die geringste Mühe, den grimmigen Blick zu verbergen, mit dem sie mich ansieht. »Und das ist Lindsay.«

Seine Freundin. Ganz offensichtlich. Insgeheim habe ich es schon geahnt, dass es so sein muss. Vielleicht ist sie auch seine Exfreundin. Aber nur vielleicht.

»Sienna.« Lindsay sagt meinen Namen so, als würde sie dabei in ein Stück Seife beißen.

»Ich wollte ein bisschen mit Siennas Freunden am Pier Football spielen«, sagt Austin. »Ihr könnt ja auch mitkommen. Vielleicht können sie noch ein paar Spieler mehr gebrauchen.«

»Nee, Mann«, sagt Leo und setzt die Sonnenbrille auf. »Ich muss an meinem Teint arbeiten.«

Reg schlingt einen Arm um Lindsay und zieht sie hinter sich her, nachdem er uns zum Abschied kurz zugenickt hat.

Nach einer kurzen Vorstellungsrunde schlüpft Brian aus den Flip-Flops und tänzelt auf seine Position. Währenddessen marschiert Austin durch den heißen Sand, als wären seine Fußsohlen aus Leder. Mit einer raschen Bewegung zieht er das T-Shirt aus und wirft es beiseite, was den Blick auf das Tattoo an seinem Arm freigibt. Die dazugehörige Geschichte muss er mir noch erzählen. Ich lasse den Blick in Richtung des Piers wandern, zu dem blauen Hochsitz der Lifeguards, überallhin, nur nicht zu Austin und seinem Sixpack. Doch schon im nächsten Augenblick ertappe ich mich dabei, wie ich ihn wieder anstarre und verfolge, wie sich seine gebräunten Schultern anspannen, während er sich spielbereit macht.

Falls Austin tatsächlich von meinem albernen Breakdance-Stunt beeindruckt war, so war das nichts im Vergleich zu meiner Reaktion auf seinen Umgang mit dem Football. Er fängt ihn lässig und unaufgeregt, als wäre es das Natürlichste der Welt. Ihm geht kein einziger Ball durch die Lappen und einmal wirft er selbst so fest, dass D. J., der den Ball fängt, platt mit dem Rücken im Sand landet.

Nach dem Spiel macht sich Brian über die Kühltasche mit Getränken her. »Welche Position hast du gespielt? Quarterback?«

»Nee«, antwortet Austin. »Cornerback und im Angriff als Wide Receiver.«

»Als Wide Receiver, okay …«, wiederholt Brian mit ehrfürchtigem Unterton. Dann erklärt er Austin lang und breit, wieso er es wegen einer Knieverletzung im letzten Highschooljahr nicht bis in die Football-Mannschaft geschafft hat.

»Beim nächsten Mal ist Austin aber bei uns in der Mannschaft«, ruft Tanner und winkt zum Abschied.

Austin schnappt sich sein T-Shirt und steht auf.

»Musst du los?«

Austin dreht sich zu mir, mit nacktem Oberkörper und Shorts, die ganz tief auf den Hüften sitzen wie bei einem Model, das noch nie einen Hauch von Unsicherheit verspürt hat. »Ich muss gleich zur Arbeit.«

Von wegen. Arbeit? Er hatte doch gerade erst Feierabend. Ich bemühe mich, ein Pokerface aufzusetzen. »Aha, verstehe.«

»Nein, glaub mir. Ich würde gerne noch bleiben. Aber ich habe später noch einen zweiten Job.«

»Komm schon. Zwei Jobs in den Sommerferien?«

»Ist manchmal ziemlich nervig«, gibt er zu.

»Ich will hier in Savannah nur ein paar Tanzkurse pro Woche geben, und da meinte Brian schon, ich würde es mit der Arbeit übertreiben.«

Austin lächelt matt. »Danke jedenfalls, dass du mich hierhergeschleppt hast.«

»Ach, habe ich das?« Ich lache und er stimmt mit ein. »Na

ja, es hat sich jedenfalls gelohnt, dir beim Spielen zuzuschauen. Du bist unglaublich gut.«

Er lächelt.

Ich atme die salzige Luft ein, die vom Meer herüberweht. Der Geruch ist so erfrischend nach einem langen Wochenende mit Spencers depressiver Stimmung und den sorgenvollen Bemühungen meiner Mutter, ihn aufzumuntern. Austin wiederzusehen und einfach nur meinen Namen aus seinem Mund zu hören, ist eine schöne Ablenkung davon.

Austins Handy klingelt und er deutet darauf. »Sorry, ich muss da ...«

»Nur zu.«

»Hey, Jesse«, antwortet er. »Wie geht's Maggie?«

Ich sollte mich nicht wundern. Erst Lindsay und jetzt das. Es grenzt schon an ein kleines Wunder, dass sein Telefon am Freitagabend auf der River Street nicht die ganze Zeit geklingelt hat. Es ist doch ganz klar: Ich bin nur eine von vielen. Ich wette, dass ihn all diese Mädels anrufen, um zu fragen, ob sie ihm gleich bei der Arbeit zusehen dürfen.

Ich verschränke die Arme und beschließe, Austin seinem Telefongespräch zu überlassen, das er unbedingt annehmen musste. Er ist nur irgendein Typ, den ich auf der River Street getroffen habe, nicht mehr. Dennoch kann ich beim Weggehen das Gefühl nicht verleugnen, dass ich mir mehr erhofft hätte.

10

Austin

Ich beende das Telefonat, so schnell ich kann. »Hey«, rufe ich. Sanft fasse ich Sienna am Handgelenk und drehe sie zu mir herum. Ehrlich gesagt, freue ich mich sehr darüber, dass sie den reichen Sunnyboy links liegen gelassen hat, um mit mir zu reden, und ich werde nicht zulassen, dass sie so einfach zu ihm zurückgeht.

»Das war der alte Jesse«, erkläre ich. »Ich gehe für ihn mit seiner Hündin Maggie Gassi.«

Wenn ich es irgendwie schaffe, führe ich Maggie jeden Tag für Jesse aus. Er ist zwar der Besitzer von *Marjorie's Café*, aber der Laden ist echt alt und dringend renovierungsbedürftig und der Umsatz nicht gerade toll. Außerdem hat Jesse starke Arthritis und braucht daher Hilfe mit seinem Hund.

Sienna richtet den Blick aufs Meer hinaus. »Ist das dein zweiter Job? Mit dem Hund Gassi gehen?«

»Nein, das ist kein Job.«

Sie lacht leise. »Dann tust du das also aus reiner Herzensgüte?«

Die korrekte Antwort darauf lautet *Ja*. Deswegen weiß ich nicht so recht, was ich antworten soll. »Ich mag Hunde.«

»Hast du einen?«

»Den besten Hund der Welt.«

»Wirklich den besten?«

»Hey, bei den *Pralines* hatte ich doch auch recht, oder?«

Sie lächelt. »Das stimmt.«

»Er heißt Turbo«, fahre ich freiwillig fort, weil dieser Teil meiner Vergangenheit problemlos ist.

»Und was ist dann dein zweiter Job?«

Ein Blick zu Sunnyboy hinüber zeigt mir, dass er so tut, als wäre er ganz mit seinem Getränk beschäftigt, während er uns nicht aus den Augen lässt. »Ich arbeite abends als Kellner im *Westin*.«

»Im *Westin*!«

»Genau. Schon mal davon gehört?«

»Natürlich. Total chic da. Meine Mom hat immer davon gesprochen, dass sie mal dort absteigen will.«

»Aber ihr habt es nicht getan?«

»Mein Dad wollte dafür kein Geld ausgeben, weil wir doch das Strandhaus haben, wo wir umsonst wohnen können.«

So langsam wird mir klar, nach welchem Elternteil Sienna kommt. Sie hat aber noch nicht viel von ihrem Dad erzählt. Allerdings wird sie von mir bestimmt auch nie ein einziges Wort über meinen erfahren.

»Wow. Zwei Jobs«, sagt sie. »Da bist du ja ziemlich beschäftigt.«

Eigentlich habe ich ja sogar drei Jobs, aber das erwähne ich jetzt lieber nicht. Samstags arbeite ich meistens beim *Federal Law Enforcement Training Center* in Brunswick und mime zu Übungszwecken für angehende Polizisten die Rolle des Verdächtigen. Ziemlich coole Sache, eigentlich.

Sienna fährt mit der Hand über ein wildes Grasbüschel, das aus dem Sand wächst. »Du bist anders als andere Typen, weißt du das?«

Lange Pause. »Okaaay.«

»Das ist positiv gemeint!«, schiebt sie rasch hinterher. »Ich meine, die meisten sitzen irgendwie den ganzen Tag nur rum und quatschen über Videospiele.«

Der Wind weht ihr eine Haarsträhne übers Gesicht. Ich stelle mir den Rest des Nachmittags vor, den wir miteinander verbringen könnten, und das ist ein weitaus reizvolleres Bild, als den ganzen Abend lang Leute zu bedienen.

Sie hat einen festen Freund. Wir beide sind einfach so befreundet. Ich schätze mal, mehr ist da nicht, oder? Aber ehrlich gesagt, ist das doch eine ziemlich öde Option. Was genau können *Freunde* schon zusammen machen? Jedenfalls nicht das, was mir vorschwebt, da bin ich mir sicher. Ich habe das Gefühl, dass auch Sienna die Antwort nicht weiß, und deswegen gibt es nur einen Weg, es herauszufinden. »Hast du schon mal die Sterne über Savannah gesehen?«, frage ich sie unumwunden.

Sie legt die Stirn in Falten. »Äh, ja.«

Ich schüttele den Kopf. »Aber noch nicht so.«

»Was genau meinst du?«

»Hast du am Freitagabend Zeit? Ich meine natürlich, falls du nicht schon was mit Brian vorhast.«

Am liebsten würde ich auch noch Kyle erwähnen, merke aber an dem scharfen Blick, den sie mir zuwirft, dass ich bereits zu weit gegangen bin. Im Grunde ist mir das egal. Ihr Freund ist der totale Loser, und ich habe vor, das zu ändern.

Sienna verschränkt die Arme. »Ja, zufällig habe ich am Freitagabend noch nichts vor.«

»Sweet. Um fünf?«

Sie unterdrückt ein Lächeln. »Und was hast du vor?«

Ich zwinkere ihr zu, denn das soll eine Überraschung werden. »Ich will dir etwas zeigen.«

11

Sienna

Mir geht es nicht anders als allen anderen Austin-Fans dort draußen (von denen es mit Sicherheit jede Menge gibt, vor allem weibliche): Meine Füße sind zappelig wie sonst was, während ich auf dem Parkplatz am Pier warte, wo er mich wie verabredet abholen soll. *Die Sterne über Savannah*. Mehr hat er mir nicht verraten. Ein glühender Blick aus diesen blauen Augen und ich war Wachs in seinen Händen. Die Einzelheiten waren mir ganz egal.

Nur Freunde, ermahne ich mich selbst.

Mein Blick schweift über den mit Möwen gesprenkelten Nachmittagshimmel und ich registriere nur im Hintergrund das Geräusch eines Motorrads, das auf den Parkplatz einbiegt. Dennoch durchläuft mich ein Schauder bei der Erinnerung an die Motorräder an jenem Abend, an dem mein Vater starb. Dieses Motorrad hier ist schwarz-weiß, und die Motorräder, die auf meine Spur eingebogen sind, waren – oh, es macht mich ganz verrückt, dass ich mich nicht daran erinnern kann – auf jeden Fall nicht weiß.

Ich wende mich ab, um den Anblick des näher kommenden Motorrads zu vermeiden, aber dieser dreiste Fahrer hält direkt vor meiner Nase. Und dann zieht er den Helm ab und ich kann diesen unglaublichen blauen Augen nicht mehr ausweichen.

Nur Freunde, ermahne ich mich in Gedanken.

»Hey«, sagt Austin und schwingt sich vom Motorrad. Oh, er riecht einfach himmlisch. »Wohnst du hier in der Nähe?«

Mein Blick schweift über den Pier. Ich wollte nicht, dass Austin unser monstergroßes Strandhaus sieht, und vor allem wollte ich vermeiden, dass meine Mutter ihn sieht. Der Pier war ein guter Treffpunkt. Auf halber Strecke.

»Hier um die Ecke.« Ich starre wieder auf sein Motorrad. »Fahren wir etwa damit?«.

Er klopft kräftig auf die Maschine und lächelt. »Na klar.«

Ich schlucke heftig, was ihm nicht entgeht.

»Ist das okay für dich?«

Ich atme aus und nickte. »Klar. Bin nur noch nie mit einem gefahren.«

»Im Ernst?«

Ich nicke wieder und Austin hält meine Angst für Aufregung. Er reicht mir einen Helm, klappt die hinteren Fußstützen für mich aus und schwingt sich in den Sattel. Meine Hände zittern, während ich mir den Helm über den Kopf ziehe und unter meinem Kinn befestige.

Ich kann nicht glauben, was ich hier tue. Ein Motorrad. Was, wenn mich die Erinnerung an den Unfall wieder überfällt und ich ohnmächtig werde? Hier auf dem Motorrad?

Nicht auszumalen!

»Steig auf«, fordert er mich mit einem Blick über die Schulter auf, bei dem meine Knie ganz weich werden. Ich rutschte auf den Platz hinter ihm, wobei ich mir äußerst bewusst bin, wie nah ich seinem Rücken, seinen Schultern und jedem einzelnen Muskel direkt vor mir bin. Ich könnte die Augen schließen und seinen Duft für immer einatmen. Ein erdiger, frischer Geruch mit einem Hauch Aftershave. Er lässt den Motor aufheulen, was auch nicht gerade dazu beiträgt, meinen Adrenalinspiegel runterzubringen.

»Du wirst dich an mir festhalten müssen, auch wenn das deinem Freund nicht gefallen würde.«

Er sprich das Wort *Freund* aus wie meine Mutter *Dreck*, wenn der sich auf unserem Küchenfußboden befindet.

Ich boxe ihn spielerisch gegen den Arm. »Hey, so schlimm ist er nun auch wieder nicht.«

Austin dreht den Kopf zurück und schaut mich vielsagend an. Dann nimmt er meine Hände und legt sie sicher um seine Taille. Ich spüre die Wölbungen seines Sixpacks an meinen Armen, und während wir langsam Geschwindigkeit aufnehmen, überlege ich ernsthaft, was mich eigentlich noch mit Kyle verbindet.

Wir fahren Kilometer um Kilometer, um uns nur der weite Himmel und Marschland. Es dauert nicht lange, bis ich Austins Hemd nicht mehr gar so fest umklammere und mich entspannt an seinen Rücken lehne. Ich sehe die Fischerboote, die neben uns im flachen Wasser herumtuckern, und genieße die Fahrt mit jedem Kilometer mehr.

Als wir die Stadt erreichen und langsamer werden, frage ich ihn: »Hattest du schon mal einen Unfall?«

Er lacht leise. »Wieso? Hast du etwa Angst?«

»Nein, es interessiert mich nur.«

Er schüttelt den Kopf.

»Noch nicht mal beinahe?«

»Nee. Aber es gibt wirklich mehr als genug Motorradfahrer, die durch die Gegend rasen, als wären sie unbesiegbar.«

»Und das tust du nicht?«

»Wenn man wie ein Idiot fährt, ist es nur eine Frage der Zeit«, antwortet er.

»Gut, dass du vorsichtig bist«, stimmte ich zu.

»Es reicht nicht, vorsichtig zu sein. Nicht immer. Es stimmt schon, was immer gesagt wird: Die Leute beachten Motorradfahrer einfach nicht. Deswegen muss man eine Kollision vorhersehen, um sie zu vermeiden.«

Mich überkommt wieder das Schuldgefühl. Ich hätte dieses Thema nicht aufbringen sollen. Ich habe in jener Nacht auf das Feuerwerk geachtet und nicht auf die Straße. »Du willst also sagen, dass das hier eine ziemlich gefährliche Sache ist?«, necke ich ihn in dem Versuch, den Unfall aus meinen Gedanken zu verdrängen.

Wir parken am Straßenrand und Austin nimmt den Helm ab. »Deswegen trägst du ja den guten Helm.«

Jetzt erst bemerke ich den Helm, den er trägt: abgetragen, zerkratzt und ein bisschen kaputt. Ich ziehe seinen guten Helm aus. Schwarz glänzend. Schlicht. Nicht wie der, den der Motorradfahrer in jener Nacht getragen hat. Ich kann mich nicht genau erinnern, warum der Helm damals so anders aussah. Da gibt es ein ganz bestimmtes Detail, das ich aber nicht mehr abrufen kann. Mein Hirn lässt nicht zu, dass ich dieses Bild an die Oberfläche ziehe. »Und was ist mir dir?«

Austin stellt den Motor ab und hilft mir beim Absteigen. »Dein Gesicht ist viel hübscher als meins und bedeutet mir außerdem viel mehr. Komm jetzt«, sagt er und führt mich auf einen baumbestandenen Platz inmitten der Häuser. »Weißt du, was das hier ist?«

Von den Eichen um uns hängt in langen Strähnen Spanisches Moos herunter. In der Mitte des Platzes steht ein Denkmal von irgendeinem Kerl mit einem Schwert. Ich kneife die Augen zusammen, um das Schild zu entziffern. »Chippewa Square?«

»Genau«, sagt Austin. »Dieser Platz hier ist dem Andenken der Soldaten gewidmet, die in der Schlacht von Chippewa während des Krieges von 1812 gefallen sind.«

»Und wer ist der Typ da?«, frage ich und zeige auf das Denkmal.

»General Oglethorpe.«

Ich werfe Austin einen beeindruckten Blick zu.

Er lächelt und deutet auf eine Ecke des Platzes. »Ich wette, du hast diesen Platz hier schon mal gesehen.«

Ich schaue mich um. »Nein. Ich glaube nicht.«

»Schaust du gern Filme?«

»Wer tut das nicht?«

»Dann rate mal, wofür dieser Ort hier berühmt ist!«

»Hat das etwas mit einem Film zu tun?«

Schließlich gibt er mir einen Tipp. »›Das Leben ist wie eine Schachtel *Pralinen*‹«, sagt er mit tiefstem Südstaatentonfall.

»*Forrest Gump*!«

Austin deutet auf den Boden zu unseren Füßen.

»Das ist nicht dein Ernst! Haben sie die Szene hier auf der Bank gedreht? Genau hier?«

Austin nickt und führt mich sanft weiter, wobei seine Hand ganz unten auf meinem Rücken liegt und mir kleine Schauer den Rücken hinunterjagt.

»Das war doch nicht hier, du Penner!«, ertönt plötzlich eine heisere Stimme und lässt uns beide zusammenzucken. Sie gehört einem von drei Männern, die auf einer Bank aus Zement sitzen. Der Typ hat einen zotteligen, grau melierten Bart und trägt eine gebatikte Bandana auf den fettigen Haaren. Und er hat Austin tatsächlich »Penner« genannt.

»Es war genau dort drüben«, lispelt einer der anderen beiden. Er beugt sich vor und deutet auf einen Punkt am Boden, vielleicht einen Meter vor unseren Füßen. Er sieht aus wie einer, der Kautabak spuckt, ohne dass irgendjemand auch nur bemerkt, wie sich seine Lippen öffnen. Der dritte Typ deutet einfach nur gen Himmel und blickt hinauf, als könnte er dort Dinge sehen, die für niemanden sonst sichtbar sind. Was vermutlich so ist.

Austin hebt beschwichtigend die Hände. »Hey, Mann, ich werde mich doch hier nicht mit drei Hippies anlegen. Ihr seid in der Überzahl.«

Ich stupse ihn an. »Austin«, flüstere ich eindringlich und bin mir dabei nicht mal ganz sicher, ob *Hippie* nun eine Beleidigung ist oder nicht.

Der Bärtige springt auf und fängt an, mit großen Bewegungen Luftgitarre zu spielen. »*If you're going to San Fran-cisco ...*«, singt er.

Austin lacht und ich entspanne mich. »Wie geht's, Milo?«

»Hey, Bro«, erwidert der bärtige Hippie.

Natürlich. Wieder mal ein paar Typen, die Austin kennt, nachdem er gerade mal ein Jahr in dieser Stadt gelebt hat. Austin stellt mir Milo, Tolby und Freedom vor.

»›Freedom‹?« Ich bin mir nicht sicher, ob ich richtig gehört habe.

Freedom gibt mir einen Kuss auf den Handrücken. »Genau, Freedom. Erst wenn wir alles verloren haben, haben wir die Freiheit, alles zu tun.«

Was immer Austin noch nicht weiß über *Forrest Gump*, das wissen diese drei Freidenker. Sie erzählen uns mehr, als wir überhaupt wissen wollen. Bevor wir gehen, fordern sie Austin auf, auf jeden Fall eine Palmblatt-Blüte für mich zu machen, ansonsten könnte er sich auf etwas gefasst machen.

Freedom schenkt mir ein gelbzahniges Lächeln. »Sonst verliebt sie sich noch in mich, anstatt in dich.«

Ich grinse. Mmm, die Versuchung ist groß.

Das Dauerlächeln bleibt auf meinem Gesicht, während Austin mit den Blättern einer Palme hantiert und sie durch Drehen und Falten zu einer dreidimensionalen Kreation zwirbelt, die schließlich Ähnlichkeiten mit einer verwelkenden Rose hat. Er lässt sich auf ein Knie nieder und überreicht sie mir begleitet vom Applaus der drei Hippies und einem stillen Seufzer von mir. Er hat sich allen Ernstes vor mir hingekniet.

Ich nehme die Palmblatt-Rose an.

»Make love, not war«, ruft uns Tolby noch hinterher, und bevor ich es verhindern kann, schließt er mich zum Abschied unangenehm lang in die Arme. Dennoch lässt mich die Herzlichkeit der drei meine erste Reaktion auf sie infrage stellen.

Ich setze mich hinter Austin auf das Motorrad und schlinge meine Arme um ihn. »Wie machst du das nur?«

»Was denn?«

»Du lebst erst seit einem Jahr hier und schon wissen alle Leute, wie du heißt. Im Laden. Auf der Straße. So, als würdest du eine besondere Anziehungskraft auf sie ausüben.«

Er verzieht das Gesicht. »Eine besondere Anziehungskraft?«

Ich erröte, weil nur jemand, der sich selbst von ihm angezogen fühlt, diese Formulierung wählen würde. »Komm schon. Ich bin schon, solange ich denken kann, jeden Sommer hier und kenne kaum jemanden. Du kennst alle.«

»Ich kenne bei Weitem nicht alle.«

»Wie machst du das?«

Nachdenklich schürzt er die Lippen. »Ich weiß nicht. Es sind lauter nette Leute. Ich bin hier, sie sind hier und dann kommen wir irgendwie ins Gespräch.«

»Und schon seid ihr Freunde, einfach so?«

Austin zuckt die Schultern. »Alle Menschen wollen Freunde.«

»Sie wollen *dich* als Freund.«

»Nein, sie wollen nur jemanden, auf den sie sich verlassen können«, sagt Austin und startet den Motor.

Das kam ziemlich überraschend. Während er losfährt, überlege ich, ob da wohl eine gewisse Bitterkeit mitschwang, so als wäre sein Vertrauen in der Vergangenheit enttäuscht worden. Und vielleicht ist Austins Lächeln nicht nur Ausdruck seines Charmes, sondern etwas, auf das sich die Leute verlassen können. Etwas, das er selbst vielleicht immer vermisst hat.

Die Sonne versinkt langsam am Horizont, als wir unsere kleine Motorradtour durch Savannah beenden. Austin biegt von der Broad Street ab und hält neben einem Gebäude aus alten Ziegeln und einer Holzverschalung, an der ein Schild hängt: *The Pirate's House*.

»Von dem Restaurant hab ich schon gehört, aber ich war noch nie hier«, sage ich beim Eintreten.

»Nun, es scheint heute Abend jedenfalls ziemlich angesagt zu sein«, meint Austin, als wir uns in die Schlange von Leuten einreihen, die auf einen Platz an einem der Tische warten.

Etwas weiter hinten belagert eine Gruppe von Jugendlichen einen kostümierten Mann und lässt sich mit ihm fotografieren. An seiner Stimme erkenne ich ihn sofort – oder vielmehr die Person, die er darstellen soll.

»Trinkt aus, Piraten, Yo-ho«, grölt er gerade, als die Gruppe sich ein wenig teilt und ich einen Blick auf ihn erhaschen kann. Ich zerre Austin hinter mir her, damit er mit meinem Handy ein Foto von Captain Jack Sparrow macht.

»Elizabeth! Bist du es wirklich, mein Schatz?« Jack Sparrow legt mir den Arm um die Schultern und benimmt sich genauso besoffen wie sein Vorbild aus dem Film. Wahrscheinlich ist er es auch. »Ich hasse meinen Job«, neckt er und drückt mir einen dicken Schmatzer auf die Wange, während Austin das Bild macht. Einen Kuss, der mich voll auf die Lippen erwischt hätte, wenn ich nicht in letzter Sekunde den Kopf ein Stück gedreht hätte.

»Soll ich auch noch eins von euch machen, Süße?« Offensichtlich enttäuscht deutet Sparrow auf Austin und mich.

»Ja, klar.«

Austin und ich zaudern wie Verwandte, die sich zum ersten Mal sehen und nicht wissen, ob sie nur Hände schütteln oder sich umarmen sollen. Schließlich legt er den Arm auf meine Schulter und ich lege meinen um seine Taille. Der Klick meiner Handykamera beendet den Augenblick viel zu schnell.

»Ruf mich an, wenn es nichts wird mit euch zwei, Süße.« Und dann schlendert Sparrow davon, wobei seine Stiefel auf dem Holzboden klappern.

»Erst Brian, dann Kyle und jetzt muss ich es auch noch mit Captain Jack Sparrow aufnehmen«, scherzt Austin, als der Kellner uns die Speisekarten reicht. Da steckt Sparrow den Kopf zur offenen Tür herein und hebt sein Bierglas mit einem verführerischen Blick zu mir. Austin hebt die Augenbrauen. »Oh Mann, das ist echt harte Konkurrenz!«

Unsere Blicke kreuzen sich und ich lache, während wir uns in die Augen sehen. Nervös wende ich den Blick ab, konzentriere mich auf meine Speisekarte und Austin tut es mir nach.

»Hast du dich schon immer für Geschichte interessiert?«, frage ich, während ich mir all die kleinen historischen Tatsachen in Erinnerung rufe, die er mir auf unserer kleinen Stadtrundfahrt erzählt hat.

Austin zuckt die Schultern.

»Hast du das von deinem Dad, dieses Interesse für Geschichte?«

Ich kann Austins Reaktion nicht recht deuten. Schließlich kneift er die Lippen zusammen und schüttelt den Kopf. »Nein.«

»Von deiner Mom?«

Austin unterdrückt ein Kichern. »Sofern es sich nicht um die Geschichte des Brathähnchens oder die Entwicklung des Backofens handelt, ist ihr das ziemlich egal.«

»Sie kocht also gerne«, stelle ich fest, während der Kellner einen Korb mit Maisbrot und Brötchen auf den Tisch stellt und uns Wasser einschenkt. Austin schneidet eine Grimasse. »Ja, sie ist eine tolle Köchin. Aber was ist eigentlich mit deinen Eltern? Wie sind die so?«

Die Frage hat auf mich die gleiche Wirkung wie immer, wenn jemand meine Eltern in der Gegenwartsform erwähnt, so als wären sie beide noch am Leben. Ich hole tief Luft. »Meine Mutter hat früher auch getanzt. Aber sie hat einen Abschluss in Ernährungswissenschaften. Ist total auf gesundes Essen und so fixiert.«

Austin nickt. Der Gedanke an meinen Dad versetzt meinem Herzen einen scharfen Stich, und ich bin mehr als erleichtert, dass uns der Kellner unterbricht, um unsere Bestellung aufzunehmen.

»Fang du an«, sage ich zu Austin, um noch rasch einen letzten Blick auf die Karte werfen zu können.

»Ich nehme die Scampi«, sagt Austin.

»Die nehme ich auch.«

»Du kannst dir aussuchen, was du willst«, versichert Austin mir, während der Keller davongeht.

»Oh, ich mag Scampi. Das war auch das Lieblingsessen von meinem Dad.«

Austin nickt und sieht mich unverwandt an. Zweifellos kann er eins und eins zusammenzählen. *War*. Ich habe *war* gesagt, nicht *ist*. »Und was ist jetzt mit deinem Dad?«

Ich versuche zu lächeln, doch trotz des bunten Treibens an den Tischen der holzgetäfelten Gaststube breitet sich Leere in mir aus und alles wird still. »Er ist letzten Sommer gestorben«, sage ich und drehe nervös mein Glas im Uhrzeigersinn.

Austin lässt ein paar Sekunden des Schweigens vergehen, ehe er leise sagt: »Das ist … beschissen.«

Das bringt mich, ganz gegen meinen Willen, zum Lachen.

Er verzieht entschuldigend das Gesicht. »Das war blöd. Mein Fehler. Ich finde nur, dass diese ›Das tut mir leid‹-Nummer so abgelutscht klingt.«

»Stimmt.«

»Nicht, dass das, was ich gesagt habe, so viel besser wäre, aber …«

»Nein, das passt schon«, lache ich. »Und es ist ja wirklich beschissen. Absolut.«

Ich bemerke kaum, dass er sich nach vorne beugt. Plötzlich liegt seine Hand auf meiner und ich muss aufhören, mein Wasserglas zu drehen. Seine Berührung ist unglaublich aufregend und tröstlich zugleich. »Es tut mir leid.«

Unsere Blicke verschmelzen miteinander. Gleich nach dem Tod meines Vaters habe ich viel über ihn geredet, vor allem mit Kyle, weil meine Mutter und Spencer es nicht ertragen konnten. Aber ich habe mich dabei immer gefragt, ob Kyle mir eigentlich wirklich zuhört. Er schien in Gedanken immer beim Football oder bei der nächsten Party zu sein – er war einfach zu unbeschwert, um sich wirklich mit dem Tod zu beschäftigen. Und so habe ich dann schließlich ganz aufgehört, über meinen Vater zu sprechen.

Ich schließe die Augen und atme tief ein, um das nervöse Gefühl von Übelkeit in meiner Brust zu vertreiben. »Kann ich dich was fragen?«

Austin beugt sich vor. »Natürlich.«

»Als ich neulich auf der River Street umgekippt bin und du mich aufgefangen hast, wie lange war ich da ohnmächtig, bevor ich wieder aufgewacht bin?«

Austin überlegt. »Fünf bis zehn Sekunden etwa.«

»Zehn Sekunden!« Der komplette Traum, in dem ich meinen Dad in dem Garten gesehen und mit ihm gesprochen habe … »Wow.«

»Was meinst du?«

»Es hat sich viel länger angefühlt«, sage ich und spiele mit dem Gedanken, Austin alles zu erzählen: dass ich schon zweimal ohnmächtig geworden bin und dass ich beide Male von meinem Dad geträumt habe.

Auf keinen Fall. Bestimmt hält er mich dann für komplett durchgeknallt.

»Ich bin auch mal umgekippt«, wirft Austin ein, als unser Gespräch allzu sehr zu versiegen droht.

»Echt? Wie?«

»Gehirnerschütterung. Beim Football.«

Kyle hatte auch schon mal eine Gehirnerschütterung, denke ich, aber ich halte den Mund.

»Vermutlich werde ich nicht sehr alt«, fügt Austin hinzu.

»Was?«

»Eigentlich waren es nämlich sogar zwei Gehirnerschütterungen.«

»Zwei?«

»Yep.«

»Ist das nicht irgendwie gefährlich? So nach dem Motto: drei Treffer und du bist raus?«

»Ich schätze, so könnte man es formulieren«, sag er. »Da hast du's. Meine Tage sind gezählt. Ist nur so eine Ahnung.«

Er macht Witze, aber es stößt mir dennoch unangenehm auf. Ich war dem Tod schon einmal viel zu nahe, und damals ist mir klar geworden, wie viel der Lebenswille in einer solchen Situation bewirken kann. »Sag das nicht. Du musst noch lange leben.«

Ein Lächeln breitet sich auf seinem Gesicht aus. »Du meinst also, du bist daran interessiert, mich noch ein wenig um dich zu haben, Sienna?«

Die Situation ist mir so unglaublich peinlich, dass meine Wangen zu glühen beginnen. »Ja, das bin ich, in der Tat.«

»Gut«, sagt Austin und blickt zur Türöffnung in meinem Rücken. Ich drehe mich um und erhasche gerade noch einen Blick auf die Dreadlocks von Jack Sparrow, bevor er sich rasch wieder hinter dem Türrahmen versteckt. »Weil ich nämlich glaube, dass Captain Jack sich nach dem Essen mit mir duellieren will, und ich gerne wüsste, mit welchem von uns du hinterher lieber abziehen würdest.«

»Eindeutig mit dir!«, stoße ich prustend hervor.

»Ich weiß nicht. Wenn jemand das Foto von euch beiden mit dem Bild von uns vergleicht, könnte er da vielleicht anderer Meinung sein.«

»Was soll das denn heißen?«

»Immerhin hat er dich geküsst!«, sagt Austin. »Und ich könnte deswegen eifersüchtig sein. Wenn ich es mir recht überlege, werde ich mich wohl doch auf dieses Duell mit ihm einlassen.«

»Glaub mir, deine Lippen wären mir deutlich lieber gewesen als seine«, lache ich.

Austin beugt sich vor. »Soll das eine Aufforderung sein?«

Das versetzt mein Herz in Flattermodus. Ich lächele, wende aber zugleich den Blick ab. Jedes einigermaßen zurechnungsfähige Mädchen würde bei diesem Kerl so schnell wie möglich »JA!« schreien.

Der Kellner bringt unser Essen und ich kann kneifen.

Nach dem besten Southern Food, das ich je gegessen habe, machen wir noch einen Rundgang durch das Restaurant, das früher, vor vielen Jahren, einmal eine Seemannskneipe war. Wir kommen an einem türkisfarbenen Ofen vorbei, der aussieht, als hätte er schon vor dem Bürgerkrieg da gestanden, und der nach Austins Meinung erschreckende Ähnlichkeit mit dem Ofen hat, der in der Küche seiner Mutter zu Hause in Virginia steht.

Eine SMS kommt rein und ich werfe einen verstohlenen Blick auf mein Handy.

Nicht viel. Abhängen. Und du?

Kyles Antwort auf eine SMS, die ich ihm vor ein paar Stunden geschickt habe. Typisch Kyle, ja nie zu viele Worte oder zu viel Zeit verschwenden – immer so, dass ich mir ein wenig mehr gewünscht hätte. Und er und Austin kennen sich. Ich rufe mir in Erinnerung, dass das hier nur eine Verabredung mit einem

Bekannten ist. Versuche damit, den Aufruhr in meinem Herzen zur Ruhe zu bringen.

Auf dem Weg nach draußen lasse ich das Handy wieder in die Tasche gleiten. »Es ist ja wirklich unglaublich, dass du auch in Virginia aufgewachsen bist.«

Das gedämpfte Licht wirft einen warmen Schein auf Austins Profil, als er sich zu mir umdreht. »Wenn ich gewusst hätte, dass du da irgendwo in der Nähe bist, dann hätten wir schon viel früher einen Abend miteinander verbracht.«

Langsam streicht er mir die Haare aus dem Gesicht. Mein Atem stockt. Außer der Berührung seiner Hand und der Nähe seines Körpers weicht alles andere aus meinem Denken. Er neigt sich vor und mein Körper erstarrt, als er meine Stirn küsst. Erstarrt, bis auf den schnellen Schlag meines Herzens und das Rauschen des Blutes in meinen Adern.

Langsam löst er sich von mir und sucht meinen Blick. »Diesen Kuss habe ich mir ausgemalt seit dem Abend, als wir uns das erste Mal getroffen haben.«

Jetzt fällt es mir wieder ein. Austin schuldete mir noch einen Kuss von unserer kleinen Breakdance-Einlage auf der River Street. Eigentlich ein Wunder, dass ich das vergessen konnte – jetzt würde ich mich am liebsten zu ihm neigen, um mehr davon zu bekommen.

Seine Hand tastet nach der Tür hinter ihm und er drückt sie auf. »Ich komm nach vorne gefahren und hol dich.«

Nachdem er fort ist, bleibe ich neben der Tür stehen. Nur Freunde? Ich hole tief Luft und lehne mich gegen die Wand. Ich ziehe das Handy aus der Tasche und lese noch einmal Kyles kurze SMS. Soll ich ihm antworten? Und wenn ja, wie und was? Fällt es ihm auf, wenn ich nicht reagiere? Macht es ihm überhaupt etwas aus? Das sind Fragen, die unsere Beziehung, ehrlich gesagt, schon vom ersten Tag an belastet haben. Mich zumindest.

Um mich abzulenken, schaue ich mir stattdessen die Fotos auf dem Handy an und amüsiere mich über mein verzerrtes Gesicht, als Jack Sparrow mir den Kuss auf die Wange drückt. Dann betrachte ich das Foto von Austin und mir. Ich vergrößere das Bild, um es besser sehen zu können, und verliere mich ganz darin.

Ich stehe da, den Arm um Austin gelegt, und lächele in die Kamera. Auch auf Austins Gesicht liegt ein Lächeln, doch da gibt es einen Unterschied: Anstatt in die Kamera zu schauen und sich von seiner besten Seite zu zeigen, ist sein Kopf zur Seite gewandt. Er scheint sich nur für eines zu interessieren: Sein Blick ruht fest auf mir.

Oh, ich bewege mich auf dünnem Eis. Der Sturm in meinem Inneren wird stärker, wirbelt alles durcheinander und fegt meine Gefühle für Kyle beiseite. Das alles verwirrt mich, und plötzlich frage ich mich, wie um alles in der Welt es so weit kommen konnte, wie ich mich in diese Lage gebracht habe. Eigentlich passt es gar nicht zu mir, so hin- und hergerissen zu sein.

Ich drücke das Handy an meine Brust und gebe schließlich nach. Es ist sinnlos, es noch länger zu leugnen. Ich habe mich bis über beide Ohren in Austin Dobbs verliebt.

12

Austin

Sienna blickt zu dem riesigen Hotelkomplex empor. »Das *Westin?*«

»Ich hab dir doch gesagt, dass wir uns die Sterne über Savannah ansehen.«

Sienna strahlt.

»Austin!«, ruft Jimmy, der Portier, als wir hineingehen. Beinahe rennt er einen Hotelgast über den Haufen, so eilig hat er es, zu mir zu kommen. Jimmy ist einer von den ganz hartgesottenen Football-Fans, die sich das ganze Gesicht in Vereinsfarben anmalen und halb nackt im Stadion herumtanzen.

»Hey, Jimmy.«

Jimmy strahlt mich an und ignoriert den Gast, der sich vergeblich um seine Aufmerksamkeit bemüht, einen Mann im Anzug, der es offensichtlich nicht gewohnt ist, dass man ihn warten lässt. »Freust du dich schon auf …«

»Jimmy«, schneide ich ihm kurzerhand das Wort ab, bevor er sich über Football auslassen kann. »Das ist Sienna.«

Jimmy stammt aus Florida, und deswegen zähle ich momentan zu seinen Superhelden. Es hat nun mal eine gute wie auch eine schlechte Seite, wenn man eine gewisse Bekanntheit erlangt. Das ist mir ziemlich schnell klar geworden.

Ich werde nämlich ab diesem Herbst für die University of Florida Football spielen und hier im Süden ist es ein große Sache, ein Spieler der *Florida Gators* zu sein. Ebensogut könnte man die Buchstaben VIP vorne auf der Brust tragen. Wenn die Leute das herausfinden, also zumindest Leute wie Jimmy, die sich für Sport interessieren, dann behandeln sich mich meist wie einen Star. Wobei es nur ein Problem gibt – ich *bin* kein Star.

»Ist Mr Saunders draußen?«

»Ja«, antwortet Jimmy, »er wartet am Anleger auf dich.«

»Danke«, sage ich und führe Sienna durch die hinteren Türen, am Pool vorbei zum Bootsanleger am Fluss. Sienna blickt verwirrt, bis ich vor einer kleinen Jacht stehen bleibe. Darauf sitzt Mr Saunders, die Beine übereinandergeschlagen, die Füße auf ein Kissen gelegt. Ich habe Mr. Saunders noch nie ohne ausgebreitete Zeitung vor sich gesehen. Er hat mich aus dem Sportteil erkannt, als ich vor einer Woche zum ersten Mal an seinem Tisch bedient habe.

»Wir fahren mit einem Boot?«, fragt Sienna augenscheinlich überrascht.

Die Zeitung faltet sich zusammen und Mr Saunders blickt auf. Er räuspert sich, ganz geschäftsmäßig wie immer. »Austin, ich hab mir angeschaut, gegen welche Mannschaften die *Gators* spielen werden. Sieht nach ziemlich harter Konkurrenz aus in diesem Herbst.«

Rasch stelle ich ihm Sienna vor, bevor er weiterreden kann. Sienna begrüßt ihn mit ausgesuchter Freundlichkeit und Mr Saunders ist sichtlich beeindruckt. Dann fällt mir wieder ein, dass das hier für Sienna vermutlich kein Ding ist. Schickes

Boot. Mit reichen Leuten auf Augenhöhe reden. Das ist sie natürlich alles gewöhnt.

Wir setzen uns auf das Vorderdeck, wo gerade genug Platz für zwei ist. Saunders lässt den Motor an und wir fahren los.

Sienna saugt alles in sich auf. »Ich kann es noch gar nicht fassen, dass wir echt mit einem Boot fahren!«

Ich kann mir ein Lächeln nicht verkneifen. Ich hätte gedacht, dass es schwieriger wäre, ein reiches Mädchen aus dem schicken Hickory zu beeindrucken. Als Saunders mir angeboten hat, mich einmal auf seinem Boot mitzunehmen, dachte ich zunächst nicht, dass ich tatsächlich darauf zurückkommen würde. Aber nun bin ich hier und sitze neben diesem unglaublichen Mädchen, auf einem Boot, das ich mir nicht in meinen kühnsten Träumen leisten könnte. Das Boot nimmt Geschwindigkeit auf, Siennas Haare flattern im Wind und nicht zum ersten Mal kann ich nur an eines denken: Ich möchte sie küssen. Eigentlich denke ich das, seit ich sie zum ersten Mal gesehen habe.

Das Boot hüpft auf dem Wasser hoch und runter. Sienna lacht und hält sich an meinem Arm fest. Ich lächele, beuge mich zu ihr und atme den Duft ihrer Haare ein. Irgendwie süßlich, nach Grapefruit und Blumen. Betörend.

»Weißt du viel darüber?«, ruft Sienna über das Dröhnen des Motors hinweg.

»Hmm?«

Sie deutet nach oben auf den Sternenhimmel.

Ich lehne mich entspannt zurück und blinzele in den dunklen Himmel empor. Mit dem Finger ziehe ich eine imaginäre Linie zwischen drei Sternen. »Mmmm, das da ist ziemlich sicher der Oriongürtel, oder?«

Saunders stellt den Motor ab und macht es sich in seinem

Sessel gemütlich, indem er die Zeitung wieder aufschlägt. Ich deute auf einen hellen Stern, weil es der einzige ist, den ich erkenne. »Und das ist der Nordstern.«

Sienna unterdrückt ein Kichern. Dann prustet sie los.

»Was ist?«

Sie beißt sich auf die Lippe, um das Lachen zu unterdrücken, und beugt sich zu mir. »Das ist aber die Venus.«

»Der Planet?«

Ich bin beinahe froh, mich gerade zum Affen gemacht zu haben, nur um dieses Lachen zu hören. Sie zieht ihre Handtasche – das schwarze Loch – auf den Schoß und fängt an, darin herumzukramen.

»Sag nicht, dass du da drin auch noch ein Teleskop hast.«

»Nein, nur einen Labello.«

Ich werfe einen kurzen Blick über die Schulter. Mr Saunders ist hinter seiner Zeitung verschwunden und scheint gar nicht zu merken, dass er nicht alleine auf seinem Boot ist. Dann verfolge ich, wie Sienna mit dem Lippenstift über ihre weichen Lippen fährt. Langsam. Verführerisch. Ihr muss doch bewusst sein, was das in mir auslöst. »Willst du auch?«, fragt sie.

Ich würde mir den Labello am liebsten direkt von ihren Lippen holen, doch ich glaube, so hat sie es nicht gemeint. »Nein danke.« Ich wende meine Gedanken wieder den Sternen zu und beuge mich zu ihr. Mit den Lippen streife ich ihr Ohr und flüstere mit leiser, rauer Stimme: »Erzähl mir mehr davon.«

Das Problem ist: Je länger ich diese Lippen ansehe, desto größer wird mein Verlangen danach. Wir sitzen jetzt ganz nah beieinander. Auf keinen Fall gebe ich den Platz zwischen uns auf.

Sie schluckt, nicht nur einmal, sondern zweimal. »Was soll ich dir erzählen?«

Ihre Reaktion bringt mich zum Lächeln und ich deute auf die Sterne.

Ihr Blick flackert und sie blickt beiseite. Dann setzt sie sich auf und deutet gen Himmel. »Das da ist Aquarius, der mit dem Wasser, und die sechs Sterne dort bilden die Lyra.« Ihre weichen, vollen Lippen bewegen sich einladend, um die Worte zu formen. »Du weißt schon, wenn man die miteinander verbindet, dann sieht das Gebilde wie eine Harfe aus.«

Sienna beschreibt noch ein paar weitere Sternbilder, doch als sie merkt, dass meine Blicke nur ihr gelten, hält sie inne, als wüsste sie plötzlich nicht weiter. Dann gibt sie sich einen Ruck, deutet noch auf ein paar weitere, deren Namen sie aber durcheinanderbringt. Schließlich schluckt sie und wagt einen vorsichtigen Blick zu mir. »Das sind nur ein paar.«

»Ein paar? Du hast also als Kind auf eurem Rasen gelegen und astronomische Studien betrieben, wie es sich für ein braves Mädchen gehört?«

Sie sieht mich abschätzend an. »Du hältst mich für ein verwöhntes Gör, oder?«

»Das habe ich nicht gesagt.«

»Nun ja, wenn ich die Sterne angeschaut habe, dann war das meistens beim Arbeiten.«

»Beim Arbeiten?«

»Genau, beim Arbeiten.«

»Nachts?«

Sie hebt den Blick in die Höhe und grinst schelmisch. »Ja. Mit meinem Dad. Wir haben viel zusammen gearbeitet, manchmal bis weit nach Sonnenuntergang.«

Ich nicke beeindruckt.

»Wir haben etwas Land«, erklärt sie.

»So mit Schweinen und Kühen?«

»Nein«, sie lacht, »nur ein, zwei Hektar Grund mit Apfelbäumen und einem Rosengarten.«

»Auf jeden Fall mehr als genug zu tun.«

»Mein Dad konnte das gut, Gärten anlegen und pflegen – wie er überhaupt alles gut konnte.« Sie hält inne und lässt mit einem Lächeln ihre Worte nachklingen. Offensichtlich fällt es uns beiden nicht leicht, über unsere Väter zu sprechen. Mit einem Unterschied: Sienna liebt und bewundert ihren Vater; ich hasse meinen für immer und ewig.

»Du hast ihn sehr geliebt, oder?«

Sienna holt tief Luft und nickt. Plötzlich nehme ich eine ganz neue Seite an ihr wahr. Ja, sie wirkt stark und selbstsicher, aber jetzt erkenne ich auch den tiefen Schmerz in ihren dunklen Augen. Noch nie war sie so schön.

»Dein Freund, Kyle. Ist das eine ernste Sache, oder was?«

Sie errötet derart heftig, dass mir klar wird: Mit dieser Frage hat sie nicht gerechnet. Es ist nicht der richtige Zeitpunkt, um über Kyle zu sprechen. Sie sitzt hier, eng an mich geschmiegt, und ich hab nichts Besseres zu tun, als ihren Freund zu erwähnen. Schön blöd von mir. Saublöd. Aber ich muss es einfach wissen.

Sie klemmt sich die Unterlippe zwischen die Zähne und verzieht den Mund zu einem so hinreißend schüchternen Lächeln, dass es mich fast alle Beherrschung kostet, sie nicht einfach an mich zu ziehen und zu küssen. Ist ihr das unangenehm, weil sie weiß, dass die Wahrheit alles zerstören wird, was hier zwischen uns läuft, oder liebt sie diesen Schlappschwanz etwa wirklich?

»Du musst es mir nicht sagen, wenn es dir unangenehm ist«, sage ich. »Es wird ohnehin nichts an meiner Meinung über ihn ändern.«

»Deine Meinung über ihn?«, bohrt Sienna nach. »Und wie ist die?«

»Ich mag ihn nicht.«

Sie lacht und schweigt dann. Und überlässt mich meinen Zweifeln.

Ich lasse den Blick über jeden ihrer Gesichtszüge wandern, über den Schwung ihrer Lippen. Die Versuchung ist groß, sie einfach zu küssen, egal, welche Folgen das hat. Vergiss das mit der Freundschaft. Sie sieht mich ebenfalls an, und für den Bruchteil einer Sekunde frage ich mich, ob sie wohl gerade dasselbe denkt wie ich.

Sienna räuspert sich. Schaut zur Seite. »Und? Was hast du in diesem Herbst für Pläne?«

Das schon wieder.

Ich weiß nicht recht, warum ich nicht gerne herumerzähle, dass ich aufs College gehen werde – auf ein gutes College, mit einem Stipendium. Vielleicht hängt es mit dem Tag zusammen, an dem mein Vater abgehauen ist. Von da an war alles anders. Die Art, wie mich die Leute angesehen haben. Ich war nicht mehr länger ein Junge mit zwei Elternteilen, einer glücklichen Familie und einer vielversprechenden Zukunft. Von da an war ich das Problemkind, dessen Alter in den Knast gewandert war.

So viel habe ich inzwischen gelernt: Wenn man nur lange genug an einem Ort bleibt, fangen die Leute an zu reden, ganz gleich, wie sehr deine Mutter versucht, die Wahrheit zu vertuschen. Es dauerte nicht lange, bis mir klar war, dass mein Dad nicht auf einer langen Geschäftsreise war, wie meine Mutter behauptete.

Ich lehne mich seitwärts, sodass sich unsere Schultern berühren. »Nicht viel.«

»Ich gehe zurück nach Virginia«, sagt sie.

Das holt mich auf den Boden zurück. »Nach Virginia?«

»Ja. Ich werde an der University of Virginia studieren«, sagt sie leise.

»Oh. Das …«, *ist ja Scheiße*, will ich sagen, aber das lasse ich lieber weg. Natürlich geht sie nach Virginia zurück. Was hatte ich denn erwartet? »Das ist ja cool.«

Die Gegensätzlichkeit unserer Pläne versetzt mir einen Schlag. Wir werden ab dem Herbst mehr als tausend Kilometer voneinander entfernt sein.

»Meine Freundin Haylee und ich werden zusammenwohnen«, fährt Sienna mit etwas übertriebener Begeisterung fort, »Wir wollen beide Tanz studieren.«

»Das ist … toll«, sage ich und muss an ihre Breakdance-Einlage auf der River Street denken. »Natürlich, du solltest unbedingt Tanz studieren.«

Ihr Lächeln verblasst ein wenig. »Danke. Das findet meine Mutter auch.«

»Und du?«

»Also, ich meine, ich tanze total gerne. Schon immer. Klar, der Druck ist unglaublich hoch und alles ist ziemlich krass und die verlangen extrem viel. Auf der Bühne bist du nie perfekt genug, weißt du?«

»Klingt ja nicht so besonders toll.«

Sie lacht. »Doch, schon. Verschiedene Tanzstile zu lernen und stundenlang mit Freunden im Studio abzuhängen … das hat mir immer Spaß gemacht.«

»Aber?«

Sienna zuckt die Schultern. »Es fällt mir irgendwie schwer, so weit in die Zukunft zu sehen. Ich habe mich so lange nur darauf konzentriert, den nächsten Tag zu überstehen, immer einen Tag nach dem anderen …« Sie unterbricht sich, als hätte sie bereits zu viel gesagt. Sie beißt sich auf die Lippe und schaut zu den Lichtern der River Street hinüber, die sich im Fluss spiegeln. »Willst du wissen, warum ich an dem Abend, als wir uns zum ersten Mal getroffen haben, wirklich auf die River Street gegangen bin?«

Ich schiebe ihr eine lose Strähne aus dem Gesicht und fahre ihr mit den Fingern durchs Haar. »Wieso?«

Sie legt den Kopf leicht auf meine Handfläche und atmet tief ein. »Ich habe nach einem Silberdollar gesucht.«

»Hattest du denn einen verloren?«

Sie lächelt und lässt sich in das Kissen neben mir zurücksinken. Ganz nah. »Nicht wirklich. Als ich als kleines Mädchen zum ersten Mal auf der River Street war, haben mein Dad und ich einen Silberdollar auf dem Gehweg gefunden, und irgendwie dachte ich, ich würde vielleicht noch einmal einen finden. Albern, ich weiß.«

Ich lege meinen Arm auf ihren. »Schade, dass du keinen gefunden hast.«

Unsere Blicke kreuzen sich.

Sie weicht meinem Blick aus und schaut nach unten. »Ich habe etwas viel Besseres gefunden.«

Ich lasse meine Finger zwischen ihre gleiten und unsere Hände schmiegen sich aneinander. »Du hast *Pralines* gefunden?«

Lachend lehnt sie sich gegen meinen Arm. So gefällt es mir. Ziemlich cool, ihr so nah zu sein, ihre Finger in meinen. Am liebsten würde ich sie in den Arm nehmen und doch noch diesen Labello probieren. Auf meine Art. Langsam beuge ich mich vor, um genau das zu tun, als ein Schnarcher von Mr Saunders uns beide zusammenzucken lässt.

»Oh, mein Gott!«, keucht Sienna. Wir fahren herum und sehen Mr Saunders, der mit der ausgebreiteten Zeitung auf dem Bauch Baumstämme zersägt. Ich hab total vergessen, dass Sienna und ich nicht alleine hier sind. In gleichmäßigem Rhythmus schnarcht Saunders weiter.

»Hoffentlich werden wir nicht von einem Lastkahn gerammt«, sage ich.

Wir kichern beide und setzen uns wieder hin. Sienna legt den Kopf auf meine Schulter. Ich traue mich nicht, sie zu küssen, aber ich rede mir selbst ein, dass das noch Zeit hat, dass etwas so Gutes noch ewig dauern kann.

13

Sienna

»Go, Gators!«, sind Mr Saunders' Abschiedsworte, als Austin und ich über den Anlegesteg gehen.

Was das wohl bedeuten soll? Austin winkt zurück und schon kurze Zeit später steigen wir auf sein Motorrad und machen uns auf den Rückweg. Diesmal schlinge ich die Arme ganz fest um ihn und genieße die Fahrt. Ich zeige ihm den Weg zum Strandhaus, wo wir allzu schnell ankommen. Austins Blick wandert mehrmals zu unserem Haus hinüber. Zweifellos begutachtet er die beachtliche Größe und die Lage direkt am Strand. Ich will möglichst schnell hineingehen, bevor meine Mutter ihn sieht, doch Austin begleitet mich bis zur Tür.

»Das war ein schöner Abend«, sage ich, als wir die Veranda erreichen, aber es klingt so abgenutzt. Jedes gut erzogene Mädchen würde das zu einem Jungen sagen, der sie so verwöhnt hat wie Austin mich heute Abend.

Ich habe seine Frage, wie ernst es mir mit Kyle ist, nicht wirklich beantwortet. Außerdem habe ich nicht erwähnt, dass Kyle und ich auf dieselbe Uni gehen werden.

»Ich fand es auch schön«, erwidert Austin. Wir stehen auf

der Veranda, deren Holz bei jeder kleinsten Gewichtsverschiebung knarrt.

Seine Augen sind so blau, als hätten sie einen Teil des Ozeans eingefangen, und sie ziehen mich unwiderstehlich an. Vom Kinn über die Wangenknochen bis hin zu den oberen Gesichtszügen – dieser Typ ist einfach heiß. Meine Augen folgen zum hundertsten Mal an diesem Abend dem Schwung seiner Lippen, und ich muss mich tatsächlich am Türgriff festhalten, um nicht ins Schwanken zu geraten.

»Danke noch mal«, sage ich.

Ich drehe den Knauf, doch seine Hand landet blitzschnell auf dem Türrahmen, bevor ich die Tür öffnen kann. Ich wende mich um und bin gefangen – nicht dass es mir etwas ausmachen würde. Mein Herz schlägt heftig in meiner Brust.

Austin beugt sich zu mir hin. »Wirst du jetzt noch mit anderen ausgehen?«

»Was?«

Er holt tief Luft und blickt mich unverwandt an. Er lächelt, dieses perfekte Lächeln, mit dem er jedes Mädchen dazu bringen könnte, das zu sagen, was er hören will. »Wirst du jetzt noch mit anderen ausgehen? Du weißt schon, außer mit mir.«

Mir bleibt der Mund offen stehen. Hallo, ich habe einen Freund! Zugegeben, es gab heute Abend Augenblicke, in denen ich mir gewünscht hätte, dass es nicht so wäre. Plötzlich sehe ich all die kleinen Momente vor mir, in denen ich Austin einen anderen Eindruck vermittelt habe. Oh, was habe ich da nur getan? Denkt Austin, dass wir jetzt ein Paar sind? Insgeheim finde ich die Vorstellung ziemlich aufregend. Ich bin so verwirrt, dass ich ihm stotternd antworte: »Ja, schon.«

Mit tieftrauriger Stimme sagt er: »Oh.«

Eine Mischung aus Enttäuschung und Entschlossenheit

huscht über sein Gesicht. Ich stehe da wie auf Kohlen und frage mich, ob ich das Richtige gesagt habe. Schließlich lächelt er. »Na, dann viel Glück bei der Suche nach einem Abend, an dem ich nicht da sein werde.«

Ich brauche einen Augenblick, um seine Worte zu begreifen. »Was meinst du damit?«

»Du hast es doch gehört.«

Ich muss lachen. Mal abgesehen von seiner Schlagfertigkeit glaube ich auch, dass er es durchaus ernst meint. Und das ist ziemlich schmeichelhaft. Er will um mich kämpfen. Zur Belohnung hat er eine ehrliche Antwort verdient: »Ich fände es schön, dich öfter zu sehen.«

Er nickt.

Das hier ist ein entscheidender Moment – der Moment, in dem wir uns beide darüber klar werden, wo wir stehen. Wir haben zu viel Interesse aneinander, um einfach so auseinanderzugehen, und sind zugleich zu sehr auf unsere jeweilige Lebenssituation fixiert, um zuzulassen, dass wirklich etwas geschieht.

Austin umfasst meine Finger und gibt mir einen Handkuss, wobei mir die Berührung seiner Lippen einen Stromschlag durch die Haut versetzt. Er blickt zu mir auf und zwinkert mir zu. »Bis zum nächsten Mal.«

Er geht bereits die Stufen der Veranda hinunter, bevor meine Lippen die Worte »Gute Nacht!« hervorbringen.

Ich starre ihm hinterher und drücke dabei mehrmals gegen die Tür, bevor ich merke, dass ich vergessen habe, den Knauf zu drehen. Als ich schließlich drinnen bin, lehne ich mich mit dem Rücken gegen die Tür, lausche auf das erwachende Geräusch seines Motorrads und frage mich, ob ich so etwas schon einmal empfunden habe. Ich nehme nichts und niemanden um mich herum wahr, bis mich das vertraute Räuspern meiner Mutter in die Realität zurückholt.

»Sienna?«

Mit verschränkten Armen steht sie an der Treppe und hält die Augen unverwandt auf mich gerichtet, so als würde sie schon den ganzen Abend an dieser Stelle auf mich warten. Ihr Schweigen ist schlimmer als hundert scharfe Worte, mit denen sie eine Erklärung verlangt.

»Ja?«, frage ich, um Zeit zu gewinnen.

Sie blickt vielsagend zum Fenster. »Ich dachte, du wolltest mit Brian ausgehen.«

Ich habe sie nicht angelogen. Nicht wirklich. Sie hat nicht genau nach meinen Plänen für den heutigen Abend gefragt. Ich war heute tagsüber mit Brian zusammen, ja, und ich hatte ihr gesagt, dass ich nicht vor Mitternacht zu Hause sein würde. Außerdem hatte ich ja mein Handy dabei. Sie hätte mich anrufen können. Allerdings habe ich das Gefühl, dass das hier mehr damit zu tun hat, dass ich mit Austin unterwegs war und nicht mit Brian.

Meine beste Freundin Haylee und ich haben immer Witze darüber gerissen, wie fixiert meine Mom darauf ist, dass ich in die Familie Price einheirate. Haylee hat mich oft damit aufgezogen, dass ich für den Fall, dass es mit Kyle nicht klappen sollte, immerhin noch eine zweite Option hätte: nämlich Brian. Das fanden wir witzig. Damals.

Mom deutet mit einem manikürten Finger auf die Tür, so als befände sich Austin noch immer auf der anderen Seite. »Wer war das?«

Meine Mutter, die Meisterspionin. Sie hat uns die ganze Zeit beobachtet.

»Er heißt Austin. Er hat vor ein paar Tagen mit Brian am

Strand Football gespielt«, erkläre ich, als könnte es Austin in irgendeiner Weise vertrauenswürdig machen, wenn ich ihn mit Brian in Zusammenhang bringe. »Wir waren nur eine Kleinigkeit essen und …«

»Mit einem *Motorrad?*«

Ich mache die Augen zu und muss widerstrebend zugeben, dass sie nicht ganz unrecht hat.

»Hast du nach nur einem Jahr schon alles vergessen? Weißt du nicht mehr, was mit deinem Dad passiert ist?«

Damit trifft sie meinen wunden Punkt, auf dem sie leider allzu oft herumreitet. Ich bin es wirklich leid. »Natürlich weiß ich, was passiert ist! Glaubst du, dass ich das jemals vergessen könnte, Mom? Ich war doch diejenige, die am Steuer saß. Glaubst du, ich könnte vergessen, wie ich keine Luft mehr bekam und fast ertrunken wäre? Glaubst du, ich könnte vergessen, wie Dad mich abgeschnallt und nach draußen geschubst hat?«

»Er hat dich nicht abgeschnallt. Er war schon tot!«

»Nein, war er nicht!«

Die Nasenflügel meiner Mutter sind gebläht. Plötzlich wird mir klar, dass ich gebrüllt habe.

Der Gerichtsmediziner, der den Leichnam meines Vaters untersucht hat, meinte, die Kopfverletzungen durch den Zusammenstoß wären tödlich gewesen. Möglicherweise war mein Dad also schon tot, bevor wir ins Wasser stürzten. Auf jeden Fall glaubt meine Mom fest daran, dass er nicht mehr gelebt hat, als wir untergingen. Der Gedanke, dass jemand, den man liebt, seine letzten Augenblicke mit dem panischen Versuch, Luft zu holen, verbracht hat, ist entsetzlich. Das weiß ich aus eigener Erfahrung nur allzu gut.

Aber ich kann mich genau an die Hände meines Vaters erinnern. Jemand hat mich abgeschnallt und mich nach draußen geschoben. Obwohl ich mich nur vage an die Einzelheiten dieser traumatischen Augenblicke erinnern kann, bin ich mir doch sicher, dass seine Hand mich befreit hat.

Ich versuche, mich zu beruhigen. Schon wieder hat meine Mutter mich so weit gebracht, einen Streit anzufangen. Dabei hat die Art, wie er gestorben ist, nichts mit dem zu tun, was heute passiert ist.

Meine Mutter holt tief Luft. »Erklär mir doch bitte mal, wie du dazu kommst, mit einem Unbekannten auszugehen, und noch dazu auf einem Motorrad? Motorräder sind gefährlich. Das kommt einfach nicht infrage. Ein Motorradfahrer hat deinen Vater getötet!«

Ich habe meinen Vater getötet, denke ich. Ich erinnere mich an das Lenkrad in meiner Hand, das bunte Feuerwerk am dunklen Nachthimmel, während ich über den Highway fuhr. »Es waren zwei Motorradfahrer an diesem Abend.«

»Und was macht das für einen Unterschied?«

Da hat sie recht. Es macht keinen Unterschied, außer der Tatsache, dass ich immer noch versuche, mir die Einzelheiten dieser grauenvollen Nacht ins Gedächtnis zu rufen. Ich denke viel über sie nach, über diese beiden Motorradfahrer. Aber eines kann ich mit Sicherheit ausschließen: Die Motorräder waren nicht weiß. Der Anblick von Austins sportlichem schwarz-weißem Motorrad hat diese Erinnerung ausgelöst. Sie hatten zwei ganz klare Farben, wie … oh, warum weiß ich das nur nicht mehr? Einer von ihnen ist direkt vor mir eingeschert, nur wenige Zentimeter vor meinem Jeep. Vermutlich betrunken. Ich schwöre, dass er oder sie jetzt tot wäre, wenn ich nicht ausgewichen wäre. Tot. Aber sie haben überlebt und sind davongerast. Wer tut so etwas?

»Selbst wenn es diesen Unfall nicht gegeben hätte. Sienna, du weißt, was dein Vater und ich schon immer von Motorrädern gehalten haben. Mal ganz abgesehen davon, dass du mit jemandem wegwarst, den du kaum kennst!«

»Er ist ein netter Typ, Mom.«

»Ach? Und wie lange kennst du ihn schon?«

Treffer. »Er ist aus Virginia. Er hat schon gegen Kyle Football gespielt.«

»Ja, und du bist mit Kyle zusammen.«

Ich massiere meine schmerzende Stirn, denke an Kyle und daran, dass ich in den letzten Stunden viel zu abgelenkt war, um auf seine SMS zu antworten, denke an meine Gefühle für ihn. Eine Woche, das ist alles, was Austin und ich bislang hatten. Kyle und mich verbindet so viel mehr.

Dad hat mir immer geraten, mich nicht zu sehr auf Kyle zu fixieren, sondern mit verschiedenen Jungen wegzugehen. Deswegen kann meine Mutter nichts dagegenhalten, als ich antworte: »Es war doch nur ein einziger Abend, Mom.«

Wieder verschränkt sie die Arme vor der Brust und versucht, sich nicht anmerken zu lassen, dass sie verloren hat. Bevor sie die Treppe hinaufgeht, dreht sie sich noch einmal zu mir, um doch das letzte Wort zu haben. »Dann sorge dafür, dass es auch der letzte war.«

14

Austin

Der Tag, an dem es passierte, war ein grauer Märztag vor acht Jahren. Unser armseliges Viertel sah genauso aus wie immer. Es gab keinerlei Vorzeichen für die Ereignisse, die bei mir zu Hause bereits stattgefunden hatten.

Ich machte die Haustür auf, ließ meinen Rucksack fallen und rannte zur Hintertür, ohne auf die Glasscherben zu achten, die auf dem Küchenfußboden lagen. »Hey, Mom«, rief ich. Sie saß schweigend am Küchentisch. Ich schob das Fliegengitter beiseite und rannte nach draußen, um mit Turbo zu spielen. Er war noch ein Welpe gewesen, als mein Dad ihn an meinem neunten Geburtstag mit nach Hause gebracht hatte.

Turbos freudloses Verhalten hätte mich eigentlich warnen sollen. Man sagt ja, Hunde hätten einen sechsten Sinn und ahnen, wenn etwas im Busch ist. Ich bin überzeugt, dass sie das können. Turbo wusste Bescheid. Natürlich, denn er hatte ja mitgekriegt, wie mein Dad verhaftet wurde.

Als die Sonne langsam unterging, machte ich mich auf den Weg nach drinnen, wobei ich mich wunderte, warum Dad noch nicht nach Hause gekommen war. »Hey, Mom. Was gibt's zum Essen?«

Verblüfft sah ich mich in der Küche um. Nichts war gekocht. Ein massiver Schock für ein Kind, dem seine Mutter bislang an jedem einzelnen Tag seines Lebens ein selbst gekochtes Essen vorgesetzt hatte. Als ich mich umsah, wirkte das Haus wie ein leerer, verlassener Krater. Da erst merkte ich, dass etwas nicht stimmte.

Die Lippen meiner Mutter bildeten eine harte Linie, ihr Blick war starr auf den komischen St.-Patrick's-Day-Kobold gerichtet, der mitten auf dem Tisch saß. Ich weiß noch genau, wie dieser dumme Kobold zu mir emporlächelte, als hätte er keine Sorge in dieser Welt.

»Mom«, durchbrach ich schließlich das Schweigen. »Wo ist Dad?«

Hatte sie sich da bereits vorgenommen zu lügen, oder entschied sie erst in diesem Augenblick, was sie sagen wollte und was nicht? Ich werde es nie genau erfahren.

Schließlich verschränkte sie die Arme vor der Brust, so als wollte sie sich vor etwas schützen. »Er musste ganz kurzfristig geschäftlich verreisen.«

»Oh«, sagte ich.

Aber jetzt blickte ich mich um und sah alles: die Glasscherben auf dem Boden, die zitternden Hände meiner Mutter. Sie hatte sich nicht von der Stelle gerührt, seitdem ich aus der Schule gekommen war. Ich sehe es genau vor mir: wie die Polizisten an die Tür klopften und meine Eltern aufforderten zu öffnen. Beim Anblick der Polizei musste meiner Mutter das Glas aus der Hand gefallen sein, noch bevor sie dazu gekommen war, sich den Granatapfel-Blaubeer-Saft einzugießen, den sie immer trank. Ekliges Zeug.

»Hyrum Dobbs, ich verhafte Sie wegen ...«

Und ab da muss ich wirklich meine Fantasie anstrengen. Ich

vermute, ich hätte die Warnzeichen erkennen müssen: die blutunterlaufenen Augen meines Vaters, seine Stimmungsschwankungen, den Gewichtsverlust und seine grottenschlechte Koordination, wenn er mit mir im Garten Football spielte. Aber all das war schrittweise gekommen. Klar, es war bei uns zu Hause nicht immer alles perfekt gewesen, aber bei wem ist das schon so? Wessen Vater hat nie die Geduld verloren?

Rückblickend erinnere ich mich schon an seltsame Dinge. Fragen, die meine Mutter plötzlich stellte. Fragen nach Geldbeträgen, von denen niemand etwas wusste. Fragen, die oft unbeantwortet blieben, aber dennoch nichts, was mich ernsthaft vermuten ließ, dass er schnupfte, rauchte, schnüffelte, was auch immer. Und zwar harte Sachen. Ein echter Junkie. Wer weiß, was er sonst noch alles genommen hat.

Kinder machen einiges durch, wenn der eigene Vater verhaftet wird, vor allem wenn die Mutter weiterhin behauptet, er sei nur auf einer Geschäftsreise. Schließlich habe ich kapiert und aufgehört, Fragen zu stellen. So ist meine Mom eben. Still. Redet nicht über Dinge, die die Mauern zum Einsturz bringen könnten, die sie um sich herum errichtet hat.

Dann bekamen wir Besuch von einer Frau in Businesskleidung, die mir Fragen stellte und superfreundlich tat. Vom Jugendamt. Hat gefragt, wie es denn zu Hause so wäre und ob ich mich sicher fühlte. Ich glaube, meine Mutter hat sich alle Nägel abgekaut, während die Frau da war. Danach war sie nicht mehr dieselbe.

Ja, und dann wurde es immer schlimmer zwischen uns. So richtig schlimm. Sie hat sich immer mehr zurückgezogen und ist nur noch aufgetaut, wenn wir über ihr einziges Hobby, das Kochen, gesprochen haben. Sie hätte ein Kind haben sollen, das genauso wie sie auf Schürzen und Backen und all das steht.

Stattdessen hatte sie mich, einen wilden Rabauken, der draußen mit dem Hund tobte und mit einem Football im Arm einschlief.

Auch sonst wurde alles schlechter. Kein Baseballclub mehr, kein Schwimmunterricht. Und als das Auto kaputtging, mussten wir mitten im Winter drei Monate warten, bis wir uns die Reparatur leisten konnten. Sie fing an, zusätzliche Stunden als Verkäuferin zu arbeiten, und von da an kamen wir einigermaßen über die Runden.

Wenn ein Kind acht Jahre lang dazu gezwungen ist, gerade so über die Runden zu kommen, wird es seinem Vater mit Sicherheit verübeln, dass der sich aus dem Staub gemacht hat. Und ich habe es ihm übel genommen. Mit jedem Jahr, das verging, mehr. Ich habe nie nach ihm gesucht und mich bemüht, nicht mehr an ihn zu denken. Ich hoffe, dass ich ihn nie wiedersehen werde.

Obwohl ich es nur ungern zugebe, wurde ich nach seinem Abgang letztlich immer mehr wie meine Mutter. Habe mich in mich selbst zurückgezogen und keine tiefer gehenden Gespräche zugelassen. Ich zog es vor, mir Freunde zu suchen, die in einer ähnlichen Lage waren, deren Eltern geschieden oder tot oder im Gefängnis waren. So wie Reg und Leo hier in Savannah und meine Freunde Landon, Evan und Jake in Richmond. Die haben nie Fragen gestellt; wir haben nicht versucht, gegenseitig unsere Probleme zu lösen. Die hat jeder für sich behalten, und obwohl mir das damals nichts ausgemacht hat, wird mir jetzt klar, dass es eine ziemlich einsame Kindheit war.

Die vergangene Woche mit Sienna war da ganz anders. Und wenn ich dafür gegen Brian und Kyle antreten muss, dann bin ich dazu bereit. *Na, dann viel Glück bei der Suche nach einem Abend, an dem ich nicht da sein werde*. Das war ernst gemeint.

Beim FLETC – dem *Federal Law Enforcement Training Center*, wo ich samstags normalerweise arbeite – werde ich heute nicht gebraucht, und so kann ich gleich das Versprechen einlösen, das ich Sienna gestern Abend gegeben habe.

Nach dem Krafttraining und einem strategisch günstigen Zwischenstopp bei Milo, Tolby und Freedom auf ihrem Lieblingsplatz am Chippewa Square steige ich vor unserem Haus aus dem Auto meines Onkels..

Catherine, unsere Nachbarin, winkt mir zu. »Wer ist denn die Glückliche, die die bekommt?«

Ich schaue auf die Palmblatt-Rosen in meiner Hand. Ein ganzes Dutzend.

Nein, ich habe sie nicht alle selbst gemacht. Die Hippies haben mir dabei geholfen. »Ich weiß nicht, ob sie sich so glücklich schätzen kann …«

Lächelnd öffnet sie den Kofferraum ihres verrosteten Wagens. »Oh, das sollte sie aber, und wenn sie anderer Meinung ist, dann wäre ich immer noch mehr als froh, dich mit Kayla zusammenzubringen.«

Kayla ist ihre Tochter. Mein Alter. Catherine will uns schon verkuppeln, seitdem ich hierhergezogen bin.

Ich lege mein Blumengebinde auf unserer Veranda ab und fange an, ihr beim Ausladen ihrer Einkäufe zu helfen.

»Ich würde ja sagen, dass das nicht nötig ist, aber ich weiß ja schon, dass du ohnehin nicht auf mich hörst«, murmelt sie.

Ich trage eine Ladung in ihr Haus, das immer mehr herunterkommt, seitdem ihr Mann weg ist. Ihre Lage erinnert mich nur allzu sehr an meine eigene Kindheit, und als ich schließlich selbst zu Hause bei Tante Deb und Onkel Mark bin, setze ich mich mal wieder an den Computer und betrachte mir meine Online-Kontoauszüge. Dazu die Notizen über meine zu erwartenden Ausgaben während des Semesters sowie den Brief mit der Stipendienzusage von der University of Florida.

Was ich da sehe, ist Freiheit – meine Befreiung von einem Leben, in dem das Geld nie ganz gereicht hat. Zugegeben, 11 600 Dollar ist nicht gerade viel, aber es reicht, um das zu erreichen, was ich erreichen will. Ich werde ab Herbst neben Football und dem Studium nicht mehr viel Zeit für irgendwelche Jobs haben. Versicherung, Essen, Motorradreparaturen und Benzin. Gott sei Dank gibt es so etwas wie Football und Vollstipendien.

Profifootballer zu werden, das ist mein eigentliches Ziel, aber ich bin nicht so dumm, mich darauf zu verlassen. Ich werde einen Studienabschluss machen, auch wenn ich noch keine Ahnung habe, in was genau. Ich weiß nur, dass Football das Beste ist, was mir in meinem Leben passiert ist. Ich habe meinem Dad wirklich nicht besonders viel zu verdanken, aber wie ich einen Ball fange, hat der Loser mir immerhin beigebracht.

Ich schnappe meinen Geldbeutel und die Schlüssel von Onkel Marks Auto, nehme den Strauß mit den Palmblatt-Rosen und mache mich auf den Weg nach Tybee Island, um Sienna zu sehen, die ein weiterer Grund für mich ist, mit einem Lächeln in die Zukunft zu blicken.

15

Sienna

Dann sorge dafür, dass es auch der letzte war. Die Worte meiner Mutter wiederholen sich immer und immer wieder wie ein Echo in einem schrecklichen Albtraum. Die Fahrt auf dem Motorrad, das Piraten-Restaurant, die Bootsfahrt: Das war unser erstes und letztes Date.

Alle tun immer so, als wäre der achtzehnte Geburtstag so etwas wie ein magisches Ritual beim Übergang ins Erwachsenenleben, als würde in einem drin ein unsichtbarer Schalter umgelegt, der alles verändert. Also, ich werde in etwas weniger als zwei Monaten achtzehn und ich kann noch keinerlei Veränderung erkennen.

Die Vergangenheit meiner Mutter besteht nur aus Schmerz. Die einzigen Situationen, die ihr in letzter Zeit noch ein Lächeln entlocken konnten, waren die, in denen sie stolz auf meine Leistungen war. Wie soll ich meiner Mutter einen Wunsch abschlagen, wenn ihr Glück von meiner Zukunft abhängt?

Ich wache von einem vibrierenden Gefühl an meinem Bein auf und schrecke hoch. Das Licht, das durch mein Fenster fällt, blendet mich, als wäre die Sonne schon vor Stunden aufgegangen. Ich taste unter der Bettdecke herum, bis ich mein Handy gefunden habe. »Hallo?«

»Sienna, Süße!«, trällert Haylees Stimme am anderen Ende. »Oh. Mein Gott. Das tut so gut, deine Stimme zu hören. Nur SMS, das bringt's auf die Dauer einfach nicht.«

»Hey«, sage ich und versuche, mich aus meinem Traum zu befreien, in dem Jack Sparrow versucht hat, Austin zu küssen. »Was gibt's?«

»Du fehlst mir. Das ist alles. Alle im Tanzteam vermissen dich.«

»Du bist mit dem Team zusammen?«

»Mm-hm. Wir machen grad Freiwilligendienst im Altersheim. Also zumindest mache ich Dienst. Ich jäte Unkraut und schippe Kompost, während die anderen Mädels nur rumjammern, dass ihre Oberschenkel zu dick wären.«

»Was für ein Spaß.« Ich drehe mich auf die andere Seite und befingere die Palmblatt-Blüte, die Austin für mich gemacht hat.

»Erzähl mir von Georgia, damit ich nicht ständig nur an Würmer denke«, bettelt Haylee. »Ist es sehr öde da?«

Ich drehe die Blume unter meiner Nase und lächele. »Es war *su-per-gut* bisher.«

Am anderen Ende entsteht eine kleine Pause, so als würde Haylee sich das Telefon noch dichter ans Ohr halten. »Wer ist der Typ? Ist es dieser Brian?«

»Nein, es ist nicht Brian.«

»Aha. Es ist also ein Typ! Wer?«

»Da ist nichts«, beteuere ich nicht besonders überzeugend.

»Wer's glaubt!«

»Ehrlich. Da ist nichts. Komm schon, Haylee, ich bin doch mit Kyle zusammen.«

»Sienna, wir können hier noch den ganzen Tag diskutieren,

aber du weißt genau, dass ich am Ende doch gewinne. Also raus damit!«

»Schon gut, schon gut. Er hat mich letztes Wochenende auf der River Street vor ein paar Idioten beschützt.«

»Igitt. Du wurdest belästigt? Ich hasse diese Perverslinge. Aber damit wärst du doch auch alleine fertig geworden, oder? Ich meine, sie haben dir doch nichts getan?«

»Nein.«

»Gut. Aber du sagst, dieser Typ hat dich gerettet. Wir sprechen hier von dir, Sienna. Taff. Schnell. Schlau.«

Das mag ich so an Haylee. Ich sehe die Situation vor mir, wie ich in den Fängen zweier Besoffener ohnmächtig werde wie so ein albernes Prinzesschen. Ob ich ihr wohl von meinen Ohnmachtsanfällen erzählen sollte? »Ich hab mich an dem Abend irgendwie nicht so top gefühlt.«

»Also, und dann kam dieser Typ und hat dich gerettet und dann …«

»… hat er mir Schuhe gekauft.«

»Was? Schuhe! Er rettet dir das Leben und kauft dir dann Schuhe? Den musst du behalten.«

Ich lache. »Du kennst ihn doch gar nicht.«

»Ich habe genug gehört.«

»Da war gar nichts, Haylee. Wir haben nur Eis gegessen und sind rumgelaufen und …« Ich presse die Lippen zusammen. Echt, ich sollte den Rest für mich behalten und so tun, als wäre es nie geschehen.

»Jetzt sag mir nur noch eines, Sienna. Hat er etwas, das dir gehört? Hast du etwas von ihm? Sag mir, dass du nicht schon sein Sweatshirt hast!«

Ich schaue auf meinen Schlafdress – Austins *Property of Meadowbrook Monarchs*-T-Shirt.

»Du hast was!«, ruft Haylee.

»Nur sein T-Shirt.«

»Okay. Na ja, das zählt ja quasi gar nicht«, sagt sie sarkastisch.

»Wirklich nicht. Das ist eine lange Geschichte.«

»Von mir aus gerne. Ich bin noch den ganzen Vormittag hier und schippe Kompost und jäte Unkraut.«

»Da gibt es nichts zu erzählen.«

»Du hast doch gesagt, es wäre eine lange Geschichte.«

Ich schnuppere am Ausschnitt von Austins T-Shirt und suche nach seinem Geruch. Dabei denke ich daran, wie er gestern Abend meine Hand gehalten hat. Bei unserem ersten Date, das nicht mal ein offizielles Date war. »Haylee, die Sache wird nicht weiter gehen, als sie ohnehin schon ist.«

»Warum nicht?«

»Wegen meiner Mom. Sie will nicht, dass ich mich mit ihm treffe, überhaupt nicht. Ihr geht es in letzter Zeit so schlecht wie noch nie, Haylee. Ihr Nervenkostüm ist hauchdünn. Ständig starrt sie irgendwo ins Leere. Wenn sie glaubt, dass keiner in der Nähe ist, weint sie. Und sie wacht mit Adleraugen über mich.«

Haylee seufzt tief – sie kennt meine Mom. »Wie ätzend.«

»Ja. Und außerdem bin ich ja mit Kyle zusammen.«

»Na und?«

»Haylee!«

»So hab ich das nicht gemeint, Sienna. Ich will nur sagen, dass Kyle hier in Virginia ist und dein Traumboy in Georgia.«

»Du meinst, ich sollte mit beiden gleichzeitig …?«

Sie seufzt. »Sienna, wie lange geht das mit Kyle und dir jetzt schon auf und ab? Eine Ewigkeit. Du und Kyle, ihr habt vier gemeinsame Jahre am College vor euch und du hattest noch nie einen anderen Freund.«

Ich hätte nicht vermutet, dass Haylee so argumentiert, aber ich weiß, was sie meint. Lässt mich ziemlich dumm dastehen, eigentlich. Denn so oberflächlich das auch klingt, meine Beziehung mit Kyle Price hat meinen Status in der Schule deutlich nach vorne gebracht. Plötzlich kannten und bewunderten mich alle. Doch dann wurde mehr daraus. Unsere Familien kennen sich so gut, und Kyle war wie kein anderer für mich da, nachdem mein Dad gestorben war. Wir sind wie Magnete. Wir werden unweigerlich zueinander hingezogen.

»Hör mal, wir müssen ja nicht über deinen Traumboy sprechen, wenn du nicht willst. Ich will nur noch eines wissen.«

Ich verdrehe die Augen, weil ich das stark bezweifle. »Und das wäre?«

»Wie heißt er? Mehr will ich gar nicht hören.«

»Er heißt …«

»Uuuund ein Foto. Falls du eins hast.«

»Hab ich tatsächlich.«

»Ooh, dann musst du's mir schicken!«

Genau in diesem Augenblick klingelt es an der Tür und ich warte, dass jemand hingeht.

»Sienna. Sein Name! Das Foto!«

»Austin Dobbs. Er ist auf die Meadowbrook Highschool gegangen. Und weißt du was, Haylee, er hat gegen Kyle Football gespielt.«

Eine lange Pause. »Du. Machst. Witze! Ich geh sofort auf Facebook. Mal sehen, wer ihn kennt. Und was hat er in Georgia zu suchen?«

»Gute Frage. Er erzählt nicht gerade viel über sich selbst.«

»O-oh, der geheimnisvolle Unbekannte. Das ist doch eigentlich gar nicht dein Typ, Süße. So was ist doch eher mein Fall.«

»Kommt nicht infrage, er ist schon vergeben. Hör mal, Hay, du musst mir versprechen, dass du es keiner Menschenseele erzählst, ja?«

»Hoch und heilig.«

Es klingelt noch einmal an der Tür. »Ich muss Schluss machen.«

»Vergiss das Foto nicht!«, ruft sie noch, bevor ich sie wegdrücke. Während ich aus dem Bett aufstehe, suche ich das Foto von gestern Abend auf meinem Handy. Der Anblick von Austin, wie er dasteht, den Kopf zu mir gedreht, die Augen fest auf mich gerichtet, lässt mich am Treppenabsatz innehalten.

Nach dem Gespräch mit meiner Mutter bin ich völlig verwirrt ins Bett gegangen. Ich wusste plötzlich selber nicht mehr, wie ich einfach so einem Jungen vertrauen konnte, den ich erst seit einer Woche kenne. Jetzt aber fühlt sich alles wieder gut an und ich kann es kaum erwarten, ihn wiederzusehen. Das habe ich Haylee zu verdanken, denke ich, während ich die Treppe hinuntereile und ihr dabei noch rasch eine SMS und das Bild schicke.

Ich reiße die Tür auf, blicke hoch, und da durchfährt mich der Schreck. Ich schlage die Tür so schnell zu, dass der Türrahmen erzittert und Austin noch nicht einmal dazu kommt, mich anzusehen. War das wirklich Austin, den ich da gerade auf unserer Veranda gesehen habe? Ich fahre mir mit den Fingern durch die Haare und mache die Tür wieder auf, vor der ein unerträglich gut aussehender und leicht verwirrt blickender Austin Dobbs steht.

Ich lächele ihn an. »Hi.«

»Hey«, antwortet er, und schon tauchen da wieder diese unglaublichen Grübchen auf.

Ich brauche einen Augenblick, bis ich den Blumenstrauß bemerkte, Palmblatt-Rosen, um genau zu sein. »Hast du die gemacht?«

»Äh, sozusagen.«

»Die Hippies?«, frage ich.

»Yep.«

In meiner Hand vibriert das Handy. Ich werfe einen raschen Blick auf Haylees Antwort:

Voll mein Typ. Überlass ihn mir. Megaheiß!!!

Ich blicke zu Austin empor, keine Frage, er ist »heiß«. Mein Handy vibriert immer weiter. Noch mehr SMS von Haylee, die ich aber nicht beachte.

Auch ohne in den Spiegel zu sehen, ist mir klar, was für einen albtraumhaften Anblick ich Austin biete. Dennoch kann ich mir einen kurzen Blick nicht verkneifen und alle Farbe weicht aus meinem Gesicht. Ein Gnu. Das ist das erste Tier, das mir einfällt. Meine blonden Haare hängen in wirren Strähnen um mein Gesicht, neben zwei Löckchen an der Stirn, die entsetzliche Ähnlichkeit mit – äh – Hörnern haben. Zu allem Überfluss trage ich meine bequemsten Gammelshorts und Austins T-Shirt, das an mir eher wie ein dunkelblaues Zelt aussieht.

Nervös rubbele ich über meine Wangen und versuche, jeden Augenkontakt zu vermeiden. Ich fahre mir mit den Fingern durchs Haar, um die Gnu-Mähne etwas zu bändigen. Dann verschranke ich ganz instinktiv die Arme über der Brust.

Kein BH.

Schlimmer kann es gar nicht mehr werden.

Austin räuspert sich, um Fassung ringend – zweifellos angesichts dieses entsetzlichen Anblicks. Ich bemerke ein nervöses Grinsen auf seinem Gesicht. »Das T-Shirt steht dir gut.«

»Sorry. Ich – äh – ich wollte es noch waschen und dir zurückgeben.«

Er lacht leise und sein Blick bleibt an meinem hängen, wodurch meine Knie sich sofort ganz weich und schwabbelig anfühlen, wie Wackelpudding. Er geht die letzte Stufe empor, setzt einen Fuß über die Schwelle und kommt mir damit viel zu nah. »Mach dir keine Mühe mit dem Waschen. Es riecht an dir sowieso viel besser.« Seine Augenbrauen wandern noch ein Stückchen höher, während sein Blick an meinem Körper hinab wandert. »Und außerdem sieht es an dir auch viel besser aus.«

Mir steigt die Röte ins Gesicht, aber bei dem Gedanken, dass meine Mutter Austin hier sehen könnte, reiße ich mich zusammen. »Spencer?«

»Was denn?«, ruft der genervt zurück.

Ich linse um die Ecke und sehe, dass Spencer vor dem Fernseher sitzt und irgendein Baller-Spiel auf der Xbox spielt. Seine Action-Figuren liegen um ihn herum auf dem Fußboden verstreut. »Wo ist Mom?«

»Einkaufen mit Brians Mom«, antwortet er. »Sie hat gesagt, sie wäre nachher zurück und so lange wäre ich der Bestimmer.«

»Ja, klar, ganz bestimmt.«

»Hat sie. Echt!«, beharrt Spencer und ich beschließe, nicht weiter darauf herumzureiten. Er und Mom sind in letzter Zeit nicht gerade ein Herz und eine Seele. Spencer wehrt sich mit Händen und Füßen dagegen, seine Antidepressiva zu nehmen, was sie natürlich nicht besonders prickelnd findet. »Okay«, gibt Spencer zu, »sie hat das mit dem Einkaufen gesagt und dass sie zum Mittagessen wieder zu Hause ist. Aber sie hat nicht gesagt, dass du der Bestimmer bist, und deswegen muss ich es ja sein.«

»Von mir aus.«

Spencer schaut an mir vorbei. »Und wer ist das?«

Ich drehe mich um. Austin tritt einen Schritt nach vorn, damit er Spencer sehen kann. »Hey, Man. Ich bin Austin.«

Spencer hat nur einen abschätzigen Blick für ihn übrig. Na toll. Austin kommt hierher, um mir Blumen zu bringen, und trifft stattdessen auf ein Gnu und auf meinen kleinen Bruder an einem seiner schlechten Tage.

»Kannst du Xbox spielen?«, fragt Spencer mit hochgerecktem Kinn. So versucht ein Achtjähriger sich mit seinem Gegenüber zu messen.

»Ähm, schon«, antwortet Austin. »Aber nur, wenn ich beim Spielen auch Schokopops kriege.«

Auf Spencers Gesicht breitet sich ein Lächeln aus in einer Größenordnung, die ansonsten nur unserem Dad vorbehalten war. Es versetzt mir einen Stich, als ich den Football neben ihm liegen sehe, mit dem er und Dad immer am Strand gespielt haben. »Du magst Schokopops?«, fragt Spencer.

Ich lächele. Wie schön, dass Austin sich daran erinnert hat.

Austin lächelt ebenfalls. »Na klar. Aber auf der Xbox bin ich nicht so der King. Meine Kumpels sind immer besser als ich.«

»Na ja, ich würde ja eine Runde mit dir spielen«, meint Spencer, »aber bestimmt würde ich dich nur plattmachen.«

Austin lacht. »Ganz sicher. Aber, hey, wie wär's, wenn wir stattdessen 'ne Runde Football spielen?«

Spencer lässt sofort die Xbox fallen. »Echt jetzt?«

Austin fragt mich mit einem Blick um Erlaubnis. Er kann unmöglich ahnen, wie viel das Spencer bedeutet.

»Macht schon«, sage ich und bin froh, schnell ins Badezimmer huschen zu können, um mich vom Gnu zurück in einen Menschen zu verwandeln. Ich eile die Treppe hinauf und verstecke die Blumen in meinem Zimmer, damit meine Mutter keinen Verdacht schöpft. Dann springe ich unter die Dusche. Noch einen Hauch Make-up, meinen Badeanzug, darüber ein T-Shirt und Shorts. Ich schnappe mir mein Parfüm und sprühe in die Luft, bevor ich in die Duftwolke eintauche und dann schnell nach unten laufe.

Ich schaue nach hinten raus zum Strand, wo ich sehe, wie Austin durchs Wasser watet, um einen seitwärts fliegenden Ball zu fangen, den Spencer geworfen hat.

»Fang!«, fordert Austin mich auf, als ich näher komme.

Ich versuche, selbstsicher stehen zu bleiben, während der Ball auf mich zufliegt. Trotz meiner nicht existierenden Football-Künste gelingt es mir, den Ball zu bekommen. Austin hält die Hände in die Höhe, um meinen Gegenwurf zu fangen.

»Werfen kann sie noch viel weniger«, lästert Spencer. »Die Fische da draußen kriegen mehr von ihren Bällen ab als ich.«

Austin sieht mich an. »Ach wirklich?«

»Spencer«, zische ich.

Dann werfe ich Austin einen Blick zu und bestätige das schulterzuckend. Austin verringert den Abstand zwischen uns und ich nehme immer mehr von ihm wahr – seinen frisch geduschten Geruch, die Wölbung seiner Muskeln und das Heben und Senken seines Brustkorbs mit jedem Atemzug –, bis er schließlich hinter mir steht und seine Arme um mich schlingt.

»Ich zeig dir, wie es geht«, sagt er, und ich fühle seinen warmen Atem an meinem Ohr, der einen sanften Schauer auslöst.

Seine Hände legen sich über meine Handrücken. Ich sehe zu, wie er meinen kleinen Finger und den Ringfinger über die Nähte des Balls legt und meinen Daumen nach unten schiebt. »Du musst den Ball mit den Fingerspitzen halten.«

Ich sehe sein Gesicht über meiner Schulter, seine blauen Augen, das kräftige Kinn und seine Lippen. Und plötzlich muss ich an alles Mögliche, nur nicht an Football denken.

»Jetzt heb den Arm.«

Ich räuspere mich. Konzentration. »So?«

»Mm-hm.« Seine Nase fährt durch meine Haare. Ich atme mehrmals flach ein und aus, mein Puls flattert, während er an meinem Haar riecht. »Behalte dein Ziel fest im Blick.«

Ich zwinge mich, meine Aufmerksamkeit ganz auf Spencer zu richten. Der starrt uns währenddessen so angewidert an wie ein verstopftes Klo. Ich muss mir auf jeden Fall von ihm versprechen lassen, dass er Mom nichts von alldem erzählt.

»Und wenn du wirfst, machst du einen Schritt nach vorn. Setz deinen ganzen Körper ein, nicht nur den Arm.« Austin übt die Bewegung mit mir. »Dann lässt du den Ball von deinen Fingerspitzen rollen.«

Sein Körper führt meine Bewegungen. Nach ein paar Probeläufen lass ich auf sein Geheiß den Ball los. Der rollt von meinen Fingerspitzen ab und fliegt in einer perfekten Spirale durch die Luft, bevor er in Spencers Händen landet.

»Wow, das war perfekt! Definitiv mein bester Wurf ever. Danke.«

»Immer gerne«, sagt Austin.

Ich kichere.

Spencer räuspert sich hörbar. »Ich gehe jetzt mit meinen Freunden spielen. Oder vielleicht eher ins Bad; ich muss kotzen.«

Ich wende mich zu ihm. »Welche Freunde?«

»Bobbys Mutter holt mich ab. Mom hat gesagt, ich darf.«

»Aber lass dir von Bobby nichts gefallen, ja?«

Beim Weggehen verdreht Spencer die Augen. »Immer noch besser als das hier.«

Ich warte, bis Bobbys Mutter da ist und Spencer mitnimmt. Als Austin und ich dann, abgesehen von ein paar fremden Spaziergängern am Strand, endlich alleine sind, frage ich ihn: »Musst du heute arbeiten?«

Austin schüttelt den Kopf.

»Den ganzen Tag nicht?«

Er grinst.

Ich werfe alle Gedanken an Kyle, meine Mutter, ans College und alles andere, was zwischen mir und Austin steht, über Bord, bevor ich ganz nah an ihn rücke und ihm den Schirm seiner Baseballcap nach unten ziehe.

Er legt seine Hände um meine Taille und zieht mich an sich. Ich fühle seine starken Arme um mich und mein Herz macht einen Satz. »Aber zuerst …«, sagt er, als wäre ihm gerade noch etwas eingefallen. Er macht kehrt und läuft davon. »Warte hier. Es gibt da jemanden, den ich dir vorstellen möchte.«

16

Sienna

Ich warte gespannt. Aber es dauert nicht lange, bis ich Austin zurückkommen sehe. Ein heller Labrador springt um seine Füße herum.

Ich tätschele dem hechelnden Hund den Kopf. »Das ist also Turbo.«

Turbo sabbert auf meine Zehen und Austin zieht ihn beiseite. »Tut mir leid. Er hat am Auto gewartet und freut sich immer so, an den Strand zu kommen.«

»Schon in Ordnung«, sage ich, als würde ich mir täglich von Hunden auf die Zehen sabbern lassen. Mit gespieltem Zutrauen kraule ich Turbo zwischen den Schlappohren. Meine Mutter würde sich die Kugel geben, wenn etwas so Haariges und Riechendes auch nur einen Fuß in unser Haus setzen würde. Deswegen hatte ich nie irgendein Haustier. »Nett, dich kennenzulernen, Turbo.«

Turbo bellt. Ich stolpere erschrocken zurück und lande hinterrücks im Sand, woraufhin Austin sich das Lachen verkneifen muss. Dann hilft er mir auf und ich boxe ihn gegen den Arm. »Lach nicht!«

Turbo saust davon, schnüffelt am Sand und jagt den Wellen

hinterher. Austin lässt meine Hand nicht wieder los, während wir in Richtung des Piers schlendern.

»Er scheint ein guter Hund zu sein.« Ich verfolge, wie ein Kleinkind in Schwimmshorts Turbo hinterherläuft.

»Ja, er hat mir sogar mindestens einmal das Leben gerettet.«

»Echt?«

»Einmal bin ich als Kind alleine zu Fuß durch ein nicht ganz ungefährliches Stadtviertel nach Hause gelaufen. Es wurde dunkel. Ich hatte mich verlaufen. Glücklicherweise war Turbo bei mir.«

»Und er kannte den Weg?«

Austin nickt. »Ich hab aber auch ihm mindestens einmal das Leben gerettet, wir sind also quitt.«

»Wie das?«

»Klingt jetzt irgendwie komisch, hat mich damals aber total fertiggemacht. Meine Mutter hat etwas mit Macadamianüssen gekocht und Turbo hat mal wieder den Fußboden sauber geleckt. Ich wusste schon, dass Schokolade schlecht für ihn ist, aber ich hatte keine Ahnung von den Nüssen. Er hat ein paar gefressen und angefangen zu würgen.« Austin schweigt, als wäre das das Ende der Geschichte.

»Und?«

»Das Heimlich-Manöver«, antwortet er.

»Du hast das Heimlich-Manöver bei deinem Hund angewendet?«

Austin nickt.

»Ich wusste gar nicht, dass man das auch bei Hunden machen kann.«

»Ich auch nicht«, sagt er. »Turbo war ganz komisch. Hat angefangen zu zittern, so als würde er jeden Augenblick sterben, und da hab ich die Nuss im letzten Moment aus ihm rausgequetscht. Der Tierarzt hat später gesagt, er wäre wirklich fast gestorben. Die meisten Hunde reagieren allergisch auf Nüsse und Schokolade. Aber bei Turbo ist die Allergie lebensgefährlich.«

»Wow. Du hast deinem Hund das Leben gerettet – das ist ja eine echte Heldentat.«

»Eine Nuss aus dem Maul meines Hunds rauszuquetschen, ist wohl kaum besonders heldenhaft.«

Die Sonne brennt sengend heiß auf uns nieder. Austin zieht sein T-Shirt aus und gibt damit den Blick auf seinen muskulösen Brustkorb und den tätowierten Bizeps frei.

»Gibt es zu dem Tattoo auch eine Geschichte?«, frage ich und betrachte das beinahe abstrakte Gewirr von Linien, in dem man so etwas wie einen Vogel erkennen kann, wenn man es lange genug anschaut.

Austins Antwort kommt so spät, dass ich sie nicht ganz glauben kann. »Nee.«

»Von wegen!«, sage ich. »Jetzt will ich es aber wirklich wissen.«

»Es war dumm.«

»So fangen die besten Geschichten an«, sage ich.

Er lacht.

»Ich warte.«

Er verdreht die Augen. Ich bohre weiter und schließlich gibt Austin nach. »Von mir aus. Also, ein Kumpel aus einer gegnerischen Mannschaft hat mit mir gewettet, er würde sich bei einem Sieg von uns unser Maskottchen, einen Löwen, auf den Arm tätowieren lassen. Und bei einem Sieg seiner Mannschaft sollte ich mir sein Mannschafts-Maskottchen tätowieren lassen.«

Mein Blick streift wieder sein Tattoo. »Eine *Taube*?«

»Taube?«, ruft er empört und schielt auf seinen Arm. »Das ist ein Adler!«

Ich lache. »Und das ist die Geschichte? So bist du also zu einem Vogel auf deinem Arm gekommen?«

Austin seufzt tief. »Dumm, ja, ich weiß, aber ich hatte dich gewarnt.«

»Und du hast es tatsächlich gemacht«, staune ich. »Du hast verloren und dir tatsächlich den Vogel auf den Arm tätowieren lassen.«

Austin blickt mir in die Augen. »Ich hatte ihm doch mein Wort gegeben.«

Bemerkenswert, diese Aufrichtigkeit.

»Zu meiner Verteidigung«, fährt Austin fort. »Ich war damals erst fünfzehn.«

»Ah, das erklärt natürlich alles.«

»Euer Strandhaus …« Austin räuspert sich, als wollte er rasch das Thema wechseln. »Das ist wirklich schön. Extrem schön sogar.«

Ich versuche, die Sache herunterzuspielen, indem ich erkläre, dass es meinem Großvater gehört, nicht uns. Was wiederum nur dazu führt, dass ich immer weiterplappere über meinen Großvater und all die Firmen, die ihm gehört haben und die er gegründet hat, und wie er meinem Vater geholfen hat, *Viva Bella* aufzuziehen – viel zu viel Information. Schon wieder.

Austin holt tief Luft. »Wow.«

»Ich weiß. Sorry, wenn ich dich langweile.«

»Nein, das meine ich nicht.«

Ich gebe ihm einen kleinen Stups. »Was ist es dann?«

Er kratzt sich am Kopf, wobei sich jeder Muskel an seinem

Arm anspannt und bewegt. »Ich kriege nur langsam das Gefühl, dass ich nicht gut genug für dich bin, Sienna.«

»Unsinn«, sage ich und verfluche mein Plappermaul mehr als je zuvor. »Also, *ich* finde dich jedenfalls supergut.«

»Tja, dann geht das immerhin einem von uns beiden so.«

Das, was er da sagt, ärgert mich irgendwie. Dann aber versuche ich mir vorzustellen, was meine Mutter wohl von Austin halten würde: ein Kerl aus einem Problemviertel, der als Verkäufer jobbt und keine Zukunftspläne hat. Ich selbst sehe das zwar anders, aber viele Leute einschließlich meiner Mutter wären wohl der Meinung, dass Austin ihren Ansprüchen nicht genügt. Er weiß das. Ich weiß das.

Austin nimmt meine Hand und zieht mich im Laufschritt hinter sich her. »Komm mit.«

Ich lache und kann kaum mithalten, während er immer schneller läuft. »Was hast du vor?«

»Kleine Erfrischung!«

Er rennt ins Meer hinein und zieht mich mit. Wasser schwappt mir über die Füße und ich bleibe stehen. Austin zieht seine Hand aus meiner und springt in die Wellen.

»Komm«, ruft er mir noch einmal zu, doch das Wasser an meinen Füßen lässt mich wie festgewurzelt stehen bleiben. Unsicher gehe ich einige Schritte vorwärts, bis das Wasser meine Knöchel umspült. Dann meine Knie. Meine Oberschenkel.

»Ich komme gleich nach«, rufe ich ihm zu, als hätte ich einen Riesenspaß bei der Sache. In Wirklichkeit hat das Gefühl, wie Austins Hand aus meiner gleitet und das Wasser an meiner Haut leckt, mich ganz nervös gemacht.

Austin dreht sich um und lächelt mir zu. Dann führt er die Hände über dem Kopf zusammen und taucht unter die

Oberfläche. Ich atme kurz ein und halte die Luft an. Die Erinnerung durchfährt mich wie ein Blitz, schnappt sich ein fieses Gefühl, das tief in mir vergraben war, und zieht es nach draußen.

Ich schlucke und warte, dass Austin wieder auftaucht. Die Vorstellung, wie er unter Wasser taucht, läuft wie ein Film in Endlosschleife vor mir ab. Die Zeit scheint stillzustehen. Ich gebe mir alle Mühe, mich zu entspannen.

Atme, Sienna!

Ich warte eine halbe Minute. Ich fange an, langsam von eins bis zehn zu zählen. Bestimmt taucht er bei zehn wieder auf. Während mein Blick über die unruhige Meeresoberfläche schweift, beginnt mein Herz in meiner Brust, in meinem Hals, meinen Ohren zu pochen. Acht, neun, zehn. Elf.

Zwölf.

Dreizehn.

»Austin?«, sage ich zuerst leise, dann erhebe ich die Stimme: »*Austin?*«

Ich beuge mich dichter über die Wasseroberfläche, in der Hoffnung, ihn irgendwo zu entdecken. Langsam finde ich das gar nicht mehr witzig. Aber es vergeht noch mehr Zeit und immer noch keine Spur von Austin. Wie lange ist er jetzt schon da unten, eine, zwei Minuten? Mehr?

Die Angst schnürt mir die Luft ab, während die lauten Geräusche des Strands abebben und vom Rauschen des Wassers verdrängt werden, das durch die Windschutzscheibe hereinbricht.

Kaltes Wasser umgibt mich, schneidet mir in die Haut. Steigt meine Beine, meine Arme, meine Brust empor, steigt immer weiter. Der Fluss setzt alles daran, mich nach unten zu ziehen. Keuchend schnappte ich ein letztes Mal nach Luft und spüre neben mir die

Hand meines Vaters, der meinen Gurt abschnallt. Er schiebt mich nach draußen und unsere Hände gleiten auseinander. Ich tauche auf. Er nicht.

»Austin?«, schreie ich und werfe mich ins Wasser, um nach ihm zu suchen, genau wie ich in jener Nacht in die Tiefe geschwommen bin, um meinen Dad zu suchen.

Ich halte den Atem an und tauche nach meinem Dad, gleite blind durch den dunklen Fluss auf der vergeblichen Suche nach unserem Jeep, während meine Lungen nach Luft schreien. Ich schwimme an die Oberfläche, hole erneut tief Luft und tauche wieder unter, taste mich voran, bis ich schließlich etwas Hartes und Gummi fühle … einen Reifen!

In wilder Hast taste ich mich an dem Wagen entlang und zwinge mich, nicht noch einmal zum Luftholen aufzutauchen. Es bleibt nicht mehr viel Zeit. Es ist zu spät. Ich habe es nicht mehr bis zu meinem Dad geschafft.

Mir wird schwindelig und Panik erfasst jede Faser meines Körpers. Ich gleite an die Oberfläche und hole keuchend Luft. Das Wasser glitzert im Sonnenlicht und verschwimmt immer wieder vor meinen Augen. Kalter Schweiß steht auf meiner Stirn. Es passiert – schon wieder.

Nicht ohnmächtig werden. Nicht ohnmächtig werden.

Ich versuche, mir Austin hier bei mir vorzustellen, versuche, mich zusammenzureißen. Ich brauche seine Arme, die mich auffangen. Brauche ihn jetzt.

Doch er braucht mich auch.

Als ich gerade wieder untertauchen will, überkommt es mich. Ich kann es nicht mehr aufhalten.

Nicht fallen. Nicht fallen.

Das Blut schießt durch meine Adern. Ich mache kehrt und versuche, an Land zu kommen, während meine Beine langsam schlaff und gefühllos werden. Ein kalter Hauch fegt über mich hinweg, helles Licht blendet meine Augen. Ich kann nichts sehen. Ich mache einen zitterigen Schritt nach vorne, dann zwei, kämpfe mich weiter in Richtung Strand, bevor ich das Bewusstsein verliere.

Aber ich schaffe es nicht rechtzeitig.

17

Austin

Ich schwimme über den Meeresboden und fühle mich so lebendig wie nie. So ist es immer, wenn ich mit Sienna zusammen bin.

Ich entdecke ein paar coole gelb-schwarze Fische. Langsam fangen meine Lungen an zu brennen. Ich wende mich in Richtung des Sonnenlichts und tauche auf. Ich schüttele mir das Wasser aus den Haaren und wische mir gerade noch rechtzeitig die Augen, um zu sehen, wie Sienna plötzlich in sich zusammensackt und untergeht.

Als ihr Körper in einer Welle versinkt, hole ich Luft, tauche unter und mache genau das, was ich als Rettungsschwimmer gelernt habe. Doch diesmal bedeutet mir die Person, die ich rette, etwas, und in mir schnürt sich alles zusammen.

18

Sienna

Vor meinen Augen wird plötzlich alles klar und ich kann ihn wieder sehen. Es zerreißt mir fast das Herz, meinen Dad noch einmal zu sehen, aber vor allem verblüfft es mich. Der Garten. Die Stiefel. Die klaffende Wunde an meinem Schienbein. Alles ist genauso wie beim letzten Mal. Ein Déjà-vu.

Mein Dad mustert mein Schienbein und fragt, ob mit mir alles okay ist. Diesmal nicke ich einfach nur und versuche mich zu erinnern, wie es zuletzt abgelaufen ist. Ich rieche den Apfelsaft und sehe ihm zu, wie er einen großen Schluck nimmt. Er reicht mir das Glas. Ich strecke die Hand danach aus, doch die Neugier ist stärker. Damals habe ich das Glas genommen. Der Saft war so lecker, dass ich ihn am liebsten wieder trinken würde.

»Nein danke«, sage ich.

Mein Dad lächelt und nimmt noch einen Schluck. Er richtet den Blick auf den Sonnenuntergang. »Weißt du, Sienna, es gibt nicht so viele Augenblicke wie diesen.«

Mein Herz fängt an zu rasen. Der Sonnenuntergang. Der Geschmack von frischem Apfelsaft auf meiner Zunge. Der Schmerz an meinem Schienbein. Obwohl es jeder Logik widerspricht, bin ich mir beinahe sicher: Ich stehe nicht einfach nur in diesem Garten, ich stehe in einer vergangenen Zeit. Ich erlebe einen Augenblick erneut, der bereits vergangen ist.

Aber wie kann das sein? Mein Körper ist in Savannah. Und jetzt bin ich in Virginia? Dieser Augenblick hat sich letzten Sommer ereignet, am Tag des Unfalls. Ich habe inzwischen meinen Highschool-Abschluss gemacht und mein Dad lebt nicht mehr. Ich habe immer geglaubt, dass es einen Himmel gibt, aber nicht so. Im Himmel sollte es einen solchen Schmerz nicht geben. Außerdem bin ich mir ziemlich sicher, dass ich nicht tot bin. Ich habe ihn nun schon zweimal so gesehen und bin beide Male wieder aufgewacht.

Aber was ist es dann? Eine Vision? Bin ich verrückt? Werde ich wahnsinnig? Gut möglich, aber …

Nein.

Auch wenn es keinen Sinn ergibt, ist mir jetzt ganz klar, dass ich hier bin. Wirklich hier.

Und ich bin in der Lage zu sagen, was immer ich will.

»Lass uns einen Pakt schließen«, sagt mein Dad, und ich erinnere mich an das, was nun folgt. »Lass uns die Erinnerung an diesen Augenblick bewahren, ja? Und wenn harte Zeiten kommen, dann können wir zu diesem Augenblick zurückkehren …«

Zu diesem Augenblick zurückkehren. Genau das habe ich getan. »Dad«, unterbreche ich ihn und spüre, wie Tränen in meinen Augen brennen. *Lass mich nicht den Jeep fahren. Lass uns nicht über die Powhite Parkway Bridge fahren! Wir lassen das Feuerwerk einfach ganz ausfallen …* Verzweifelt bemühe ich mich, ihm alles zu erzählen, ihn zu warnen – alles zu tun, um diesen Unfall zu verhindern.

Doch dann tauchen weiße Flecken vor meinen Augen auf

und das Bild meines Vaters verschwimmt. Ich kämpfe dagegen an in dem verzweifelten Versuch, das Vergangene zu ändern, aber es gelingt mir nicht.

Lass mich nicht den Jeep fahren! Die Worte hallen kreischend durch meinen Kopf. Wieder und wieder. *Es tut mir so leid, Dad.* Ich denke die Worte, die ich so gerne zu ihm sagen würde. *Es tut mir so unsagbar leid.* Ich spüre, wie ich davongesogen werde, und mir bleibt nur die unerträgliche Leere in meinem Herzen, die wohl niemals mehr gefüllt wird.

19

Austin

Sobald ich sie erreicht habe, tauche ich auf und hebe ihren Körper in die Höhe. Sie zuckt und krampft, bevor sie schlaff in sich zusammensackt. Mit wild klopfendem Herzen trage ich sie an Land. Dort suche ich nach Puls und Atem und beginne mit den Wiederbelebungsmaßnahmen. Herzmassage.

Kurz darauf fängt Sienna an zu husten. Ein schönes Geräusch. Das schönste, was ich je gehört habe. Ich drehe sie auf die Seite, während sie Wasser aushustet. Erst jetzt bemerke ich, dass sich eine kleine Menge von Schaulustigen um uns versammelt hat. Einige haben bereits die Handys gezückt, um einen Krankenwagen zu rufen, doch jetzt sehen sie, dass Sienna sich aufsetzt. Hoffentlich filmt keiner, um das Ganze später ins Netz zu stellen. Das wäre wohl kaum in Siennas Sinne. Turbo tänzelt aufgeregt um uns herum. Ein paar Leute klatschen. Ich merke, wie peinlich Sienna dieser Applaus ist. Aber es geht ihr gut, und das ist das Einzige, was zählt.

»Alles okay mit dir?«, frage ich und nehme sie in die Arme, während sich die Schaulustigen langsam zerstreuen.

Sienna atmet langsam ein und aus, um sich zu fangen. »Wann habe ich das schon mal gehört?«

Lächelnd erinnere ich mich an ein ähnliches Szenario vor einer Woche auf der River Street. Dann fliegt plötzlich ihre Hand nach oben und verpasst mir eine Ohrfeige.

»Was zum …« Ich berühre meine Wange, auf der ihre Hand höchstwahrscheinlich einen Abdruck hinterlassen hat.

Wenn sie mit ihren nassen Haaren und den weit aufgerissenen Augen, die mich erzürnt anstarren, nicht so unglaublich heiß aussähe, würde ich sie jetzt vermutlich einfach sitzen lassen.

Noch immer um Atem ringend, weist sie mit dem Finger auf mich. »Tu das nie wieder.«

»Was denn?«

Sie deutet aufs Meer hinaus. »Das! So lange unter Wasser zu bleiben, als wärst du ein verdammter Goldfisch.«

Ich verziehe das Gesicht. »Goldfisch. Komm schon. Wie wäre es mit Hai? Oder Schwertfisch? Irgendetwas heldenhaft Männliches.«

Sie lächelt mir zaghaft zu. »Goldfisch.«

»In meiner Schulzeit habe ich jeden Sommer als Rettungsschwimmer gearbeitet. Bin viel geschwommen.«

Sienna schüttelt den Kopf »Oh, okay. Rettungsschwimmer bist du also auch noch. Gibt es eigentlich irgendeinen Job, den du noch nicht gemacht hast?«

Ich werde ernst. »Du bist wieder ohnmächtig geworden, stimmt's?«

Schweigend blickt sie aufs Meer hinaus.

»Hör mal, du brauchst ja nicht darüber zu reden, aber das ist jetzt schon zweimal passiert und …«

»Dreimal«, unterbricht sie mich. Sie steckt den Zeigefinger in den Sand und fährt hindurch, als hätte diese Bewegung eine therapeutische Wirkung. »Es war schon das dritte Mal.«

Ich nicke und warte. »Es ist okay. Du musst es mir nicht sagen. Aber …« Ich blicke sie auffordernd an.

Ihr Finger gräbt sich in kreisförmigen Bewegungen immer tiefer in den Sand. Wieder und wieder. Sie sieht aus, als stünde sie kurz davor, von einem Zehnmeterbrett zu springen. Ängstlich. Verletzlich. Ihr Atem geht flach, die Hände zittern. Sie schließt die Augen und schluckt, als täte ihr der Hals weh. »Letzten Sommer, am 4. Juli, waren mein Vater und ich in meinem Jeep unterwegs. Normalerweise haben wir den 4. Juli immer hier in Savannah verbracht, aber mein Tanzteam hatte bei einem Festival in Virginia einen Auftritt.«

Sienna richtet ihren Blick zum Horizont. Ich kann ihre Gedanken nicht erraten, obwohl ich das so gerne täte. Ihre Augen sind traurig, aber sie lächelt, so als käme ihr gerade eine bittersüße Erinnerung in den Sinn. »Wir waren auf dem Weg zum Dogwood-Dell-Feuerwerk, da wollten wir den Rest unserer Familie treffen. Ich weiß noch, dass wir zusammen über irgendetwas gelacht haben. Ich erinnere mich noch genau an den Gesichtsausdruck meines Vaters. Die erste Rakete war lila, eine von diesen Riesenfontänen, die beim Herunterfallen glitzern.«

Sie fährt sich mit den Fingern durch die nassen Haare, schüttelt den Kopf und seufzt verzweifelt. »Von all den vielen Ereignissen dieser Nacht erinnere ich mich ausgerechnet an die Farbe der blöden Feuerwerksrakete. Ich habe sie einfach angeschaut – die ganze Zeit –, während ich über die Brücke gefahren bin. In diesem Augenblick hätte das Leben nicht besser sein können, weißt du? Wir hatten gerade einen Monat hier auf Tybee verbracht und waren nun für den Rest des Sommers zurück in Virginia. Ich freute mich auf mein letztes Schuljahr. Mein Auftritt an dem Abend war toll gelaufen, zwischen meiner Mutter und Spencer lief nie alles reibungslos, aber alles in allem war es ein super Tag gewesen und ich war mit meinem Dad zusammen auf dem Weg zu einer Party. Alles war irgendwie gut.«

Mein Blick streift die Narbe auf Siennas Stirn. Ich habe sie schon früher bemerkt, aber nie danach gefragt. Mir krampft sich der Magen zusammen, denn ich kann mir gut vorstellen, was als Nächstes geschehen ist.

»Es war meine Schuld«, sagt sie mit brüchiger Stimme. »Es war meine Schuld, dass wir zu spät zum Feuerwerk gekommen sind. Meine Schuld, dass wir überhaupt in Richmond waren. Ich habe gehört, wie die Motorräder hinter uns angerast kamen. Auf der linken Spur. Aber ich habe nicht weiter auf sie geachtet, bis das rote Motorrad mich geschnitten hat.«

Sienna hält inne und runzelt die Stirn. »Ich konnte mich bis jetzt nie an die Farbe des Motorrads erinnern.« Sie schweigt eine Weile, als wäre sie in Gedanken ganz woanders. »Es ging alles so schnell. Ich bin so erschrocken, dass ich gar nicht gemerkt habe, wie ich aus der Spur gekommen bin. Dann habe ich das Lenkrad rumgerissen und dabei die Kontrolle über den Wagen verloren. Ich konnte kaum schreien, solch einen Schreck hatte ich. Es hat sich nicht echt angefühlt. Bis heute nicht. Aber es war echt. Unser Jeep ist zur Seite gekippt. Später hieß es, wir hätten uns anderthalb Mal überschlagen und wären beim zweiten Mal oben auf der Absperrung aufgekommen. Dabei muss ich einen Schlag auf den Kopf bekommen und das Bewusstsein verloren haben. Ich erinnere mich erst wieder daran, dass Wasser in unser Auto eindrang. Wir sind mit dem Wagen über das Brückengeländer in den James gestürzt.«

»Du meinst den *Fluss James?*«

Sie nickt.

Mein Magen macht einen seltsamen Satz und mir wird übel, als ich mir Sienna in diesem Wagen vorstelle.

»Das Wasser hat die Windschutzscheibe eingedrückt. Ich habe die Hand meines Vaters an meiner Seite gespürt, wie er mich abgeschnallt hat. Und als ich nach oben geschwommen bin, um an die Luft zu kommen, da war mir plötzlich klar: Wir werden sterben. Aber ich bin nicht gestorben. Dieser erste Atemzug, als ich an die Oberfläche kam, hat sich wie ein Wunder angefühlt. Ich dachte, mein Dad wäre direkt hinter mir. Ich habe da oben eine halbe Ewigkeit gewartet, so fühlte es sich jedenfalls an, bis mir klar wurde, dass ich mich getäuscht hatte. Er war noch immer dort unten gefangen. Mein Jeep war vollständig untergegangen.«

Sienna schließt die Augen und verzieht schmerzlich die Lippen. »Ich bin noch zweimal runtergetaucht. Ich konnte nichts sehen, nur das Feuerwerk, das über mir blitzte, als wollte es die ganze Welt in Brand setzten. Als ich das zweite Mal untergetaucht bin, habe ich den Jeep gefunden, aber alles war so dunkel, so kalt. Ich habe mich an der Seite bis zur Beifahrertür vorgetastet.«

Überraschenderweise sind Siennas Augen trocken, aber ihre Stimme wird wieder brüchig, während sie fortfährt. »Doch dann ging mir die Luft aus. Ich habe mich gezwungen, so lange dort unten zu bleiben, wie es nur ging, und bin nur noch mit Mühe wieder nach oben gekommen. Von da an weiß ich alles nur noch sehr verschwommen, bis ich ins Krankenhaus gekommen bin. Feuerwehr. Sanitäter. Blaulicht. Und schließlich die Unfallrettung. Die Motorradfahrer haben Fahrerflucht begangen. Vermutlich waren sie betrunken. Die First Responder waren schnell da, aber nicht schnell genug. Mein Dad war bereits tot.«

Siennas Blick ist wie in Trance aufs Meer hinaus gerichtet. »Nur meinetwegen waren wir zu spät zu unserem Treffpunkt mit dem Rest der Familie, Austin. Nur meinetwegen waren wir überhaupt in Richmond anstatt hier. Und *ich* bin gefahren.«

Ich verspüre ein Brennen in den Augen und blicke nach unten.

»Ich habe nur auf das Feuerwerk geachtet«, fährt sie fort. »Ich habe überreagiert. Und ich habe überlebt.«

Sanft streiche ich ein paar Haare beiseite, die Sienna ins Gesicht fallen, während ich vergeblich nach den richtigen Worten suche.

Ihre Lippen zittern. »Wenn ich irgendwie könnte, würde ich alles rückgängig machen. Ich werde nie seinen Anblick vergessen … hinterher. Seine Haut war so bleich. Und es war meine Schuld.«

Eine Träne rinnt mir die Wange hinunter, bevor ich sie wegwischen kann. Ich schließe Sienna in die Arme. Alles, was ich jetzt sagen könnte, wirkt so abgedroschen. Deswegen halte ich sie einfach nur fest und hoffe, dass ihr das guttut.

Kurz darauf löst sich Sienna aus der Umarmung und sieht mich an.

»Es tut mir so leid«, sage ich. Platt, aber etwas Besseres fällt mir nicht ein.

Sie wischt die Tränen von meiner Wange und lächelt mir traurig zu. Etwas stimmt nicht an diesem Bild. Dass sie *meine* Tränen trocknet. Was bin ich nur für ein Weichei.

Sienna zieht sich das nasse T-Shirt vom Leib und wringt es aus, was meine Gedankengänge abrupt unterbricht. Badeanzug und Shorts, mehr nicht. Ich versuche, sie nicht zu sehr anzustarren trotz des schönen Anblicks, den sie mir bietet. Nachdem sie ihr Shirt auf dem Sand zum Trocknen ausgebreitet hat, dreht sie sich auf die Seite und legt sich auf den Ellenbogen gestützt hin. Ich schlucke und lege mich ihr gegenüber.

»Ich habe einen Monat lang nur geheult«, sagt sie. »Meiner Mutter fiel es schwer, den Unfall überhaupt nur zu erwähnen. Ich kann es ihr nicht verübeln. Immer wenn ich das Thema ansprach, hat sie dichtgemacht. Ich habe jede Nacht in ihrem Schoß geweint. Bis ich eines Abends meine letzte Träne abgewischt, das Taschentuch weggeworfen habe und aufgestanden bin. Seitdem kann ich nicht mehr weinen.« Mit einem resignierten Lächeln deutet sie auf ihre Augen. »Das ist auch besser so.«

Ich lege meine Hand auf ihre und drücke sie.

»Mein Dad ist zu jeder meiner Aufführungen gekommen, weißt du?«, sagt sie. »Zu jeder.«

Ich wende den Blick ab und denke an all die Spiele, bei denen ich zur Tribüne hinübergeschaut und darauf gewartet habe, dass mein Dad sich einmal blicken ließ.

Mein Blick wandert zum Ausschnitt ihres Badeanzugs. Ich schaue weg. »Frage«, sage ich, um mich etwas abzulenken. »Was hat all das mit deinen Ohnmachtsanfällen zu tun?«

Sie lächelt. »Tja, das habe ich wohl noch nicht beantwortet.«

Ich lege den Finger auf ihre Stirn und fahre damit die Narbe nach. »Hat es etwas damit zu tun, dass du bei dem Unfall einen Schlag auf den Kopf bekommen hast?«

»Nein, der Arzt hat gesagt, mit meinem Kopf sei alles in Ordnung. Aber …«

»Aber was?«

Sie zuckt die Schultern. »Ich habe da so eine Idee. Ich glaube, ich weiß vielleicht, weswegen ich ohnmächtig werde.«

»Und das wäre?«

»Du wirst mich für verrückt halten.«

»Nein, bestimmt nicht.«

»Austin, glaub mir, es ist albern. Und ein bisschen verrückt.«

»Nichts, was du sagst, wird mich glauben lassen, du wärst verrückt.«

Sie wirft mir einen zweifelnden Blick zu.

»Versuchs doch einfach«, sage ich und präge mir ein, wie sich ihre Haut anfühlt, während ich ihr mit dem Finger über die Wange fahre.

»Immer, wenn ich ohnmächtig werde, sehe ich meinen Dad in dem Garten hinter unserem Haus. Ich bin zum ersten Mal umgekippt, nachdem ich ein Foto von mir und ihm gesehen habe, das wir hier auf Tybee gemacht haben, kurz bevor er gestorben ist. Beim zweiten Mal war das Feuerwerk auf der River Street der Auslöser. Da sind Bilder von jener Nacht im Auto vor meinem inneren Auge aufgetaucht, mit dem Feuerwerk und allem Drum und Dran. Jetzt gerade, beim dritten Mal, bist du einfach untergetaucht. Als du nicht mehr hochkamst, hat mich das an meinen Dad erinnert, der untergegangen und nicht mehr aufgetaucht ist.«

»Das tut mir leid«, sage ich. »Du meinst also, du wirst ohnmächtig, sobald irgendetwas eine Erinnerung an den Unfall auslöst?«

Sie nickt, so als wäre dieser Gedanke noch sehr neu. »Erinnere dich mal daran, wie du dich als Kind verlaufen hast.«

Ich nicke.

»Du kennst das Gefühl, wie es ist, endlich wieder zu wissen, wo du bist, so wie damals, als Turbo dich nach Hause geführt hat?«

Ich blicke auf und betrachte Turbo, der irgendwo in der Gegend herumschnüffelt.

»Er war *mein* Turbo«, sagt Sienna. »Mein Dad. Und ich war so dumm zu glauben, dass er immer da sein würde.« Sie blickt mir in die Augen und lächelt traurig. »Danke, dass du mir zuhörst.«

»Ja, und das ist auch schon alles, was ich für dich getan habe. Das und dass ich dich meine Tränen habe trocknen lassen.«

Sie neigt sich ein Stück zu mir und gibt mir einen kleinen Stoß mit der Schultern. Dabei lächelt sie schüchtern.

Ihrer Geschichte scheint noch etwas zu fehlen, vielleicht weil ich immer gerne ein Happy End habe. All die Gründe, die gegen uns sprechen – Siennas Freund und unsere unterschiedlichen Studienorte – schrumpfen in sich zusammen, wenn ich mit ihr zusammen bin. Ich will sie in den Arm nehmen, ihr sagen, dass alles gut wird, und ihr die ungeweinten Tränen aus den Augen küssen. Oder vielleicht lieber gleich ihre Lippen.

Aber dennoch zögere ich. Sienna ist die Einzige, die eine solche Wirkung auf mich hat. Aber empfindet sie dasselbe?

20

Sienna

»Wollen wir irgendwo was essen?«

Ich bereue die Worte, sobald ich sie ausgesprochen habe. Der Himmel weiß, wie sehr ich mir wünsche, von ihm in den Arm genommen und geküsst zu werden. Allein der Anblick von Austins blauen Augen und seinem wunderschönen Gesicht löst in mir ein Verlangen nach diesen Lippen aus. Aber das hier ist nur ein Flirt. Eine harmlose Sommerliebe. Oder sollte ich lieber ehrlich zu mir selbst sein und zugeben, dass es doch mehr ist?

Wir holen uns Hotdogs an einer Bude, so richtig fettige mit jeder Menge Ketchup. Oh, wie mir die gefehlt haben. Turbo läuft neben uns her. Irgendwo am Strand ertönt Musik aus einem Radio, und während wir reden, merke ich plötzlich, dass ich gar nicht mehr aufhören kann zu lächeln.

Austin schlägt eine Runde Stand-up-Paddling vor und wir paddeln von einem Ende des Strandes zum anderen, während uns Turbo wachsam vom Strand aus beobachtet. Ich denke an den Unfall und daran, dass ich mich endlich an die Farbe des Motorrades – rot – erinnern kann. Erschöpft und sonnenverbrannt lassen wir uns schließlich in den Sand fallen, um dort zufrieden auszuruhen.

In meinem Kopf wirbeln Bilder von Austin durcheinander. Wie wir gemeinsam über die River Street gehen, auf seinem Motorrad durch Savannah fahren, wie ich seine Hand halte oder seinem Lachen am Strand lausche. Als ich diesen Sommer auf Tybee ankam, fand ich es irgendwie schrecklich, weil es so bittersüße Erinnerungen in mir wachrief. Ich wollte nicht hier sein. Doch dann wurde alles anders. Jetzt erscheint es mir hier noch viel aufregender als damals, als ich fünf war. Und zum ersten Mal seit langer, langer Zeit halte ich es für möglich, dass ich wieder vollkommen glücklich sein kann.

Turbo lässt sich neben uns in den Sand fallen. Dicke Wolken ziehen am Himmel vorüber und noch nie schien mir die Aussicht auf Schatten so verlockend. Ich gebe Austin die Baseballcap zurück, die er mir geliehen hat, und streife dabei versehentlich seinen Arm. Nichts Großes. Aber ich nehme die kleinste Berührung intensiv wahr und fühle mich wie im siebten Himmel, solange ich in seiner Nähe bin. Seine Finger fangen an, verführerisch mit meinem Haar zu spielen. Ich wage einen Seitenblick auf ihn.

Er hat sich auf einen Ellbogen gestützt und betrachtet mich. Wenn er mich ansieht – das spüre ich –, sieht er in mich hinein, kann mich vielleicht sogar verstehen. Kyle hat mir so oft ein »offenes Ohr« geschenkt, aber es hat sich anders angefühlt. Hat er mir überhaupt zugehört? Im tiefsten Inneren habe ich immer gewusst, dass ich etwas anderes wollte.

Wenn ich ehrlich bin, haben sich Tybee und Savannah kein bisschen verändert. Es liegt an Austin. Er hat alles verändert. Ich habe das Gefühl, meinen Dad zu verraten, indem ich mich so sorglos und glücklich fühle, aber Austin verkörpert genau die Spontaneität, die meinem Leben bislang fehlte, er ist die Medizin, die mein Herz kuriert und es wieder für die Liebe – für das Leben – empfänglich macht. Und dem kann ich mich nicht entziehen.

Über uns ballen sich Gewitterwolken zusammen. All die Schönwetter-Badegäste zerstreuen sich, suchen Unterschlupf in den Läden auf der anderen Seite der Uferpromenade. Autos verlassen den Parkplatz und verstopfen die Straße. Wir fühlen das Gewitter kommen, schmecken die Feuchtigkeit in der Luft. Aber Austin rührt sich ebenso wenig von der Stelle wie ich. Sein Brustkorb hebt und senkt sich mit jedem Atemzug. Ein und aus. Ein und aus. Ich selbst vergesse ganz zu atmen, so sehr verliere ich mich in seinen blauen Augen. Seine Finger gleiten sanft über mein Gesicht und landen schließlich bei meinen Lippen, wo sie einen Hauch Salzwasser von seiner Haut hinterlassen, während sein Daumen darüberfährt.

Ich bin bereit. Sehne mich nach seinen Lippen auf meinen.

Donner grollt in der Ferne und lässt den Boden unter uns erbeben. Austin blickt sich um. Aus der sanften Brise sind heftige Windstöße geworden. Alle haben inzwischen irgendwo Schutz gesucht. Alle außer uns. Dennoch hat sich für mich noch nie ein Augenblick so perfekt angefühlt und ich will mich nicht von der Stelle rühren.

Was mich auf eine Idee bringt.

Austin wendet sich wieder zu mir, und als sich unsere Blicke treffen, sehe ich uns in meiner Vorstellung noch viele, viele Male hier sitzen. Ich beiße mir auf die Lippen und überlege, ob ich vielleicht ….

»Komm, wir schließen einen Pakt«, sage ich. Wieder ertönt Donner, diesmal noch näher, doch mein Herz klopft lauter.

»Okay.« Austin wirkt überrascht, aber neugierig.

»Lass uns die Erinnerung an diesen Augenblick bewahren«, fahre ich fort und versuche, mich an den genauen Wortlaut dessen zu erinnern, was mein Vater im Garten zu mir gesagt hat. »Und wenn es mal irgendwann so richtig Scheiße ist, weißt du …« – *vollkommen verkehrt, was ich da sage* – »ich meine, wenn uns das Leben so schwer vorkommt und wir wünschten, wir könnten … allem entfliehen, wenigstens für kurze Zeit, dann können wir uns diesen Augenblick ins Gedächtnis rufen. Wir können hierher zurückkehren und uns daran erinnern, wie vollkommen es war.«

Austin zieht eine Augenbraue in die Höhe. »Ganz schön tiefschürfend.«

Ich verpasse ihm einen spielerischen Schubs. »Und, was sagst du?«

Vielleicht war es das. Mein Wahnsinn ist hiermit offiziell bestätigt. Aber bitte, bitte mach, dass es funktioniert. Er schmunzelt und legt seine Hand an meine Wange.

»Sag schon okay«, drängele ich.

Austin lächelt, seine strahlend blauen Augen bringen jeden Schutzwall um mein Herz zum Schmelzen. »Okay.«

Über unseren Köpfen zuckt ein Blitz. Wieder fährt Austin mir mit dem Daumen über die Lippen und bringt damit meinen Atem zum Stocken. Er beugt sich vor. Näher. Noch näher.

Im nächsten Moment sind wir pitschnass.

Ich kreische kurz auf, als uns der Regenguss so plötzlich erwischt. Wir fahren hoch. Ich schnappe mein T-Shirt, das schon wieder vollkommen durchnässt ist, und strecke die Hand nach Austins Baseballcap aus.

»In Deckung!«, ruft er.

Lachend und Hand in Hand rennen wir los. Er packt mich um die Taille und zieht mich mit sich unter den Pier.

Als ich aufblicke, bemerke ich, dass er mich ansieht und erst meine Augen, dann meine Lippen mit einer Intensität mustert, wie ich sie noch nie erlebt oder empfunden habe. So als stellte ich eine Versuchung dar, der er gleich erliegen wird. Das Geräusch des Regens, der gegen das Holz über unseren Köpfen peitscht, verklingt, und mir schnürt sich der Hals zu, während seine Lippen über meinen schweben. Trotz der Gewissheit dieses Augenblicks wirbelt eine Vielzahl von Gefühlen in mir, während uns nur noch ein Hauch voneinander trennt. Ich weiß, dass Austin sich ebenso danach sehnt, mich zu küssen, wie ich ihn.

Seine Lippen berühren meine und verweilen dort. Sanft und süß, dann tiefer, drängender. Alles weicht aus meinem Denken, alles außer seiner Hand, die mein Gesicht umfasst, und dem Geschmack seiner Lippen, die sich um meine schließen. Ich schmiege mich an ihn, und er verstärkt daraufhin seinen Kuss und schlingt die Hände um meine Taille, bis ich ganz in seinen Armen liege. Seltsamerweise fühlt sich das alles so richtig an: Austins Umarmung, der strömende Regen und die Gewissheit, dass ich mit jemandem zusammen bin, der mir niemals wehtun wird.

Regen rinnt über seine Lippen, als sich diese von meinen trennen. Seine Lippen fahren über meine Wange, mein Ohr, sein Atem auf meiner Haut sendet einen Hauch Wärme aus. Ich schiebe meine Finger in sein nasses Haar und erwidere seinen Kuss, verliere mich in dem Augenblick und wünschte, er würde ewig dauern. Er hält mich lange, nachdem sich unsere Lippen getrennt haben, im Arm und wir schauen gemeinsam in das Gewitter hinaus.

Regen trommelt auf meine Hand, als ich sie vorstrecke. »Das kam unerwartet«, unterbreche ich das Schweigen.

Austin kichert. »Ich habe seit unserem ersten Abend auf der River Street versucht, dich zu küssen.«

Ich lächele. »Ich meinte den Regen.«

»Oh«, sagt er und haucht mir einen schnellen Kuss auf die Stirn. »Also, wenn du mich fragst, dann hätte es in diesem Sommer schon viel früher mal regnen sollen, wenn dann solche Sachen passieren.«

Wir küssen uns wieder, aber nicht zum letzten Mal, während wir Arm in Arm das Ende des Gewitters abwarten.

21

Sienna

Die Uhr tickt, wenn es darum geht, wie viel Austin und mir noch gemeinsam bleibt. Es ist furchtbar. Wir bleiben nur bis Ende Juli auf Tybee. Wird es danach ein »nächstes Mal« geben?

Eine Woche nach unserem ersten Kuss springe ich die Treppe hinunter und werfe unterwegs noch einen raschen Blick in den Spiegel, um mein Make-up zu kontrollieren.

»Sienna.« Die Stimme meiner Mutter begrüßt mich unerwartet freundlich. Ich fahre herum und sehe sie mit …

»Hi, Brian«, sage ich, bevor ich bemerke, dass er nicht unser einziger Besucher ist.

Außer ihm steht noch ein anderer Mann in der Küche, groß und gut gekleidet und mit gerade so viel grauen Haaren, dass er vornehm wirkt, elegant, reich. Und auf eine beunruhigende Weise gut aussehend, denn er steht ganz nah bei meiner Mutter.

Brian wirkt entspannt, so als würde er den Typen gut kennen. Aber ich habe ihn noch nie gesehen.

Meine Mutter blickt zu dem geheimnisvollen Mann auf, der sie die ganze Zeit nicht aus den Augen gelassen hat, und ihre Lippen formen dabei ein strahlendes Lächeln, das ich seit Langem nicht mehr an ihr gesehen habe. Seit einem Jahr nicht, um genau zu sein.

In mir krampft sich alles zusammen.

»Brian ist vorbeigekommen, um dich zu besuchen, während Gary und ich gerade dabei waren, Tee zu machen«, sagt sie, als ob dieser Mann namens Gary täglich zum Teetrinken vorbeikäme. »Ich wollte dich gerade rufen.«

Ich mache eine lustlose kleine Handbewegung in Garys Richtung, die sich nur mit Mühe als Winken deuten ließe. »Hallo.«

Mit einem Siegerlächeln auf dem Gesicht tritt Gary einen Schritt nach vorn und streckt mir die Hand entgegen. »Schön, dich wiederzusehen, Sienna.«

Ich schüttele ihm die Hand und versuche, mich zu erinnern, wann und wo ich ihn schon einmal gesehen habe.

»Oh, Sienna, du erinnerst dich doch an Gary. Bei den Feiern zum 4. Juli, zu denen wir hier in Savannah immer gegangen sind«, sagt meine Mutter.

Was bedeutet, dass auch mein Dad diesen Typen gekannt haben muss.

»Mayor Gary Hollingsworth«, klärt mich Brian mit einem Lächeln auf. Dieser Schleimer.

»Genau«, pflichtet meine Mutter ihm bei, da Gary offensichtlich zu bescheiden ist, es selbst zu tun. »Gary ist der Bürgermeister von Savannah. Wir waren zusammen auf der Highschool.«

Jetzt sehe ich es vor mir. Wenn man sich die grauen Haare wegdenkt, kann ich mir eine Highschool-Version von Gary vorstellen, der Witze reißt, während ihn meine Mutter giggelnd anhimmelt. Mein Verdacht bestätigt sich. Wieso habe ich das nicht kommen sehen?

»Du sahst schön aus in der Kirche heute«, sagt Brian und unterbricht damit das Schweigen, das zweifellos entstanden ist, weil ich diesen Typen anstarre, der da an der Stelle meines Vaters steht.

Ich bemühe mich zu lächeln, werfe einen Blick auf die Uhr und wünschte, ich wäre bereits bei Austin. »Danke.«

»Dürfte ich wohl mal eure Toilette benutzen, Nancy?«, fragt Gary.

»Selbstverständlich«, antwortet meine Mutter wieder mit diesem Lächeln und deutet den Flur entlang. Ich bin froh, dass er für einen Augenblick die Bühne verlässt, damit ich die Situation besser begreifen kann.

»Wolltest du weg?«, fragt meine Mutter neugierig, während ihr Gesichtsausdruck in den Mutter-Modus wechselt.

Mist. Mein Blick wandert wieder zur Uhr. Jede vergeudete Sekunde hier ist eine Sekunde, die mir mit Austin fehlt. Jetzt wundert es mich nicht mehr, dass es in letzter Zeit so einfach war, mich zu Austin davonzuschleichen, ohne dass Mom etwas bemerkte. Sie war abgelenkt. Es wird ihr sicher nicht gefallen, wenn ich ihr jetzt sage, dass ich heute Abend bei Austins Tante und Onkel zum Abendessen eingeladen bin. »Äh ...«

»Ich wollte sie abholen«, sagt Brian, »wenn Sie einverstanden sind, Mrs Owens.«

Verwirrt wandert mein Blick zu Brian hinüber.

Die Miene meiner Mutter hellt sich auf. »Natürlich! Braucht ihr mein Auto?«

Mir fällt keine Antwort ein.

»Nein«, erwidert Brian für mich. »Wir nehmen meins.«

Mir bleibt nichts anderes übrig, als hinter Brian her zur Tür hinauszuschleichen. Schweigend gehen wir zu seinem Wagen.

Da ich spüre, dass meine Mutter uns vom Fenster aus beobachtet, verkneife ich mir die Frage, was Brian vorhat.

»Ist Mayor Hollingsworth nicht stark?« Brian unterstreicht seine Bewunderung mit jeder überbetonten Silbe. »Er ist echt der coolste Typ, den ich kenne. Total krass.«

Ein höchst irritierender Gedanke macht sich in mir breit, der mir jedoch nicht unwahrscheinlich vorkommt. War meine Mutter etwa wegen Gary so erpicht darauf, auch in diesem Sommer wieder hierherzufahren?

Mir wird übel. »Was hast du vor, Brian?«, frage ich Brian geradeheraus.

»Du kannst mein Auto haben«, sagt er. »Ich brauche es heute Abend nicht.«

»Moment mal, was?«

Brian wirft mir einen Blick zu, ohne sich zu einem Lächeln hinreißen zu lassen. »Du willst dich doch mit Austin treffen, oder?«

Ich nicke, und mir wird bewusst, dass Brian mich eben aus dieser unangenehmen Situation mit meiner Mutter befreit hat. Und das ganz ohne Grund. Brian mag mich. Das wissen wir beide schon immer. Es ist ein Thema, das wir als Freunde aus unseren Gesprächen ausklammern, eben weil wir unsere Freundschaft nicht gefährden wollen. Ich möchte Brian auf keinen Fall wehtun, aber mein Herz gehört einem anderen.

»Warum hast du mich da eben rausgehauen?«, frage ich, als wir in die Einfahrt vor Brians Haus einbiegen.

Das traurige kleine Lächeln auf seinem Gesicht macht mir ein schlechtes Gewissen.

»Du siehst gut aus«, sagt er und weicht meiner Frage aus. »Ich schätze mal, er würde deiner Mutter nicht gefallen«, gibt er nach einer kurzen Pause zu. »Und ich glaube, ehrlich gesagt, dass sie unrecht hat. Ich mag Austin. Er ist ein guter Typ.«

Ich weiß nicht recht, was ich antworten soll. Brian und ich werden nie mehr als beste Freunde sein, das war mir schon immer klar. Und er weiß es auch.

»Danke«, sage ich, während Brian mir die Schlüssel zu seinem Cabrio reicht und ohne ein weiteres Wort aussteigt.

Eine halbe Stunde später lerne ich Austins Tante und seinen Onkel kennen. Ich bedanke mich bei ihnen für die Einladung, bin in Gedanken jedoch ganz woanders.

»Geh nach draußen und setz dich auf die hintere Veranda«, sagt Debbie, ein Energiebündel mit Dauerlächeln und supernett.

»Kann ich noch was helfen?«

»Himmel, nein! Du bist unser Gast. Jetzt geh schon.«

Also suche ich mir einen Platz und sehe zu, wie Austin über den Rasen läuft, um seiner kleinen Cousine zu helfen, ihren Laufwagen wieder in aufrechte Position zu bringen. Mark wendet die Hamburger auf dem Grill und lässt sich dann in einen Stuhl fallen, um sich den Schweiß von der Stirn zu wischen. Austin balgt sich spielerisch mit Megan auf dem Rasen und entlockt ihr ein hysterisches Kichern.

»Ich bin sicher, dass einige Leute ziemlich überrascht wären, wenn sie Austin so sehen könnten.« Ich denke an die beiden Typen, die er auf der River Street davongejagt hat. Mark lacht. »Weil sich Austin sonst meistens wie ein Schlägertyp aufführt?«

»N-nein!«

»Schon okay«, sagt Mark. »Das kann schon mal vorkommen. Obwohl du mir glauben kannst, dass Austin wirklich das reine Gegenteil ist. Jungs wie ihn findet man heutzutage nicht mehr viele. Arbeitet mehr als alle anderen in seinem Alter.«

Ich nicke eifrig.

Mark räuspert sich. »Austin hatte als Kind nicht gerade viel, woran er sich halten konnte, weißt du?«

Weil ich eigentlich gar nichts über Austin weiß, halte ich lieber den Mund und hoffe, dass Mark noch mehr erzählt.

»Sein Dad ist weggegangen, als er neun war. Und seine Mutter …« Mark wirft einen Blick zu Debbie hinüber, die gerade mit einem Krug voll Limonade aus dem Haus kommt. »Nun ja, das wirst du schon selber sehen, wenn du sie in ein paar Wochen kennenlernst.«

»Sie kommt hierher?«

»Hat Austin dir das nicht erzählt?«, fragt Debbie, während sie sich die rotbraunen Locken aus dem Gesicht schiebt und die Augen verdreht. »Jungs! Echt. Sie und Austins Stiefvater kommen zum 4. Juli.«

Ich schaue zu Austin hinüber. Turbo bellt einen Vogel an, wodurch Megan erschrickt und auf ihrem Hinterteil landet.

»Ein Junge, der nichts hatte und noch immer nichts hat, aber dennoch das Beste draus macht«, sagt Mark. Er hebt seine Limodose und stößt in Austins Richtung an.

Das macht mich neugierig. Ich möchte, dass er mir noch mehr über Austin erzählt. Dinge, die er mir selbst, so fürchte ich, nie verraten würde. Wie beispielsweise das mit seinem Vater. Mal ehrlich, *ich* habe ihm alles über meinen Dad erzählt, aber Austin ist für mich weiterhin ein Buch mit sieben Siegeln.

»Immerhin hat er den Football«, sagt Mark. »Ich meine, er trainiert wirklich hart, aber er ist einfach ein Naturtalent. Glaubst du, dass du ihn im Herbst mal spielen sehen wirst?«

»Ihn spielen sehen?«, frage ich verblüfft.

Mark lacht. »Mach dir keine Gedanken. Der Junge erzählt uns auch kaum etwas. Echt unglaublich, dass er für die *Florida Gators* Football spielen wird, was?«

Wieder blicke ich zu Austin hinüber und frage mich, warum er das mir gegenüber mit keinem Wort erwähnt hat. Es irritiert mich.

»Gleich nach seinem achtzehnten Geburtstag zieht er nach Florida.«

Ich komme mir dumm vor, weil ich noch nicht einmal weiß, wann Austins Geburtstag ist: »Wann ist das?«

Mark muss passen, doch Debbie springt für ihn ein. »Am 7. Juli.«

Mein Herz rutscht in die Hose. Das ist in weniger als drei Wochen! Nicht einmal drei Wochen, dann ist er weg?

Austin kommt zu uns auf die Veranda, Megan dicht auf den Fersen. »Ich hab ganz vergessen, dir zu sagen«, keucht er atemlos, »dass zwei von meinen Kumpels von der Meadowbrook Highschool heute Abend hier vorbeikommen.«

Ich ziehe eine Augenbraue in die Höhe. Damit hatte ich nicht gerechnet.

Debbie wirft einen Blick auf die Uhr und setzt sich auf. »Stimmt. Um wie viel Uhr wollen sie noch mal hier sein?«

»Sie haben vor ein paar Minuten eine SMS geschickt, dass sie in ungefähr einer Stunde hier anrollen.«

Mark holt sich einen neuen Drink aus dem Kühlschrank. »Welcher Idiot fährt denn mit dem Motorrad durch drei Bundesstaaten?«

»Mark!«, sagt Debbie scharf.

»Meine idiotischen Freunde.« Austin scheint keineswegs beleidigt. »Landon hat, seit er achtzehn ist, ständig davon geredet. Ich dachte eigentlich, es wäre nur ein Witz, aber scheinbar nicht. Irgendwie hat er dann noch Evan dazu überredet. Ich verspreche dir, dass sie nur eine Nacht bleiben, Deb.«

»Sie können bleiben, solange sie wollen«, sagt Deb.

»Für eine Nacht fahren sie den ganzen Weg aus Virginia hierher?«, frage ich.

Austin nickt. »Sie wollen noch weiter bis Miami. Dort bleiben sie ein paar Wochen bei Evans Cousin, bevor sie sich auf den Rückweg machen. Ich weiß, sie sind verrückt.«

»Und fährst du mit?«

»Nach Miami? Nein, ich muss arbeiten.«

»Aber du ziehst doch bald nach Florida.«

Austin sieht mich prüfend an.

Ich liefere ihm ein paar Stichworte: »Die *Gators*? Football?«

Schuldbewusst steht Mark auf und geht zum Grill. Austin wirft ihm einen leicht verärgerten Blick hinterher, dann wendet er sich zu mir und zuckt die Schultern.

Meine Mom hat einen neuen Freund und *mein* neuer Freund ist ein College-Football-Spieler. Auf einmal habe ich das Gefühl, als käme ich aus einem anderen Universum als sie alle und wäre gar nicht wirklich hier. Ich gebe Austin einen kleinen Schubs. »Warum hast du mir das nicht erzählt?«

»Keine Ahnung. Ist keine große Sache.«

»Bei den *Gators* Football zu spielen? Das nenne ich sehr wohl eine große Sache!«

»Kuss, Megan?«, fragt Austin in dem vergeblichen Versuch, die Unterhaltung in eine andere Richtung zu lenken, doch Megan hält sich schüchtern ein Auge zu. »Austin, kein Kuss.«

»Das ist doch eine richtig, richtig berühmte Football-Mannschaft, oder etwa nicht?«

Austin zuckt die Schultern.

»Ich hab dich am Strand spielen sehen, da hast du uns alle beeindruckt, aber in der Highschool musst du ja richtig abgegangen sein. Damit kann man schon mal ein bisschen angeben.«

Er lacht. Ich versuche mir vorzustellen, wie Austin mit irgendetwas angibt. Und dann sehe ich ihn – endlich – vor mir, wie er in der Highschool war. Der Star, der dem Rampenlicht ausweicht, der Typ, den die Leute aus den verschiedensten Grüppchen und Cliquen gut genug gefunden hätten, um ihn zum Homecoming King oder zum Schulsprecher zu wählen. Aber stattdessen ist er im Schatten geblieben. Warum?

Ich frage nicht weiter nach, und während wir uns das Abendessen schmecken lassen, zwinge ich mich dazu, nicht weiter über unsere gegensätzlichen Pläne für den Herbst nachzudenken.

Mark und Deb setzen Megan in einen Buggy und verabschieden sich winkend zu einem Spaziergang. Deb lächelt mir noch einmal zu und ihr Lächeln erinnert mich an das von Austin, es ist echt und verlässlich. Etwas, das ich vermissen werde.

Sobald sich die Tür hinter den dreien schließt, rutscht Austin zu mir herüber und hält mich zwischen seiner breiten Brust und der Wand gefangen. Langsam und sanft berühren seine Lippen meine Stirn, seine Hände umfassen mein Gesicht, sein Daumen fährt über meine erwartungsvoll geöffneten Lippen.

Während sich der Abstand zwischen uns immer mehr verringert, denke ich darüber nach, wie es wohl wäre, ihm im College beim Football zuzusehen, ihm von der Tribüne aus zuzujubeln. Seine Lippen pressen sich auf meine und alles drängt an die Oberfläche: wie sehr sich mein Leben verändert hat, wie sehr es sich weiterhin verändern wird und wie sehr ich ihn vermissen werde. Ich erwidere seinen Kuss und ziehe ihn näher an mich. Ich will ihn nie wieder loslassen.

»Austin«, sage ich atemlos.

Seine Lippen ruhen schon wieder auf meinen. »Mmm.«

Ich ziehe ihm die Kappe vom Kopf und fahre mit den Fingern durch seinen Haare, während ich ihn noch enger an mich ziehe und küsse. Wow, was für ein guter Küsser Austin ist! Stolpernd bewegen wir uns zum Sofa hinüber. Ich umfasse seinen Kopf mit beiden Händen und ziehe ihn nach oben.

»Was ist?« Er küsst mich wieder und knabbert dabei an meiner Unterlippe.

»Dein Onkel hat etwas davon gesagt, dass du gleich nach deinem 18. Geburtstag wegziehen willst.«

»So war es mal geplant«, sagt Austin und weckt damit einen Funken Hoffnung in mir.

»Es war geplant?«

»Genau«, sagt er und legt einen Arm um meine Taille, während er sich aufs Sofa sinken lässt. »Ich hatte eigentlich immer nur eines im Kopf: aufs College zu gehen und mein Leben endlich selbst in die Hand zu nehmen.«

»Aber dann …?«

»Dann habe ich dich getroffen.«

Ich schmiege mich in seinen Arm und verdränge alle Gedanken, auch die an meine Mutter und Gary. Ich will nicht über sie reden oder nachdenken. Noch nicht. Als ich Austin gerade wieder küssen will, bemerke ich einen nervösen Ausdruck in seinen Augen, flüchtig, aber wahrnehmbar. »Was ist los?«

»Nichts.«

Ein fragender Blick von mir ist alles, was es braucht. »Okay. Ich habe letzte Woche mit meinem Assistenztrainer gesprochen.«

»Und?«, frage ich auffordernd.

»Also, er ist mit einer Professorin befreundet.« Austin hält inne. Es gelingt ihm nicht, sein Pokerface zu wahren. Irgendetwas ist ihm unangenehm. Ich habe so ein seltsam schlechtes Gefühl, was er nun wohl sagen wird. Vielleicht muss er früher mit dem Training beginnen und kann nicht mehr mit mir zusammen sein. Oder er muss sich auf den Football konzentrieren und kann sich keine Ablenkung leisten. Das kann er mir nicht antun!

»Es geht um deine Ohnmachtsanfälle, Sienna«, sagt er schließlich. »Ich glaube, diese Professorin könnte dir helfen herauszufinden, was da los ist. Ich weiß, dass du nicht mit deiner Mom darüber sprechen kannst, und du hast gesagt, dass du auf keinen Fall zum Arzt willst. Und das müsstest du so auch nicht.«

Eine wilde Mischung von Gefühlen angesichts dieser Wendung, die unsere Unterhaltung nimmt, brodelt in mir hoch. Zuerst bin ich erleichtert. Dann fühle ich mich unwohl. Festgenagelt. Und irritiert.

Ja, ich bin innerhalb einer Woche dreimal ohnmächtig geworden. Aber mit irgendeiner Professorin darüber zu sprechen? Wie peinlich ist das denn?

»Und wer ist diese Professorin? Ich meine, was unterrichtet sie?«

Austin trippelt nervös mit den Fingern auf dem Sofa. »Sie arbeitet in der Psychiatrie.«

Ich stehe auf. Plötzlich bin ich froh, dass Deb, Mark und Megan weg sind, sodass sie uns nicht hören können. »Was glaubst du eigentlich? Hältst du mich für verrückt, Austin? Ich kann echt nicht glauben, dass du deinem Trainer davon erzählt hast.«

»Ich war ganz zufällig da, weil ich noch ein paar Sachen unterschreiben musste, und da kamen wir darauf zu sprechen.«

»Ach, ihr beide habt ganz zufällig über Ohnmachtsanfälle gesprochen und dann hast du gesagt: ›Ach ja, meine Freundin kippt ständig um‹?«

Austin bleibt ganz ruhig, zweifellos, damit ich ebenfalls die Fassung bewahre. »Nein. Diese Professorin hatte im Rahmen einer Studie mit jemandem aus seiner Familie zu tun. So sind wir darauf gekommen. Sie erforscht alle möglichen Arten von Anfällen und …«

»Austin«, unterbreche ich ihn. »Ich bin ohnmächtig geworden. Ich habe keine Anfälle.«

Jetzt erhebt auch er die Stimme. »Aber was ist, wenn du irgendwann nicht mehr aufwachst?«

»Was denkst du denn? Dass ich sterben könnte?«

»Das habe ich nicht gesagt.«

»So hat es sich aber angehört.«

»Du bist im Wasser ohnmächtig geworden, Sienna, und glücklicherweise habe ich es gesehen, bevor es zu spät war.«

Das bringt mich zum Schweigen. Er hat recht. Was ist, wenn dieser Zustand mit der Zeit immer schlimmer wird? Ein Zustand, den man vielleicht hätte behandeln können, wenn man früh genug damit begonnen hätte?

Austin umfängt mein Gesicht mit seinen Händen. »Es tut mir leid. Ich hätte nicht darüber sprechen sollen. Ich will nur nicht, dass dir etwas zustößt. Und das war das Beste, was mir eingefallen ist. Ich dachte, ich könnte dich an einem der nächsten Samstage dorthin fahren, aber du musst nicht.«

»Und warum glaubst du, dass diese Professorin bereit wäre, an ihrem freien Tag mit mir zu sprechen?«, frage ich skeptisch.

Austin verzieht den Mund zu einer schüchternen Grimasse. »Also, soweit ich gehört habe, ist sie ziemlich taff. Und total hinterher, Daten und so für ihre Forschungsarbeit zu sammeln.«

»Forschung?« Ich winde mich aus seiner Umarmung. »Bin ich etwa ein Versuchskaninchen, oder was?«

Ich hole tief Luft und atme aus, ohne dabei das Gefühl abschütteln zu können, dass meine Ohnmachten vielleicht doch mehr sind als ein kleiner Schwindel. Dennoch tue ich mein Bestes, um mich vom Gegenteil zu überzeugen.

»Ich kann nicht auch noch Anfälle haben wie Spencer«, sage ich, als ich mir die Nebenwirkungen seiner Medikamente ins Gedächtnis rufe. »Meine Mutter würde komplett ausflippen. Das kann ich ihr nicht antun, Austin. Nicht jetzt. Außerdem habe ich im Herbst das College und Tanzen. Ich kann nicht weiter ohnmächtig werden. Das geht einfach nicht.«

Und rasch beschließe ich, dass es nicht wieder passieren wird. Wenn ich mich wieder zitterig und schwindelig fühle, werde ich es irgendwie beenden. Einmal ist mir das ja bereits gelungen, während der Heimfahrt von meiner ersten Begegnung mit Austin auf der River Street. Da habe ich mir einfach vorgestellt, wie er mich in seinen Armen auffängt. Und damit konnte ich die Ohnmacht fürs Erste vertreiben. Vielleicht klappt das ja wieder.

Ich schüttele den Kopf. »Es tut mir leid, aber ich geh da nicht hin.«

Austin senkt den Blick. Ich weiß nicht recht, wie ich seine Miene deuten soll. Doch dann unterbricht lärmendes Motorengeräusch und lautes Hupen von draußen die Stille. Ich bin dankbar für die Ablenkung, wenngleich das Geräusch etwas in mir auslöst, das ich nicht recht erklären kann.

Austin erhebt sich. »Da sind sie. Tut mir leid.«

Austins Freunde fallen mir wieder ein und ich stehe ebenfalls auf. »Schon gut. Ich möchte sie gerne kennenlernen.«

Wir treten nach draußen in die helle Abendsonne. Während Austin durch den Vorgarten geht, um seine Freunde zu begrüßen, halte ich mir die Hand über die Augen und sehe, wie zwei Motorräder in die Einfahrt einbiegen. Dann bemerke ich die Farbe. Ich blinzele, einmal, zweimal.

Rot. Und blau.

Mein Herz trommelt in einem wütenden Tempo, und ein Bild, dessen Erinnerung ich lange unterdrückt habe, steigt wieder in mir empor. Das Motorrad, das an jenem Abend auf unsere Spur geraten ist, war rot und das andere blau. So wie diese beiden. Jetzt endlich erinnere ich mich genau daran.

Der Typ auf dem roten Motorrad zieht sich den Helm vom Kopf und lässt ein strahlendes Lächeln aufblitzen. »Dobbs, Alter! Du hättest mit uns fahren sollen!«

Ein Blick auf seinen Helm, den ein Totenkopf auf roten Flammen schmückt, genügt, um alles loszutreten – eine Lawine von lange eingesperrten Erinnerungen. Ich starre auf das Letzte, was ich gesehen habe, bevor ich das Lenkrad herumgerissen habe.

Austins Freunde sind aus Richmond.

Plötzlich vermögen meine Lungen nicht mehr ausreichend Luft aufzunehmen. Weiße Flecken schweben durch mein Gesichtsfeld und lassen alles vor mir verschwimmen. Aber ich habe bereits genug gesehen. Der Polizeipsychologe hat mir damals erklärt, wie erstaunlich das menschliche Hirn funktioniert. Dass selbst ein flüchtiger Blick während eines traumatischen Ereignisses dazu führen kann, dass ein Opfer sich später an kleinste Details erinnert, falls es gelingt, diese Erinnerung zutage zu fördern.

»Peace, Alter«, stimmt der andere Typ ein. »Du hast nicht wirklich gelebt, bevor du nicht mal so die Küste runtergebrettert bist. Freiheit pur!«

Ein metallischer Geschmack füllt meinen Mund und ein Kribbeln durchläuft meinen Körper. Ich will aufschreien und Antworten verlangen. Selbst wenn es möglich ist, meine Ohnmachtsanfälle unter Kontrolle zu bekommen, so gelingt es mir jetzt jedenfalls nicht. Aus irgendeinem Grund sehe ich die Details jener Nacht plötzlich glasklar vor mir, und während mir das blendende Licht die Sicht nimmt, beherrscht nur eine Frage meine Gedanken: *Haben sie sich auch so frei und lebendig gefühlt in der Nacht, in der mein Vater starb?*

Wo werde ich mich befinden, wenn ich die Augen wieder aufschlage? Wird mein Plan funktionieren? Kann ich diesen Augenblick mit Austin am Strand einfangen oder werde ich wie sonst auch im Garten bei meinem Vater aufwachen? Fast wünschte ich, es wäre der Garten, denn was soll ich zu Austin sagen? Dass seine Freunde meinen Vater getötet haben?

Zu meiner Erleichterung baut sich das Bild von Erde vor mir auf. Wider alle Vernunft bin ich einmal mehr bei meinem Vater. Anscheinend vermag ich tatsächlich selbst zu bestimmen, was passiert.

»Dad!«, rufe ich.

Er blickt hoch, vom angstvollen Ton in meiner Stimme überrascht. Als ich das letzte Mal versucht habe, ihn zu warnen, ihn zu retten, bin ich zu schnell wieder aufgewacht. *Lass mich nicht von der Spur abkommen!*, will ich ihm noch zurufen, doch schon breiten sich wieder weiße Flecken vor meinen Augen aus.

»Nein!«, kreische ich, doch meine Stimme kann das Wort

schon nicht mehr richtig artikulieren. Das Bild meines Vaters beginnt bereits zu verschwimmen, doch ich kämpfe mit aller Kraft dagegen an. Sie haben meinen Dad getötet.

Nein, *ich* habe meinen Dad getötet.

Es ging alles so schnell, dass ich ganz instinktiv das Steuer herumgerissen habe, um auszuweichen. Warum haben mein Dad und ich keinen Pakt geschlossen, der es mir erlaubt, genau *jenen* Augenblick in unserer Erinnerung zu bewahren? Könnte ich ihn dann verändern? Ich spüre, wie ich davongesogen werde, und fürchte, dass ich die Antwort kenne: Sobald ich versuche, die Vergangenheit zu ändern, wache ich auf.

Es tut mir so leid, Dad. Ich flüstere die Worte, die ich ihm nicht mehr sagen konnte.

Aber sie ändern nichts.

22

Austin

Ein eigenartiger Ausdruck huscht über die Gesichter von Landon und Evan und ich merke, dass etwas nicht stimmt.

»Was zum …«, sagt Landon.

Ich drehe mich um und sehe gerade noch, wie Sienna zusammenbricht und das Gras ihren Sturz nur leicht abfedert.

Ich renne zu ihr hin und schiebe meine Hand unter ihren Kopf. »Sienna!«

Landon und Evan gehen hinter mir in die Knie. »Krass Mann, die hat's einfach so umgehauen.«

»Halt's Maul!«, sagte ich, weil mir Landons Coolness gegen den Strich geht.

Schon nach wenigen Sekunden öffnen sich Siennas Augen und sie sieht mich verwirrt an, so als würde ihr schlecht. Ich strecke die Hand nach ihr aus, die sie aber matt beiseiteschiebt. Sie fährt hoch und boxt Landon gegen die Brust. Der balancierte zuvor auf den Fersen und landet nun hart auf dem Rücken.

Sienna hält sich den Kopf und schwankt, als wäre sie soeben aus einer besonders fiesen Achterbahn gestiegen. »Wir haben ihn getötet«, flüstert sie.

Ich stehe ebenfalls auf. Ich muss mich wohl verhört haben.

Sie reißt Landon den Helm aus der Hand. »Dieser Helm! *Ihr* wart das, nicht wahr? Ihr beide wart auf diesen Motorrädern. Eins rot. Eins blau. Ich kann mich genau erinnern. Ihr seid auf der Powhite Park Bridge auf unsere Spur gekommen, letztes Jahr am 4. Juli während des Feuerwerks. Ihr habt ihn getötet und seid dann einfach abgehauen!«

Jetzt wird mir endlich klar, worüber sie redet. Ich schaue auf Landons und Evans Motorräder: das eine blau, das andere rot. Ich denke an die Geschichte von Siennas Dad, wende mich zu meinen Freunden und sehe mit Erstaunen, dass sie beide vor Schreck kreidebleich werden. Keiner von beiden sagt ein Wort, keiner versucht, seine Unschuld zu beteuern oder Ahnungslosigkeit vorzuschützen. Sie scheinen genau zu wissen, wovon die Rede ist. Sie sind ertappt.

Sienna gibt Landon den Helm zurück und stößt ihn gegen die Brust. Ein gefährliches Flackern liegt in ihrem Blick. »Weißt du was? Ich hätte nicht ausweichen sollen. Ich hätte dich überfahren sollen!«

Sie stolpert davon in Richtung ihres Wagens und schubst Evan mit der Schulter beiseite, als sie an ihm vorbeikommt.

Ich renne ihr hinterher, denn ich will sie nicht fahren lassen. Sie ist gerade erst umgekippt und schwankt, als wäre sie betrunken. »Sienna …«

»Lass mich!«

Der scharfe Ton in ihrer Stimme lässt mich beinahe zurückweichen. »Warte«, sage ich.

Sie knallt die Tür von Brians BMW zu und rast davon, ohne dass ich sie aufhalten kann.

Ich habe das Gefühl, dass sie recht hat. Obwohl ich mir nicht vorstellen kann, dass Landon oder Evan jemanden töten würden, traue ich ihnen rücksichtsloses Fahren unter Alkoholeinfluss jederzeit zu.

Sienna war ja schon wütend genug wegen dieser Sache mit der Professorin und der Psychiatrie, aber das hier … Ich bin überaus schockiert und mir ist speiübel. Ohne meine Freunde wäre Siennas Vater vielleicht noch am Leben.

23

Sienna

Als ich zum Strand komme, ist das Meer aufgewühlt. Schützend schlage ich die Arme um mich und frage mich, wie ein so sonniger Tag derart stürmisch werden konnte. Im einen Augenblick ist alles noch vollkommen ruhig, im nächsten ein Wirbel von Wut und Chaos.

Bevor ich das Wasser erreiche, bleibe ich stehen und genieße die Einsamkeit unter dem stürmischen Himmel. Zögernd wandert mein Blick zu Spencers Football, der im Sand liegt. Mit dem hat Austin mir gezeigt, wie man wirft. Ich beuge mich hinab, hebe ihn auf und fühle das steife Leder.

Ich zeig's dir. Ich kann beinahe hören, wie Austin mir das ins Ohr flüstert, vermeine seinen warmen Atem in meinem Nacken zu spüren. Der Wind zerrt an meinen Haaren, während ich die Finger über die Nähte lege. Mit zusammengebissenen Zähnen packe ich den Ball, mache einen Schritt nach vorn, schleudere ihn fort und lasse dabei all die aufgestaute Wut aus mir raus. Etwas zwischen einem Stöhnen und einem Schrei hallt unter dem fernen Donner wider, ein Laut, wie ich ihn noch nie aus meinem Mund vernommen habe.

Auf den Knien sinke ich in den Sand. Tränen steigen mir

in die Augen, doch ich hole tief Luft und dränge sie zurück. Weinen hilft jetzt auch nicht weiter. Spencers Football kreiselt auf dem Wasser. Als ich höre, wie die Hintertür des Strandhauses mit einem Knarren aufgeht, richte ich mich auf. Rasch fahre ich mir durch die Haare, um sie zu ordnen.

»Sienna«, ruft meine Mutter hinter mir. »Was machst du denn da draußen?«

Ich versuche, meine Stimme neutral zu halten, was mir aber nicht gelingt. »Nichts, Mom.«

Es überrascht mich ein wenig, ihre sanfte Hand auf meiner Schulter zu spüren. Mom setzt sich neben mich und senkt die Stimme zu einem mitfühlenden Flüstern. »Ist es wegen deinem Vater?«

Ich werfe einen Blick auf ihre Jeans und wundere mich, dass sie sich tatsächlich in den Sand gesetzt hat. Zögernd nicke ich. Sie will das nicht wirklich hören. So viel habe ich im vergangenen Jahr schon gelernt. Aber als ihre Hand über meinen Rücken streicht, ist das wie lang ersehnter Balsam, der meinen Schmerz lindert.

»Wenn du wüsstest …«, sage ich hypothetisch und räuspere mich. »Wenn du wüsstest, wer diese Motorradfahrer waren, was würdest du dann tun?« Ich halte inne, um zu sehen, ob sie wirklich zuhört, und stelle fest, dass ich ihre ganze Aufmerksamkeit habe. »Würdest du dafür sorgen, dass sie für das bezahlen, was sie getan haben?«

Mom holt tief Luft. »Willst du wissen, was ich tun würde oder was dein Vater getan hätte?«

Ich lache, denn ich weiß, wie gegensätzlich ihre Reaktionen wären: seine ruhig und gelassen, ihre aufbrausend. Vielleicht habe ich ja doch etwas von meiner Mutter in mir.

Sie lächelt. »Ich würde mich vermutlich aufs nächstbeste Motorrad setzen und sie eigenhändig überfahren.«

Die Vorstellung von meiner Mutter auf einem Motorrad mit im Wind flatternden Haaren bringt mich zum Lächeln.

»Weißt du noch, als Dads Golfschläger aus dem Auto gestohlen wurden?«

Ich verziehe das Gesicht. »Erinnere mich lieber nicht daran.«

Einmal bin ich etwas verspätet mit dem Auto meines Vaters zu einem Football-Spiel unserer Schule gefahren. Ich hatte es so eilig, noch rechtzeitig zum Anfeuern während der Halbzeit zu kommen, dass ich vergaß, die Türen abzuschließen und – tja, es war eben ein Schulparkplatz. Nach dem Spiel stand der Kofferraum offen und die Golfschläger waren weg, zusammen mit Navi, iPod und etwas Kleingeld.

»Weißt du noch, wie schnell Dad dir verziehen hat?«, fragt meine Mutter.

»Allerdings«, sage ich. Warum muss sie das jetzt erwähnen? Dad war einfach ein guter Mensch. Seine ersten Worte, nachdem ich mich heulend bei ihm entschuldigt hatte, waren: »Ist mit dir alles okay?«

Danach hat er meine Tränen weggewischt.

Ich war verblüfft (und erleichtert), wie locker er mit der Sache umging. Für ihn war *ich* das Wichtigste. Die Diebe hatten neue Golfschläger im Wert von tausend Dollar erbeutet, die Mom ihm zum Geburtstag geschenkt hatte und die nie wieder aufgetaucht sind. Und mein Dad ging einfach darüber hinweg, als wäre es schon vergessen. Und mir blieb das Gefühl, tief in seiner Schuld zu stehen.

»Ich will dir den Schaden ersetzen«, habe ich zu ihm gesagt. Allerdings hatte ich, mal abgesehen von ein paar Tanzstunden hier und dort, keinen Job. Um die Rachegelüste gegenüber Austins Freunden zu bewahren, bemühe ich mich, nicht an das zu denken, was mein Dad als Nächstes sagte.

»Denk einfach daran, wie es ist, eine zweite Chance zu bekommen. Du kannst es wiedergutmachen, indem du eines Tages jemand anderem vergibst.«

Genau das sagte er, die Hand sanft auf meine Schulter gelegt! Verärgert knirsche ich mit den Zähnen. Warum hat er nicht einfach seinem Ärger Luft gemacht? Warum hat er mich nicht einfach angeschrien, wie Mom es getan hätte? Ich kann meine Wut auf diese Motorraddeppen nicht einfach verfliegen lassen, schon gar nicht jetzt, wo ich weiß, wer sie sind.

Ihr Mienenspiel war ganz eindeutig und ihre Sprachlosigkeit kam einem Schuldeingeständnis gleich. Wir waren alle drei dort an jenem Abend.

Sie haben es verdient, für diesen Unfall zu bezahlen, genau wie ich. Ich denke daran, wie es hätte sein können: Mein Dad und ich hätten mit der ganzen Familie gemeinsam das Feuerwerk zum 4. Juli angeschaut, anstatt unter Wasser um Luft zu ringen. Ohne Austins Freunde wäre mein Dad noch immer hier. Das kann ich ihnen niemals verzeihen. Das kann ich mir selbst niemals verzeihen.

Und ist es nicht ein Unterschied, ob man jemandem den Verlust eines Golfschlägers verzeiht oder dass er durch sein rücksichtsloses Fahren den Tod eines Menschen verursacht hat?

»Glaubst du wirklich, Dad hätte ihnen einfach so verziehen?« Damit stelle ich genau die Frage, auf die ich eine Antwort suche.

Moms Augenbrauen wandern ein Stück in die Höhe. »Ich bin anders als dein Vater, Sienna. Leider. Ja, ich glaube, er hätte ihnen vergeben. Er hätte nach vorne geschaut und ihnen geraten, dasselbe zu tun. Meine Süße, ich werde das nur einmal sagen, weil ich diese Worte wirklich nur sehr ungern ausspreche: Wütend zu sein, ist niemals gut.«

Ja, genau diese Worte habe ich soeben von meiner Mutter gehört. Und ich weiß, wie schwer sie ihr über die Lippen gegangen sind. Wir sind uns ähnlicher, als ich dachte.

»Ich denke mir, dass diese Motorradfahrer mit ihren Schuldgefühlen genug bestraft sind«, fährt sie fort. »Ich schätze, sie sind abgehauen, weil sie Angst hatten. Es waren ganz normale Menschen, die zur falschen Zeit am falschen Ort waren. Jedenfalls will ich das glauben, weil es mir besser dabei geht.«

Auf einmal sehe ich eine ganz neue Seite meiner Mutter. »Danke, dass du mir zugehört hast.«

»Aber klar, mein Schatz.« Sie steht auf und verzieht das Gesicht, während sie sich den Sand von der Hose klopft. »Oh, fast hätte ich es vergessen!« Sie macht eine dramatische Pause – Trommelwirbel.

»Was denn?«

»Rate mal, wer nächste Woche kommt«, sagt sie.

Fragend sehe ich sie an. »Grandma?«

»Nein. Grandpa und Grandma wollen doch erst Ende Juli kommen.«

Ich überlege. Wer sonst sollte uns hier besuchen kommen?

Mit freudestrahlendem Gesicht verkündet sie schließlich: »Die Prices!«

Mehrere Sekunden vergehen, bis ich die Sprache wiederfinde. »Die Prices? Du meinst Kyle Price?«

»Genau«, sagt meine Mutter mit einem leisen Lachen. »Niemand anders als dein Freund Kyle Price und seine Eltern. Sie wollen uns über den Feiertag am 4. Juli besuchen.«

Der salzige Wind trocknet meine Zunge und meine Kehle aus. Ich kann nicht sprechen. Doch selbst wenn, so wüsste ich nicht, was ich sagen soll. Drei Jahre lang habe ich jeden Sommer genau darauf gewartet. Jahr für Jahr wollten Kyle und seine Familie uns hier besuchen, haben es aber nie geschafft.

Warum ausgerechnet diesmal?

»Kyle kommt hierher?« In meiner Stimme hallt der Schock wider.

»Warum überrascht dich das so? Das haben sie doch schon seit Jahren vor, Süße.«

»Ja, genau, ich dachte einfach nicht, dass sie es wirklich mal tun.«

Ein Wust an unvereinbaren Gefühlen prallt in meinem Inneren aufeinander, die für Kyle und die für Austin. Ich versuche, dagegen anzukämpfen, und fühle mich dabei verwirrter denn je.

Meine Mutter mustert mich. »Freust du dich gar nicht?«

»Doch, schon«, sage ich und setze ein Lächeln auf. »Klar.«

Sie nickt zufrieden. »Ich will noch mal kurz zu Judy. Sie hat gesagt, ich könnte mir ein paar Zucchini und Tomaten aus ihrem Garten holen. Kannst du auf Spencer aufpassen?«

Ich nicke, obwohl ich genau weiß, dass ein Besuch bei Brians Mutter Judy alles andere als kurz sein wird. Aber es passt schon. Ich will heute Abend ohnehin nicht mehr weg. Ich kann mir nichts vormachen. Eigentlich freue ich mich tatsächlich ein bisschen darüber, dass Kyle kommt, mehr, als ich gedacht hätte. Haben die jüngsten Ereignisse meinen Gefühlen für Austin einen Dämpfer versetzt?

»Danke.« Moms normalerweise eher kantiges Gesicht wirkt auf einmal weicher, irgendwie freundlicher.

Ich schaue ihr hinterher und blicke dann wieder aufs Meer

hinaus. Die Wellen haben Spencers Football an Land gespült, was meine Gedanken zu Austin zurücklenkt. Zu ihm und seinen Freunden. Ich war immer dafür, Menschen eine zweite Chance zu geben – genau wie ich auch Kyle eine zweite Chance gegeben habe. Aber jetzt?

Ich schlucke. Wenn ich Austins Freunden verzeihe, dann bin ich als Einzige noch übrig. Und mir selbst zu verzeihen, will mir einfach nicht gelingen. Ich hole tief Luft. Mir ist klar, dass meine Mutter recht hat. Mein Dad würde Austins Freunden vergeben und nicht mehr zurückschauen.

Aber ich bin nicht so wie er.

24

Austin

Ich erinnere mich jetzt ganz genau – an den 4. Juli vor einem Jahr. Eigentlich wollte ich an dem Abend mit meinen Freunden feiern gehen, aber meine Mutter hat es nicht erlaubt. Vorher hatte sie mir nie etwas verboten, hat meist nicht einmal zugehört, wenn ich ihr sagte, wohin ich wollte. Deshalb war ich an dem Abend ganz schön sauer auf sie, aber sie hatte ihre Gründe für dieses Verhalten: Eine Woche zuvor hatte man nämlich Drogen im Wagen von meinem Freund Jake gefunden.

Landon, Evan und ich waren alle mit Jake zusammen, als die Polizei ihn auf die Seite winkte. Wir drei gaben an, nichts von dem nicht unbeträchtlichen Vorrat an kolumbianischem Heroin im Kofferraum zu wissen, und kamen mit einem blauen Auge davon. Bei mir entsprach das der Wahrheit, und anschließend habe ich mir eingeredet, dass das auch auf Evan und Landon zutraf.

Meine Mutter flippte trotzdem vollkommen aus, obwohl ich ihr immer und immer wieder versicherte, dass ich nichts mit den Drogen zu tun hatte. Doch dann wurde mir eine Sache schmerzhaft bewusst, die den ohnehin brüchigen Faden, der unsere Zwei-Personen-Familie noch zusammenhielt, endgültig durchtrennte: Meine Mutter vertraute mir einfach nicht.

Gleich am nächsten Morgen rief sie Tante Debbie und Onkel Mark an und hatte noch vor dem Mittagessen meinen Umzug organisiert. Ich hatte nie geraucht, mich nie mit Drogen zugedröhnt, nur selten einmal etwas getrunken. Dazu war mir der Football immer zu wichtig. Ich schätze mal, dass er Jake nicht ebenso wichtig war. Wirklich schade, denn er war ein verdammt guter Verteidiger. Der Typ konnte jeden Gegner blocken.

Ich hatte meiner Mutter nie einen Grund geliefert, mir zu misstrauen, und trotzdem schickte sie mich einfach so fort. Ich dachte, da müsste noch etwas anderes dahinterstecken. Und plötzlich wurde es mir klar: Bei meinem Anblick sah sie meinen Dad vor sich. Ständig musste ich mir anhören, ich sähe ihm zum Verwechseln ähnlich. Daran, wie Mom nun ausflippte, konnte ich ein für alle Mal ablesen, warum mein Vater im Gefängnis saß. Sie hatte schlechte Erfahrungen gemacht und das steckte ihr in den Knochen. Sie fürchtete, ich könnte zum Junkie werden, genau wie mein Dad, und wollte mich deswegen von meinen Freunden trennen.

Und so schickte sie mich einfach fort, obwohl bei mir alles gut lief, vor allem beim Football. Der Sport war ihr ohnehin egal, wie überhaupt alles, was ich tat. Ja, eigentlich hatte ich das Gefühl, dass ich selbst ihr ganz egal war. Ein Anruf von Onkel Mark besänftigte mich einigermaßen. Ab da versuchte ich, meinen Frust in Energie zu verwandeln und auf ein neues Ziel zu richten: Ich wollte nichts wie weg, denn zu Hause hielt ich es einfach nicht mehr aus.

Der 4. Juli war der letzte Abend, den ich noch mit meinen alten Kumpels hätte verbringen können, bevor ich aus Virginia abreiste. Aber meine Mutter wachte mit Adleraugen über mich. »Nur über meine Leiche«, sagte sie, als ich ihr erzählte, dass ich mich mit Landon und Evan treffen wollte. Sie legte sich allen Ernstes vor der Haustür auf den Fußboden, um mir den Weg zu versperren, und so war ich ausgerechnet am Tag der Unabhängigkeit in meinem eigenen Haus gefangen. Meine Mom ist so klein, dass ich sie zuerst einfach hochheben und beiseiteziehen wollte, doch so hatte sich meine ansonsten eher zurückhaltende Mutter nie aufgeführt. Deshalb ließ ich mich schließlich doch dazu breitschlagen, zusammen mit meinem Stiefvater etwas zu kochen, anstatt mich mit meinen Freunden zu treffen. Jetzt erst begreife ich, wovor meine Mutter mich eigentlich bewahrt hat.

Landon und Evan kamen natürlich trotzdem wie geplant vorbei, um mich abzuholen.

»Was unsere Familien heute Abend machen?«, wiederholte Evan meine Frage und verdrehte die Augen.

Landon seufzte genervt. »Keine Ahnung. Feuerwerk. Pizza. Wen interessiert das schon?«

Genau da wurde mir klar, dass die beiden ganz und gar nicht ahnungslos gewesen waren, was die Drogen in Jakes Wagen anbelangt. »Also, dann tut euch heute Abend mal selbst einen Gefallen und entscheidet euch für Pizza anstelle von Gras.«

Das waren meine letzten Worte, bevor ich die Tür vor ihrer Nase zumachte. Meine letzten Worte an sie vor dem Unfall, bei dem Siennas Vater ums Leben kam.

Ich biege an der Ampel ab und fahre die Hauptstraße entlang. Der Wind fühlt sich erfrischend an, aber ich bezweifle, dass Landon oder Evan auf ihren Motorrädern hinter mir so etwas wie Erleichterung empfinden. Ich war immer derjenige, der die beiden in der Spur hielt. Der den Rest ihres Biers in den Ausfluss goss, wenn sie gerade nicht aufpassten, oder vor ihren Augen gleich die ganze Dose in den Müll warf. Wenn ich an jenem Abend mit Landon und Evan zusammen gewesen wäre, hätte sich der Unfall dann auch ereignet? Vielleicht wären wir drei dann auch einfach nur Eisessen gegangen und Sienna und ihr Dad wären rechtzeitig zum Feuerwerk bei ihrer Familie angekommen. Dann wäre alles okay.

Oder nicht.

Wenn ich an jenem Abend mit ihnen zusammen gewesen wäre, dann hätten sich die vergangenen zweieinhalb Wochen allerdings möglicherweise gar nicht ereignet. Dann wäre Sienna nicht mehr gewesen als irgendein schönes Mädchen auf der River Street. Sie hätte mich nicht gebraucht, um sie aufzufangen, da sie nicht ohnmächtig geworden wäre. Sie hätte mich vielleicht überhaupt nicht gebraucht.

Ich biege in die gekieste Auffahrt ein und stelle den Motor ab. Eine Zentnerlast drückt mir aufs Herz, das Atmen fällt mir schwer. Ein Seitenblick zu Evan zeigt mir, dass seine Augen auf mich gerichtet sind. Hinter mir tippt Landon auf seinen Lenker, als würde ihn das beruhigen oder ablenken. »Bereit?«, frage ich.

Evans Augenbrauen klettern in skeptische Höhen, Landon gibt keine Antwort.

Bereit oder nicht, ich marschiere jedenfalls auf Siennas Strandhaus zu und habe dabei das ungute Gefühl, dass es ihr vielleicht besser ginge, wenn ich gar nicht in ihr Leben getreten wäre. Und so bin ich fast erleichtert, als Spencer die Tür öffnet.

»Hey, Batman.«

Spencer reißt die Tür auf. »Austin! Ich hole meinen Football.«

»Ich kann nicht lange bleiben.«

Die Freude weicht aus seinem Gesicht. »Oh. Willst du zu Sienna?«

»Ja, wenn das geht.«

»Du hast Glück. Meine Mom ist eben weg. Sie mag dich nämlich nicht besonders.«

Ich linse an ihm vorbei in den Flur. »Und wieso?«

Spencer zuckt die Schultern. »Also, sie hasst Tattoos. Und Motorräder hasst sie total. Und außerdem mag sie vor allem Kyle Price.«

Genau das, was ich hören wollte.

Landon neben mir tritt nervös von einem Fuß auf den anderen, was mich an den Grund unseres Besuches erinnert.

»Weißt du, wo Sienna ist?«

Spencer deutet in Richtung Meer. »Am Strand.«

»Danke, Spencer.«

»Äh, Austin?«

»Ja?«

»Können wir nächstes Mal Football spielen? Du kommst doch bald wieder vorbei, oder?«

»Das hoffe ich.«

Sobald wir um die Hausecke biegen, entdecken wir Sienna, die mit dem Rücken zu uns im Sand sitzt.

»Bringen wir es hinter uns«, murmelt Evan leise.

Ich werfe ihm einen mahnenden Blick zu. Ob er das nur gesagt hat, weil er Schiss hat, weiß ich nicht, aber er hat nicht unrecht. Wir sind vermutlich die Letzten, die Sienna jetzt sehen will.

Sienna hat uns gehört und dreht sich um. Sie steht auf, verschränkt die Arme vor der Brust und kommt gleich zur Sache: »Wart ihr betrunken?«

Evan und Landon zögern.

»Mein Bruder ist vor 'ner Weile in 'ne Kontrolle geraten.« Landons Stimme klingt heiser. Sienna macht ein finsteres Gesicht. »Und die Bullen haben ihn verknackt, dabei hatte er vielleicht einen Tropfen Alkohol intus. Das ist alles. Aber er war seinen Führerschein los. Haftstrafe, Gerichtsgebühren, für die er keine Kohle hat, das volle Programm. Und jetzt ist er auch noch vorbestraft. Mal ganz abgesehen davon, dass mein Dad ziemlich angepisst war.«

Siennas Gesicht ist eine Eisfläche. Was anderes hätte ich mir nicht erhoffen sollen. »Und was geht das mich an?«, fragt sie.

»Wir hatten nur ein Bier getrunken«, erwidert Evan.

»Ein Bier, ja? Aber das hat offenbar gereicht, um meinen Dad zu töten.«

Landon boxt Evan gegen den Arm. »Es war doch gar nicht das Bier.«

Siennas eisige Miene scheint plötzlich aufzulodern. »Dann erklärt mir bitte, was es war. Weil ihr unseren Wagen nämlich geschnitten habt und das Nächste, woran ich mich erinnere, ist, dass wir untergegangen sind!«

»Wir haben erst viel später erfahren, dass euer Wagen über das Geländer geflogen ist.«

»Und deswegen habt ihr euch besser gefühlt, oder wie? Es war noch immer Fahrerflucht.«

»Wir hatten ja gar keine Kollision.«

»Weil ich euch ausgewichen bin!«, schreit Sienna. »Ich hätte euch anfahren können, aber stattdessen …«

»Ich bin einem zerfetzten Reifen ausgewichen«, unterbricht

sie Landon und Stück um Stück verliert sich die Spannung in der aufkommenden Stille.

Siennas Miene ist noch immer angespannt. »Ein zerfetzter Reifen?«

»Der lag mitten auf unserer Spur. Motorräder sind anders als Autos. Wenn du bei dem Tempo über ein Hindernis fährst, bist du in null Komma nichts Matsch.«

Sienna knabbert an ihrer Unterlippe. »Ihr wollt mir also erklären, dass ein Stück Müll für den Unfall verantwortlich ist?«

Sie nicken.

»Und warum habt ihr das dann nicht der Polizei erzählt?«

»Weil wir gerade von einer Party kamen und was getrunken hatten«, sagt Evan. »Die hätten uns doch hopsgenommen. Die Bullen hätten uns das nie abgekauft.«

»Ich schwöre, es war allerhöchstens ein Bier«, sagt Landon. »Wenn überhaupt.«

»Das sagen alle.« Sienna scheint wenig überzeugt. »Warum sollte ich euch glauben?«

»Wir sind früher von der Party weggegangen, okay?«, murmelt Landon und sieht mich an. »Wir haben nur ein Bier getrunken und uns dann vom Acker gemacht.«

Schuldgefühle überkommen mich und schnüren sich enger und enger um meinen Hals. Die Vorstellung, dass ich etwas damit zu tun haben könnte, dass sie wegen mir früher aufgebrochen sind und warum sie in genau diesem Augenblick auf dem Highway waren …

»Das ganze Haus war verwüstet, Mann …«

»Und alle bekifft«, ergänzt Evan.

Landon wirft einen Seitenblick zu mir hinüber. »Wir wollten damit nichts zu tun haben. Wir sind unterwegs noch beim

Feuerwerk vorbeigefahren und wollten danach bei mir zu Hause abhängen und Pizza essen. Mit meiner Familie.«

In der Ferne verklingt langsam das Donnergrollen. Die Gewitterwolken ziehen vorbei und hinterlassen einen dunklen, ruhigen Himmel über uns. Landon und Evan haben sich tatsächlich an meinen Rat gehalten. Wer hätte das gedacht? Sie haben für sich vermutlich die bestmögliche Entscheidung getroffen an jenem Abend, und doch musste deswegen ein Mensch sterben.

Sienna schlingt die Arme um sich, als könnte sie so leichter die Fassung bewahren. Ihr Kinn zittert und ihre Augen schwimmen in Tränen. Als ich das sehe, mache ich einen Schritt auf sie zu.

»Sienna«, sage ich. »Ich weiß, dass wir nichts davon rückgängig machen können, aber …«

»Du hast recht«, blafft sie mich an. »Du kannst nichts rückgängig machen, Austin. Er ist tot, okay? Tot!«

Mit jeder wütenden Silbe schlägt mir die harte Wahrheit ihrer Worte entgegen. Man kann nichts mehr tun. Selbst wenn sich Landon und Evan der Polizei stellen würden, so wäre ihre Schuld schwer oder gar nicht nachweisbar. Es gibt keinen Beweis, dass sie Alkohol getrunken hatten. Sie haben Siennas Wagen nicht einmal berührt. Sie ist ihnen ausgewichen. Hat sie damit, rein rechtlich gesehen, nicht ebenso viel Schuld wie die beiden? Aber das Schlimmste ist, dass nichts davon ihren Dad zurückbringen wird.

»Und wo warst *du* eigentlich?« Sienna zieht das *du* mit verächtlichem Unterton in die Länge. Es fühlt sich an wie Salzwasser, das in eine tiefe Wunde gerät, als mir klar wird, dass sie mit mir redet. Plötzlich bin ich einer von ihnen. Ich hätte der dritte Motorradfahrer sein können.

»Wir wissen, dass wir es nicht mehr ändern können«, flüstert Landon, als würde er die Spannung zwischen uns als Stichwort nehmen, sich zurückzuziehen. »Ich schwöre, wir wollten uns schon lange stellen, aber wir haben uns nicht getraut.«

»Genau. Tut uns echt leid«, sagt Evan.

»Echt«, ergänzt Landon. »Wenn es irgendetwas gibt, was wir tun können ...«

»Ihr könnt mich in Ruhe lassen«, unterbricht Sienna ihn.

Schweigend vergräbt Landon die Hände in den Hosentaschen. Evan wendet sich zum Gehen, dicht gefolgt von Landon. Der Sand verschluckt ihre Schritte.

»Sienna.«

»Lass mich«, sagt sie.

»Ich möchte nur deine Frage beantworten«, sage ich. »Und dann gehe ich.«

Langsam hebt sie den Blick und sieht mich an.

»Ich hätte an dem Abend eigentlich mit den beiden zusammen sein sollen, bin aber zu Hause geblieben«, sage ich.

Sienna nickt still. Ich möchte sie berühren, doch ihr abweisender Blick sagt mir, dass das ein Fehler wäre. Ich trete einen Schritt zurück, um sie wie versprochen alleine zu lassen, doch dann öffnen sich ihre Lippen.

»Wenn du dabei gewesen wärst«, sagt sie mit bebender Stimme, »hättest du dann angehalten oder wärst du auch abgehauen?«

Es versetzt mir einen Stich, dass sie mich nicht besser kennt und so etwas überhaupt fragen muss. »Was denkst du denn?«

Ihr Gesicht ist schmerzerfüllt, doch sie lässt noch immer keine Tränen zu. Ja, ich wünschte, es wäre in jener Nacht alles anders gelaufen. Ich wünschte es so sehr. Ich wünschte, ich hätte da sein können, aber ich war es nicht.

Sienna weicht meinem Blick aus. Ihr Schweigen ist die Antwort auf meine Frage, und so nicke ich ihr zu, bevor ich davongehe und mich nicht noch einmal umdrehe.

»Du wärst hinter mir her in den Fluss gesprungen.« Ihre Stimme ist nicht mehr als ein Flüstern, und ich gebe vor, sie nicht zu hören.

25

Sienna

Zwei Stufen auf einmal nehmend renne ich ins Haus und lasse die Tür hinter mir zufallen. Ich schließe ab und gehe in Richtung Treppe.

»Zeit, schlafen zu gehen, Spencer«, sage ich, als ich im Wohnzimmer an Spencer vorbeikomme.

Seine Xbox-Steuerung fällt zu Boden. »Unfair! Es ist doch erst neun!«

»Egal.«

»Hast du dich mit Austin gestritten?«

»Nein«, lüge ich.

»Hast du doch. Ich bin ja nicht blöd.«

»Hör auf, Spencer.«

»Pass auf, dass du das nicht verbockst. Ich mag ihn.«

Ich bleibe stehen. Mein Herz krampft sich zusammen wie ein ausgewrungener Putzlappen. Das Bild von Austins Gesicht vor wenigen Augenblicken am Strand kommt mir in den Sinn, der sonst so klare Blick seiner blauen Augen von Zweifeln verdüstert. »Ich hab Kopfschmerzen und gehe jetzt ins Bett. Tu mir einen Gefallen, Spencer, ja? Du kannst in deinem Zimmer Videospiele spielen, bis Mom zurückkommt, okay?«

Ich mache meine Zimmertür hinter mir zu, froh, endlich allein zu sein. Ich stecke mir Kopfhörer in die Ohren, stelle Musik an und versuche mich an einer Choreografie, aber mir fällt nichts ein. Ich ziehe die Ohrstöpsel wieder raus, lasse sie fallen und schlüpfe unter die Bettdecke. Ich überlasse mich dem Schlaf, doch ich befürchte schon, dass es eine unruhige Nacht wird.

Und ich behalte recht.

Ich werfe mich hin und her, Albträume vom 4. Juli verfolgen mich. Einzelheiten des Unfalls stehen mit erschreckender Klarheit vor mir, Einzelheiten, an die ich mich bislang gar nicht erinnern konnte. Der plötzliche Schwenk des Motorrads neben uns, das einem Gegenstand auf der Fahrbahn ausweicht. Der Adrenalinschub, die Angst, die Übelkeit, als wir ins Schleudern kommen, und der scharfe Schmerz, als mein Kopf gegen das Fenster stößt und alles schwarz wird.

Ich schiebe die Decke zur Seite und fühle, wie ein Schweißtropfen meine Brust hinunterläuft. Der schwache Schein der Morgendämmerung erhellt mein Zimmer. Es ist fünf Uhr und ich habe das Gefühl, kaum geschlafen zu haben.

Ich stolpere aus dem Bett und krame in meinem Wandschrank herum, bis ich den Ordner in meinem Koffer gefunden habe. Ich ziehe ihn heraus und halte ihn in den Händen. Dieser Ordner war meine greifbarste Auseinandersetzung mit dem Tod. Mom wollte nicht zugeben, dass irgendeiner von uns psychologische Hilfe brauchte. Und ich hätte das auch gar nicht gewollt.

Mittlerweile weiß ich, dass ich alle Stadien der Trauer durchlebt habe, von denen man im Internet lesen kann – Schock, Schuldgefühle, Verleugnung und all die weiteren. Ich war besessen von dem Gedanken, den Schuldigen zu finden, und machte eine wilde Achterbahnfahrt der Gefühle durch. Wut, in erster Linie, doch bald darauf das Gefühl einer totalen Hoffnungslosigkeit, die mir Angst machte. Eine Depression – davor hatte ich richtig Schiss, das wollte ich auf keinen Fall zulassen. Und so habe ich alles unterdrückt und mir nach einer Weile vorgemacht, ich hätte alles im Griff.

Ich streiche über das Leder und klappe den Deckel auf. Die Geschehnisse des Unfalls springen mir mit erschreckender Klarheit entgegen. Zeitungsausschnitte, Bilder, das Programm der Beerdigung, ein Foto, das Haylee von mir und meinem Dad gemacht hatte bei der Tanzaufführung direkt vor dem Unfall, und noch vieles mehr. Ich blättere durch die Überreste seines Lebens. Den Ordner habe ich seit Monaten nicht mehr angeschaut, und jetzt weiß ich auch, warum. Selbst jetzt noch kriecht mir kalter Schweiß aus allen Poren.

Ich habe im letzten Jahr Stunden, ja Tage damit verbracht, diese Seiten zu betrachten und über die Worte zu weinen, die ich so gerne noch gesagt hätte: *Ich hab dich lieb*, ein einfaches *Danke*, aber vor allem *Es tut mir leid*. Mein Herz schlägt wie eine wütende Blechtrommel gegen meine Brust. Ich versuche tief einzuatmen, um mich zu beruhigen, doch bekomme ich nicht genügend Luft. Und schließlich bricht jeder Widerstand gegen diesen erneuten Ohnmachtsanfall in mir zusammen. Wozu soll ich es überhaupt versuchen?

Warum, um alles in der Welt, habe ich diesen Ordner mit nach Tybee genommen? Ich sollte doch längst über den Unfall hinweg sein und nach vorne schauen. Der Ordner beginnt in meinen zitternden Händen zu beben, während ein blendend helles Licht meine Sicht einnimmt und mich mit sich fortzieht.

Donner grollt in der Ferne und erschüttert den Boden. Das

helle Licht weicht zurück und ich blinzele verwirrt. Ich suche nach meinem Dad, nach dem Garten. Unter meinen Händen fühle ich Sand. Der Schreck spült wie eine Welle über mich hinweg und verwandelt sich in Freude, als mir klar wird, wo ich mich befinde – zu welchem Augenblick ich zurückgekehrt bin.

Austin blickt sich um, seine dunklen Haare sind vom Wind zerzaust. Es hat funktioniert. Es hat wirklich funktioniert.

Austin lächelt mich an, seine blauen Augen leuchten unter dem sich verdüsternden Himmel.

»*Austin?*«, frage ich noch immer ungläubig.

»Ich habe gesagt, okay.« Sein hinreißendes Lächeln wischt alle schmerzhaften Gedanken an seine Freunde und ihre Motorräder fort. Löscht alles außer mir und ihm.

»Was ist okay?«

»Okay, ich werde mich an diesen Augenblick erinnern«, sagt er. »Ich verspreche, dass ich ihn nicht vergessen werde.«

Ein Blitz spaltet den Himmel. Austins Daumen fährt über meine Lippen. Alles ist genauso wie an dem Tag, als ich den Pakt mit Austin geschlossen habe, weil ich hoffte, mir die Augenblicke aussuchen zu können, zu denen ich zurückkehren will. Vielleicht kann ich nun wirklich aus diesem Pool von Erinnerungen wählen. So als würde ich Zahlen aus einem Hut ziehen. Wir befinden uns jedenfalls wieder hier am Strand, wo ein Gewitter auf uns herniedergeht. Dasselbe Gewitter, derselbe erste Kuss.

Ich bin ebenso verblüfft wie glücklich. Und ich schaffe es beim besten Willen nicht, weiterhin wütend auf Austin zu sein. Er gibt mir die Kraft zu leben, wirklich zu leben. Genau wie jener Augenblick mit meinem Dad, zu dem ich immer wieder zurückkehre, wird auch dieser hier so schnell vergehen, wie er gekommen ist. Und so schiebe ich alle Verwunderung beiseite und lasse mich in Austins Arme sinken.

Ein Regenschauer geht auf uns nieder, kalt und erfrischend. Austin und ich rennen Schutz suchend los. Ich lache und freue mich, all das noch einmal zu durchleben, und hoffe, dass ich es noch Millionen Mal erleben kann, wie Austin und ich uns zum ersten Mal geküsst haben. Er zieht mich in die Wärme seiner Umarmung, unsere Lippen finden sich, und für einen kurzen Augenblick, der viel zu schnell vorübergeht, fühlt sich alles in meinem Leben richtig an.

26

Austin

Das muss ich mir nicht zweimal überlegen. Als ich ihre SMS bekomme, springe ich sofort aus dem Bett, schlüpfe in meine Shorts und ein T-Shirt und springe auf mein Motorrad. Vergiss das Morgentraining. Irgendwie werde ich schon fit genug sein für den Football im Herbst.

Ich rase die Straße entlang und ärgere mich über den Verkehr, fange an, mich zwischen den Autos hindurchzuschlängeln.

Ich sollte nicht so fahren. Hasse dieses Gefühl, als würde ich auf einem Hochseil balancieren. Ein falscher Schritt, eine falsche Drehung und alle meine Pläne für den Football wären dahin. Man erwartet so viel von mir in diesem Herbst, da kann ich mir keine Verletzung leisten.

Aber ich konnte nicht schlafen letzte Nacht – konnte einfach nicht schlafen, sondern lag nur die ganze Nacht im Bett und habe darüber nachgedacht, wie die Sache mit Sienna so schieflaufen konnte.

Ich stelle mein Motorrad ab und laufe über die Straße zum Strand. Blicke mich um. Ich hole das Handy aus der Tasche und rufe die letzte Nachricht auf.

Treffen wir uns am Pier?

Ich blicke auf, halte mir die Hand vor die Augen, und da sehe ich sie.

Sie kommt auf mich zugelaufen und ich laufe ebenfalls los, während ihre schmale Gestalt in der Ferne langsam immer näher kommt. Sie strahlt übers ganze Gesicht, als wir schließlich voreinander stehen und ich sie in meine Arme schließe.

»Du hast meine Nachricht bekommen«, sagt sie. Ich halte sie und küsse sie auf die Stirn.

Sie macht sich los. »Es tut mir leid, Austin. Ich war so wütend.«

»Du hattest jedes Recht, wütend zu sein.«

»Ich habe es an dir ausgelassen. Ich …«

Ich küsse sie, bevor sie noch mehr sagen kann. »Im Ernst, du brauchst dich nicht zu entschuldigen«, sage ich, während unsere Lippen nur einen Atemhauch voneinander entfernt sind.

»Aber deine Freunde …«

»Die haben noch eine viel größere Standpauke verdient, als du sie ihnen gehalten hast.«

»Sind sie schon weg?«

»Nein, aber bald.«

Nachdenklich legt sie die Stirn in Falten. »Kannst du es ihnen sagen? Kannst du ihnen sagen, dass ich ihnen verzeihe?«

Ihre Worte treffen mich völlig unvorbereitet. »Das haben sie aber nicht verdient.«

»Aber es ist das, was mein Dad gewollt hätte.« Sie seufzt tief. »Und es ist das, was *ich* will. Richtest du es ihnen bitte aus?«

Ich spüre, wie entschlossen sie ist. Beeindruckend. Und irgendwie unglaublich. Aber der zufriedene Ausdruck auf ihrem

Gesicht gibt mir zu denken. Was hätte ich an ihrer Stelle wohl getan? »Klar. Ich werde es ihnen sagen.«

»Und, Austin?«, sagt sie und wartet, bis sie meine volle Aufmerksamkeit hat. »Noch eins.«

Ich lege meine Hände auf ihren Rücken. Sie hat die Frage noch nicht einmal gestellt, aber ich weiß schon jetzt, dass ich alles tun werde, worum sie mich bittet. Unfassbar. Ich habe mich in einen dieser verliebten Trottel verwandelt, über die wir uns beim Training immer lustig gemacht haben. »Um was geht's?«

Nachdenklich kaut sie auf ihrer Lippe herum. Schließlich hebt sie den Kopf und sieht mir in die Augen. »Fahr mit mir zu dieser Professorin.«

27

Sienna

Auf einer Bühne aufzutreten, fällt mir nicht schwer, aber das hier? Ich hebe den Blick, als die Professorin mir gegenüber Platz nimmt. Ich hasse es, derart im Mittelpunkt zu stehen. Aber mein letzter Ohnmachtsanfall in meinem Zimmer vor fünf Tagen hat mir noch einmal deutlich vor Augen geführt, dass ich wirklich ein Problem habe. Da hilft kein Leugnen. Und deswegen bin ich hier. Und bereit.

Brian gibt mir auch diesmal Rückendeckung. Meine Mutter glaubt, ich spiele mit ihm und seinen Freunden Volleyball am Strand wie jeden Freitag. Und anschließend essen wir bei ihm zu Hause Mittag. Stattdessen sitze ich hier bei Frau Prof. Dr. Diane Kovac von der University of Florida vom Institut für – ja – Psychotherapie. Vielleicht bin ich doch nicht so bereit für all das hier, wie ich dachte.

Sie setzt sich in einen Schaukelstuhl und mustert mich über den Rand ihrer eckigen Brille hinweg, während ich ihrem Blick ausweiche und mich im Zimmer umsehe. Prof. Dr. Kovac ist übers Wochenende auf der Insel St. Simons in Georgia und hat darauf bestanden, dass wir sie in ihrer Ferienwohnung aufsuchen, was für uns eine viel kürzere Anreise bedeutete.

Und so habe ich mich hinter Austin aufs Motorrad geschwungen und wir sind anderthalb Stunden an der Küste von Georgia entlang bis zu dieser entzückenden kleinen Insel gefahren. Am liebsten wäre ich bis nach Florida weitergefahren, um das College zu sehen, wo Austin in Zukunft seine Zeit verbringen wird. Wenn ich an das Leben denke, das Austin dort ab dem Herbst führen wird, verspüre ich ein gewisses Bedauern (und eine ordentlich Portion Neid obendrein). Und an all die Mädchen, die ihm hinterherlaufen werden, darf ich schon gar nicht denken.

»Also«, setzt die Professorin an und holt mich aus meinen Gedanken. »Austin hat mir erzählt, dass Sie gewissermaßen unter Schwindelanfällen leiden.«

Ich setze mich aufrecht hin und bemühe mich, meine Nervosität zu verbergen. »Ja. Danke, dass Sie sich so kurzfristig Zeit für uns nehmen, Ms Kovac.«

»Dr. Kovac«, korrigiert sie mich nachdrücklich, wobei sie ihre dünnen Lippen zu einem knappen Lächeln verzieht. »Nun, lassen Sie mich zu Beginn kurz erklären, womit ich mich beschäftige. Mein Gebiet ist die Verhaltensmedizin. Ich darf keine offizielle Diagnose stellen und auch keine Medikamente verschreiben. Aber ich hoffe, dass ich Ihnen helfen kann, die Ursache für Ihre Ohnmachtsanfälle zu finden, damit Sie das Problem an der Wurzel packen können.« Sie hält kurz inne, lächelt mir unverbindlich zu, doch ich habe kaum Zeit zu nicken, bevor sie fortfährt. »Wann sind Sie zum ersten Mal ohnmächtig geworden und wie oft ist es seither vorgekommen?«

Ich schildere kurz das erste Ereignis vor beinahe drei Wochen sowie die folgenden Ohnmachtsanfälle. Es sind insgesamt fünf.

»Und haben Sie schon früher einmal derartige Anfälle gehabt?«

»Nein.«

»Zittern oder krampfen Sie, während Sie ohnmächtig sind?«

Ich schaue sie verständnislos an. Krämpfe? Woher soll ich das wissen? Ich habe noch nie darüber nachgedacht.

»Ja«, antwortet Austin für mich. Ich sehe ihn fragend an, woraufhin er meine Hand ergreift und sie beruhigend drückt. »Ich war dreimal dabei, als sie ohnmächtig geworden ist, und sie hat immer gezittert. Ein wenig.«

Dr. Kovac notiert sich etwas auf ihrem Block. »Verstehe.«

Ich sehe zu, wie sie sich schweigend Notizen macht, und fühle mich wie ein Patient auf dem OP-Tisch mit aufgeschnittenem Brustkorb, in dem die Ärzte herumstochern, wobei sie »Verstehe« und »Hmm, interessant« murmeln, ohne sich die Mühe zu machen, es mir zu erklären. »Was hat das zu bedeuten?«

Dr. Kovac sieht mich über den Rand ihrer Brille hinweg an. »Es bedeutet höchstwahrscheinlich, dass Sie ein Anfallsleiden haben.«

Mir wird plötzlich schlecht. »Ein Anfallsleiden?«

»Lassen Sie mich etwas fragen, Miss Owens.« Die Art, wie sie mich plötzlich mit dem Nachnamen anspricht, verstärkt das unbehagliche Gefühl noch. Ich mache mir bewusst, dass sie Wissenschaftlerin und keine Therapeutin ist und damit den richtigen Umgang mit Patienten nicht gelernt hat. »Gibt es in Ihrer Familie Fälle von Epilepsie?«

»Ncin.«

Sie runzelt die Brauen, während sie etwas aufschreibt. »Erinnern Sie sich an die Minuten oder sogar Sekunden vor diesen Anfällen?«

»Ja«, antworte ich. Soll ich ihr alles erzählen? Dass ich jedes Mal, bevor ich ohnmächtig geworden bin, durch irgendetwas an meinen Vater und den Unfall erinnert wurde?

»Wie fühlen Sie sich, bevor Sie das Bewusstsein verlieren? Haben Sie beispielsweise so etwas wie Atemnot?«

Ich sehe sie an, weil sie damit eines der Symptome genau getroffen hat. »Ja.«

»Und kalter Schweiß?«

»Ja.«

»Zittern in Armen oder Beinen?«

»Ja.«

»Palpitationen?«

»Was ist das?«

»Spüren Sie Ihr Herz besonders?«, formuliert sie ihre Frage um.

Ich zögere, ihr eine zustimmende Antwort zu geben, da sie mein Problem immer näher umkreist und ich plötzlich Angst davor habe, was sie herausfinden könnte. »Ja.«

»Was haben Sie gerade getan, als Sie das erste Mal und dann die folgenden Male ohnmächtig geworden sind?«

Ich löse meine Hand aus der von Austin, meine Handflächen sind nass von Schweiß. »Beim ersten Mal war ich in unserem Wohnzimmer, beim zweiten Mal habe ich ein Feuerwerk gesehen, beim dritten Mal hatte ich Angst, dass Austin im Meer ertrinkt, beim vierten Mal fuhren Austins Freunde mit ihren Motorrädern vor und beim fünften Mal …« Ich zögere kurz, um mir eine unverfängliche Formulierung zu überlegen, »… da habe ich mir einen Ordner mit Bildern angesehen.«

»Bilder?«

Schon hat sie mich. »Von meinem Dad.«

Dr. Kovac macht sich Notizen und blickt fragend auf. »Haben Sie Angst vor dem Ertrinken, Miss Owens?«

Ich schlucke mindestens dreimal und meine Kehle fühlt sich an wie aus Schleifpapier. »Äh, ja.« *Kleine Untertreibung*.

Ihre Mundwinkel verziehen sich und sie kneift die Augen zusammen. »Und was genau haben Sie in dem Wohnzimmer gemacht, als Sie das erste Mal ohnmächtig wurden?«

Ich versuche zu schlucken, doch dann gebe ich auf. »Ich habe ein Bild von meinem Dad und mir angeschaut«, stoße ich krächzend hervor.

Ein Hauch von Verstehen ersetzt das Fragezeichen in Dr. Kovacs Blick. Sie nimmt die Brille ab und beugt sich vor. »Und wo ist Ihr Vater jetzt, Miss Owens?«

Austin drückt meine Hand noch fester. »Er ist gestorben«, sage ich, und mein Herz hämmert diese schmerzhaften Worte durch meinen ganzen Körper.

An Dr. Kovacs Miene erkenne ich, dass sie die Verbindung herstellt. »Das tut mir leid.«

»Schon okay.« Mal ehrlich, warum wird von mir erwartet, dass ich das sage?

»Darf ich Sie fragen, meine Liebe, ob Ihr Vater zufällig ertrunken ist?«

Ich nicke zögernd, während es mir die Kehle zusammenschnürt. »Am 4. Juli letzten Jahres.«

Dr. Kovac atmet tief aus und runzelt die Stirn. »Was die Sache mit dem Feuerwerk erklärt.«

Ich räuspere mich und zwinge die Tränen zurück, die ich nie mehr weinen werde. »Es fühlt sich ein wenig an wie ein kalter Windhauch, dann kann ich nichts mehr sehen, weil ein helles Licht alles überdeckt.«

»Eine Aura.«

»Eine was?«

»Eine Aura«, wiederholt Dr. Kovac. »Eine weitverbreitete Erscheinung, die oft den Beginn eines Anfalls markiert. Vermutlich haben Sie Kopfschmerzen oder Ihnen ist übel, wenn Sie aufwachen.«

Ich nicke. Ich bin plötzlich ganz woanders, denke an das helle Licht und daran, wie mein Dad oder Austin oder der Augenblick, zu dem ich dann gerade zurückkehre, vor mir auftauchen.

»Miss Owens?«

Ich fahre hoch.

»Waren Sie Zeugin des Unfalls, bei dem Ihr Vater ertrank?«

Mit brüchiger Stimme antworte ich: »Ja. Unser Wagen hat sich überschlagen und ist vom Highway in einen Fluss gestürzt.«

Sie reißt die Augen auf. »Sie waren ebenfalls in dem Auto?«

Nervös reibe ich mit dem Finger seitlich an Austins Daumen entlang und nicke schließlich.

»Oje.« Der Schock formt ihre sorgfältig gestrichelten Augenbrauen. »Das tut mir sehr leid.« Nach einigen äußerst unangenehmen Sekunden des Schweigens reißt sie sich zusammen und schaut mit einem Räuspern in ihre Notizen. »Bevor Sie das erste Mal ohnmächtig wurden, haben Sie ein Foto von sich und Ihrem Vater angeschaut; beim zweiten Mal haben Sie ein Feuerwerk gesehen, das Sie an den Unfall erinnert hat, bei dem er ums Leben gekommen ist. Auch der dritte Anfall wurde durch Angst ausgelöst, von der Angst, dass jemand, den Sie lieben, ertrinken könnte.« Ihr Blick wandert zu unseren ineinanderverschlungenen Händen. »Und die Motorräder?«

»Ein Motorrad ist vor unserem Wagen eingebogen und hat uns den Weg abgeschnitten. Deswegen bin ich ausgewichen.«

»*Sie* sind gefahren?«

Ich nicke.

Sie zuckt nicht mit der Wimper. Betrachtet mich nur, als hätte sie es sich schon gedacht. Ich kenne diesen Blick. *Unvorsichtige Fahranfängerin*, das denken alle.

»Ich verstehe«, sagt sie und starrt wieder in ihre Notizen. »Und beim fünften Mal haben Sie einen Ordner mit Fotos Ihres Vaters betrachtet, sagen Sie?«

»Ja. Erinnerungen. Zeitungsausschnitte von dem Unfall und so was.« Mein Herz hämmert erbarmungslos. »Was ist los mit mir, Dr. Kovac?«

»Nun, den Gedanken an Epilepsie können wir gleich abhaken, weil klar ist, dass Ihr Zustand viel tiefer gehende psychische Wurzeln hat. Ich glaube, dass Sie an psychogenen nichtepileptischen Anfällen oder auch PNEA leiden, Miss Owens.«

Ich starre sie verständnislos an. Das Einzige, was mir dieser medizinische Fachausdruck sagt, ist, dass ich ein massives Problem habe. Ich weiß, dass ich nicht perfekt bin und meine Mutter unrealistische Erwartungen an mich hat. Aber das hier ist was Ernstes. Mit mir stimmt tatsächlich etwas nicht. »Und was ist der Unterschied zwischen PNEA und Epilepsie?«, fragt Austin in mein Schweigen hinein.

»Epileptische Anfälle werden von einer Störung der Hirnströme ausgelöst. Nichtepileptische Anfälle unterscheiden sich dadurch, dass keine Unterbrechung dieser Hirnströme stattfindet. Miss Owens' Anfälle haben ihren Ursprung in einem traumatischen psychischen Erlebnis.«

Austin nickt wie ein Schüler in der ersten Unterrichtsstunde und tut so, als hätte er alles kapiert.

Und dann redet sie endlich Klartext mit mir. »Ihre Anfälle

sind stressbedingt, die Folge eines Traumas. Ihr Körper drückt auf diese Weise das aus, was Ihr Geist nicht bewältigt.«

Ich hole tief Luft und atme aus.

»Miss Owens, ich bin froh, dass Sie meinen Rat gesucht haben. Bei Patienten mit PNEA wird häufig fälschlicherweise Epilepsie diagnostiziert und behandelt. Wenn Sie zum Arzt gehen, erklären Sie ihm, dass Sie vermutlich an psychogenen nichtepileptischen Anfällen leiden. Verstehen Sie das?« Sie schreibt es auf einen Klebezettel und zieht ihn ab. »So kann Ihr Arzt dafür sorgen, dass Sie die richtige Behandlung bekommen.«

»Behandlung? Was für eine Behandlung?«

»In der Regel sind das Antidepressiva. Vielleicht auch ein Antiepilektikum, aber in erster Linie psychotherapeutische Behandlung für Sie und Ihre Familie. Die Unterstützung durch die Familie ist ganz entscheidend.«

Ich starre sie an und muss beinahe lachen. Unterstützung durch die Familie? Genau das habe ich nicht. Nie im Leben werde ich meiner Mutter irgendetwas hiervon erzählen. Anfälle, die durch Stress ausgelöst werden? Antidepressiva? Sie würde ausrasten.

Ich schüttele den Kopf. »Das kann ich nicht.«

»*Was* können Sie nicht?«

»Ich kann das nicht machen. Nichts davon.«

Dr. Kovac setzt ein einfühlsames Lächeln auf. »Das hier ist eine ernste Sache, Miss Owens. Sie haben eine posttraumatische Belastungsstörung.«

Mehr muss sie gar nicht sagen. Ich habe ein riesengroßes Problem, das nicht von alleine verschwinden wird. Aber sie hat mich nicht verstanden. Die wunderschönen Haare meiner Mutter sind grau geworden durch die Belastung, einen Sohn mit einer bipolaren Störung und ADHS großzuziehen. Dr. Kovac weiß nicht, was der Tod meines Vaters für uns bedeutet. Die ausgleichende Kraft in unserer Familie ist nicht mehr da. Ihr ist nicht klar, dass die Stimmung in unsere Familie jetzt von *meinem* Leben, *meinem* Erfolg abhängt.

Ich nicke und behalte diese Gedanken für mich. Dr. Kovac nickt ebenfalls und lächelt stolz. Ihre Arroganz irritiert mich, weil ich mich dabei wie eine Nummer, eine Statistik fühle. Nicht mehr als ein paar Daten in ihren Tabellen. Ja, sicher, sie konnte mir weiterhelfen, aber jetzt will ich einfach nur noch hier raus. Allerdings habe ich zuvor noch eine Frage.

»Dr. Kovac«, sage ich entschlossen und komme damit endlich zum kritischsten Punkt dieser ganzen Geschichte. Aber wie soll ich es nur formulieren? »Haben Leute mit solchen Anfällen auch Träume, also, ich meine, während der Anfälle?«

Dr. Kovac setzt sich die Brille wieder auf die Nase und wirkt damit eher wie ein Detektiv als wie eine Professorin. »Haben *Sie* denn Träume während Ihrer Anfälle, Miss Owens?«

Ich zögere. Ob sie mir wohl eine Erklärung dafür liefern kann?

»Ja«, sage ich schließlich.

In ihren Augen flackert Interesse auf. Sie kritzelt ein paar Notizen, wendet die Seite und sieht mich erneut an. »Können Sie sich an Einzelheiten aus diesen Träumen erinnern?«

Ich denke an meine Besuche in dem Garten bei meinem Vater, an den ersten Kuss mit Austin am Strand, den ich noch ein zweites Mal durchlebt habe, und mir wird klar, wie unglaublich albern das klingt. Will ich etwa behaupten, ich könnte zu vergangenen Augenblicken in meinem Leben zurückkehren? Augenblicke, die ich mir selbst aussuche? Ich stelle mir die Behandlung vor, die sie vorgeschlagen hat, um diese Anfälle zu beenden. Und plötzlich fürchte ich etwas, woran ich zuvor noch gar nicht gedacht habe: Wenn die Anfälle aufhören, werde ich nie mehr zurückkehren und meinen Vater wiedersehen können.

Ich schüttele den Kopf. »Nicht wirklich.«

Dr. Kovac mustert mich einen Augenblick, bevor sie ihr Notizbuch zuklappt. Sie reicht mir den Klebezettel, dankt mir für mein Kommen und bittet mich, in Kontakt zu bleiben. Sie und Austin tauschen noch ein paar Höflichkeiten aus, bevor wir gehen, vor allem über die University of Florida: den Campus, die Football-Mannschaft, das Studium. Ich höre nur mit halbem Ohr zu, weil ich noch immer an die Augenblicke denke, zu denen ich zurückkehre, und mich frage, ob ich bereit wäre, sie aufzugeben.

»Darf ich Ihnen noch eine Frage stellen?«, sagt Dr. Kovac, während sie bereits die Tür öffnet. »Wie fühlt sich so ein Anfall an?«

Ich drehe mich zu ihr um und überlege kurz. Meinen Dad zu sehen, Austins ersten Kuss noch einmal zu erleben … schon alleine der Gedanke bringt mich zum Lächeln. »Es fühlt sich an, als wäre ich für eine Weile an einem anderen Ort.«

Sie nickt und dann treten Austin und ich zusammen in den Sonnenschein hinaus.

»Warum hast du es ihr nicht erzählt?«, fragt Austin, als wir bei seinem Motorrad ankommen. »Dass du bei diesen Anfällen deinen Dad siehst?«

Ich blicke aufs Meer hinaus und horche auf die entfernten Geräusche spielender Kinder im Park, die der Wind zu uns herüberweht. »Bei meinem letzten Anfall in meinem Zimmer, bevor ich dir die SMS geschrieben habe …«

»Was war da?«

»Da bin ich nicht zu meinem Vater in unserem Garten zurückgekehrt.«

»Zurückgekehrt?« Er scheint sich über meine Wortwahl zu wundern.

»Genauso fühlt es sich an – ich sehe das nicht nur vor mir, sondern kehre tatsächlich zu einem früheren Zeitpunkt zurück. Bin wirklich da. Und ich kann sagen und tun, was ich will.« *Solange ich nicht versuche, die Vergangenheit zu ändern.*

Er nickt. »Ooookay, und wohin bist du dann zurückgekehrt?«

Ich beiße mir auf die Lippe und unterdrücke ein Grinsen. Ob es noch einmal funktionieren würde? Könnte ich mir einen weiteren Augenblick aussuchen, zu dem ich zurückkehren möchte? Ich muss lächeln und sehe diese Anfälle plötzlich in einem ganz anderen Licht.

»Ich bin zu dir zurückgekehrt.«

28

Sienna

»Woher bist'n du eigentlich?«, fragt Jesse mich am nächsten Morgen.

Ich blicke von der Hundehütte auf, die Austin und ich gerade bauen, und sehe, dass der alte Jesse mich mit einem kritischen Blick mustert, der sich höchstens mit dem meiner Mutter messen kann. »Aus Richmond in Virginia«, antworte ich mit zaghaftem Lächeln. »Ist schön da. Ziemlich viel Geschichte. Und nette Läden.«

»Aha«, grummelt Jesse und wischt sich einen Schweißtropfen von der Stirn. »Läden war'n mir schon immer egal.«

Austin hat mich gewarnt, dass der alte Mann etwas raubeinig sein könnte, aber so schlimm hatte ich es nicht erwartet. Man sollte meinen, dass er ein paar Jugendlichen, die einen Samstagvormittag opfern, um seinem Hund eine Hundehütte zu bauen, etwas mehr von der sprichwörtlichen Gastlichkeit der Südstaaten entgegenbringen würde.

»Meine Frau Marjorie, die mochte diese großen Einkaufszentren. Das Café heißt übrigens genau wie sie.« Jesse redet immer weiter, aber ich höre nicht mehr richtig hin. Austin schlägt den nächsten Nagel ein. Ich frage mich, warum er sich um solche grantigen alten Leute wie Jesse kümmert, und das auch noch freiwillig.

Plötzlich tönt »Boom Boom Pow« von den Black Eyed Peas durch die Stille und das Handy vibriert in meiner Hosentasche. Austin wirft mir einen fragenden Blick zu. Ehrlich, Kyle ruft wirklich immer zu den unpassendsten Zeiten an: einmal, als Austin und ich zum Eisessen auf der River Street waren; ein andermal, als ich Austin im Beach-Shop besucht habe, und sogar einmal, als Austin mich gerade küssen wollte. Super schlechtes Timing! Kein Wunder, dass Austin genervt auf diesen Klingelton reagiert.

Ich trete etwas zur Seite und ziehe das Handy aus der Tasche. »Hallo?«

»Was höre ich denn da für eine sexy Stimme …?«

»Hi«, sage ich und drehe mich mit ausdrucksloser Miene zu Austin um.

»Freust du dich auf mich?«, fragt Kyle. »Nicht mehr lange, dann sind wir bei euch in Savannah!«

»Klar freu ich mich!« Ich versuche, ganz locker zu klingen, obwohl Kyles Stimme mich wieder daran erinnert, dass ich Austin eigentlich gar nicht mehr treffen sollte, wenn es nach meiner Mutter ginge. Uuups. Ich halte das Gespräch kurz und gehe auf die hintere Terrasse zurück, wo Austin gerade die letzten Handgriffe an der Hundehütte macht.

Jesse bedankt sich bei uns, während Maggie zufrieden bellt und ihr neues Zuhause ausprobiert.

Beim Gehen knurrt mir der Magen. Ich habe Hunger. Oder ist es nur das Gespräch mit Austin, das mir bevorsteht? Ich kann es nicht mehr ewig vor mir herschieben. »Wollen wir bei mir zu Hause was frühstücken?«

»Bist du sicher, dass deine Mutter nichts dagegen hat?«

Ich lache leichthin, als wäre das eine alberne Frage, auch wenn wir es beide besser wissen. »Sie ist mit so einem Typen architektonische Wunderwerke anschauen.«

Austins Augenbrauen wandern fragend in die Höhe.

»Mit Gary«, sage ich.

»Aha, Gary.«

Ich streiche alle Gefühlsregungen aus meinem Gesicht, weil ich nicht darüber reden will.

»Bestimmt so ein Volltrottel, der es in keiner Weise mit deinem Dad aufnehmen kann. Voll der Loser, Babe«, versucht Austin mich aufzumuntern.

Der Kosename gefällt mir. Ich seufze auf und fühle mich schon besser. Wenn einer versteht, warum ich einen Mann ablehne, der droht, den Platz meines Vaters einzunehmen, dann Austin. Immerhin hat seine Mutter wieder geheiratet, als er dreizehn war.

Und die Tatsache, dass Gary eigentlich ganz nett wirkt, macht die Sache für mich nur noch schlimmer.

»Jedenfalls tut es mir leid.« Austin zieht mich an sich und legt den Arm um mich, während wir am Strand entlanglaufen.

»Du hättest mal Spencers bitterböse Miene sehen sollen, als Gary neulich gekommen ist«, sage ich.

Austin lächelt. »Guter Junge.«

Ich lache. Irgendwie schafft Austin es immer, auch noch den schlimmsten Dingen etwas Komisches abzugewinnen und sie weniger bedrohlich erscheinen zu lassen. »Jedenfalls wird meine Mom nicht vor heute Nachmittag zurück sein.«

Was Austin und mir reichlich Zeit lässt zum Reden.

Als wir bei mir zu Hause ankommen, werfe ich meine Sachen auf die Garderobenablage und gehe einige Schritte in den Flur hinein, bevor ich merke, dass Austin noch immer in der Tür steht und unsicher hineinschaut. Ich versuche mir vorzustellen, wie diese Einrichtung mit den dunklen Mahagoni-Möbeln und dem weißen Teppichboden auf ihn wirken muss. Elegant, vornehm, protzig.

»Soll ich lieber die Schuhe ausziehen?«

»Nee.« Ich schnappe mir einen Zipfel seines T-Shirts und ziehe ihn zu einem Kuss an mich, was ihn ohne weiteren Widerstand nach drinnen lockt.

Als ich den Kühlschrank öffne, entdecke ich dort ein großes Glas mit Grünkohlsaft, das meine Mutter für mich hingestellt hat. Austin beäugt die grüne Flüssigkeit von ferne, als wäre es ein Zaubertrank, der einen in einen Frosch verwandelt.

»Das ist ein Nährstoffdrink«, beantworte ich die Frage, die aus seinem Blick ablesbar ist.

»Du trinkst so was?«

Ich nicke. »Alternativ könnten wir auch Bran-Flakes mit …«, ein Kontrollblick in den Kühlschrank, »… Mandelmilch essen.«

Austin verzieht das Gesicht. »Lecker.« Er schnappt sich den Grünkohlsaft und kippt ihn in den Ausguss. Ich bin zwischen seinen Armen und der Kühlschranktür gefangen. Er beugt sich vor und fährt mit den Lippen über meine Wange. Es kitzelt. Lachend versuche ich, mich zu befreien.

»Habt ihr Butter und Mehl im Haus?«, fragt er.

»Wenn es kein Gemüse ist, vermutlich nicht.«

Er legt mir den Arm um die Taille und zieht mich vom Kühlschrank weg. Dann holt er Eier (von frei laufenden Hühnern), Spinat, eine Zwiebel und eine Paprikaschote heraus. »Okay, dann gibt's eben Omelett.«

Austin durchforstet die Küchenschränke und findet bereits im zweiten eine Rührschüssel. »Darf ich?«

»Nur zu.« Ich bin gespannt.

Mit einer einzigen flüssigen Bewegung schlägt er nacheinander fünf Eier auf und rührt sie zu einer schaumigen Masse. Nachdem er in der Schublade ein Messer gefunden hat, als würde er schon seit Jahren hier wohnen, würfelt er das Gemüse, wobei sich das Messer mit einer Geschwindigkeit bewegt wie eine Küchenmaschine mit Elektroantrieb. Ich setze mich auf einen der Barhocker und folge gebannt der Kochshow, die sich vor meinen Augen abspielt.

Er nimmt eine Pfanne von dem Gestell, das von der Decke herunterhängt, und pfeift anerkennend durch die Zähne. »Keramikbeschichtet, was?« Er dreht die Pfanne in den Händen. »Für so eine würde meine Mutter in den Krieg ziehen.«

Bevor er die Omeletts mit einem Pfannenheber wendet, streut er noch etwas Käse darüber. Wir setzen uns zusammen an den Tresen und ich nehme den ersten Bissen eines unglaublich köstlichen Omeletts. Schweigend lasse ich es auf meiner Zunge zergehen. Schließlich schlucke ich. »Wo hast du gelernt, so zu kochen?«

»Schmeckt's dir?«

Bestimmt kann er mir die Antwort vom Gesicht ablesen. »Ich hätte geglaubt, du wärst eher von der Sorte Flakes zum Frühstück, Pizza zum Abendessen, und kein Sternekoch.«

»Mir blieb quasi nichts anderes übrig.«

»Wie meinst du das?«

»Meine Mutter ist ziemlich fanatisch. Die reinste Kochmaschine.«

»Du hast das von ihr gelernt?«

Austin zuckt die Schultern. »Sozusagen. Als Kind wurde ich zu so vielen Kochkursen mitgeschleift, da musste einfach was hängen blieben. Aber für sie wäre ein anderes Kind besser gewesen.«

»Sag das nicht.«

»Football, Basketball, Fußball ...« Er schüttelt den Kopf. »Damit konnte sie nichts anfangen.«

»Aber zu deinen Spielen ist sie doch trotzdem gekommen, oder?«

Austin verzieht den Mund zu einem gequälten Lächeln. »Zu keinem einzigen.«

»Zu keinem einzigen?«

Er schüttelt den Kopf.

»Und dein Dad?«

Austin weicht meinem Blick aus. Das angespannte Schweigen scheint ewig zu dauern, bis er mir schließlich wieder in die Augen schaut. »Ich bezweifle, dass er sich überhaupt noch an meinen Namen erinnert.«

Ich spüre etwas Scharfes in mir, das eine Wunde schlägt, so als wäre sein Schmerz der meine. Ja, mein Vater lebt nicht mehr, aber wenigstens hatten wir ein gutes Verhältnis. Und schon meldet sich wieder die Neugier zu Wort. Zu gerne wüsste ich, was mit Austins Vater passiert ist.

Austin legt mir den Arm um die Schultern und stützt sich dabei auf die Lehne des Barhockers. Ein kleiner Schauer läuft mir den Rücken hinunter, während er mit meinen Haaren spielt. Er beugt sich vor und drückt seine Nase an meine Schläfe, riecht an meinen Haaren. »Machst du jetzt endlich mit deinem Freund Schluss?«, flüstert er unerwartet und sehr direkt.

»Du kennst seinen Namen«, ist alles, was ich hervorbringe. Seine Lippen streifen über mein Ohr und bringen mich in Versuchung, ihm genau die Antwort zu geben, die er hören will.

Es klingt, als könnte es ganz einfach sein, ist es aber nicht.

Meine Nerven beginnen zu flattern, mein Herzschlag beschleunigt sich und pumpt die Furcht durch meinen Körper. Jetzt wäre der richtige Augenblick, um Austin davon zu erzählen, dass Kyle und seine Familie nächste Woche zu Besuch kommen. Ach ja, und außerdem noch das kleine Detail, dass Kyle im Herbst mit mir zusammen an der University of Virginia studieren wird.

Austin will wissen, wo wir mit unserer Beziehung stehen, was die Zukunft für uns bereithält. Doch die nahe Zukunft ist ziemlich kompliziert. Ich weiß, wie wichtig meiner Mutter die Freundschaft der Prices ist. Sie zählt darauf, dass dieser Besuch reibungslos verläuft. Für mich sind die Prices wie eine zweite Familie, Kyles Schwester Brittney ist wie eine zweite beste Freundin. Ich soll sogar ihre Brautjungfer sein, wenn sie im August heiratet. Und ich kann mir nichts vormachen: Dieser Sommer wird ein Ende haben, Austin wird fortgehen und ich ebenso. Und dann?

»Den hat er dir geschenkt, oder?«, fragt Austin und dreht den schmalen Ring an meinem Finger, den ich seit zwei Jahren trage und den Austin immer mal wieder misstrauisch beäugt hat. Ich schaue auf den dünnen Ring aus Weißgold. Der Ring formt ein Herz, in dessen Mitte ein kleiner Diamant sitzt, den sich Kyle niemals von seinem eigenen Geld hätte leisten können. In diesem Moment lässt mich das Klappen der Tür, die zur Garage führt, hochfahren und ich rücke von Austin ab.

Meine Mutter steht in der Tür. Sie hält den Arm wie eingefroren in der Luft, so als hätte sie gerade ihre Handtasche abnehmen wollen und plötzlich vergessen, wie man sich bewegt. Ich starre sie an. Schuldbewusst. Sprachlos. Wie gelähmt. Mit zwei sorgfältig manikürten Fingerspitzen greift sie den Rand ihrer Sonnenbrille und zieht sie langsam nach unten, um dahinter einen bitterbösen Blick in unsere Richtung zu senden. Warum nur habe ich nicht damit gerechnet, dass sie auch früher nach Hause kommen könnte?

Nur das quietschende Geräusch von Austins Barhocker, der nach hinten geschoben wird, durchbricht die Stille. Er nimmt seine Kappe ab als höfliche Geste, aber meine Mutter starrt ihn nur an und mustert ihn von Kopf bis Fuß. Verschwitztes T-Shirt. Badeshorts. Alte Turnschuhe. Ich kann beinahe Austins Gedanken lesen, wie er wünschte, er hätte etwas Anständigeres angezogen.

»Austin, du bist hier!«, ruft Spencer, der hinter meiner Mutter durch die Tür gerannt kommt.

Meine Mutter zieht überrascht (und keineswegs erfreut) die Augenbrauen in die Höhe.

»Können wir wieder Football spielen?«, fragt Spencer.

Mein Gaumen ist wie ausgetrocknet, während meine Mutter einen scharfen Blick in meine Richtung schickt. Nicht gut. Und es wird nur noch schlimmer, als sie auch noch die Unordnung in der Küche bemerkt und erschrocken Luft holt. Um Himmels willen, in dieser Küche darf nur ja nichts mit Essbarem in Berührung kommen!

»Lauf schnell nach oben und geh dich duschen, Spencer«, sagt sie.

»Aber …«

»Spencer, tu, was ich dir gesagt habe!«

»Nein«, schreit er zurück. »Nur weil Gary dich abserviert hat, heißt das noch lange nicht, dass …«

»Spencer! Nach oben. Jetzt!«

Spencer gibt sich geschlagen und zieht ab. Er stampft auf jeder Treppenstufe und lässt dabei eine Tirade von Schimpfwörtern in Verbindung mit Garys Namen los. Meine Mutter schließt langsam die Augen, ihre Lippen bilden eine strenge Linie. Fluchen kann sie gar nicht leiden. Dafür wird sich Spencer noch einiges anhören müssen.

Ich habe keine Ahnung, ob Spencer sich das mit Gary nur ausgedacht hat, um sie zu ärgern. Und ich werde ganz sicher nicht fragen.

Sie stellt die Einkaufstüten ab und zeigt mit dem Finger auf die Pfanne im Spülbecken. »Das da ist …«, weiter kommt sie nicht, ihr fehlen die Worte.

»Eine Pfanne mit Keramikbeschichtung«, beende ich den Satz für sie, wofür ich einen überraschten Blick von ihr ernte.

»Es tut mir leid, Mrs Owens«, sagt Austin. »Ich habe sie sofort in heißem Wasser eingeweicht und sie mit etwas Natron und Spüli ausgewaschen. Falls da doch irgendwelche Spuren zurückbleiben, dann werde ich …«

»Dann werden Sie was?« Meine Mutter mustert Austin ein weiteres Mal von oben bis unten und sieht ihn an, als hätte ich ihn irgendwo auf dem Sperrmüll gefunden. »Etwa den Schaden ersetzen?«

»Selbstverständlich«, erwidert Austin ungerührt trotz ihrer beleidigenden Bemerkung.

»Mom«, bemühe ich mich um Schadensbegrenzung. »Er ist ein wirklich guter Koch. Probier mal.«

Sie heuchelt ein Lächeln, während ihr die Zornesröte ins Gesicht steigt. »Und mit wem haben wir es hier zu tun?«

»Austin Dobbs«, antwortet Austin und streckt ihr die Hand entgegen.

»Austin Dobbs«, wiederholt sie und tut so, als wäre seine Hand gar nicht da. Wenn Austin halb so groß wäre, würde sie den Besen rausholen und ihn wie einen streunenden Hund zur

Hintertür hinausjagen. Sie deutet auf die Arbeitsplatte. »In der Speisekammer sind Haushaltstücher. Oder hätten Sie lieber einen Spüllappen?«

Sie zieht einen Lappen aus einer Schublade, den sie Austin reicht, während sie mir beim Hinausgehen einen *Wir sprechen uns später*-Blick zuwirft. Auf dem Treppenabsatz dreht sie sich noch einmal zu uns um und verkündet mit einem strahlenden Lächeln: »Denk dran, dass die Prices am Donnerstag kommen, Sienna. Naomi hat mir gesagt, dass Kyle sich schon so darauf freut, den 4. Juli mit dir zu feiern.«

Austin und ich vermeiden jeglichen Augenkontakt, während sie die Treppe hinaufstapft. Keiner von uns spricht ein Wort, während wir uns gemeinsam ans Aufräumen machen. Austins Lippen sind fest zusammengepresst, die Augen hat er scheinbar fest auf seine Aufgabe gerichtet.

»Wohnen sie hier bei euch?«, fragt er schließlich, als wir nach draußen zu seinem Motorrad gehen.

»Nein. Ich weiß nicht. Ich glaube nicht.« Klingt nicht sehr überzeugend. Wie sollte es auch? Mein Herz klopft in nervösen Zuckungen, fast zerreißt mich das Hin-und-hergerissen-Sein zwischen zwei Seiten. »Es kommt noch schlimmer, Austin«, sage ich.

Er zieht eine Augenbraue in die Höhe, der Blick aus seinen durchdringend blauen Augen verrät seine Ungeduld.

»Ich wollte es dir schon seit einer Weile sagen, aber ... also, Kyle wird auch an der University of Virginia studieren, genau wie ich.«

Ich warte auf irgendeine Reaktion auf diese Nachricht – dass er die Augen verdreht, dass seinen Lippen ein Stöhnen entweicht. Stattdessen sieht er mich mit regungsloser Miene eindringlich an.

»Was sind wir, Sienna?«, fragt er. »Ich meine, haben dir denn die letzten drei Wochen gar nichts bedeutet?«

»Natürlich haben sie das!«

Er sieht mich einfach nur an. Seine Augen verlangen eine Antwort.

»Ich wollte nur ...«, hebe ich an, und mir schnürt sich die Kehle zu. Das hier dürfte mir eigentlich nicht so schwerfallen, doch ich fange an zu befürchten, dass ich vielleicht keine klare Antwort für Austin habe. Als zöge eine Wolke auf, die einen beinahe unmerklichen Schatten auf mich wirft, beschleicht mich die Unsicherheit, ob ich es wohl wirklich fertigbringen würde, Kyle das Herz zu brechen. Außerdem: Wenn es stimmt, dass Gary meiner Mom den Laufpass gegeben hat, dann muss ich mich besonders vorsichtig verhalten, wenn ich nicht will, dass bei uns zu Hause die Hölle losbricht. »Ich will nur, dass das nächste Wochenende glatt verläuft. Meiner Mutter zuliebe.«

Austin beißt die Zähne zusammen und atmet langsam aus.

»Bis zum nächsten Mal?«, frage ich, bevor er fährt – unser Satz, der eine tiefere Bedeutung hat, die über die schlichten vier Worte hinausgeht.

Austin starrt ins Leere. Schließlich entspannt sich sein Blick und er sieht mich an. »Klar. Bis zum nächsten Mal.«

Ich atme erleichtert auf. Aber ich weiß, dass eine Aussprache zwischen uns unausweichlich sein wird. Sie liegt drohend vor mir, wie ein Hindernis auf der Straße, das nur darauf wartet, alles zu zerstören.

Er fährt sich mit den Fingern durchs Haar, das von der Sommersonne etwas ausgeblichen ist. Langsam zieht er mich in seine Arme, so als wäre es ihm ganz egal, ob meine Mom uns sieht oder nicht. Seine Lippen berühren meine in einem zärtlichen Kuss, bei dem mir Funken das Rückgrat hinunterschießen. Meine Knie werden weich, mein Puls gerät aus dem Takt.

Er beendet den Kuss allzu schnell und sieht mich mit seinen blauen Augen an.

»Ich liebe dich«, sagt er und berührt sanft mit der Hand meine Wange.

Und dann ist er weg.

Fünf Tage später stehe ich in unserer Küche und putze Erdbeeren für einen Obstteller, den wir zusammen mit anderen Gerichten als Begrüßung für die Prices vorbereiten.

Wie sich herausgestellt hat, haben meine Mutter und Gary gemeinsam beschlossen, dass sie in ihrer Beziehung ein wenig »pausieren« wollen, wie sie es formuliert hat (weil sie ja schon so lange zusammen sind). Ich habe den Verdacht, dass es etwas mit Spencer und seinen bitterbösen Blicken und spitzen Bemerkungen und überhaupt seiner ganzen Reaktion auf diese Beziehung zu tun hat. Meine Mutter gibt sich wirklich alle Mühe mit Spencer, das muss man ehrlich anerkennen.

Ich habe Austin in der vergangenen Woche nicht mehr gesehen. Er musste viel arbeiten, und ich wiederum musste mir nach der Sache mit dem Omelett eine ziemliche Standpauke von meiner Mutter anhören.

Ich liebe dich.

Das hat Austin gesagt. Als ich an unseren letzten Kuss und diese drei Worte aus seinem Mund denke, wandern meine Gedanken wieder zu ihm. Ist das genug, um mit Kyle Schluss zu machen und eine langjährige, verlässliche Beziehung zu beenden? Soll ich mich in etwas völlig Neues stürzen – etwas, das sich so unsagbar belebend anfühlt?

»Haben sie sich inzwischen entschieden, wo sie wohnen

wollen?«, frage ich meine Mutter zum x-ten Mal. Die Prices sind bekannt dafür, dass sie alles erst in letzter Minute planen, und scheinbar ist ihr Besuch hier in Georgia keine Ausnahme. Wenn Kyle hier am anderen Ende des Flurs schläft, dann macht das alles nur noch schlimmer.

»Oh, hab ich dir das noch gar nicht erzählt?«, sagt meine Mutter. »Sie haben gestern gebucht.«

Ich atme erleichtert auf.

»Ich beneide sie so«, fährt sie fort. »Sie wohnen in genau dem Hotel in Savannah, in dem ich immer schon mal übernachten wollte.«

Das Küchenmesser rutscht mir aus der Hand und fällt neben meinem Zeh zu Boden. Vergeblich versuche ich, mir nichts anmerken zu lassen. »Im *Westin*?«

29

Austin

Ich stöhne vor Schmerz auf und reiße meinen Finger von dem heißen Teller mit Hummer zurück.

»Vorsicht«, warnt mich Guy, der Koch, aber zu spät. »Der Teller ist noch heiß.«

Ich stelle auch den anderen Teller auf der Theke ab, eher aus Frust als vor Schmerz.

Jason, mein engster Freund hier im *Aqua Star*, dem Restaurant des *Westin* Hotels, klopft mir kräftig auf die Schulter. »Alles okay mit dir? Du siehst irgendwie genervt aus.«

»Ja, alles klar«, lüge ich und stecke meinen Finger für einen kurzen Augenblick in den Mund. Die Wahrheit ist, dass ich mich schon seit einer Woche von allem abschotte und diesen Frust vor mir herschiebe. Meine Freundin hat einen anderen Freund, ich habe sie seit Tagen nicht gesehen, und heute kommt dieser Schwachkopf auch noch hierher, um sie zu besuchen. Na toll! Vermutlich sind die beiden jetzt schon zusammen. Wenn ich nur daran denke, dass Kyle seinen Arm um Siennas Taille legt – oder Schlimmeres –, würde ich am liebsten diesen heißen Teller mit Hummer nehmen und daraus ein abstraktes Gemälde an der Wand dort hinten machen.

Jason stellt den Hummer auf ein Tablett und schnappt sich den Teller mit Spareribs. »Soll ich die beiden letzten Tische für dich übernehmen, damit du gehen kannst? Wir machen ja sowieso gleich zu und es ist kaum noch jemand im Speisesaal.«

»Nicht nötig«, sage ich, aber er marschiert trotzdem mit meinen Tellern ab, um sie zu servieren.

»Danke«, murmele ich ihm hinterher, schnappe die beiden Desserts, die noch auf mich warten – hoffentlich die beiden letzten Teller für heute –, und gehe nach draußen in den Speisesaal.

»Austin«, ruft Jenny mir im Vorbeigehen zu. »An Tisch sieben ist eben eine Gruppe von fünf Personen gekommen.«

»Na toll.« Ich habe wirklich wenig Lust, noch einen Tisch zu bedienen. Die vielen SMS, die Sienna mir heute Nachmittag geschickt hat, warten alle noch ungelesen auf meinem Handy. Was soll sie mir schon mitteilen? *Heute kommt Kyle. Juhu!* Zum ersten Mal, seitdem ich Sienna kenne, ist sie diejenige, von der ich am allerwenigsten hören will.

John und Suzy aus Ohio bekommen von mir eine Pekannuss-Tarte aus Georgia serviert, zusammen mit der Garantie, dass sie sicher dazu beitragen wird, dass er morgen auf dem Golfplatz wie gewünscht eine gute Figur machen wird. Auf dem Weg zu der neu eingetroffenen Gruppe sehe ich aus dem Fenster. Ein herrlicher Blick auf das Ufer des Savannah River, wo ich zum ersten Mal Siennas Hand gehalten habe.

Während ich an den Tisch trete, an dem sich alle angeregt unterhalten, ziehe ich bereits den Stift aus meiner Schürze. »Willkommen im Aqua St …« Ich verliere den Faden. Da sitzen sie: Kyle und Sienna, die Blicke ineinander versunken. Sie sehen sich so herzinnig an, dass ich das Gefühl habe zu stören.

»Hoffentlich benehmen die Jungen sich anständig bei eurem Babysitter«, sagt Siennas Mutter zu der anderen Dame an dem Tisch, vermutlich die Mutter von Kyle. Mich nimmt sie überhaupt nicht wahr.

»Ach, die kommen bestimmt bestens klar«, plappert Kyles Mutter weiter. »Die bestellen sich 'ne Pizza und gehen im Pool schwimmen. Außerdem haben sie ja noch …«

Ihre Worte schrumpfen zu Hintergrundgeräuschen, als Sienna aufblickt und mich bemerkt. Vor Entsetzen weicht ihr alle Farbe aus dem Gesicht und ich stehe noch immer wie festgewachsen da. Kyle schaut zu mir und zuckt zusammen. Er scheint mich ebenso leicht wiederzuerkennen wie ich ihn. Für mich sieht er immer noch genau wie der eingebildete Schnösel von vor über einem Jahr aus.

Seine dunklen Augen verwandeln sich zu Eis, so wie damals, als ich das Grillrestaurant betreten habe. Ich denke an die Schlägerei, die Kyle angefangen hat und die ich beendet habe, indem ich ihn gegen den Türrahmen geschubst habe, an dem er sich dann den Arm gebrochen hat. Grimmig schaue ich auf diesen Arm, den er jetzt besitzergreifend auf Siennas Stuhllehne gelegt hat. Der Anblick erinnert mich sehr an das, was ich damals in dem Grillrestaurant gesehen habe, nur dass er damals ein anderes Mädchen geküsst hat.

»Oh, ich kann es kaum erwarten, Brittneys Hochzeitskleid und die Blu…« Siennas Mutter verschlägt es die Sprache, als sie mich erblickt und ein Ausdruck des Erkennens über ihr Gesicht huscht.

Wie peinlich.

Ich reiße mich zusammen. »Mein Name ist Austin. Ich darf Sie heute Abend betreuen.«

Ein grau melierter Typ im Nadelstreifenanzug schnippt mit

den Fingern. Zweifellos Kyles Dad und offenbar derjenige, der heute Abend die Rechnung begleichen wird. »Wir nehmen einmal die scharfen Calamari.« Er ist ganz auf die Speisekarte konzentriert und nimmt die schweigende und angespannte Interaktion am Tisch um ihn herum gar nicht wahr. »Und dann noch die Aqua-Star-Shrimps in würziger Soße als Vorspeise.«

Er bestellt Getränke für alle. Ich notiere alles, als hätte ich vor, es auch zu servieren. Inzwischen kann ich mir denken, worum es in diesen ganzen SMS von Sienna ging. »Kommt sofort, Sir.« Ich gebe mir alle Mühe zu lächeln und dabei jeglichen Augenkontakt mit allen außer Kyle zu vermeiden.

Ich wende mich zum Gehen und bin bereits dabei, meine Schürze abzubinden, als ich kurz vor der Küche auf Jason treffe. »Kannst du mir einen Gefallen tun?«

»Klar«, sagt er und übernimmt den Schreibblock, auf dem die Bestellungen dieses Tisches stehen, an dem ich nicht servieren will.

»Würdest du jetzt doch für mich einspringen?«

Er mustert mein Gesicht. »Logo. Ist was passiert?«

Ich werfe noch einen letzten Blick zu Sienna und ihrem Tisch hinüber und sehe, dass sie sich umgedreht hat und das Restaurant absucht. Ich deute mit dem Kopf in ihre Richtung. »Das ist sie.«

Wenn man beinahe jeden Abend mit jemandem zusammen kellnert, dann erfährt man zwangsläufig das eine oder andere über ihn. Außerdem ist Jason ziemlich neugierig, also weiß er über Sienna Bescheid.

Jason folgt meiner Geste und mustert die Tischgesellschaft. Bestimmt entgehen ihm dabei weder Kyles Arm auf Siennas

Schultern noch seine Finger, die ihren Arm berühren. »Ich gehe mal davon aus, dass das nicht ihr Bruder ist.«

Ich schmeiße meine Schürze in die Ecke und schnappe meine Schlüssel. »Danke, Mann.«

»Keine Ursache.«

30

Sienna

Sobald ich bemerke, dass Austin auf dem Weg nach draußen ist, stehe ich auf. »Bitte entschuldigt mich. Ich muss mal auf die Toilette.«

Kyle mustert mich mit einem Blick, der mir verrät, dass er irgendetwas ahnt und es ihm keineswegs gefällt. Mist. Ich habe mir alle Mühe gegeben, unsere Eltern dazu zu überreden, in ein anderes Restaurant zu gehen, weil ich mir nicht sicher war, ob Austin heute Abend arbeitet.

Mit gespielter Ruhe verlasse ich den Speisesaal, aber sobald ich um die Ecke gebogen bin, laufe ich los, um Austin noch zu erwischen. Meine hohen Absätze klappern auf dem glänzenden Steinfußboden. »Austin!«, rufe ich, als ich ihn am Ende des Flures entdecke. »Austin«, wiederhole ich, als er sich nicht umdreht, obwohl ich mir ganz sicher bin, dass er mich schon beim ersten Mal gehört hat.

Seine Füße bleiben stehen, und ich sehe, wie seine scheinbare Gelassenheit in sich zusammenfällt, so als würde die Luft langsam aus einem Ballon entweichen. Aber erst als ich seinen Arm berühre, dreht er sich zu mir um.

»Es tut mir so leid. Ich hatte bis heute keine Ahnung, dass

sie hier absteigen würden. Ich habe dir mehrere SMS geschickt, aber du hast nicht geantwortet. Ich hatte wirklich keinen Einfluss darauf. Ehrlich. Sie haben mir erst in letzter Minute eröffnet, dass wir hier essen gehen.«

Er legt mir einen Finger auf die Lippen und unterbricht meinen nervösen Redeschwall. Seine Berührung ist sanft und zärtlich, mehr, als ich verdient habe. Seine Finger streicheln langsam über mein Kinn, und dann fährt er plötzlich zurück, als hätte ich ein »Betreten verboten«-Schild über dem Mund hängen.

»Du gehst jetzt lieber zurück«, sagt er mit zusammengebissenen Zähnen. Er weicht meinem Blick aus und wendet sich zum Gehen.

Ich packe ihn am Arm. »Austin!«

Er schüttelt mich ab.

»Austin.«

»Was?«Er fährt herum. »Was willst du von mir hören, Sienna? Dass alles gut ist? Das ist es nämlich nicht!« Er zeigt in Richtung Speisesaal und alle Zartheit ist nun verschwunden. »Das Letzte, was ich will, ist euch da drinnen zuzusehen. Ich habe heute den ganzen Tag versucht, nicht daran zu denken. An ihn und dich. Wie ihr zusammen seid. Ich wollte es nicht an mich heranlassen.« Er hält einen Finger in die Höhe wie ein Warnsignal, aus seinen Augen spricht der Schmerz. »Verbring das Wochenende mit deinem Freund. Tu von mir aus alles, was du willst. Aber lass mich …«

Ich lege meine Hände um sein Gesicht und schneide ihm mit einem Kuss das Wort ab. Zunächst spüre ich Widerstand, doch dann gibt er nach, und seine Lippen bewegen sich zwischen meinen mit einer Intensität, die mir den Atem raubt.

Abrupt löst er sich von mir, sodass ich auf meinen Absätzen nach hinten stolpere.

»Ich gehe im Herbst nach Florida«, sagt er mit heiserer Stimme, beinahe flüsternd, »und du gehst zurück nach Virginia. Mit *ihm*. Was soll dann aus uns werden?«

Er blickt auf und erstarrt. Ich drehe mich um, und es verschlägt mir den Atem, als ich meine Mutter am anderen Ende des Flurs entdecke. Sie hat alles gesehen.

Ich wende mich wieder zu Austin, doch bevor ich dazu komme, auch nur ein Wort zu sagen, breitet sich ein distanzierter Ausdruck auf seinem Gesicht aus, den ich noch nie zuvor bei ihm gesehen habe.

»Du musst dich entscheiden«, sagt er, bevor er im Aufzug verschwindet.

Ich habe mich noch kaum umgedreht, als sich eine Hand um meinen Arm schließt und mich in die Damentoilette zerrt. Die Tür knallt hinter mir zu und ich sehe mich dem wütenden Blick meiner Mutter gegenüber. Der harte Schlag in mein Gesicht trifft mich vollkommen unerwartet.

Sprachlos starre ich meine Mutter an. Voller Scham berühre ich meine Wange und frage mich, womit ich diese scharfe Zurechtweisung verdient habe.

»Was denkst du dir eigentlich dabei?«, flüstert sie, aber da ist nichts Weiches in ihrem Ton. »Sie hätten dich sehen können!«

»Du hast mich geschlagen«, stelle ich fest, während die Wut in mir hochkocht.

»Du hast es verdient.«

»Ich habe es *verdient*?«

»Ich bitte dich, Sienna«, sagt sie verächtlich. »Ein Herr lädt dich schön zum Essen ein, und du schleichst dich davon, um einen anderen Typen zu küssen?«

Ich mache den Mund auf, um mich zu verteidigen, doch dann rufe ich mir in Erinnerung, dass sie hier in Georgia aufgewachsen ist, wo Gastfreundschaft und Höflichkeit alles bedeuten. Meine Mutter ist der Inbegriff von Tradition und Anstand, für sie gibt es schlicht und einfach kein Recht auf ein solches Benehmen wie meines.

»Es tut mir leid.« Ich hasse es, diese Worte aussprechen zu müssen. Ich sollte mich nicht entschuldigen, aber am Ende kommt es doch immer dazu. Und auch jetzt, während ich diese vier einfachen Worte formuliere, merke ich, wie viel sie ihr bedeuten. Ich seufze tief auf als Ventil für meine abgrundtiefe Frustration.

Der Tod meines Vaters hat das gesellschaftliche Leben meiner Mutter zerstört. Die vielen Abendeinladungen, die sie mit ihm gemeinsam als Paar erlebt hat, kamen zu einem abrupten Ende, sobald sie verwitwet war. Auch Mr und Mrs Price trifft sie seltener als früher. Ich weiß, wie viel ihr dieses Wochenende mit ihnen bedeutet, ihre Gesellschaft gerade an diesem schmerzlichen Jahrestag des Todes meines Vaters.

Mom verschränkt die Arme und sieht mich an, als wäre ich ein Problem, das es zu lösen gilt. »Wenn du das mit Kyle vermasselst, dann packen wir unsere Sachen und fahren nach Hause.«

»Sag das nicht«, flüstere ich mit einem verzweifelten Unterton in der Stimme. Warum hasst sie Austin nur so? Ich nehme an, dass es nun, nachdem die Sache mit Gary beendet scheint, vollkommen in ihrem Sinne wäre, unseren Urlaub abzukürzen und nach Hause zu fahren. Aber jetzt aus Georgia abzureisen, würde nicht nur mich umbringen, es würde auch Spencer in Verzweiflung stürzen. Er war schon die ganzen letzten

Tage unglaublich aufgeregt, weil er sich so auf eine Party freut, die seine Freunde hier auf Tybee planen. Wenn Spencer diesen Höhepunkt seines gesamten Sommers hier verpasst, wird er buchstäblich in eine Depression verfallen.

»Ich brauche nur ein bisschen Zeit, mit der Situation klarzukommen«, sage ich und suche nach einem Anzeichen von Mitgefühl bei ihr.

»Zeit?«, sagt sie. »Ich verstehe dich nicht, Sienna. Du brauchst Zeit, um dir über die Situation klar zu werden? Mit dem da?«

»Er heißt Austin.«

»Es ist mir egal, wie er heißt. Da gibt es nicht viel, worüber man sich klar werden muss!« Ein arroganter Ausdruck flackert über ihr sorgfältig geschminktes Gesicht. »Schließlich war *er* ja derjenige, der *uns* heute Abend bedient hat.«

Damit macht sie kehrt und marschiert zur Tür hinaus, wo das wütende Klappern ihrer Absätze langsam verklingt.

Ich stehe auf der Veranda des Strandhauses und kann Kyle schon spüren, bevor ich seinen Schatten im Mondlicht sehe und er seine Arme um meine Taille schlingt und mich an sich zieht.

»Hey«, sagt er.

Obwohl ich mir alle Mühe gebe, kann ich mich in seinen Armen nicht entspannen. Ich würde ihm gerne von Austin erzählen, doch die Drohung meiner Mutter hält mich zurück. Kyle beugt sich hinab und drückt die Lippen auf meinen Nacken. Ich weiche ihm aus.

»Kyle«, sage ich im selben Moment, in dem auch er zum Sprechen ansetzt.

»Sag du«, fordere ich ihn auf. Froh über den Aufschub.

»Komisch, dass Austin Dobbs heute Abend erst an unserem Tisch servieren sollte und sich dann davongemacht hat.«

Ich stelle mich dumm. »Du kennst ihn? Woher?«

»Woher kennst *du* ihn denn?«, fragt er zurück. Als ich nicht sogleich antworte, dreht er mich zu sich um, damit ich ihm in die Augen sehe.

»Ich wollte mich neulich Abend eigentlich mit einem Freund in Savannah auf der River Street treffen.«

Kyle lacht. »Mit Brian, diesem Nerd?«

Ich stoße ihn ein Stück zurück, um Abstand zwischen uns zu schaffen. »Sei nicht gemein! Jedenfalls kam es nicht dazu und ich war allein ...«

»Nachts?«, unterbricht er mich. »Irgendwo mitten in Savannah?«

»Es war alles okay«, versichere ich hastig, auch wenn das nicht der Wahrheit entspricht. »Ich habe ganz zufällig Austin getroffen, wir haben geredet und kamen darauf, dass wir beide aus Virginia sind, und dann haben wir halt was zusammen gemacht.«

»Was zusammen gemacht, ja? Mit einem Loser von der Ghettobrook Higschool?«

»Die Schule heißt *Meadow*brook Highschool.«

»Das ist mir sch ...« Kyle lässt eine Tirade von Schimpfwörtern vom Stapel, die jedem Highschool-Flur zur Ehre gereichen würden. »Was hattest du überhaupt alleine auf der River Street zu suchen mit diesem ...«

»Sag's nicht.«

»Mir fallen bestimmt noch schlimmere Bezeichnungen für ihn ein.« Alle Aggressionen, die Kyle sich sonst nur für den Football aufspart, lässt er jetzt raus.

»Was hast du denn für ein Problem mit ihm? Woher kennst

du ihn überhaupt?«, frage ich, weil es mich überrascht, dass sich sowohl Austin als auch Kyle so gut aneinander erinnern können nach nur einem Football-Spiel.

»Allerdings kenne ich ihn«, sagt Kyle. »Du hast keine Ahnung, wozu er fähig ist. Du weißt ja nicht mal genau, *wer* er ist, oder?«

»Warum erzählst du's mir nicht, Kyle. Wer ist er?«

»Jake Braham.«

»Was?«

»Jake Braham«, wiederholt Kyle. »Hat Austin den Namen nie erwähnt?«

»Nein. Warum?«

»Und was ist mit seinem Dad?«, fragt Kyle. »Hat Austin dir von dem erzählt?«

Diese Frage löst tatsächlich eine gewisse Unsicherheit in mir aus. »Was ist mit seinem Dad?«

Kyle lacht leise auf. »Austin hat dir wirklich gar nichts verraten, was? Das überrascht mich nicht.«

Darauf weiß ich nichts zu sagen.

Kyle grinst, als er meine Ratlosigkeit bemerkt. »Ach, Sienna, du bist so naiv.«

Es ist nicht das erste Mal, dass er so etwas sagt, und ich mag es nicht mehr hören. Er hält mich für naiv. Na und? Vielleicht ist es besser so. Auf diese Weise kann ich wenigstens den Schein wahren und weiter die Ahnungslose spielen. »Und wer ist Jake Braham?«

»Der war auch auf der Ghettobrook High und außerdem im Jugendknast, weil er gedealt hat.«

»Und was geht das mich an?«

Kyle lehnt sich gegen das Geländer der Veranda. »Weil er einer von Austins besten Freunden ist.«

Aus dem Bedürfnis heraus, Austin zu verteidigen, will ich diese Behauptung zurückweisen. Doch dann wird mir wieder bewusst, wie wenig Austin mir über sich erzählt hat, und ich fürchte mich vor dem Gedanken, dass er einen Grund dafür gehabt haben könnte.

»Ehrlich, Sienna, glaubst du wirklich, dass du ihn kennst?«

Ja! Und nein. Austins Freund mag ein Loser sein, aber er selber ist keiner. Es scheint so lange her zu sein, dass ich Austin auf der River Street begegnet bin, dabei sind es erst knapp vier Wochen. Der Gedanke an Austins Freunde Evan und Landon und an das, was mit meinem Vater passiert ist, wühlt eine Flut von Emotionen auf und sät Zweifel in mir. Ich frage mich, wie leicht Austin mir drei, vier Wochen lang etwas hätte vorspielen können.

Kyle schüttelt den Kopf. »Du kennst ihn nicht. Er ist brutal. Ein echter Freak.«

»Brutal?«, wiederhole ich zutiefst ungläubig. »Er mag vielleicht ein paar zweifelhafte Freunde haben, aber Austin ist doch nicht *brutal*, Kyle!«

»Glaub mir, Sienna, das ist er.« Kyle hebt den Arm. »Erinnerst du dich noch hieran?«

Ich brauche einen Augenblick, bis ich mich an die gebrochenen Knochen in Kyles Unterarm erinnere, die ihm einen schmerzhaften Heilungsprozess und den Verlust seiner Football-Träume eingebracht haben. Ja, Kyle hatte davon geträumt, als Football-Spieler am College angenommen zu werden und als Profi Karriere zu machen. Wir dachten alle, dass er es schaffen würde, zumal sein Dad Beziehungen hatte. Bis ihm so ein Idiot in einem Grillrestaurant den Arm gebrochen hat.

Der Schock überkommt mich wie eine Welle, als mir klar

wird, was Kyle andeutet. »Du willst damit sagen, dass Austin derjenige war, der dir den Arm gebrochen hat?«

Kyle nickt.

Ich verschränke die Arme vor der Brust und wende den Blick ab. Wieso hat Austin das nie erwähnt? Und was verheimlicht er mir noch alles?

»Dieser Loser kam nach dem Spiel in das Grillrestaurant. Sein Freund Jake hat mich angepöbelt – wie genau, das spare ich mir jetzt, weil du ja genau wie deine Mutter keine Schimpfworte magst – und hat Streit angefangen.«

Es ärgert mich, dass Kyle mich mit meiner Mutter gleichsetzt – gerade jetzt, kurz nachdem sie mir eine verpasst hat.

»Das Ganze ist dann etwas außer Kontrolle geraten«, erklärt Kyle weiter. »Zuerst nichts Ernstes, doch dann hat Austin wohl beschlossen, in die Vollen zu gehen. Ist total ausgerastet. Oh nein, der ist kein Gentleman, Sienna, das kann ich dir versichern. Der Wirt hat ihn schließlich aus dem Lokal geschmissen.«

»Ihr wurdet alle zusammen rausgeschmissen.«

»Nur seinetwegen.«

Die Erinnerung an meine Ohnmacht auf der River Street, die mich den beiden Besoffenen ausgeliefert hat, kommt wieder hoch. War es wirklich nötig, die beiden niederzuschlagen? Bin ich zu sehr von Austin geblendet, um die Aggressivität wahrzunehmen, die Kyle ihm gerade unterstellt? Dass ich damals meinen Dad vor mir gesehen habe, hat eine tiefe Wunde erneut aufgerissen und mich besonders verletzlich gemacht, empfänglich für alles, was die Leere füllen konnte. Wieso habe ich bisher gar nicht darüber nachgedacht, dass ich Austin in einem Augenblick begegnet bin, in dem ich besonders schwach und anfällig war? Ich war hingerissen von seinem unglaublich guten Aussehen und seinem Charme. Er hat die Leere in mir gefüllt.

»Und was ist mit seinem Dad?« Die Frage entschlüpft mir, bevor ich sie zurücknehmen kann.

»Der ist auch im Gefängnis«, antwortet Kyle.

Mir schnürt sich das Herz in der Brust zusammen. »Woher weißt du das?«

»Solche Sachen verbreiten sich einfach. In der Umkleide. Das ist nicht schwer rauszufinden, Sienna.«

So vieles, was ich nicht wusste über Austin, was er mir nie erzählt hat.

»Er hält sich für was Besonderes, einen großen Football-Star, dabei ist er in Wirklichkeit genau so ein Nichts wie seine bekifften Freunde. Ich wette, er ist jedes Wochenende zugedröhnt. Und schläft sich vermutlich durch alle Betten.«

»Kyle!«, sage ich scharf.

»Weißt du noch, unser Schulball?«

»Kyle …«, sage ich noch einmal und ahne, dass seine Entschlossenheit nur einen Grund haben kann. Was ich für Austin empfinde, steht klar und deutlich in meinem Gesicht geschrieben. Kyle weiß bereits mehr, als ich je vorhatte, ihm zu erzählen.

»Du hattest bei dem Ball dieses pinke Kleid an, zu dem deine Haare aussahen wie Gold und deine Augen wie … wie … ich weiß nicht, was, aber sie waren jedenfalls wunderschön.«

Ich wende den Blick ab und schaue zu der hölzernen Balustrade hinüber, zu der Motte, die um das Licht tanzt, überallhin, nur nicht zu Kyle. Ich will es mir kaum eingestehen, doch diese Erinnerungen lösen warme Gefühle in mir aus. Ich denke daran, wie Kyle auf der Bühne stand und zum Ballkönig gewählt wurde. Natürlich habe ich nur von unten zugesehen, das

Mädchen, das sich glücklich schätzen durfte, mit Kyle Price zusammen zu sein. Er war beliebt, sportlich, der geheime Schwarm vieler Mädchen an unserer Schule. Noch dazu stammt er aus einer guten Familie, sein Leben war schon immer perfekt vorherbestimmt, als sicherer Weg nach ganz oben.

»Weißt du noch, wie wir im Park Rollerblades gefahren sind? Wie wir uns danach von oben bis unten mit Limo vollgespritzt haben? Oder wie ich dir diesen Ring hier geschenkt habe?«

Kyle nimmt meine Hand und zieht sie langsam auf Augenhöhe. Der kleine Diamant funkelt im matten Licht der Veranda. Ein verführerisches kleines Lächeln umspielt seine Lippen. Lippen, die mir so vertraut sind.

»Ich habe etwas für dich«, sagt er, und ich lasse mich von ihm zur Sitzschaukel führen. Er überreicht mir ein Geschenk, das viel zu perfekt einpackt ist, als dass Kyle das selbst gemacht haben könnte. Während ich es in der Hand halte, schwindet mein Glauben daran, dass Austin derjenige ist, für den ich ihn bisher gehalten habe, endgültig dahin.

Na, dann viel Glück bei der Suche nach einem Abend, an dem ich nicht da sein werde. Das hat er gesagt. Er wusste, dass ich einen Freund habe. Er hat mich angelockt und eingefangen. Mich angelogen oder mir zumindest Dinge verschwiegen. Ich war so hin und weg von ihm, dass ich alles geschehen ließ. Es hat mich blind gemacht gegenüber der Möglichkeit, dass ich nur eine von vielen bin, die sich von seinem Aussehen betören lassen. Blind gegenüber der Möglichkeit, dass alles für ihn nur ein Spiel war. Und er vielleicht eines Tages für immer verschwinden würde ohne das Versprechen *bis zum nächsten Mal.*

Und doch kämpfen widersprüchliche Bilder in mir, während ich das Geschenkband löse und die Verpackung aufschlage. Da ist mein Eindruck von Austin, wie ich ihn kennengelernt habe, und das Bild, das Kyle von ihm gezeichnet hat. Ich versuche, beide Bilder zusammenzubekommen, sie zu einem Ganzen zu verschmelzen, aber es ist, als wollte man Wasser und Öl vermischen.

»Ich dachte, das würde dir gefallen«, sagt Kyle.

Ein Kloß macht sich in meiner Kehle breit, als ich das gerahmte Bild in meinen Händen ansehe. Das Foto ist alt und wurde lange vor den Zeiten von Digitalkameras aufgenommen. Es zeigt eine Erinnerung, die ich selbst nicht mehr habe. Mein Dad sitzt auf der Erde und hält die Hände eines blond gelockten Kleinkinds. Es ist unser Garten und ich bin auf diesem Bild bestimmt nicht älter als zwei Jahre.

»Oh, Kyle, wie hast du …«

»Deine Mom hat mir dabei geholfen.« Er legt den Arm um mich. Ich bin so fasziniert von dem Foto, dass ich gar nicht merke, wie sehr ich mich entspanne, bis ich ganz an Kyles Brust gelehnt dasitze. »Ich weiß, wie schwer das letzte Jahr für dich war. Ich habe das Gefühl, deinen Dad noch viel besser kennengelernt zu haben, seitdem er gestorben ist, du hast mir so viel von ihm erzählt.«

Ich blicke ihn zaghaft an, da ich nicht damit gerechnet hätte, wie viel mir diese einfache Aussage bedeutet. Kyle hat mir doch die ganze Zeit zugehört. Und ich dachte immer, es wäre ihm ganz egal. Die Tatsache, dass ich Kyle diese Anteilnahme nicht zugetraut habe, macht mir ein furchtbar schlechtes Gewissen.

Ich habe keine Ahnung, wer sich zuerst vorbeugt oder wer die Initiative zu diesem Kuss ergreift, aber unsere Lippen berühren sich auf so vertraute Weise, dass ich mich nicht entziehen kann. Ja, nicht einmal weiß, ob ich das überhaupt will.

Wieder und wieder berühren sich unsere Lippen. Ich warte darauf, dass ich etwas fühle, das ich in Kyles Armen vielleicht niemals empfinden werde.

»Sollen wir zum Strand runtergehen?«, fragt er, sein Atem heiß an meinem Hals. »Ein Stück weg von unseren alten Herrschaften?«

»Kyle«, hören wir in diesem Moment Kyles Vater von der Terrassentür aus mit einem beinahe unheimlichen Timing rufen. Nach keiner kurzen Pause ruft er erneut, sie würden zurück ins Hotel fahren, und ich verspüre so etwas wie Erleichterung. Kyle küsst mich noch einmal, fordernd, unwillig, mich gehen zu lassen. Als ich mich schließlich zurückziehe, bin ich völlig durcheinander, habe keine klare Vorstellung mehr, was ich überhaupt fühle.

Ich fühle mich einfach nur leer.

31

Austin

Ich tigere im Sand hin und her. Laufe bis zur Spitze des Piers und wieder zurück. Zähle die Sekunden.

Bin am Pier. Sehn wir uns?

Ich werfe einen Blick auf die SMS, die ich Sienna geschickt habe. Ein verzweifelter Akt des Wahnsinns nach einer weiteren schlaflosen Nacht. Sie hat noch nicht einmal geantwortet. Ich mache mich lächerlich. Der Abend nach meinem Abgang aus dem Restaurant war mehr als beschissen. Kein Wunder. Während Sienna wer weiß was getrieben hat. *Vergiss es.* Ich will gar nicht weiter in diese Richtung denken, die mir schon eine schlaflose Nacht beschert hat. Was mit mir los ist, liegt auf der Hand, da genügt ein Wort: Liebe. Und wenn ich in diesem Sommer eines gelernt habe, so ist es, dass man aus Liebe die größten Dummheiten begehen kann.

Die Minuten ziehen sich in die Länge. Ein paar Leute laufen in der Morgensonne am Strand entlang. Weitere Zeit verstreicht und langsam wird mir klar: Sienna wird nicht kommen. Sie ist Kyles Freundin, nicht meine. Vielleicht war an den vergangenen Wochen gar nichts echt.

»Austin!«

Ich drehe mich zu ihr um. »Ich dachte, du würdest nicht kommen.«

»Es tut mir leid«, sagt sie.

»Du hüllst dich gern in Rätsel, oder?«

Sie lächelt, aber nur kurz. »Ich meine, es tut mir wirklich leid, Austin.«

Mich packt die Angst. Es ist vorbei. Zwischen uns ist es aus. Kyle ist alles, was ich nicht bin. Wie er gestern Abend dasaß in seinen teuren Markenklamotten, zwischen seinen beiden erfolgreichen Eltern. Sein Anblick hat mich daran erinnert, dass ich in so vieler Hinsicht nicht gut genug bin für Sienna. Meine Vergangenheit ist bestenfalls zweifelhaft und meine Zukunftsaussichten sind begrenzt. Kyle dagegen steht die ganze Welt offen.

»Es tut mir so leid wegen gestern Abend«, sagt sie. »Es tut mir so leid, dass es überhaupt so weit gekommen ist. Das ist nicht fair dir gegenüber. Bestimmt hasst du mich dafür.« Sie blickt zu mir auf, als würde sie um Vergebung bitten.

Was? Erwartet sie etwa, dass ich all das einfach vergesse und sie in die Arme schließe? Einfach so?

Sie sieht mich mit ihren großen braunen Augen an und ihr flehender Blick lässt meine Entschlossenheit dahinschmelzen. »Es tut mir so leid, Austin«, wiederholt sie beinahe atemlos.

Ihr endlich wieder nahe zu sein, raubt mir ebenfalls den Atem. Obwohl ich mich für meine Schwäche verfluche, ziehe ich sie in meine Arme. »Ich könnte dich niemals hassen.«

Ich versuche mir einzureden, dass das zwischen Sienna und

Kyle nicht von Dauer sein kann. Nach diesem Wochenende wird es aus sein zwischen den beiden.

Sie seufzt. »Austin, gestern Abend habe ich …«

»Du musst es mir nicht erzählen.«

»Aber …«

»Ich vertraue dir«, schneide ich ihr das Wort ab, weil ich nicht sicher bin, ob ich den Rest des Satzes wirklich hören will. Außerdem vertraue ich ihr tatsächlich mehr als je zuvor einem anderen Menschen. Kein Mensch würde den Freunden, mit denen ich mich so umgebe, voll und ganz vertrauen. Die Lügen meiner Mutter habe ich nie geglaubt, und meinem Vater gegenüber habe ich jedes Vertrauen verloren an dem Tag, als er verschwunden ist.

»Musst du heute arbeiten?«

Ich schüttele den Kopf.

»Echt nicht?« Sie sagt das mit einem Strahlen im Gesicht, das mir auf einen Schlag das Gefühl gibt, der reichste Kerl auf der ganzen Welt zu sein. Ich bin verloren. Amor hat seinen Pfeil wirklich tief versenkt, als er dafür gesorgt hat, dass ich mich in dieses Mädchen vergucke.

»Meine Mutter ist zu Besuch, deswegen hab ich mir den Tag freigenommen«, erkläre ich ihr.

»Stimmt ja! Dein Onkel hat mir erzählt, dass sie kommt. Ich würde sie gerne kennenlernen.«

»Was, jetzt?«

»Ja.«

»Und was ist mit Kyle?«, frage ich mit einem Anflug von Eifersucht.

»Der ist heute Vormittag mit seinem Vater auf dem Golfplatz. Sie wollen 36 Löcher spielen, da kommt er sicher erst am späten Nachmittag zurück.«

Ich nicke. Ihre Erklärung ist zwar nicht die, die ich erhofft hatte, aber was kann ich schon erwarten? Sie wird ihn ja wohl kaum mitten in der Nacht angerufen und mit ihm Schluss gemacht haben.

Mein Instinkt sagt mir, dass ich eine Antwort verlangen sollte wegen ihr und Kyle. Doch im Lauf der vergangenen Nacht, in der ich kein Auge zugemacht habe, hat sich etwas in mir verändert. In Gedanken war ich bereits dabei, Sienna heute Morgen anzurufen und mit ihr Schluss zu machen. Ich versuchte mir einzureden, dass es so am einfachsten wäre. Am Ende gab es jedoch den Austin, der Mädchen bisher problemlos den Laufpass geben konnte, nicht mehr. Zumindest, wenn es dieses eine Mädchen betrifft. Das macht mir irgendwie Angst. Ich fürchte, dass ich Sienna immer lieben werde, ganz gleich, was sie tut.

»Wir wollten heute Mittag zusammen kochen. Willst du mitkommen?«

»Wenn das okay ist?«, fragt sie.

»Natürlich.«

»Super.« Sienna nimmt meine Hand und geht in Richtung meines Motorrads. »Da gibt es nämlich ein paar Sachen, die ich dich fragen muss.«

32

Sienna

Austin steht in der Küche und schaut zu mir herüber. Er ist damit beschäftigt, Kartoffelgratin zuzubereiten, und hört geduldig zu, wie seine Mutter ihn daran erinnert, wie man eine Knoblauchzehe richtig schält und klein schneidet. Ein schüchternes Lächeln und ein schlaffer Händedruck war alles, was ich von Austins Mutter bekommen habe, und sein Stiefvater ist nicht viel anders. Er sitzt in einem Liegestuhl in einer Gartenecke und sieht zu, wie Turbo im Kreis herumrennt.

»Hey.« Austin setzt sich neben mich auf die Terrasse und senkt dann die Stimme zu einem Flüstern. »Sorry, dass das hier eher langweilig für dich ist.«

Ich schaue zu Debbie und Mark hinüber, die sich auf ihre unnachahmlich komische Art nicht darüber einigen können, auf welche Temperatur der Grill am besten einzustellen ist. »Mir ist gar nicht langweilig.«

Er lacht.

Ich sehe Austin an, mit seiner großen, kräftigen Statur und den meerblauen Augen, und komme zu dem Schluss, dass er offenbar eher seinem Vater ähnlich sieht. Seine Mutter und sein Stiefvater sind Zwerge gegen ihn. Außerdem kann ich mir kaum vorstellen, dass seine Mutter sich nach nur einem Jahr in einer neuen Stadt mit jedermann angefreundet hätte, so wie Austin. »Deine Familie wird dir bestimmt fehlen ab dem Herbst.«

Seine Mundwinkel verziehen sich. »Ehrlich gesagt freue ich mich ziemlich darauf, alleine zu leben.«

»Du wirst deine Mom mehr vermissen, als du denkst«, vermute ich.

»Wie kommst du darauf?«

Ich deute auf seine Mutter, die in der Küche herumwirtschaftet. »Man muss euch zwei nur zusehen und hören, wie du mit ihr übers Kochen redest.«

Austin lächelt. Ich denke an die detaillierten Anweisungen, die sie gegeben hat – wie er Kartoffeln in Scheiben schneiden soll und wie ich eine Zitrone auf der Arbeitsplatte hin- und herrollen sollte, bevor ich sie auspresse, um daraus Limonade zu machen. »Du hast vorhin regelrecht an ihren Lippen gehangen.«

Er macht ein schuldbewusstes Gesicht. »Wie gut, dass die Nummer überzeugend war. Sie ist keine schlechte Mutter. Zumindest hat sie versucht, ihr Bestes zu geben.«

Ich sehe ihn auffordernd an, damit er weiterspricht.

»Für sie war es ziemlich schwer, als mein Dad plötzlich weg war, weißt du?« Austins Stimme bleibt ganz ruhig, sein Gesicht zeigt keinerlei Gefühlsregung. »Obwohl sie, ehrlich gesagt, wohl eher erleichtert war.«

Ich versuche den Mund zu halten und das Reden ihm zu überlassen. Jetzt kommt es. *Endlich*. Sein Dad ist verschwunden, aber wohin? Hat Kyle möglicherweise recht? Als ich das Gefühl habe, dass Austin gleich das Thema wechseln will, dränge ich ihn, mehr zu erzählen. »Und war es schlimm für dich?«

Austin macht eine kleine Bewegung, die man nur mit Mühe als Nicken deuten kann. Er schaut zu Turbo hinüber, der hechelnd im Schatten einer Eiche liegt und sich das helle Fell kratzt. »Mein Dad hat mir Turbo an meinem neunten Geburtstag geschenkt.«

Kein Wunder, dass Austin so an diesem Hund hängt.

»Das ist so ziemlich das Einzige, was ich noch von ihm weiß«, fährt er fort. »Und meine Mom ist bestimmt froh, dass ich mich an sonst nichts erinnere. Sie hat seither nie mehr über ihn gesprochen.«

»Niemals?«

Austin schüttelt den Kopf. »Sie wollte nicht, dass ich es erfahre.« Er blickt kurz auf und bemerkt meinen erwartungsvollen Blick. »Mein Dad hat wegen Drogenmissbrauchs im Gefängnis gesessen, Sienna.«

Kyle hatte also recht. Aber ich kann Austin nicht für etwas verurteilen, was sein Dad getan hat, oder? Immerhin war sein Vater nicht wegen Vergewaltigung oder Mord im Gefängnis. Austin kann also keine bösartigen Gene von ihm geerbt haben, etwas, was ihn zu einem gewalttätigen Menschen macht, wie Kyle es ihm vorwirft. Ich meine, Drogen gibt es schließlich überall. Kyle hat sich immer darüber amüsiert, dass das Wort *Drogen* in meinem Wortschatz quasi überhaupt nicht vorkam. Nach einer abschreckenden Präventions-Veranstaltung in der Grundschule habe ich mir erfolgreich geschworen, Drogen niemals anzurühren.

Aber eigentlich habe ich noch mehr Fragen an Austin. Jake Braham, der Typ mit dem Jugendarrest, war sein Freund – und jetzt erfahre ich, dass auch Austins Dad wegen Drogen im Gefängnis gesessen hat.

»Meine Mutter hat mir das nie selbst erzählt«, fährt Austin

fort. »Aber wenn man lange genug an einem Ort wohnt, fangen die Leute um einen rum an zu reden.«

»Du hast ganz alleine rausgekriegt, dass dein Dad im Gefängnis war?«

»Ja. Ich habe meine Mutter eines Tages nach der Schule damit konfrontiert, dass ich wüsste, wo mein Dad ist.«

»Und was hat sie geantwortet?«, frage ich.

»Nichts«, erwidert Austin. »Sie hat nur genickt und dann weiter Essen gemacht. Wir haben nie wieder darüber geredet. Ich bin ziemlich sicher, dass sie insgeheim immer noch hofft, ich wüsste nichts von den Drogenproblemen meines Vaters. Jetzt weißt du auch, warum ich hier in Savannah bin.«

»Nicht wirklich.«

In diesem Augenblick kommt Mark zu uns rüber und wir schweigen. »Limo?«, fragt er und wirft Austin eine Dose zu. »Du auch eine, Sienna?«

»Nein danke.«

Austin nickt Mark dankend zu. Nachdem der wieder im Haus verschwunden ist, erzählt Austin weiter. »Eine Woche bevor ich hierhergekommen bin, hat man einen meiner besten Freunde mit Drogen erwischt.«

Ich bin erleichtert, es nicht selbst ansprechen zu müssen. »Ich kapiere aber immer noch nicht, was das damit zu tun hat, dass du nach Savannah gekommen bist.«

»Ich war auch mit in dem Auto, als sie ihn geschnappt haben.«

Jetzt macht es endlich klick. »Deine Mutter hatte Angst um dich«, vermute ich, und Austin bestätigt das mit einem kurzen Seitenblick. »Sie hat dich hierhergeschickt, um dich von deinen Freunden zu trennen?«

Turbo springt die Stufen hinauf und schmiegt sich an Austins Bein. Er wirkt erhitzt und müde. Ich beobachte, wie Austins Mutter durch den Garten geht, um sich zu ihrem Mann zu setzen; eine Mutter, die so wenig mit ihrem Sohn gemein hat. Zum ersten Mal sehe ich Turbo als das, was er wirklich ist: Ein Hund, der einem kleinen Jungen in mehr als nur einer Hinsicht das Leben gerettet hat.

»Hast du schon mal …?« Bewusst lasse ich die Frage offen und spüre dabei, wie meine Stimme in der Kehle kratzt. Wie viel von seinem Dad wohl in Austin steckt?

Austin mustert mich. »Ob ich schon mal Drogen genommen habe?«

Ich nicke.

Er lehnt sich mit einem fragenden, sogar leicht amüsierten Grinsen zu mir und zieht eine Augenbraue in die Höhe. »Was glaubst du wohl?«

Warum kann er nicht einfach mit Ja oder Nein antworten? Ich erinnere mich an meinen ersten Eindruck von Austin, als wir uns auf der River Street begegnet sind. Er war wohlerzogen und sehr süß – scheinbar zu gut, um wahr zu sein. Aber er hatte auch noch eine andere Seite, etwas Gefährliches, das in seinen Augen aufblitzte – etwas Kämpferisches. Und jetzt? Inzwischen kenne ich den Austin, der hinter dem Tattoo und dem ungeschliffenen Äußeren steckt, und ich sehe dabei genau das, was ich beim ersten Anblick gesehen habe.

»Ich schätze mal, nein«, sage ich.

Ein Lächeln umspielt seine Mundwinkel. Ich warte darauf, dass er meine Annahme bestätigt.

»Ich habe immer auf ihn gewartet«, sagt er stattdessen und spricht vermutlich wieder von seinem Dad. »Bei jedem Spiel habe ich zur Tribüne hinaufgeschaut und auf den Tag gewartet, an dem ich ihn dort sehe.« Austin öffnet seine Limodose, nimmt einen Schluck und zuckt die Schultern. »Wer weiß, wo er jetzt steckt. Raus aus dem Knast und vermutlich schon wieder auf Droge. Mir ist es egal, ob ich ihn je wiedersehe.«

Ich verspüre einen kleinen Stich. Ob er das wirklich ernst meint? Ich würde alles dafür geben, meinen Dad wiederzusehen, und Austin will seinem nie wieder begegnen. Zumindest behauptet er das.

»Essen steht auf dem Tisch!« Debbie lächelt uns zu.

Austin streckt die Hand aus, um mir aufzuhelfen. »Isst du mit?«

Ich werfe einen Blick aufs Handy, um nach der Uhrzeit zu sehen.

»Und anschließend fährst du lieber wieder zurück, ja?«, sagt er. »Sicherheitshalber.«

Ich ergreife seine Hand und lasse mich von ihm hochziehen. »Meine Mutter hat damit gedroht, dass wir sofort abreisen, wenn ich die Sache mit Kyle an diesem Wochenende verbocke.« Den Teil mit der Ohrfeige lasse ich lieber aus.

Austin zieht die Augenbrauen zusammen. »Ich gehe mal davon aus, dass sie keine leeren Drohungen ausspricht.«

»Genau.«

Er schüttelt den Kopf. Bestimmt denkt er, dass meine Mom spinnt. »Dann solltest du es lieber nicht verbocken, weil ich nämlich fest davon ausgehe, dass du noch mindestens bis Ende Juli hier bist.«

Ich verschränke die Finger mit seinen. Auch wenn ich ihn noch immer nicht nach Kyles Arm gefragt habe, geht es mir schon besser, nachdem wir über seinen Vater und die Drogen gesprochen haben. Aber die Tatsache, dass ich mich mit Austin so gut fühle, verstärkt nur noch meine Verwirrung gegenüber Kyle. Ich weiß, dass es so nicht weitergeht. Ich kann sie nicht beide lieben.

»Das Zeug wird dich noch umbringen, weißt du?«, necke ich Austin, als er einen Schluck von seiner Limo nimmt, und klinge dabei allzu sehr wie meine Mutter. »Nur ein Scherz. Vergiss, dass ich das gesagt habe.«

Austin zwinkert mir zu und wirft die unausgetrunkene Dose trotzdem in den Müll, bevor wir uns nebeneinander zu einem Essen setzen, das, genau wie dieser Sommer, allzu rasch vorübergeht.

33

Austin

Als ich Onkel Marks alten Buick an einer roten Ampel zum Halten bringe, wandert mein Blick suchend zum Beifahrersitz. Turbo bellt auf der Rückbank. Ich drehe mich um und sehe, dass er die Samstagszeitung in seinem Schlabbermaul hält. Ich reiße sie ihm aus den Zähnen und werfe einen Blick auf den Sportteil.

Five Star Wide Receiver Austin Hyrum Dobbs aus Richmond/Virginia ist momentan wohl der vielversprechendste Passfänger im gesamten Kader der University of Florida. Noch zu Schulzeiten war er Inhaber von drei Rekorden in Virginia sowie zwei Rekorden in Georgia. Dobbs ist in der Lage, sowohl einen weiten Pass zu fangen als auch aus einem kurzen Pass einen großen Raumgewinn zu machen. Der schnelle Sprint gehört ebenso wie ein scharfer Instinkt zu seinen Stärken. Seit Peter Warrik durfte man sich nicht mehr so viel von einem Wide Receiver der Florida Gators erhoffen. Mit einer Größe von 1,95 m und einem Gewicht von 95 kg ist er ein harter Gegner und dürfte von Anfang an das Spiel der Gators bestimmen.

1,95 m und 95 kg? Wohl eher 1,90 m und 90 kg. Obwohl ich mich mit diesen ganzen *Pralines*, die ich hier dauernd vertilge, inzwischen wohl doch den 95 kg nähere.

Ich parke das Auto am *Westin* Hotel und nehme mir fest vor, in der nächsten Woche hart im Kraftraum zu trainieren. Ich steige aus, öffne die Tür für Turbo und gehe in Richtung Haupteingang, um mich von allen hier zu verabschieden, nachdem ich kurzfristig gekündigt habe. Wenn Sienna nur noch einen Monat hier ist, will ich so viel Zeit wie möglich mit ihr verbringen.

Ein paar Kids laufen an mir vorbei und werfen Knallerbsen auf den Boden. *Piff. Paff. Puff.*

Ich hebe den Kopf und bleibe abrupt stehen.

Kyle.

Da sitzt er auf einer Bank in der Nähe des Eingangs, eine Zeitung neben sich, und daddelt gelangweilt auf seinem iPhone herum. Er wirft sich etwas in den Mund und beißt krachend zu. Als er aufblickt und mich erkennt, hält er wie erstarrt mitten in der Bewegung inne.

Na super. Einfach super.

Das Logo von *River Street Sweets* sticht mir ins Auge, als ich näher komme. Eine Dose mit Schokolade steht neben Kyle. »Frühstück?«

Kyle schluckt. »Die Schokolade schmilzt schon.«

»Hast du mal die *Pralines* von denen probiert?«

»Die was?«

»Ach, egal.«

Kyle wirft einen nervösen Blick auf die Tasche neben sich, ein großes, mädchenhaftes Teil aus geblümtem Stoff, das randvoll mit Essen ist, so als hätte er gerade die Wochenendeinkäufe gemacht.

»Die gehört meiner Mutter.«

Ich nicke.

»Sie hat sie vergessen«, fährt er fort, als würde ich ihm nicht glauben. Echt, ich habe mir mit diesem Kerl wirklich gar nichts zu sagen, also gehe ich weiter in Richtung Eingang. Sein Handy brummt und signalisiert eine neue SMS. Ungewollt bleibe ich stehen. Ich sehe, wie Kyle sein Handy checkt, und dann treffen sich unsere Blicke.

»Sienna«, lässt er mich lächelnd wissen und deutet auf das Handy. Er schreibt eine kurze Antwort-SMS, während ich am liebsten das Handy packen und in den Fluss werfen würde.

»Gibt es etwas, was du mir sagen willst, Dobbs?« Kyle schaut die Straße entlang. »Weil nämlich meine Eltern jeden Augenblick vorbeikommen, um mich abzuholen.«

»Reist ihr etwa schon ab?«

Sein Blick wandert zu mir zurück und mustert mich scharf. »Das hättest du wohl gern.«

In seinen Augen sehe ich, dass er mich ebenso hasst wie ich ihn.

»Wir fahren zum Strandhaus von Siennas Familie. Parasailing, Mittagessen, einfach den Feiertag dort verbringen.«

Ah, jetzt hat er es darauf abgesehen, mich zu ärgern. Und es funktioniert auch noch.

»Vielleicht noch ein bisschen surfen, dann Abendessen«, fährt er fort. »Und am Schluss gehen wir noch mal zum Strand, um uns gemeinsam das Feuerwerk anzusehen.«

In diesem Augenblick kommt Turbo angelaufen, springt an Kyle hoch und stößt ihn damit fast von der Bank. Insgeheim freue ich mich über Turbos Timing und mache erst einmal keine Anstalten, ihn zurückzurufen.

Kyle rappelt sich auf und hält seine Schokoladendose in die Höhe. »Runter mit dir, du Mistköter!«

»Turbo, aus! Es tut mir leid«, sage ich, obwohl ich jede Sekunde dieses kleinen Zwischenspiels genossen habe. Brav macht Turbo Sitz und wedelt mit dem Schwanz.

»Ist das deiner?«

»Yep.«

Mit einem Schnauben setzt Kyle sich wieder hin, streckt mir die Dose hin und rümpft dabei angeekelt die Nase. »Da hat er draufgesabbert, sie gehören ihm.«

Turbo bellt zustimmend und wir schauen beide rechtzeitig zu ihm hinunter, um einen dicken Sabberfaden auf das Pflaster tropfen zu sehen.

Kyle verzieht das Gesicht.

»Danke«, erwidere ich, »aber er ist allergisch.«

»Auf Nüsse?«

»Und Schokolade«, sage ich, während Turbo auf dem Boden herumschnüffelt und eine Schokonuss findet, die heruntergefallen ist, als er Kyle erschreckt hat. »Turbo, nein«, rufe ich schnell.

Ich hebe die Nuss auf und werfe sie in den Mülleimer.

»Was, ein kleines Nüsschen kann ihn umbringen?«, lacht Kyle verächtlich.

»Ja, allerdings, das kann es.«

»Hmm«, sagt Kyle nach einer kurzen Pause, die gerade lang genug ist, dass ich nach der Eingangstür greife, bevor noch einer von uns zum Schlag ausholt. Ehrlich, was findet Sienna nur an diesem Blödmann?

»Und, musst du heute Abend wieder bedienen? Macht bestimmt Spaß, so den 4. Juli zu feiern, was?«, ruft Kyle mir hinterher und ich bleibe stehen. »Oder knutschst du ein bisschen mit deinem Sabberköter hier rum, während ihr euch zusammen das Feuerwerk anschaut?«

Es reicht. »Was ist eigentlich dein Problem?«, frage ich.

»Ich hab gesehen, wie sie dich angeschaut hat«, sagt Kyle, »im Restaurant. Selbst mit dieser bescheuerten Kellnerweste und deiner kleinen Schürze.«

Turbos Zunge verschwindet in seinem Maul. Ein tiefes Knurren ertönt aus seiner Kehle und erinnert mich daran, dass ich lieber nichts sagen sollte, was dazu führen könnte, dass die Situation hier aus dem Ruder läuft.

Zu spät.

»Vielleicht musste sie mal etwas Abstand von dir bekommen, um zu merken, was sie wirklich will.«

»Und hast du das gemacht, du Loser?« Kyle steht abrupt auf. »Hast du den Mitleidsmülleimer für sie gespielt, in den sie hineinschluchzen kann? Ja, das Spiel habe ich auch schon mitgemacht. Und dafür bekommen, was ich wollte.«

»Was willst du damit …«

»Du hast sie doch mal geküsst, oder?« Er sagt es so, als wäre das eine einmalige Geschichte gewesen.

Tja, da habe ich leider schlechte Nachrichten für ihn. Ich halte das Grinsen nicht zurück, das meine Mundwinkel in die Höhe zieht. Wut verzerrt Kyles Gesichtszüge, was mein Grinsen nur noch breiter werden lässt.

»Und was hast du noch mit ihr gemacht?«

Ohne darüber nachzudenken, trete ich noch einen Schritt näher. »Das geht dich nichts an.«

Ich sehe den Schlag bereits kommen, noch bevor Kyle sich nach vorne bewegt. Aber da öffnet sich die Eingangstür und Kyle erstarrt. Ich halte einer Dame, die gerade herauskommt, die Tür auf.

»Ich denke, wir sind hier fertig, Kyle«, sage ich, sobald sie außer Hörweite ist.

Er schnappt sich die Zeitung von der Bank und stößt sie mir gegen die Brust. Mein Blick fällt auf den Sportteil. »Das hast du mir gestohlen.« Kyles Stimme wird immer lauter. »Als du mir den Arm gebrochen hast. Das hätte ich sein sollen.«

Trotz aller Wut auf diesen Blödmann überkommt mich ein schlechtes Gewissen. *Er* hat diesen Streit angefangen. Ich wollte ihm nicht den Arm brechen, es ist einfach so passiert. Ich habe ihn ziemlich fest von mir weggestoßen und sein Arm hat die ganze Wucht des Falls abgefangen, als er gegen den Türrahmen gekracht ist.

»Glaub ja nicht, dass du mir auch noch Sienna wegnehmen kannst«, sagt er. Wir stehen uns jetzt Auge in Auge gegenüber. Ein höhnisches kleines Grinsen überzieht sein Gesicht und reicht bis zu seinen Augen. »Hat sie dir erzählt, was wir gestern Abend am Strand getrieben haben?«

»Halt's Maul.« Ich wende mich ab.

»Pass auf, Dobbs«, sagt Kyle. »Wenn du ihr noch einmal zu nahe kommst, dann bringen wir endlich diese Geschichte aus dem Grillrestaurant zu Ende.«

»Die ist doch schon längst beendet«, kontere ich.

»Das sehe ich anders.«

»Ich werde mich nicht mit dir schlagen, Kyle.«

»Dann lass die Hände von Dingen, die dir nicht gehören.«

Ich ignoriere ihn und bemerke stattdessen: »Ich frage mich, was sie wohl davon halten würde … Die meisten Mädchen wären wohl wenig begeistert, wenn sie wüssten, dass ihr Freund – den sie seit drei Jahren haben – hinter ihrem Rücken mit anderen rummacht. Weiß Sienna das? Das Mädchen in dem Grillrestaurant war nicht die Einzige, oder?«

Kyle macht ein verblüfftes Gesicht.

»Liebst du sie?«

Diese Frage bringt ihn offenbar völlig aus dem Konzept. Ich warte gespannt auf seine Antwort.

Als Kyle gerade den Mund öffnet, um etwas zu erwidern, ertönt ein Hupen aus einem Geländewagen. Kyles Eltern.

»Warte hier, Turbo«, sage ich und reiße die Eingangstür auf. »Ich bin gleich wieder da.«

Ich lasse die Tür hinter mir zufallen, während Kyle zurückbleibt mit seinen Nüssen und seiner Blümchentasche und ohne die Möglichkeit, das letzte Wort zu behalten.

Nachdem ich mich von allen verabschiedet und noch eine vergessene Baseballcap eingesammelt habe, wende ich mich Richtung Tür und versuche, von Jimmy loszukommen, der mal wieder endlos über Football reden will. Ich werfe einen Blick auf die Uhr. Vielleicht hätte ich Turbo doch lieber im Auto lassen und nur das Fenster ein wenig öffnen sollen. Aber es soll heute bis zu 35 Grad warm werden.

Schließlich schaffe ich es bis nach draußen und bin froh, dass Kyle mitsamt seiner Blümchentasche abgezogen ist. Ich versuche, nicht daran zu denken, wohin … um den Feiertag mit Sienna, ihrer Mutter und Spencer zu verbringen. Wie eine große, glückliche Familie.

»Komm mit, Turbo.« Ich klopfe an mein Bein. Wenigstens habe ich Turbo, mit dem ich heute Abend das Feuerwerk anschauen kann. Ja, denn genau das habe ich vor.

Es dauert einen Augenblick, bis ich merke, dass Turbo mir nicht folgt. »Turbo?«

Er winselt nur als Antwort. Ich drehe mich um und sehe ihn am Boden liegen.

»Tut mir leid, dass du warten musstest, alter Junge.« Was hat er nur? Er wirkt total kraftlos. Als Turbo mit zitternden Hinterbeinen versucht aufzustehen und es kaum schafft, wird mir klar, dass etwas nicht stimmt.

Ich hocke mich zu ihm hin. »Turbo?«

Mein Herzschlag beschleunigt sich, als ich Turbos plötzliche Schwäche bemerke. Schließlich steht er und ich versuche mir einzureden, dass es ihm gut geht, obwohl er wie ein alter Mann keucht. Vielleicht ist ihm heiß und er ist erschöpft. Oder er wird krank.

Dann sehe ich es. Ich beuge mich hinab, fahre mit dem Finger über den braunen Fleck auf dem Asphalt und rieche daran. *Schokolade.* Ein Blick um mich herum zeigt mir Reste von Nüssen und Schokolade, die über den Gehweg verstreut sind, was nur eines bedeuten kann. Wie der Blitz bin ich wieder bei Turbo, stecke meine Finger zwischen seine Lefzen und ziehe sie auseinander.

Die Wut kriecht in jede Ader, bis mein ganzer Körper in Flammen steht. Turbos Gesicht beginnt bereits anzuschwellen. Ich presse den Kiefer zusammen, bis er taub wird, während ein Name wie Säure auf meiner Zunge brennt: *Kyle.*

Der Rest des Tages läuft an mir vorbei, eine verschwommene Abfolge von Bildern, die nur von einzelnen Namen, Orten und Gefühlen unterbrochen wird. Dr. Martin, die Eastside Tierklinik und die nagende Ungewissheit, während man Turbo dazu bringt, sich zu erbrechen, und mit der medikamentösen Behandlung beginnt. Aber vor allem ist da blanke Wut.

Die Sonne nähert sich langsam dem Horizont, als der Arzt zu mir kommt. »Wir würden ihn gerne heute Nacht zur Beobachtung hierbehalten.«

Ich atme langsam aus, so als hätte ich den ganzen Tag die Luft angehalten. Turbo lebt.

»Ich kann es leider nicht schonender sagen«, fährt er fort. »Die Kombination aus Schokolade und Nüssen ist hochtoxisch. Sein Zustand ist weiterhin kritisch. An der Rezeption kann man Ihnen die Kosten für die Behandlung und Turbos stationäre Aufnahme erläutern, falls Sie wissen möchten, was ...«

»Ich zahle, was immer nötig ist.« Ich schlucke, weil ich nicht weiß, ob ich die Antwort auf meine nächste Frage hören will. »Wird er wieder gesund?«

Dr. Martins Mundwinkel verzieht sich zu einem schiefen Lächeln, das nicht sehr vielversprechend wirkt. »Es war gut, dass Sie ihn so schnell hierhergebracht haben. Wenn Turbo nicht diese Überempfindlichkeit gegen Nüsse hätte, könne man die Lage besser einschätzen. Aber morgen früh werden wir sicher mehr wissen.«

Mir ist übel, als ich mich im Auto meines Onkels auf den Fahrersitz fallen lasse. Mein Handy klingelt, aber ich achte nicht darauf. Es vibriert und zeigt mir eine neue Nachricht auf der Mailbox an, die ich abhöre.

»Austin, mein Schatz«, Tante Debbies Stimme klingt sorgenvoll, »wie geht es Turbo? Wir haben schon seit heute Mittag nichts mehr von dir gehört und machen uns Sorgen. Und wir haben dir was vom Hähnchenauflauf zum Abendessen aufgehoben. Melde dich doch mal.«

Stille tritt an die Stelle ihrer Stimme, als die Nachricht endet. Ich fühle mich wie betäubt, während mir langsam klar wird, was noch heute Nacht mit Turbo geschehen könnte. Mit meinem Hund, den ich zum ersten Mal an meinem neunten Geburtstag als Welpen im Arm gehalten habe, auf den ich mich immer verlassen konnte. Mein Freund, der durch dick und dünn mit mir gegangen ist.

Das ist Kyles Werk.

Ohne weiter darüber nachzudenken, stecke ich den Schlüssel ins Zündschloss und lege den Gang ein. Nicht einmal eine halbe Stunde später parke ich den Wagen auf dem Kiesweg, steige aus und sehe schon denjenigen, um dessentwillen ich hier bin. Ich lasse die Tür hinter mir zuschlagen und hoffe, dass Kyle es hört. Hierher wollte ich nach meinem Besuch im *Westin* kommen, um mit Turbo am Strand zu laufen. Der Gedanke, dass ich Turbo vielleicht nie mehr hier am Ufer entlangrennen sehe, gießt zusätzlich Öl ins Feuer.

Trotz allem verspüre ich eine fast unheimlich Ruhe, während ich die Straße überquere und über den Strand laufe. Eine jüngere Ausgabe von Kyle fängt einen Frisbee und wirft sie seinem älteren Bruder zurück. Ansonsten kenne ich niemanden. Sienna scheint zum Glück drinnen zu sein.

Es gibt Kerle, die eine Schlägerei anfangen, weil sie etwas beweisen wollen. Andere tun es wegen des Adrenalinkicks. Und dann gibt es die, die keinen anderen Grund dafür haben als die Befriedigung, den anderen bluten zu sehen. Tja, wenn ich etwas beweisen will, dann beweise ich es auf dem Football-Feld. Wenn ich einen Adrenalinkick brauche, setze ich mich aufs Motorrad. Und Befriedigung? Dafür gibt es *Pralines*. Aber eine Schlägerei? Nein, das macht mir keinen Spaß. Normalerweise nicht.

Er bemerkt mich, kurz bevor ich ihn packe und ihm einen Stoß nach hinten versetze. Kyle stolpert und kann sich gerade noch fangen.

»Das hast du mit Absicht getan – diese Nüsse. Stimmt's?«

Er ballt die Hände zu Fäusten, während ein spöttisches Lächeln um seinen Mund spielt. »Jetzt sind wir quitt.«

Ich ducke mich und schaffe es, seinem Schlag auszuweichen, aber Kyle hat weniger Glück. Meine Knöchel bohren sich mit einem unschönen Geräusch in seine Nase. Ich packe ihn am Hemd und schleudere ihn zu Boden, drücke ihn in den Sand, halte ihn unter mir fest und schlage zu. Die ganze aufgestaute Wut der letzten neun Stunden sammelt sich in meinen Fäusten. *Er hat versucht, meinen Hund zu töten.*

Dann höre ich einen Schrei. Siennas Stimme. Die Ablenkung genügt schon, dass Kyle seine Chance nutzt.

Er trifft mich so hart am Kinn, dass ich mir auf die Zunge beiße und Blut schmecke. Er steht jetzt wieder aufrecht und versucht erneut, mich zu schlagen, doch ich weiche aus, schlinge meine Arme um seinen Kopf und drücke sein Gesicht auf mein Knie. Ich bemerke jemanden hinter mir, und als Kyle mich wegstößt, spüre ich, dass mein Ellbogen gegen etwas Kleines, Zartes stößt.

Ich fahre herum und sehe, wie Sienna in den Sand stürzt.

Ich lasse mich neben ihr auf die Knie fallen. »Sienna!«

Um uns laufen die Leute zusammen. Kyles Vater versucht, mich von ihr wegzuziehen, doch ich kann ihn leicht abschütteln. Sienna hält sich die schmerzende Schulter. Ich strecke die Hand aus, um ihr zu helfen, doch sie schlägt sie beiseite.

»Was tust du nur?« Fast schreit sie es.

Ihre Mutter hilft ihr auf und wirft mir einen derart eisigen Blick zu, dass ich zurückweiche. Kyle steht hinter ihnen, Blut sickert über seine verächtlich grinsenden Lippen. Früher wäre ich auf ihn losgegangen, hätte ihm dieses fiese kleine Grinsen vom Gesicht gewischt und den Kampf zu Ende gebracht. Aber ich habe mich verändert. Habe ich das wirklich? Vielleicht bin ich doch noch immer das Kind aus dem Ghetto, das lernen musste, alleine klarzukommen.

Ich überlege, ob ich erklären soll, warum ich hier bin, und mir wird klar, wie trivial es diesen Leuten hier erscheinen würde. Schließlich ist Turbo ja nur ein Hund. Jedenfalls für sie.

Kyles Mutter hält ihm eine Papierserviette an die Nase. Die aufgestaute Wut des Tages löst sich auf und an ihre Stelle tritt nur ein hohles Gefühl des Bedauerns. Nichts, was ich hier tue, wird Turbo retten. Ja, Kyle ist ein Idiot, der viel zu oft Streit angefangen hat. Er hat versucht, meinen Hund zu töten, was ohne Zweifel nur ein weiterer Versuch war, die Schlägerei zu provozieren, die ich ihm vor dem Hotel verweigert habe. Nun, das zumindest hat er erreicht.

Ich wische mir den Mund, ein Streifen Blut verschmiert meinen Handrücken. »Es tut mir leid.«

Sienna schüttelt den Kopf mit verängstigtem, nein, angewidertem Gesichtsausdruck. »Fahr nach Hause«, sagt sie, noch bevor ich irgendetwas erklären kann.

Und genau das tue ich.

Ich bleibe nur lange genug zu Hause, um mich zu säubern und zu berichten, wie es Turbo geht. Meine Mutter steht vor dem Badezimmer, während ich mir das Blut aus dem Mund spüle, und mustert mich mit kritischem Blick. Sie stellt aber keine Fragen; das tut sie fast nie und diesmal bin ich froh darüber.

»Ist alles okay, Austin?«, fragt Onkel Mark, als ich auf mein Motorrad steige.

»Bestens.«

Er zieht skeptisch die Augenbrauen in die Höhe.

»Tut mir leid«, sage ich. Wegen dem Blut. Der schlechten Laune. Wegen allem.

»Wo willst du hin?«, fragt er.

Ich lasse den Motor aufheulen. »Ich weiß es nicht.«

Das stimmt. Ich habe keine Ahnung, wohin ich fahre, bis ich dort ankomme.

Ich stelle mein Motorrad ab, gehe die Steinstufen hinunter und mische mich unter die rot, weiß und blau gekleideten Leute auf der River Street. Zwischen meinem Besuch im *Westin* heute Morgen und jetzt habe ich vollkommen vergessen, dass heute ja der 4. Juli ist. Ich suche mir eine Bank und setze mich darauf, während schon die erste Rakete bunt am dunklen Himmel explodiert. Ich versuche, möglichst nicht an Turbo zu denken und an den Anruf, den ich morgen früh vom Tierarzt erhalten werde.

Irgendwo hinter mir ertönt Vaterlandsmusik. Die Leute reden und lachen, sie stoßen an und entzünden Wunderkerzen, und alles zusammen vermischt sich zu einem Nebel der Fremdheit um mich herum. Die Feierlichkeiten fühlen sich falsch an, und ich frage mich, ob dieses Gefühl unendlicher Leere ein ganz klein wenig dem entspricht, was Sienna in jener Nacht empfunden hat, als ihr Dad starb.

Ich richte meine Aufmerksamkeit darauf, wie sich das Feuerwerk im Savannah River spiegelt, und versuche, Sienna aus meinen Gedanken zu verdrängen. Aber es hilft nichts. Je länger ich die aufblitzenden Farben ansehe, desto mehr brennt ein Gedanke in mir: Sienna sieht jetzt ebenfalls das Feuerwerk, nur dass sie dabei mit Kyle zusammen ist.

Auf schmerzliche Weise habe ich recht behalten. Ganz gleich, was Sienna tut, ganz gleich, was zwischen uns geschieht oder wie weh es tut: Ich werde sie immer lieben.

34

Sienna

Brutal, so hat Kyle ihn beschrieben. Ich sitze auf einer Decke am Strand und warte genau wie alle anderen hier auf das Feuerwerk über dem Pier von Tybee. Zunächst wollte ich es nicht glauben, als Kyle behauptete, Austin wäre gefährlich. Aber heute habe ich eine Ahnung dessen bekommen, was er damit meinte.

Ich betrachte das Veilchen, das sich langsam in Rot- und Blautönen um Kyles Auge herum abzeichnet, während er zufrieden lächelnd neben mir auf der Decke liegt. Heute Nachmittag waren wir Parasailing, dann heute Abend der Streit – mir blieb kaum Zeit, an meinen Vater zu denken und daran, dass er vor genau einem Jahr gestorben ist.

»Was macht deine Nase?«, frage ich.

»Tut weh«, antwortet Kyle. Er sucht meine Nähe, zieht mich an sich und schmiegt sein Gesicht in meine Hand. Ein dumpfer Schmerz pocht in meiner Schulter, da, wo Austin gegen mich gestoßen ist. »Was hatte das vorhin eigentlich zu bedeuten?«

»Das hab ich dir doch schon gesagt«, erwidert er gereizt. »Der Typ ist gestört, Sienna. Ich habe ihn heute Morgen zufällig vor dem *Westin* Hotel getroffen. Da habe ich ihn gefragt, was zwischen euch beiden läuft, und er meinte, das ginge mich nichts an. Im Ernst, der ist krankhaft besessen von dir. Ich hab dich gewarnt. Der tickt nicht richtig. Buchstäblich. Es hat ihn einfach angepisst, dass du mit mir zusammen bist, und dann ist er ausgetickt. Das ist alles.«

»Genau das hast du ja schon unseren Eltern erzählt«, sage ich. »Aber steckt wirklich nicht noch mehr dahinter?«

»Nein.«

»Ehrlich?«

Kyle verdreht die Augen. »Jetzt komm schon, Sienna. Er ist eine tickende Zeitbombe, die explodiert ist, genau wie damals nach dem Spiel. Was glaubst du wohl, warum er dir gegenüber nie erwähnt hat, dass er mir den Arm gebrochen hat?«

Ich wende den Blick ab, da ich nicht verleugnen kann, dass das suspekt ist. Warum nur habe ich Austin nicht danach gefragt, als ich gestern bei ihm war? Wenn ich mit ihm zusammen bin, dann fällt es mir so leicht, ihm einfach blindlings zu vertrauen.

»Er wollte nicht, dass du erfährst, wie er wirklich ist«, mutmaßt Kyle. »Wir fahren am Montag wieder. Ohne meine Mutter flippt Brittney aus wegen ihrer Hochzeit. Morgen ist also unser letzter gemeinsamer Tag.«

Er umfängt meinen Hinterkopf mit den Händen und beugt sich über mich, um mich zu küssen, während die erste Feuerwerksrakete über dem Pier in die Luft steigt. Dröhnende Bässe von der Musik erschüttern den Boden unter uns.

»Wie geht es dir?«, fragt er. Ich sehe ihn an, und mir wird bewusst, dass ich soeben seinem Kuss ausgewichen bin. »Also, ich meine, wegen deinem Dad und so?«

Das Feuerwerk ist jetzt in vollem Gange. Ich lächele, da ich unwillkürlich daran denken muss, wie Austin und ich uns zum ersten Mal begegnet sind unter einem vom Feuerwerk erleuchteten Himmel. An jenem Abend war ich mit der Absicht losgefahren, endlich wieder nach vorne zu schauen, ganz gleich, wie schmerzhaft das auch sein mochte. Ich war zur River Street gefahren, um nach einem Glück zu suchen, das ich früher einmal dort empfunden hatte. Und ich habe es gefunden.

»Es geht mir eigentlich ganz gut«, sage ich, aber der Gedanke an Austin verursacht mir einen schier unerträglichen Schmerz. Ich stehe auf.

»Wo willst du hin?«, fragt Kyle.

Allein sein. »Auf die Toilette«, sage ich stattdessen. Ich kann nicht leugnen, dass es wehtut. Zu wissen, dass Austin nicht der Mensch ist, für den ich ihn gehalten habe, und ihn dennoch so zu lieben.

»Dann verpasst du das Feuerwerk«, ruft Kyle mir hinterher, aber da bin ich schon auf der Veranda.

Ich mache die Tür hinter mir zu und lasse damit zugleich die schwüle Luft und den scharfen Geruch des Feuerwerks hinter mir. Ein Schauer durchläuft mich, aber er ist mir angenehm. Angst flößt er mir keine mehr ein.

Eine weitere Rakete explodiert und lässt die Küchenschränke in einem roten Licht aufleuchten. Ich gehe zur Treppe und spüre dabei, wie mein Herz schneller und schneller schlägt – die Palpitationen, von denen Dr. Kovac gesprochen hatte.

Der Boden erbebt und das Zittern setzt sich in meinen Beinen fort. Ich werde zurückversetzt in den Jeep und zu dem Lächeln auf dem Gesicht meines Vaters, als wir vor genau einem Jahr über den Highway fuhren. Es war das letzte Mal, dass ich sein Lächeln gesehen habe.

Ich lasse diese Gedanken zu, ja, ich erzwinge sie sogar. Das Atmen fällt mir schwer … kalter Schweiß … Ich fühle das alles und gebe mir keine Mühe, diesen Anfall zu unterbinden. Es mag albern erscheinen, aber ich wünsche mir nur, Austin zu sehen, den Austin, dem ich während eines Feuerwerks begegnet bin und der mein Leben wieder lebenswert gemacht hat.

Ich knie mich neben mein Bett und vergrabe den Kopf in der Daunendecke, während die Aura, das helle Licht, mein Gesichtsfeld einnimmt. Und endlich fühle ich denselben Funken wie damals auf der River Street, das Licht weicht zurück und ich sehe ihn.

Sobald Kyle abgereist ist, schnappe ich mir mein Handy und verschicke die SMS, über die ich seit der Schlägerei am Samstag nachgedacht habe.

Muss mit dir reden. Wir treffen uns am Pier.

Ich lasse Austin gar nicht die Möglichkeit, sich zu weigern oder zu widersprechen. Mein Handy klingelt, und rasch ziehe ich es wieder aus der Tasche, nur um enttäuscht festzustellen, dass es nicht Austin ist.

»Hey, Brian.«

»Hey, wie war dein 4. Juli?«, fragt er.

Ich binde mir die Haare zum Pferdeschwanz und zögere meine Antwort hinaus. »Interessant.«

»Ach ja?«

»Hör mal, Brian, ich muss jetzt ...«

»Ich wollte dich nur zu einer Party einladen. Bei mir. Heute Abend.«

»Heute Abend? Du machst an einem Montagabend eine Party?«

»Warum nicht? Es sind Sommerferien! Wir haben noch

massenhaft Feuerwerkskörper übrig. Wir wollen richtig feiern, mit DJ und allem …« Er redet und redet weiter.

»Ich werde versuchen zu kommen, Brian. Klingt echt gut.« Ich bedanke mich, beende das Gespräch und öffne die Tür nach draußen.

»Wo willst du denn so früh schon hin?«

Als ich mich umdrehe, bemerke ich meine Mutter, die bereits mit ihrem Grünkohlsaft am Küchentisch sitzt und mich prüfend anschaut.

»Brian hat angerufen. Ich geh zum Strand.« Dabei belasse ich es und lächele ihr zum Abschied zu.

Ich gehe am Strand entlang zum Pier, wo ich mir ein schattiges Plätzchen suche und aufs Meer hinausschaue. Dabei denke ich an den Augenblick zurück, zu dem ich während meiner Ohnmacht am Samstagabend zurückgekehrt bin: Austin und ich waren auf der River Street Eis essen, genau wie bei unserem ersten »Date«. Es funktioniert tatsächlich. Ich kann die Augenblicke in meinem Inneren festhalten, zu denen ich zurückkehren möchte, zumindest die Höhepunkte, die es wert sind, dass man sich an sie erinnert.

Ich muss nicht lange warten, bis ich das Motorrad kommen höre. Er stellt den Motor ab und kurz darauf fühle ich seine Gegenwart in meinem Rücken.

»Wie geht es deiner Schulter?«

»Warum hast du mir nicht erzählt, dass du Kyle den Arm gebrochen hast?«

Ich höre, wie Austin im Sand mit den Füßen scharrt. »Ich hatte gehofft, dass du von alleine merkst, was dein Freund wirklich ist.«

Ich muss beinahe lachen. »Was *er* wirklich ist? Was ist er denn, Austin?«

»Ein Lügner.«

»*Er* soll der Lügner sein?« Ich drehe mich um und sehe mich blauen Augen gegenüber, die sich von seiner gebräunten Haut abheben. Er trägt ein lässiges Hemd und die karierten Shorts, in denen ich ihn auf der River Street zum ersten Mal gesehen habe. Und er sieht noch immer so unglaublich gut aus. Aber darauf sollte ich im Augenblick lieber gar nicht achten, denn ich glaube zwar nicht, dass er mich direkt anlügen würde, aber getäuscht hat er mich doch, indem er mir die Wahrheit verschwiegen hat.

»Was willst du?«, fragt er.

»Warum hast du auf meine Frage wegen der Drogen nicht geantwortet, Austin?«

Er tritt einen Schritt zurück, offensichtlich scheint ihn meine Frage zu treffen. Aber er kann sich nicht dumm stellen. Er kann nicht immer ein Doppelspiel treiben, wie Two-Face, der Bösewicht aus Spencers Batman-Spielen, und mich seine andere Seite nicht sehen lassen.

»Ich hatte gehofft, dass du mich schon gut genug kennst«, sagt er. »Hatte gehofft, dass du mich als den siehst, der ich bin, und nicht als das, was andere Leute über mich sagen. Und das hast du auch.«

Ich blicke zu ihm auf und überlege, ob er damit soeben meine Frage beantwortet hat. »Du hast nie Drogen genommen?«

Er zuckt mit den Schultern und schüttelt den Kopf. »Nein.« Er setzt sich in den Sand, zieht die Baseballcap vom Kopf und fährt sich mit den Fingern durch den dicken Haarschopf. »Ich habe meinem Dad vertraut wie sonst keinem. Hätte ich nicht tun sollen, hab ich aber. Er war die Sonne, der Mond und die Sterne für einen kleinen Jungen mit nichts als einem Football und großen Träumen. Und dann ist er verschwunden. Nachdem er weg war, fiel es mir irgendwie leichter, mit genau den Jungs zusammen zu sein, die im selben Boot saßen wie ich. Evans Dad geht quasi im Knast ein und aus. Landons Eltern sind mehrfach geschieden. Jakes Mom hat ihn verlassen, als er noch ein Kind war, und Ähnliches gilt für alle meine Freunde. Wir kommen alle aus kaputten Familien. Es war einfacher so. Keiner von uns hat den anderen Fragen gestellt. Sie haben mich so akzeptiert, wie ich war, und umgekehrt. Vielleicht nicht die klügste Art, Freunde zu finden, aber das kann ich jetzt auch nicht mehr ändern. Ich wollte nie so tun, als wäre ich jemand, der ich gar nicht bin. Und ich schätze mal, dass ich mich einfach daran gewöhnt habe, dass alle mich als den sehen, der ich bin, ohne dass ich etwas von mir erzähle. Bei dir dachte ich das auch.«

Ich sehe ihm in die Augen.

»Ich habe auf ihn gewartet«, sagt er mit angespanntem Lächeln und wendet den Blick ab, um aufs Meer hinauszuschauen. »Auch nachdem ich herausgefunden hatte, dass er im Gefängnis war, habe ich noch immer gewartet. Hab jeden Tag nach der Post gesehen. Ich weiß nicht, wie oft ich während meiner Spiele zur Tribüne hinaufgeschaut habe in der Hoffnung, er würde dort eines Tages auftauchen.«

Der Schmerz in seiner Stimme schnürt mein Herz zusammen. Austins Dad ist nie zu ihm zurückgekehrt. Aber was wäre, wenn er ihn suchen würde? Hat er das nie versucht?

»Kyle hat damals in dem Grillrestaurant den Streit begonnen. Vielleicht hat er dir etwas anderes erzählt, aber ich schwöre dir, dass er lügt. Ich habe nie vorgegeben, etwas zu sein, was ich nicht bin. Das musst du mir glauben.«

Stück um Stück schmelzen meine Zweifel dahin, aber die Unsicherheit bleibt. »Warum bist du neulich Abend zum

Strandhaus gekommen? Dass *du* die Schlägerei mit Kyle angefangen hast, ist ja ziemlich offensichtlich.«

Austins Miene ist undurchdringlich, während er tief Luft holt. »Er hat versucht, Turbo zu töten.«

Jeder Muskel meines Gesichts reagiert auf den Schock, den diese Worte auslösen, und mir bleibt der Mund offen stehen. »Was?«

»Ich habe am Samstag vor dem *Westin* Hotel zufällig Kyle getroffen. Ich wollte dort noch ein paar Sachen abholen, weil ich im Restaurant gekündigt habe. Und Turbo habe ich draußen gelassen.«

»Warte mal, du hast dort gekündigt? Warum?«

Austin lächelt matt. »Damit ich mehr Zeit mit dir verbringen kann. Aber ich hätte Turbo nicht einfach dort draußen lassen dürfen, mit Kyle in der Nähe.«

»Wie bitte? Du willst also damit sagen, dass Kyle versucht hat, Turbo umzubringen, während du da drinnen warst? Und wie?«

»Nüsse«, antwortet Austin.

»Nüsse?«

»Ja, Nüsse«, sagt er, und ich erinnere mich vage, wie er erzählt hat, dass Turbo allergisch auf Nüsse reagiert. »Kyle hatte eine große Packung mit Schokonüssen. Erdnüsse, Cashews und so was.«

»Und du glaubst, dass Kyle Turbo welche davon gegeben hat?«

»Als ich zurückkam, waren überall auf dem Boden Nussstückchen und Schokolade und Turbo hat gezittert. Ich habe Schokolade zwischen seinen Zähnen gefunden und ihn dann sofort in die Notaufnahme gebracht. Dort haben sie ihn über Nacht dabehalten.«

»Und wie geht es ihm jetzt?«, frage ich, da ich weiß, wie viel dieser Hund Austin bedeutet.

Er fährt sich noch einmal mit der Hand durchs Haar und entspannt seine Schultern, während er ausatmet. Er lächelt. »Sie haben mich gestern Morgen angerufen. Er wird wieder gesund.«

Ich atme aus. »Wie gut. Ich bin so froh. Aber, Austin, woher willst du wissen, dass Kyle es mit Absicht getan hat? Er hatte noch nie einen Hund. Vermutlich hat er keine Ahnung, dass Schokolade und Nüsse schlecht für Hunde sind, und er weiß nicht, dass Turbo extrem allergisch dagegen ist.«

»Ich habe es ihm erzählt.«

Es ist schwer vorstellbar, dass Turbo fast gestorben wäre, aber das, was Austin Kyle vorwirft, ist noch viel unvorstellbarer. Ich denke an all das, was Kyle mir über Austin erzählt hat, und kämpfe mit den widersprüchlichen Versionen der Geschichte. »Du hast ihm gesagt, dass Turbo gegen Nüsse allergisch ist?«

Er nickt. »Kyle wollte Turbo vorher welche geben, aber ich habe ihn davon abgehalten.« Austin gibt ein Geräusch von sich, ein bitteres, kleines Lachen. »Ich habe ihm sogar gesagt, dass Turbos Allergie lebensgefährlich ist. Ich habe ihm sozusagen das Rezept geliefert, wie er meinen Hund umbringen kann.«

Mein Handy vibriert, begleitet von »Boom Boom Pow« – Kyles Klingelton.

Austins Blicke wandern zu meiner Hosentasche. »Das ist er, oder?«

Ich hole mein Handy heraus und stelle es stumm. »Ich werde später mit ihm über all das reden.«

Austins Finger fährt über meine Stirn, um mir eine Strähne aus dem Gesicht zu streichen. Seine Berührung tut gut. Irgendwie sind wir näher zusammengerückt, seine breite Schulter lädt mich ein, meinen Kopf daran zu lehnen. Seine Lippen sind nur einen Hauch von meinen entfernt, seine Nähe ist betörend.

»Es tut mir so leid, dass ich dich am Samstag umgestoßen habe. Ich schwöre dir, dass ich dir ganz bestimmt nicht wehtun wollte, Baby.«

»Das weiß ich«, sage ich.

Ein Hund bellt und wir lösen unsere Blicke voneinander.

»Hallo Jesse«, begrüßt Austin den alten Mann, der mit seinem Hund am Strand entlangschlendert. Maggies niedliches Hundegesicht lässt mich an Turbo denken und an die Frage, ob Kyle wirklich derart niederträchtig gewesen sein könnte.

Jesse mustert mich misstrauisch von oben bis unten. Ich kann mir gut vorstellen, was er denkt: *Solche wie dich kann ich gar nicht leiden*. Es ist, als würde er nur darauf warten, dass ich einen Fehler begehe, damit er sich darauf stürzen kann.

Wir machen ein wenig Small-Talk, Austin tätschelt Maggie den Kopf und endlich geht Jesse weiter.

»Und, was hast du heute vor?«, frage ich.

»Meine Mom hat mich für heute Mittag zum Essen eingeladen ins *Lady and Sons*, als verfrühtes Geburtstagsessen, bevor sie wieder nach Virginia zurückfährt. Sie und meine Tante beten, dass ihre angebetete Paula Deen persönlich da sein wird, damit sie ihre Kochbücher signieren kann.«

Plötzlich fällt mir wieder das Datum ein, das Debbie mir genannt hat. »Oh mein Gott. Morgen ist der 7. Juli! Du hast morgen Geburtstag, Austin!«

Er lächelt, so als würde es ihn freuen, dass ich das weiß. »Yep.«

»Und du hast deinen Job im Hotel gekündigt! Das heißt, du hast heute Abend Zeit?«

»Hast du was Spezielles vor?«

»Aus unerfindlichen Gründen gibt Brian heute eine Party. Ich werde ihm sagen, dass du Geburtstag hast und …«

»Moment!«, unterbricht mich Austin. »Warte mal. Der Tag, an dem ich zu einer Party bei Brian gehe, ist der Tag, an dem ich mich in ein Tutu quetsche und Pirouetten drehe.«

Ich zwinkere ihm zu. »Ja klar, getanzt wird auch. Damals auf der River Street hast du ein paar echt coole Moves hingelegt, weißt du?«

»Das habe ich nur getan, um den Kuss zu kriegen, den du mir versprochen hattest.«

»Und ich bin sicher, dass du heute Abend noch einen bekommst«, sage ich. Austin verzieht das Gesicht, scheint aber über meinen Vorschlag nachzudenken. »Du kommst also mit?«

Er schlingt den Arm um meine Taille und seufzt. »Wenn es bedeutet, dass ich mit dir zusammen sein kann, Baby, dann komme ich.«

»Genial. Ich hol dich um acht ab.«

»Und wo willst du jetzt auf einmal hin?«, fragt er, als ich meine Tasche schnappe.

»Ich muss mich um ein Geburtstagsgeschenk kümmern.«

»Du sollst mir nichts kaufen.«

Ich lächele, bin aber nicht zu irgendwelchen Versprechungen bereit. Ich habe ohnehin ein Geburtstagsgeschenk im Kopf, das keinen Cent kosten wird, aber etwas Zeit und Mühe erfordert.

»Ich muss jetzt los«, sage ich bereits im Weggehen. »Bis heute Abend also? Um acht?«

»Ich kann es kaum erwarten«, sagt er mit leicht sarkastischem Unterton.

»Bis zum nächsten Mal«, rufe ich und mache mich auf den Heimweg. Dann hole ich mein Handy aus der Tasche und wähle die Nummer des letzten entgangenen Anrufs.

»Hey, Süße«, antwortet Kyle. »Wir sind jetzt am Flughafen und warten auf …«

»Kyle.« Ich unterbreche sein sinnloses Gelaber. »Wir müssen reden.«

35

Sienna

»Reden? Worüber?«, fragt Kyle.

»Du hast versucht, seinen Hund umzubringen!«, sage ich.

»Du redest noch mit diesem Loser? Was …«

»Du hast also wirklich versucht, Turbo umzubringen?«, unterbreche ich ihn. »Du wusstest eben sofort, dass von Austins Hund die Rede war.«

»Wer sonst, den ich kenne, hat einen Hund?«

»Deine Freunde, Brad und Justin.«

»Brads Hund ist quasi Dauergast im Hundesalon und Justins Mom hat einen Pudel.«

»Aber es geht darum, dass du versucht hast, Austins Hund zu töten, Kyle.«

»Was redest du da? Wie denn?«

»Mich musst du nicht fragen, wie! Du hast ihn mit Nüssen gefüttert.«

Er zögert. »Ich, äh, ja. Ich habe ein paar auf den Boden fallen lassen. Was spielt das für eine Rolle?«

»Turbo ist allergisch, Kyle. Und das hast du gewusst.«

»Woher sollte ich das wissen?«

»Austin sagt, er hätte es dir erzählt.«

»Im Ernst, Sienna. Warum hätte ich mir die Mühe machen sollen, mir das Gelaber von irgend so einem Idioten über seinen Hund anzuhören? Falls er es erwähnt haben sollte, dann ist das zum einen Ohr rein- und zum andern wieder rausgegangen.«

Ich lasse mir sein Argument durch den Kopf gehen. »Turbo wäre fast gestorben, Kyle.«

Kyle seufzt tief, was alles Mögliche bedeuten könnte. »Er hat es also überlebt, ja?«

Ich kann nicht sagen, ob Kyle erleichtert oder verärgert über diese Nachricht ist.

»Es tut mir echt leid«, sagt er in einem so glaubwürdigen Tonfall, dass ich meinen Verdacht infrage stelle. »Ich weiß nur, dass du dich wirklich vor Austin in Acht nehmen solltest. Du hast ja gesehen, wie er am Strand auf mich losgegangen ist. Er ist ausgetickt, genau wie ich es vorhergesagt hatte.«

»Weil du Turbo beinahe umgebracht hättest.«

»Das ist ein *Hund*, Sienna!«

»Und dieser *Hund* bedeutet ihm sehr viel! Er hat ihn von seinem Dad bekommen.«

»Ach, und ist sein Vater gestorben, oder was?«

»Nein, Mann, sein Dad ist ins Gefängnis gekommen, falls du dich erinnerst.«

»Sienna, hör dir selbst mal zu!«, erwidert er. »Du siehst doch, mit Austin gibt es einfach nur Ärger. Du solltest dich von ihm fernhalten!«

»Erzähl du mir nicht, was ich tun soll!«

Noch ein tiefer Seufzer. Wenn ich ihn doch nur sehen und seinen Gesichtsausdruck interpretieren könnte. Andererseits würde es mir in seiner Gegenwart nur noch viel schwerer fallen, ihm das zu sagen, was ich zu sagen habe.

»Sienna«, sagt er leise. »Als du diesen Sommer weggefahren bist, hätte ich all das nie für möglich gehalten. Ich kann einfach nicht glauben, dass du mich mit Austin hintergangen hast.«

»Was du selbst ja durchaus auch getan hast.« Ich denke daran, weshalb ich damals mit ihm Schluss gemacht habe. Ich hatte herausgefunden, dass ich nicht die Einzige für Kyle war. Aber ich habe ihm wieder verziehen.

»Ich habe gesagt, dass es mir leidtut«, verteidigt sich Kyle.

»Ja, das hast du. Aber inzwischen frage ich mich, ob nicht das und alles andere, was du zu mir gesagt hast, nur Lügen waren.«

»Austin. Hetzt. Dich. Gegen. Mich. Auf!«, sagt er mit einer Pause nach jedem Wort. »Sienna, tu das nicht! Wirf nicht alles, was wir haben, seinetwegen über Bord.«

Ich seufze. Ein schmerzhafter Atemzug, der meine Lungen schier erdrückt.

»Das kann doch alles nicht wahr sein.« Kyle versucht gar nicht erst, seine Traurigkeit zu verbergen. Und das macht alles nur noch schlimmer. Viel schlimmer. »Sag mir, dass du nicht mit ihm zusammen bist, Sienna. Bitte.«

Das Rauschen der Wellen am Strand hallt in meinem einen Ohr wider, während das geschäftige Treiben am Flughafen im anderen Ohr ertönt. Ich kann ihn direkt vor mir sehen, wie er da am Gate sitzt, zuhört und wartet.

»Ich liebe ihn.«

Ja. Ich habe es gesagt.

»Bitte, Sienna«, sagt Kyle mit brüchiger Stimme.

Ich habe einen Kloß im Hals.

»Er wird dir nur wehtun«, sagt Kyle bettelnd. »Jemandem mit einer so verkorksten Vergangenheit kann man nicht trauen. Irgendwann drückst du auf den falschen Knopf und er explodiert.«

Eine Flut von Erinnerungen kommt in mir hoch und kämpft gegen meine Entscheidung an. All die schönen Augenblicke, die Kyle und ich im Laufe der vergangenen drei Jahren zusammen erlebt haben, drängen nun in mein Bewusstsein: unser erstes Date bei einem Baseballspiel mit anschließendem Fondueessen, der Schulball und die vielen gemeinsamen Grillpartys mit unseren Familien. Kyle ist Teil meiner Vergangenheit und damit auch Teil der Erinnerungen an Zeiten, als mein Dad noch gelebt hat und meine Familie einigermaßen heil war. Kyle hat meinen Dad gekannt, und die Trennung von ihm schließt eine weitere Tür zu vergangenen Tagen, durch die ich manchmal gerne zurückkriechen würde.

»Ich liebe dich«, durchbricht Kyle die erdrückende Stille.

Aber ich habe meine Entscheidung gefällt und es fühlt sich gut an. Besser als irgendeine andere Entscheidung seit langer Zeit. Ehrlich gesagt, war ich seit dem Tod meines Vaters derart gelähmt, dass ich überhaupt keine Entscheidungen mehr getroffen habe. Ich war blind für die Zukunft, weil ich meinen Blick voll und ganz auf die Vergangenheit gerichtet hatte. Und jetzt treten Erinnerungen an Austin an diese Stelle, warm und ermutigend. Wenn ich Austin ansehe, dann ergibt das Leben mit all seinen schmerzlichen Momenten und allem Chaos einen Sinn. Wenn ich ihn ansehe, dann erblicke ich die Zukunft.

Kyle und ich wissen beide, was los ist. Es ist vorbei. Wir sind vorbei. Das ist das Ende und ich werde mich nicht von ihm umstimmen lassen. »Leb wohl, Kyle.«

Dann lege ich auf, bevor er es tut.

36

Sienna

Es ist mir sogar egal, wenn meine Mom es erfährt. Ich will nichts mehr verheimlichen.

Im Augenblick lebe ich so, als würde der letzte Julitag nie kommen – der Tag, an dem Austin und ich an unsere Colleges und damit getrennter Wege gehen werden. Ich wünschte, Kyles Schwester würde nicht heiraten, damit ich länger auf Tybee bleiben könnte. Aber Brittney ist wie eine Schwester für mich, und deswegen bin ich sicher, dass sie mich, ganz gleich welcher Art meine Beziehung zu Kyle ist, noch immer als Brautjungfer haben möchte.

Ich gebe mir heute Abend besondere Mühe, föhne mir endlos die Haare, bis sie genau richtig sitzen. Make-up. Skinny Jeans. Ein Hauch Parfüm. Dazu eines meiner Lieblingsshirts: korallenrot, mit einem tiefen Ausschnitt und Spitzenkante. Auf dem Weg nach draußen werfe ich noch einen kontrollierenden Blick in den Spiegel.

»Gehst du zu Brians Party?«, fragt meine Mutter, als ich die Treppe hinuntergelaufen komme.

»Ja«, antworte ich. Ich hole tief Luft, doch noch bevor ich zugeben kann, dass ich mit Austin dorthin gehe, werde ich von hinten gerammt. Ich habe kaum wahrgenommen, dass Spencer hinter mir die Treppe hinunterkam, so schnell war er. »Wo willst du hin?«, frage ich, während er die Haustür aufreißt.

Er fährt herum und wirft sich mir gegenüber in Superheldenpose. »Ich werde Two-Face finden und niemand wird mich daran hindern.«

Ich schaue zu meiner Mutter hinüber, deren Miene wohl in etwa meine eigene spiegelt. Spencer war in letzter Zeit ständig so, in einer seiner manischen Phasen, während der er spontan anfängt, Lieder zu singen, deren Texte er aus dem Stegreif dichtet, viel zu viele Sachen auf einmal macht und sich für unbesiegbar hält. Ich vermute, dass die Trennung von meiner Mutter und Gary die Ursache hierfür ist.

Dennoch haben sich Spencer und meine Mutter heftigst gestritten, als sie ihn vor ein paar Tagen dabei ertappte, wie er seine Medikamente ausgespuckt hat, anstatt sie zu schlucken. Es gelingt ihm immer besser, ihre Versuche, ihm zu helfen, zu hintertreiben – und das tut er vor allem, um sie zu ärgern.

»Er geht zu Bobbys Party«, erklärt meine Mutter betont ruhig. Zweifelsohne ein Versuch, ihr Verhältnis zu entspannen.

»Ausgerechnet zu Bobby?«, protestiere ich, aber meine Mutter bringt mich zum Schweigen. Im Ernst, Bobby ist der größte Spinner, den ich kenne, und das will was heißen. Und seine Verrücktheit verträgt sich mit Spencers momentanem Seelenzustand nicht wirklich gut. Mal abgesehen davon, dass er unglaublich ungezogen ist.

»Es war mal ein Held, der wurde Batman *genannt!*«, deklamiert Spencer theatralisch. »Der suchte nach Two-Face, den er in ’ner Mülltonne *fand.* Da schmiss er dann einfach Dynamit *hinein,* Two-Face war gefangen und konnt nur noch *schrein* … die Tonne explodierte *Ka-BUMM – wie dumm!*«

Kopfschüttelnd ermahne ich ihn: »Sei vorsichtig, Spencer. Sei nicht zu wild hinter Two-Face her, ja?«

»Keine Sorge.« Spencer zieht eine von seinen selbst gemachten Batman-Waffen aus Alufolie hervor. »Ich habe Batarangs, ich bin kugelsicher und habe einen Röntgenblick. Das weiß ich, weil ich jetzt direkt durch deine Kleider durchschauen kann, und du trägst rosa Unterwäsche.«

»Spencer!« Ich versuche, ihn zu schnappen, doch er ist schon zur Tür hinaus.

»Und du bleibst bei Bobby, ja?«, ermahnt Mom ihn, während er davonrennt. »Und um halb elf bist du zu Hause.«

Halb elf! Wow, Mom versucht wirklich, sich mit ihm gut zu stellen. Normalerweise hält sie ihn am kürzeren Zügel. Doch in Bobbys Familie, einer der wenigen wirklich Ortsansässigen in der Nachbarschaft, gilt »Tybee-Zeit«, was bedeutet, dass sie dem Rest der Welt ungefähr eine Stunde hinterherhinken.

Ich folge Spencer zur Tür hinaus und sehe ihn die Straße entlangrennen. Beim Öffnen der Autotür halte ich noch einmal kurz inne; irgendwie habe ich ein komisches Gefühl. Und als Spencer schließlich um die Ecke verschwindet, nimmt dieses Gefühl nur noch zu und rumort weiter in mir.

»Viel Spaß!«, ruft Mom mir hinterher, wobei mir wieder einfällt, dass ich schon zu spät zu meiner Verabredung mit Austin dran bin. Rasch steige ich ein, schließe die Tür und lasse zusammen mit unserer Kieseinfahrt auch das mulmige Gefühl hinter mir.

37

Austin

Ich öffne die Haustür und trete unwillkürlich einen Schritt zurück.

»Bist du fertig?«, fragt sie.

»J-ja«, stoße ich mühsam hervor und beschäftige mich damit zu kontrollieren, ob mein Geldbeutel in meiner hinteren Hosentasche steckt. Alles, um mich davon abzulenken, sie einfach nur anzustarren. Wieder einmal. Oh Mann, sie sieht so verdammt gut aus.

Beim Fahren beobachte ich, wie ihr die Haare über die Schultern fallen und ihre Ohrringe bei jedem Wackeln des Autos hin und her schwingen, und ich beschließe, dass die drei Wochen, die uns noch bleiben, nicht genug sein werden.

Eigentlich hätte mich das Haus von Brians Familie nicht überraschen sollen. Dennoch starre ich wie gebannt auf die von Säulen getragene Veranda, die dem Südstaaten-Anwesen ein herrschaftliches Aussehen verleiht. Lichter blitzen, der Fußboden erbebt im Takt mit den Bässen und drinnen tanzen Leute.

Ich sehe mich um. Es gibt eine Getränkebar wie in einer Kneipe, an der man sich jede beliebige Geschmacksrichtung von Limo zapfen kann. Kein Bier. Brian darf legal noch nicht trinken, und ich habe schon gemerkt, dass es in seiner Familie sehr korrekt zugeht. Selbst jetzt sitzen seine Eltern auf der hinteren Veranda in ihren gepolsterten Schaukelstühlen und spielen die Anstandswauwaus.

Brian begrüßt uns als Erster, nachdem er sich durch den überfüllten Raum zu uns vorgedrängelt hat. Aus den Lautsprechern ertönt ein uralter Song, der mich an meine ersten Teeniepartys erinnert, und ich frage mich, was zum Teufel ich hier zu suchen habe.

Sienna mischt sich unter die Menge und fängt an zu tanzen, als wäre sie auf der Tanzfläche geboren. Und ich? Lassen wir das. Sienna wirbelt an mir vorbei, ihre Haare fliegen im Kreis. Ich erhasche einen Hauch ihres Parfüms und finde diese Party plötzlich doch gar nicht so schlecht. Sie lächelt, zwinkert mir zu, und als ein langsamer Song beginnt, lässt sie sich in meine Arme gleiten.

Ich schlinge die Arme um sie und ziehe sie an mich. Sie legt den Kopf gegen mich, während ich die Augen schließe und mir vorstelle, wie wunderbar es wäre, sie in sternklaren Nächten im kommenden Herbst so zu halten.

Die Leute drehen die Köpfe und linsen verstohlen zur Eingangstür. Mein Unterbewusstsein nimmt diese Details wahr und spürt, dass etwas los ist.

»Austin, Digga.«

Leos Stimme nimmt meine Aufmerksamkeit gefangen und zerrt sie in Richtung Haustür.

Mit breitem Lächeln kommt er herein, Reggie und Lindsay im Schlepptau.

38

Sienna

»Was geht eigentlich ab, Alter?«, sagt Leo. »Jetzt muss uns schon dein neuer Kumpel Brian zu seiner Party einladen, damit man dich überhaupt mal zu Gesicht kriegt.«

»Hey Leute.« Austin lacht verlegen. Damit hat er offensichtlich nicht gerechnet und es scheint ihn nicht besonders zu freuen. Er erwidert Leos High Five. »Was für eine Überraschung.«

Die ersten Feuerwerkskörper explodieren bereits. Alle drängeln gleichzeitig in Richtung Garten. Austin verschränkt seine Finger mit meinen, und ich sehe, dass Lindsay es bemerkt.

»Wir gehen nach hinten«, sagt Austin, aber Leo ist schneller als er.

»Sweet. Komm schon, Mann.« Leo zerrt ihn in Richtung der Terrasse und dabei rutscht Austins Hand aus meiner. Nacheinander schieben wir uns nach draußen. Lauter verschwitzte Körper, und ehe ich michs versehe, habe ich Austin verloren. Ich bleibe neben der Hecke stehen und suche ihn in der Menge.

»Ich wette, das Kaugummi hast du von Austin«, höre ich eine Stimme hinter mir sagen und drehe mich um. Lindsay.

»Austin hat immer Kaugummi dabei«, sagt sie, als würde mich das auch nur im Geringsten interessieren.

Ich lächele matt, zeige mich desinteressiert und versuche mir einzureden, dass es mir egal ist, was sie sagt. In Wahrheit facht ihr Kommentar meine Eifersucht an. Mir ist nie aufgefallen, dass Austin Kaugummi dabeihat. Vermutlich weil meine Mom mir immer einen Vorrat von allen möglichen Kaugummis und Pfefferminzbonbons in die Handtasche packt. So albern es ist, aber es versetzt mir einen Stich, dass Lindsay womöglich mehr über Austin weiß als ich.

»Ganz nett eigentlich«, bemerkt sie. »Musste mir nie Kaugummi kaufen, solange wir zusammen waren. Aber willst du wissen, was mir am meisten fehlt?«

Eigentlich nicht. Ich verkneife mir diese Bemerkung und lasse es mir erzählen.

»Das Motorrad.« Sie erwartet offenbar gar keine Antwort von mir. »Oder vielleicht vermisse ich es auch nur, darüber nachzudenken, wie sich seine Muskeln wohl ohne T-Shirt anfühlen.«

»Weißt du was?«, sage ich. »Behalte du deine zweifelhaften Gedanken für dich und ich tu dasselbe.« Ich gehe einen Schritt nach vorn.

»Bei dir ist er ganz anders«, ruft Lindsay mir hinterher.

Der plötzlich ehrliche Tonfall lässt mich innehalten und ich drehe mich wieder zu ihr um. »Was meinst du damit?«

»Na, wie er sich in deiner Gegenwart benimmt«, erklärt sie. »Keine Sorge, Süße, ich werde nicht versuchen, ihn dir wieder auszuspannen.«

Süße? Jetzt reicht's. »Und warum bist du dann hier?«, fahre ich sie an.

»Keine Ahnung.« Lindsay zuckt resigniert lächelnd die

Schultern und schaut zu Boden. »Aus Neugier. Wir zwei waren ungefähr so lange zusammen wie ihr beide, aber es war ganz anders.«

Unruhig trete ich von einem Bein aufs andere. Schließlich stelle ich mich mit verschränkten Armen neben sie. »Was ist denn zwischen euch schiefgelaufen, wenn ich fragen darf?«

Lindsay kaut heftig auf ihrem Kaugummi herum. »Er hat gesagt, er müsste sich auf den Football und aufs College und so konzentrieren, was immer das heißen sollte.«

Ich weiche ihrem Blick aus. Jetzt bin *ich* mit Austin zusammen, obwohl er sich noch immer auf den Football konzentrieren muss. Die Situation ist irgendwie peinlich. Und eigentlich tut mir Lindsay sogar ein bisschen leid.

»Außerdem«, fügt sie zögernd hinzu, »hab ich mit so 'nem Typen auf 'ner Party was angefangen. Austin war nicht da. Kein große Sache, ja? Ich meine, hör mal, praktisch jedes Mädchen an unserer Schule war in Austin verknallt. Und da dachte ich, ich wär bestimmt nicht seine Einzige, aber da hatte ich mich getäuscht. Nicht, weil ich so was Besonderes bin oder so. Austin gehört einfach zu der seltenen Sorte von Typen, die nur ein Mädchen haben.«

Mich durchfährt das schlechte Gewissen, während ich daran denke, wie Kyle mich am Wochenende geküsst hat. Und schlimmer noch, wie *ich* ihn zurückgeküsst habe. »War Austin sauer?«

Ich bemerke, dass Lindsays Antwort nur widerstrebend kommt. »Nicht wirklich. Er hat mich danach einfach gar nicht mehr beachtet.«

Ganz automatisch mache ich den Mund auf, um die unbehagliche Stille zu durchbrechen. »Das tut mir leid.«

»Aber weißt du was?«, fährt Lindsay fort, als hätte ich gar nichts gesagt. »Es wäre mir lieber, wenn er mir eine Szene gemacht hätte und so richtig ausgetickt wäre. Geschrien oder gegen die Wand gehauen hätte oder so.«

»Warum?«

»Weil ich dann das Gefühl hätte, dass das zwischen uns echt war und ich es mir nicht nur eingebildet habe«, sagt sie mit verblüffender Offenheit. »Er hat mich nicht geliebt. Nicht einmal ansatzweise. Schade. Wär schon nett gewesen, einen berühmten Football-Spieler zum Freund zu haben.« Es folgen noch ein paar unangenehme Sekunden des Schweigens, bevor Lindsay sich entfernt. »Bis dann.«

»Ja. Bis dann.«

Lindsay marschiert zu Reggie hinüber und überlässt mich meinen Gedanken über ihre Geschichte und ihr Verhältnis zu Austin. Austin und ich entdecken uns gleichzeitig, unsere Blicke treffen sich über die Entfernung hinweg. Lässig lächelnd steht er da, die Hände in den Hosentaschen vergraben, während das Feuerwerk sein Gesicht erleuchtet.

Jetzt, da ich Kyle endgültig hinter mir gelassen habe, kann ich endlich die drei magischen Worte zu Austin sagen, die ich bislang zurückgehalten habe.

Wir verlassen die Party früh, aber ich bringe ihn nicht nach Hause.

»Wo fahren wir hin?«, fragt er.

»Zum Strandhaus.«

Austin sieht mich fragend an.

»Mir ist es inzwischen egal, was meine Mom denkt.«

Skeptisch zieht er eine Augenbraue in die Höhe.

»So schlimm ist sie gar nicht. Versprochen.«

Austin lächelt gekünstelt. Ich denke daran, wie meine Mutter uns im *Westin* ertappt und mir hinterher eine runtergehauen hat. Mein Fuß schwebt zögernd über dem Gaspedal, und ich bin kurz davor, es mir anders zu überlegen.

»Alles gut, Baby«, sagt er in diesem Moment. »Fahren wir.«

»Wirklich?«, frage ich und versuche, das Ganze positiv zu sehen. »Weißt du was, diese ganze College-Football-Geschichte wird sie beeindrucken; du solltest ihr davon erzählen. Fünf Minuten mit deinem Charme und sie ist verloren.«

Er lacht kurz (und zweifelnd) auf. Wir fahren an dunklem Marschland vorbei, durch den netten kleinen Badeort und biegen schließlich auf die gekieste Einfahrt vor dem Strandhaus meiner Großeltern ein.

»Fändest du es sehr schlimm, wenn du mich am 27. Juli nicht zum letzten Mal sehen würdest?«, frage ich auf dem Weg zur Haustür scherzhaft.

Austin zieht mich an sich, während der Holzboden der Veranda unter unseren Füßen knarrt. »Das hoffe ich ganz sicher nicht.«

»Wenn ich beispielsweise zu einem deiner Spiele käme?«

Er strahlt übers ganze Gesicht und wird dann wieder ernst. »Darüber solltest du lieber keine Witze machen.«

»Ich meine es so«, lache ich.

Motten tanzen um das Licht der Veranda. Der Wind trägt einen frischen Duft von Meer herüber. *Ich liebe dich.* Nichts könnte in diesem Augenblick wahrer sein. Ich liebe Austin wirklich.

Er lehnt sich gegen die Wand und fährt mit den Fingern durch mein Haar, dabei folgt sein Blick der Bewegung und bleibt dann an meinen Lippen haften. Ich habe das Gefühl, in seinen Augen zu versinken, während er sich vorbeugt und mich küsst, langsam und sanft. Ich ziehe ihn näher an mich und vertiefe den Kuss, schmiege mich ganz und gar in seine

Arme. Er beantwortet dies mit einem Kuss, bei dem mir kleine Funken das Rückgrat hinauf- und hinablaufen.

Als sich unsere Lippen trennen, hole ich tief Luft, die Worte *Ich liebe dich* auf der Zunge. Bereit, sie auszusprechen.

»Möchtest du was trinken?«, frage ich stattdessen ausweichend.

»Limo vielleicht?«, scherzt er.

»Na, dann viel Glück, wenn du hier so was finden willst.«

Als ich die Tür aufschiebe, schlägt mir aus dem Flur ein Potpourri von Zitrusdüften gemischt mit Möbelpolitur entgegen. Alles ist blitzblank aufgeräumt. Fast alles.

Meine Mutter sitzt vornübergebeugt auf einem Barhocker. Widerspenstige blonde Strähnen hängen aus ihrem schiefen Dutt und eine frisch geöffnete Flasche Chardonnay steht neben ihr auf der Esstheke. Sie dreht sich um, bemerkt Austin und wendet sich dann wieder ihrem Weinglas zu, das sie mit zitternder Hand auffüllt. »Bring ihn nach Hause, Sienna.«

Nicht ganz das, was ich mir erhofft hatte.

Ich werfe Austin einen entschuldigenden Blick zu und mache einen Schritt nach vorn. Ich bin sauer, dass sie so unhöflich ist. »Mom …«

Austins Hand schließt sich um mein Handgelenk. »Schon gut. Ich geh besser«, flüstert er. Auch er muss die Spannung spüren, die in der Luft liegt. Widerstrebend gebe ich nach, obwohl es sich nicht richtig anfühlt, dass ich wieder einmal mein Leben von meiner Mutter kontrollieren lasse.

Nachdem ich Austin nach Hause gebracht habe und zurückkomme, ist es schon ziemlich spät, aber meine Mutter hat sich nicht von der Stelle gerührt. Nur in der Weinflasche hat sich etwas bewegt. Ich stelle fest, dass meine Mutter ihr Glas mehr als einmal gefüllt und ausgetrunken hat. Außer ein paar Sirenen in der Ferne stört nichts die lähmende Stille. Ich mache mich auf ihre Tirade gefasst.

»Was tust du nur mit diesem Jungen?«, fragt sie erstaunlich ruhig. »Ich dachte, dir wäre endlich klar geworden, dass er nicht gut für dich ist.«

»Er ist ein toller Mensch, Mom.«

Sie schnaubt verächtlich und schwankt dabei leicht. Ich erwarte eine Retourkutsche, doch da kommt nichts. Sie setzt sich aufrecht hin und versucht, ihre Haare glatt zu streichen.

»Was ist denn los, Mom?«, frage ich. Offensichtlich geht es hier um mehr als um ihre Abneigung gegenüber Austin. Ich trete einen Schritt auf sie zu und sehe, dass sie geweint hat. Getrocknete Tränenspuren haben Spuren in ihr Make-up gegraben und der Stapel Papier auf der Theke vor ihr ist mit Tränenflecken übersät.

»Mir geht es gut«, sagt sie, aber ihre zitterige Stimme verrät das Gegenteil.

»Was ist das hier?« Ich strecke die Hand nach den Papieren aus, doch nicht schnell genug. Sie reißt sie an sich und stößt dabei ungeschickt die Weinflasche um. Ich fange sie gerade noch auf, bevor sie zu Boden fällt, und hole ein Handtuch, um aufzuwischen.

Aufgelöst schiebt meine Mutter die Papiere beiseite und massiert sich die Stirn. »Tut mir leid.«

»Mom«, dränge ich sie, während mich ein ungutes Gefühl beschleicht. »Was ist passiert?«

Sie gibt einen schwachen Laut von sich, irgendetwas zwischen einem Lachen und einem Schluchzen. »Wir haben es verloren«, stößt sie schließlich mühsam hervor.

»Was haben wir verloren?«

»Das Haus!«

Sprachlos starre ich sie an und versuche, die Nachricht zu begreifen. »Unser Haus?«

»Ja, unser Haus«, sagt sie. »Unser Zuhause in Virginia. Es ist weg.«

»Mom, was ....«

»Die Bank hat es beschlagnahmen lassen«, unterbricht sie mich.

Meine Angst facht die in mir schlummernde Wut an. Ein Blick durch den Raum zeigt mir mindestens ein Dutzend Käufe alleine aus dem letzten Monat. Einrichtungsgegenstände. Videospiele für Spencer. Schmuck für sie. Kleidung für mich. Alles von einem schrumpfenden Konto bezahlt. Zähneknirschend denke ich an Spencer. Er braucht *sie*, nicht das ganze Zeug, das sie für ihn kauft. Seit dem Tod meines Vaters hat sich die Kaufsucht meiner Mutter noch deutlich verstärkt. »Und warum haben wir dann die ganze Zeit so viel Geld ausgegeben?«

»Es ist nicht meine Schuld!«

»Wessen Schuld ist es denn dann?«

»Die Firma deines Vaters ist pleitegegangen.«

»Dafür kannst du doch nicht Dad die Schuld geben.«

»Ich gebe ihm auch gar keine Schuld! Doug ist schuld daran.«

Doug war Dads Geschäftspartner, der sich nach Kanada oder China oder Afrika oder wohin auch immer abgesetzt hat, wo ihn die Polizei nicht finden konnte. Alles, was meine Mutter mich kurz nach dem Tod meines Vaters hat wissen lassen, war, dass Doug sie betrogen hatte und die Firma *Viva Bella* deswegen in Schwierigkeiten war.

»Doug hat Gelder veruntreut und sich aus dem Staub gemacht«, sagt meine Mutter. »Deswegen hatte *Viva Bella* beträchtliche Schulden. Deswegen hatten *wir* beträchtliche Schulden.«

»Und was hat das mit unserem Haus zu tun? Ist das nicht längst abbezahlt?«

»Ja, das Haus war abbezahlt, aber *Viva Bella* eben nicht. Die Bank hat sich unser Haus zum Ausgleich der Geschäftskredite geholt, die wir nicht zurückzahlen konnten.«

Ich bin schockiert (und zugleich ist mir meine Ahnungslosigkeit zutiefst peinlich). »So was können die machen?«

Sie nickt.

»Aber hast du nicht gesagt, dass wir einen ordentlichen Batzen Geld bekommen haben, nachdem Dad gestorben war? Von der Lebensversicherung?«

Mom verzieht schmerzlich das Gesicht. »Doug hat mich überredet, den Großteil des Geldes in die Firma zu investieren. Ich dachte, wir könnten *Viva Bella* damit retten. Aber sobald ich das Geld da reingesteckt hatte, ist Doug damit abgehauen.«

»Oh, Mom«, sage ich.

»Wir müssen jetzt klug wirtschaften, damit wir mit dem, was ich noch als Privatvermögen habe, eine Weile auskommen«, sagt sie mit stoischer Miene. Dann beugt sie sich nach vorne und schluchzt auf. »Ach, Sienna.«

»Das war's. Dann gehe ich eben nicht aufs College.«

Sie wirft mir einen scharfen Blick zu. »Natürlich gehst du dorthin.«

»Aber Mom, die Studiengebühren sind unglaublich teuer und wir haben doch …«

»Deine Studiengebühren sind bereits bezahlt.«

»Wie das?«

»Dad und ich haben schon vor Jahren eine Ausbildungsversicherung für dich abgeschlossen.«

»Aber, Mom! Können wir das nicht irgendwie zurückholen?«

»Nein! Du gehst aufs College, Sienna«, sagt sie mit Nachdruck. »Du studierst Tanz und machst deinen Abschluss, genau wie du es immer wolltest, und dann heiratest du einen reichen Jungen, der für dich sorgen kann, damit du nicht so endest wie ich.«

»Mom! Ich kann doch selbst für mich sorgen!«

»Keine Widerrede!«

»Aber, Mom, vielleicht müsste ich ja nicht jetzt gleich aufs College gehen. Kann ich meine Anmeldung nicht zurückziehen? Die Studiengebühren zurückbekommen?«

»Nein.«

»Aber wir müssen doch was tun!«

»Wir werden etwas tun«, schreit sie. »Wir packen morgen und reisen am Mittwoch früh ab.«

Das, vor allem anderen, verschlägt mir die Sprache.

»Wir müssen nach Virginia zurück, um unsere Sachen aus dem Haus zu räumen«, sagt sie. »Die Prices sind so nett, uns in ihrem Zweithaus wohnen zu lassen. Das steht nämlich leer, seitdem ihre Mieter im Mai ausgezogen sind.«

»Umsonst?« Die Großzügigkeit von Kyles Familie erstaunt mich. »Und wie lange können wir da wohnen?«

»Bis ich einen Job gefunden und wieder etwas gespart habe«, antwortet sie.

Das beeindruckt mich, aber es berührt mich auch schmerzlich, mir vorzustellen, dass meine Mutter sich nun Arbeit suchen, sparen und sich um Spencer kümmern muss, und das alles ohne meinen Dad.

»Bestimmt werden uns Grandpa und Grandma unterstützen«, sagt sie, »aber es wird schon alles knapper werden für uns.

Außerdem würde ich es gerne alleine durchziehen. Wir müssen nur beten, dass nicht noch was schiefgeht. Weitere Rückschläge können wir uns nicht leisten.«

Nach mehreren ebenso zähen wie erdrückenden Minuten des Schweigens fange ich an weiter aufzuwischen. Kurz darauf lässt ein Klopfen an der Tür mich zusammenzucken. Wer könnte das sein, um diese Uhrzeit?

Um diese Uhrzeit?

Mein Kopf fährt herum und ich schaue auf die Uhr. Es ist beinahe Mitternacht.

»Mom, wo ist Spencer?« Das mulmige Gefühl von vorhin kehrt zurück. Sie wirft einen panischen Blick auf die Uhr und wird kreidebleich. Als sie mich mit fragendem Gesicht anschaut, bin ich schon an der Tür.

Draußen auf der Veranda steht ein Polizist. Nervös lasse ich den Blick zu dem Polizeiauto wandern, bevor ich bemerke, dass sich jemand hinter dem Polizisten versteckt.

»Spencer!« Erleichtert atme ich auf.

»Ist Mrs Owens hier?«, fragt der Polizist.

»Mom?«, rufe ich, doch sie steht bereits hinter mir und schiebt die Tür weiter auf, damit sie etwas sehen kann.

»Spencer!«, sagt sie und er wirft sich in ihre ausgebreiteten Arme.

»Ich bin Officer Greene, Ma'am. Es hat einen Vorfall in der Stadt gegeben.«

Mom blickt auf. »Was für einen Vorfall?«

»Spencer und ein paar von seinen Freunden haben in der Nähe der Tybrisa Street mit Böllern gespielt und haben damit ein Feuer in einer kleinen Gaststätte am Pier ausgelöst.«

Mom greift sich mit einer Hand an die Stirn und verbirgt

ihre Verzweiflung hinter zusammengekniffenen Lippen. »Spencer«, sagt sie betont ruhig, möglicherweise ein letzter Versuch, die Fassung zu bewahren. »Wer hat das Feuer gelegt?«

Spencer lässt das Kinn sinken und flüstert kaum hörbar: »Das war ich.«

Mom holt erschreckt Luft. »Das glaub ich jetzt nicht. Wurde jemand verletzt?«

»Nein, Ma'am. Das Café war bereits geschlossen.«

»Gott sei Dank! Officer Green, mein Sohn leidet an ADHS und einer bipolaren Störung.«

»Verstehe, Ma'am. Ich bin nur hier, um Sie zu informieren und dafür zu sorgen, dass Spencer heil nach Hause kommt.«

»Und über welche Schäden sprechen wir?«

»Der obere Balkon wurde stark beschädigt. Die Feuerwehr hat das Feuer aber gelöscht, bevor es noch mehr Schaden anrichten konnte«, antwortet er. »Es tut mir leid, aber ich bin nicht befugt, hier irgendwelche rechtlichen Aussagen zu machen. Höchstwahrscheinlich wird der Besitzer Anzeige erstatten und dann müssen Sie weitersehen.«

Das. Ist. Jetzt. Nicht. Wahr.

»Um welche Gaststätte handelt es sich denn?«

»*Marjorie's Café*.«

Mir bleibt vor Schreck der Mund offen stehen. »Was? Das ist Jesses Café!«, platzt es aus mir heraus. Der alte Mann hat mich doch ohnehin schon auf dem Kieker.

Mom sieht mich erstaunt an. »Du kennst ihn?«

»Ich weniger, aber Austin kennt ihn sehr gut.«

»Na wunderbar.« Meine Mutter verdreht die Augen und seufzt abgrundtief. »Officer Greene, ich versichere Ihnen, dass sich Spencer heute Abend noch einiges anhören muss. So etwas wird nicht wieder vorkommen.«

Officer Green nickt einfach zur Antwort. »Machen Sie's gut. Gute Nacht, Spencer.«

Spencer kämpft zu sehr mit den Tränen, um antworten zu können. Mom schließt die Tür und zwischen uns herrscht gefährliches Schweigen. Ich denke an unser verlorenes Haus und die Reparaturen an *Marjorie's Café*, für die wir irgendwie aufkommen müssen.

»Spencer!«, durchschneidet die Stimme meiner Mutter das Schweigen. Spencer zuckt zusammen. Ich lege eine Hand auf das Treppengeländer und hole tief Luft. Hier kommt die Standpauke.

»Was hast du dir bloß dabei gedacht?«, brüllt sie, ohne dabei wirklich eine Frage zu stellen. »Du hättest jemanden verletzen können. Du selbst hättest dabei umkommen können! Ich werde mit Bobbys Eltern sprechen. Ihr hättet überhaupt nicht ohne Aufsicht mit Böllern spielen dürfen. Und ihr habt dabei ein Café in Brand gesteckt! War es ein Unfall?«

Die Tränen, die in Spencers Augen aufsteigen, quellen schließlich über.

»War es ein Unfall?«, fragt sie noch einmal.

Er schüttelt den Kopf, den Blick fest auf den Boden geheftet. »Nein.«

Ihre Stimme wird lauter. »Nein? Ihr habt absichtlich einen Böller in die Gaststätte geworfen? Warum hast du das getan, Spencer? Warum nur?«

Tränen laufen Spencers Wangen hinunter und tropfen von seinem Kinn auf den Boden. »Ich wollte ihn erwischen.«

»Wen?«

Spencer holte tief Luft, mit zitternder Stimmer bringt er mühsam die Antwort hervor: »Two-Face.«

Mom schweigt.

»Ich … hab … ihn … gesehen.« Der Satz wird von Schluchzen unterbrochen. »Er war dort drinnen. Ich weiß es genau. Ich hab einen Röntgenblick.«

Mein Blick wandert zu den Batarangs aus Alufolie, die aus seinen Hosentaschen ragen, und mir krampft sich das Herz zusammen. Mom erhebt sich und ist ein paar Sekunden lang vollkommen sprachlos. Schließlich fällt sie auf die Knie und hat nun selbst erneut Tränen in den Augen. Und dann nimmt sie meinen kleinen achtjährigen Bruder in die Arme.

»Ach, Spencer«, schluchzt sie, streichelt ihm über den Kopf und hält ihn fest.

Ich lasse mich auf die unterste Treppenstufe sinken und denke an das Haus, an das Café und alles, was diesen Abend von wunderbar über schlimm zu katastrophal werden ließ. Ich denke daran, wie sich auf Brians Party alles um uns herum in nichts auflöste, während Austin und ich tanzten. Ein Augenblick, der nun Lichtjahre entfernt erscheint. Und dann fällt mir noch eine entsetzliche Folge der Ereignisse ein, etwas, das ich bislang noch gar nicht richtig begreifen konnte: *Wir reisen am Mittwochmorgen ab.*

Der Sommer ist vorbei. Meine Zeit hier ist um. Und was dann? Wann werde ich Austin wiedersehen? Im Herbst bei einem seiner Football-Spiele? Und auch das nur, wenn ich genügend Geld für einen Flug zusammenkratzen kann. Und selbst wenn, entsetzt mich die Vorstellung, Austin monatelang nicht zu sehen, und lässt eine große Leere in mir zurück. Ich vergrabe mein Gesicht in den Händen und kann den Gedanken kaum ertragen, dass morgen – Austins Geburtstag – der Tag des Abschieds sein wird.

39

Austin

Nach dem Ende meiner Schicht trete ich aus dem Beach-Shop und schaue zu *Marjorie's Café* hinüber. Wieder einmal. Ich muss einfach immer wieder hinsehen. »Böller«, wusste mein Boss mir zu berichten. »Scheinbar haben irgendwelche Kids da gestern rumgezündelt.«

Und das war auch die Erklärung, die ich den ganzen Vormittag über neugierigen Kunden gegeben habe. Dabei musste ich dauernd an den alten Jesse und sein Café denken, das er zusammen mit seiner Frau Marjorie aufgebaut hat. Von dem Balkon sind nicht mehr als ein paar verkohlte Holzstücke übrig geblieben. Das Gelände ist mit Sicherheitsband abgesperrt. Bis das alles repariert ist, kann das Café nicht wieder öffnen.

Ohne meinen zweiten Job habe ich nun den ganzen Nachmittag nur für Sienna reserviert. Genau wie alle weiteren Nachmittage in den kommenden Wochen. Ich hole mein Handy raus und wähle ihre Nummer.

Es klingelt einmal, zweimal … fünfmal, bevor …

»Austin?«

»Hey, Baby.«

»Herzlichen Glückwunsch zum Geburtstag!« Die Fröhlichkeit in ihrer Stimme klingt ein wenig gezwungen.

Lächelnd gehe ich an *Marjorie's Café* vorbei in Richtung meines Motorrads. »Danke.«

»Tut mir leid, dass ich nicht schon angerufen habe«, sagt sie. »Aber hier herrscht heute Morgen das totale Chaos.«

»Kein Problem. Alles okay bei dir?«, frage ich und denke daran, wie ihre Mutter gestern in sich zusammengesunken auf dem Barhocker saß, so als wäre sie am Boden zerstört. Ich frage mich, ob ich tatsächlich schon Mitleid mit einer Frau habe, die mich so offensichtlich hasst.

Es folgt eine lange Pause, bevor Sienna endlich antwortet. »Nicht wirklich. Wir müssen reden.«

»Okay«, sage ich und schweige dann, um ihr die Gelegenheit zu geben.

»Ich würde das lieber persönlich mit dir besprechen.«

Das klingt nicht gut. »Ist alles in Ordnung?«

Wieder Schweigen. »Wir haben unser Haus verloren, Austin.«

Ich weiß nicht, was ich sagen soll. Ich blicke zu dem verbrannten Balkon hinauf und bemerke, dass ich mitten auf der Straße stehen geblieben bin. »Euer Haus? Das Haus in Virginia?«

»Ja.«

Was soll man dazu sagen? »Oh, Sienna …«

Sie seufzt. »Und das ist erst der Anfang. Ich muss wirklich mit dir reden.«

»Klar. Ich wollte sowieso gerade bei dir vorbeikommen und dich zum Essen einladen.«

»Austin. *Du* hast doch Geburtstag. Ich sollte diejenige sein, die *dich* einlädt.«

»Auf keinen Fall. Ich wollte dich eigentlich in Jesses Café einladen, aber das solltest du jetzt mal sehen.«

Sienna seufzt erschöpft. »Da hat es ziemlich gebrannt, was?«

»Du hast schon davon gehört?«, frage ich.

»Es war Spencer.«

»*Was?* Spencer? Ist mit ihm alles okay?«

»Ja, keinem ist was passiert. Aber ich weiß nicht, wie viel Geld die Reparatur kosten wird, und mit unseren Finanzen steht es ohnehin nicht zum Besten. Die Lage hier ist … ziemlich angespannt.«

»Ich komme jetzt und hol dich ab«, sage ich. »Ich lade dich zum Essen ein und dann werde ich mit Jesse reden. Vielleicht finden wir eine Lösung.«

Ich höre ein leises Rascheln im Hintergrund, so als würde Sienna Dinge herumräumen. »Also, eigentlich kann ich nicht mit dir essen gehen. Meine Mom musste eine Verabredung mit Judy auf heute verlegen und ich passe auf Spencer auf. Außerdem habe ich ihr versprochen, dass ich hier … aufräume, während sie weg ist.«

»Kann ich helfen?«

»Das ist lieb von dir, aber ich komme schon klar. Wir treffen uns in einer Stunde, okay? Am Pier. Ich hab ein Geschenk für dich.«

»Ich hab dir doch gesagt, dass du mir nichts kaufen sollst.«

Ich sehe ihr Lächeln vor mir, während sie antwortet: »Bis nachher am Pier.«

»Okay.« Ich versuche, mir meine Enttäuschung nicht anmerken zu lassen. Ich habe jetzt eine Stunde Zeit und könnte bei Jesse vorbeischauen, aber ich will nicht mit ihm reden, bevor ich nicht die Details der vergangenen Nacht kenne. Also schwinge ich mich auf mein Motorrad und beschließe, mir wenigstens ein gutes Essen zu gönnen.

Als ich ein Restaurant gefunden habe, das mir gefällt, bedaure ich sogleich, dass Sienna nicht bei mir ist. Es ist zwar nicht mit dem Aqua Star-Restaurant zu vergleichen, aber es hat den typischen Tybee-Chic. Während der Kellner mich zu einem Platz führt, blicke ich mich um und sehe, dass ansonsten eigentlich nur Paare oder Gruppen hier sitzen.

Ich bestelle sofort, um so bald wie möglich wieder fahren zu können. An einem Tisch neben mir wird ein Tortenstück mit einer Kerze darauf serviert und die Gruppe singt »Happy Birthday«. Ich ertappe mich dabei, wie ich lächelnd das Geburtstagskind betrachte, das nur Augen für die Kerze hat, die es gleich auspusten und wofür es sich etwas wünschen wird.

Der Kellner kommt mit einem Glas Wasser und einer Cola zurück und reißt mich aus meinen Gedanken.

»Danke«, sage ich. Sobald meine Finger das eiskalte Colaglas berühren, muss ich an die unausgetrunkene Limodose denken, die ich nach Siennas scherzhafter Bemerkung, das Zeug würde mich noch umbringen, weggeworfen habe. Ich denke an unser erstes Date, bei dem ich ihr in dem Piraten-Restaurant gegenübergesessen und ihr erzählt habe, dass ich glaubte, ich würde wohl kein langes Leben haben. Inzwischen lache ich darüber, aber bis vor Kurzem war ich wirklich davon überzeugt.

Stattdessen greife ich nun nach dem Wasser und muss lächeln. Wenn das so weitergeht, werde ich noch Grünkohlsaft trinken. Wie peinlich ist das denn? Allerdings ist mir erst durch Sienna klar geworden, dass mein bisheriges Leben kein wirkliches Ziel hatte. Sie hat mir gezeigt, dass es im Leben noch mehr gibt als Football, Unabhängigkeit und große Träume. Vielleicht hat Sienna recht. Vielleicht werde ich meine Mutter doch mehr vermissen, als ich dachte.

Plötzlich meine ich, aus den Augenwinkeln Sienna zu sehen, und schaue zur Eingangstür hinüber. Zwei Frauen kommen gerade herein, eine davon ist allerdings nicht Sienna, sondern ihre Mutter. Sie sieht genauso aus wie ihre Tochter, nur älter. Und Brians Mutter erkenne ich von der Party gestern.

Wie unangenehm.

Ein Kellner bedeutet den beiden, ihm zu folgen, und während sie näher kommen, lehne ich mich rasch zurück, um hinter den Blättern einer Palme Deckung zu suchen. Ich erstarre. Mit einem Lachen lässt Brians Mutter ihre Einkaufstüten neben den Tisch auf der anderen Seite der Palme fallen.

Na toll.

»Also wirklich, Nancy«, sagt Brians Mutter und greift nach der Speisekarte. »Das Gute an der Wirtschaftskrise sind die ganzen Sonderangebote, die es gibt. Shopping hat noch nie so viel Spaß gemacht wie jetzt!«

»Allerdings«, pflichtet Nancy ihr bei, und ich kann die Lüge in ihrer Stimme hören.

Ich schaue in Richtung Küche und bemühe mich, nicht zu lauschen.

»Es ist wirklich nett, dass du unsere Verabredung verschieben konntest, Judy.«

»Ach, das ist doch gar kein Problem«, erwidert Brians Mom. »Nie im Leben hätte ich mir die letzte Gelegenheit zu einem Treffen mit dir entgehen lassen! Es ist nur schade, dass ihr schon so bald abreisen müsst.«

Ich versuche, nicht in ihre Richtung zu sehen, kann es mir aber nicht verkneifen. Ihre Worte hallen in meinem Kopf wider.

Schon so bald …

Nancy legt eine Frauenzeitschrift auf den Tisch und überfliegt die Speisekarte. »Das finde ich auch.«

»Aber es ist ja vollkommen verständlich, dass ihr zurückmüsst, wenn Sienna jetzt mit dem Studium anfängt, und dann noch diese … diese Geschichte mit Spencer.«

Ich linse zwischen den Palmzweigen hindurch und sehe, wie Nancy den Kopf schüttelt. »Dieses wilde Kind! Sosehr ich den Jungen liebe, Judy, aber ich sag dir, der bringt mich noch ins Grab.«

»Entschuldige mein dummes Gerede«, sagt Brians Mom gedehnt. »Tut mir leid, dass ich es überhaupt erwähnt habe. Wir müssen nicht darüber reden.« Sie wischt das Thema mit einer Handbewegung beiseite. »Weißt du, wenn das mit Sienna und Kyle doch nichts werden sollte, Brian ist nur ein paar Flugstunden entfernt. Wir schicken ihn jederzeit vorbei.«

Das darf doch nicht wahr sein. Hoffentlich bringt der Kellner bald mein Essen.

Nancy lächelt. »Ja, das wäre schön!«

»Also, ich mag ja nicht über ungelegte Eier sprechen, aber kannst du dir die zwei zusammen vorstellen?«

Nancy lacht und ihr Kichern bringt mich innerlich zum Kochen. »Brian ist wirklich ein perfekter Junge, Judy. So charmant und gewandt. Denk doch nur, wie schön es wäre, wenn wir zwei die Hochzeit planen könnten.«

»Zu schön, um wahr zu sein, fürchte ich.«

»Ja, denn eigentlich sind Sienna und Kyle wirklich wie füreinander geschaffen.«

»Ach ja«, seufzt Judy, und mir wird ganz schlecht dabei. »Die beiden sind einfach ein ideales Paar.«

»Und er kommt aus einer guten Familie«, fügt Nancy hinzu.

»Allerdings«, bemerkt Judy. »Ich freue mich, dass ich sie jetzt endlich kennenlernen konnte. Kyles Dad hat sich ja wirklich einen Namen gemacht als Teilhaber dieser großen Wirtschaftskanzlei. Und seine Mutter ist auch so eine reizende Person.«

Nancy lächelt. »Ja, Sienna und Kyle werden natürlich weiterhin ein Paar bleiben. Schließlich sind sie sogar auf demselben College und daaann …« Sie zieht das Wort in die Länge, als würde sie ein anzügliches Geheimnis zurückhalten.

»Dann führt eins zum anderen«, stimmt Judy ein.

»Genau«, sagt Nancy und beide Frauen lachen.

Endlich bringt der Kellner meine Bestellung. Ich starre auf mein Philly-Cheesesteak-Sandwich mit Pommes und habe plötzlich gar keinen Appetit mehr.

»Und was ist mit diesem anderen Jungen?«, fragt Judy, und ich spitze die Ohren. »Du weißt schon, der, mit dem sie gestern auf der Party bei uns war. Brian hat mir seinen Namen genannt, aber ich …«

Nancy schnaubt verächtlich. »Dallas«, sagt sie spitz. »Oder Houston oder so was.«

»Stimmt, genau!«, sagt Judy. »*Austin* heißt er.«

Ich bin beeindruckt, dass Brians Mutter sich daran erinnert.

Nancy nickt. »Keine Ahnung, was Sienna an ihm findet.«

»Also, ich muss sagen, ein Traumtyp ist er schon, das musst du doch zugeben.«

Nancy seufzt. »Ja, bestimmt hat er jede Menge alberner Girls, die ihm hinterherlaufen, aber ein Mädchen wie Sienna wird er nie bekommen.«

Ich suche den Raum nach einem Notausgang ab.

»Seine Freunde fand ich ja eher zum Fürchten«, gibt Judy zu. »Aber Austin scheint ein netter junger Mann zu sein.«

Ich werfe Judy, wenngleich widerstrebend, einen anerkennenden Blick zu.

»Judy, ich bitte dich!«, stöhnt Nancy. »Zwischen den beiden liegen doch Welten. Im Ernst, er ist nicht gut genug für sie. Keine Ahnung, warum sie so lange braucht, das zu merken. Ich muss mir immer ins Gedächtnis rufen, dass Sienna bald auf dem College sein wird. Diese kleine Sommerliebe hier in Georgia wird dann himmelweit entfernt sein und sie wird nach vorne schauen.«

Ein Wassertropfen rinnt an dem beschlagenen Colaglas hinab. Ich sitze wie festgenagelt auf meinem Stuhl und starre darauf, ganz erschlagen von dem Bild, das sie mit ihren Worten ausmalt.

»Und wann genau reist ihr jetzt ab?«

»Gleich morgen früh«, antwortet Nancy und reißt mich aus meinen Gedanken.

»So bald schon!«, jammert Judy. »Weiß Gary Bescheid?«

»Mm-hm«, sagt Nancy. »Ich hab es ihm heute Morgen gesagt.«

»Und?«, drängt Judy. »Wie hat er es aufgenommen?«

»Er war nicht glücklich darüber.«

Judy lässt einen triumphierenden Juchzer fahren, so sehr scheint sie das Unglück des armen Mannes zu freuen. »Ich wusste, dass er noch immer für dich schwärmt, Nancy. Schon vor seiner Scheidung. Ich wusste es einfach. Hat Gary gesagt, dass er sich melden würde?«

»Ja«, antwortet Nancy, »aber wer weiß schon, was daraus wird? Auf jeden Fall müssen wir wirklich nach Hause zurück. Naomi braucht meine Hilfe bei den Vorbereitungen für Brittneys Hochzeit. Du solltest mal das Kleid sehen, das sie für Sienna als Brautjungfer haben!«

»Ich wette, dass Kyle einen Smoking trägt, was?«, bemerkt Judy. »Du musst mir unbedingt ein Foto von den beiden schicken.«

»Das werde ich. Hier ist übrigens ein Bild von dem Hochzeitskuchen, den Brittney sich ausgesucht hat.« Nancy schlägt die Zeitschrift auf, aber ich blende den Rest der Unterhaltung aus. Ich habe genug gehört.

Mit dem Rücken zu den beiden stehe ich auf und hole einen Zwanziger aus der Brieftasche. Sienna reist morgen ab, nach Hause zu Kyle. Eine Sommerliebe? Soll das alles gewesen sein? Ein kleiner Flirt mit einem Typen, der ohnehin nie gut genug für sie gewesen wäre?

Ich werfe das Geld auf den Tisch neben das Sandwich und die kalten Pommes, nehme die Cola und kämpfe gegen die Vorstellung von Sienna in Kyles Armen und bei dieser Hochzeit an. Ich hätte es wissen müssen. Mit drei großen Schlucken leere ich die Cola, knalle das Glas auf den Tisch und gehe zur Tür.

40

Sienna

Ich drücke die Terrassentür auf, deren vertrautes Knarren mir einen Stich ins Herz versetzt. Dieses und andere Alltagsgeräusche haben mich bislang immer an meinen Dad erinnert und an unsere Familie, wie sie früher war. Doch von nun an wird es mich an sonnige Sommertage nach meinem Highschool-Abschluss erinnern, an denen ich zu dieser Tür hinausgelaufen bin, um mich mit Austin am Pier zu treffen.

Schweren Herzens gehe ich durch den Sand und blicke auf die verpackten Geschenke in meiner Hand. Der Gedanke, Austin erzählen zu müssen, dass wir morgen abreisen, nagt schon seit gestern an mir. Die ganze Nacht lang habe ich mich im Bett hin und her gewälzt und gehofft, dass er es verstehen wird. Hundertmal habe ich es in Gedanken durchgespielt. Er wird mich in die Arme nehmen. Er wird mir sagen, dass alles gut werden wird zwischen uns. Ihm die schlechte Nachricht inmitten der ganzen Badegäste und Surfer am Pier zu übermitteln, wird die Situation entspannen, es irgendwie einfacher machen.

Doch dann sehe ich ihn.

Er steht gleich neben unserem Strandhaus, sein Motorrad parkt hinter ihm.

»Austin!«, rufe ich überrascht. Erst beim Näherkommen bemerke ich seine Haltung: Er steht da, die Hände in den Hosentaschen vergraben. Dabei sieht er mich unverwandt an mit einer Intensität, die meinen Puls zum Stocken bringt. In seinen Augen erkenne ich Schmerz. Und noch etwas anderes. Ich bleibe vor der unsichtbaren Schranke stehen, die uns beide trennt.

»Ist es wahr?«, fragt er mit starrer Miene. »Du reist morgen ab?«

Ich weiche seinem Blick aus, meine Stimme ist in meiner Kehle gefangen. Der Wind frischt auf, eine sanfte Brise, die den Duft des Ozeans zu uns herüberträgt. Ich atme langsam ein und bin mir bewusst, wie sehr mir dies alles fehlen wird: Sonnenaufgänge über Tybee, der Ruf des Fischreihers am Morgen und selbst die schwüle Sommerluft. Aber vor allem werde ich Austin vermissen, seine Stimme, seinen Geruch, seine Berührung und einfach nur, ihn ansehen zu können, so wie ich es gerade tue.

Ich spüre einen Kloß im Hals. »Ja, es stimmt.« Ich frage gar nicht erst, woher er von unserer Abreise weiß; damit würde ich das Unvermeidliche nur hinauszögern.

Er wendet den Blick ab und spannt die Kiefermuskeln an.

»Wir müssen unser Haus in Richmond bis Anfang August komplett leer geräumt haben«, erkläre ich.

»Und wo werdet ihr wohnen?«

»Die Prices besitzen noch ein Haus, das sie normalerweise vermieten.«

Er atmet durch zusammengepresste Lippen aus. »Die Prices, aha.«

»Komm schon, Austin, meine Mutter weiß sonst nicht, wohin.«

»War eigentlich irgendetwas von dem hier echt?«

»Was meinst du?«

»Uns«, sagt er. »War irgendetwas daran echt oder war es nur eine kleine Sommerliebe?«

»Natürlich war es echt, Austin.« Ich durchbreche die unsichtbare Schranke und umfasse sein Gesicht mit meinen Händen. »Es *ist* echt«, versichere ich ihm, während sein Verdacht mich innerlich zu zerreißen droht. Er lehnt seinen Kopf ganz leicht gegen meine Handfläche und holt tief Luft. Dann atmet er wieder aus, schlingt die Arme um mich und zieht mich ganz fest an sich.

Ich klammere mich an ihn und möchte nie wieder loslassen.

»Hier. Ich hab was für dich«, sage ich und reiche ihm das Geschenk zusammen mit seinem T-Shirt, das ich in den vergangenen Wochen jede Nacht getragen habe.

Ein Lächeln umspielt seine Mundwinkel. »Du hast es nicht gewaschen, oder?«

Ich lache. »Nein, dazu hatte ich keine Zeit mehr.«

»Gut. Du kannst es behalten, wenn du willst.«

»Es gehört dir, genau wie das hier.« Ich deute auf das Geschenk. Wir setzen uns nebeneinander in den Sand und er öffnet die Verpackung. Ich lasse ihn dabei nicht aus den Augen und sehe schließlich die erhoffte Reaktion, als er die Baseballcap entdeckt.

»Du kennst mich gut«, sagt er und dreht die blau-orange Kappe in den Händen.

»Wenn du demnächst einer von den *Florida Gators* bist, dann solltest du auch wie einer aussehen, dachte ich.« Ich greife nach der Kappe und setze sie ihm auf, bevor ich ihn zu einem Kuss an mich ziehe.

»Danke«, flüstert er gegen meine Lippen und erwidert den

Kuss. Ich präge mir den Geschmack seiner Lippen ein, das Gefühl seines Atems an meinem. Wie soll ich mich davon verabschieden?

Ich hole ein Stück Papier aus der Hosentasche. »Ich hab dir meine Adresse zu Hause und im College aufgeschrieben. Ich werde noch den ganzen Juli über in Richmond sein und anschließend dann am College.« Den Teil mit Brittneys Hochzeit am 1. August lasse ich dabei aus, weil dafür jetzt wirklich nicht der richtige Zeitpunkt ist.

Austin nimmt den Zettel und starrt ihn mit undurchdringlicher Miene an.

»Und dann habe ich noch eine Überraschung für dich«, füge ich schließlich hinzu und komme damit zu dem Teil, auf den ich mich am meisten gefreut habe. Ich bin aufgeregt, weil ich plötzlich Zweifel habe, ob es wirklich eine gute Idee war.

»Und die wäre?«, fragt er.

Endlich überreiche ich ihm einen zweiten Zettel mit einem anderen Namen und einer anderen Adresse darauf. Ich warte, kribbelig vor Spannung. Er hält das Papier in den Händen und legt beim Lesen das Gesicht in Falten. Ich warte eine gefühlte Ewigkeit.

»Hyrum Dobbs?«, sagt er schließlich – teils Frage, teils Aussage.

»Ich habe ihn gefunden, Austin«, sage ich, als ich es nicht länger aushalte. »Ich habe deinen Dad gefunden!«

Ein erdrückendes Schweigen hängt zwischen uns. »Du hast – Moment mal –, du hast *was*?«

»Ich habe ihn gefunden.«

»Warum?«

»Nun ja, ich dachte, wir könnten ihn mal besuchen. Ich meine, das hatte ich zumindest vor. Er lebt auf St. Simons

Island. Du weißt schon, die kleine Stadt auf der Insel, wo wir uns mit dieser Professorin getroffen haben. Eigentlich hatte ich vor, dich zu begleiten, wenn wir noch mehr Zeit gehabt hätten. Aber ich wollte es dir trotzdem geben.«

»Du dachtest, ich könnte mich einfach so mit ihm treffen, oder wie?«, sagt er und starrt den Zettel mit kaltem Blick an. Seine Miene versetzt meiner Begeisterung ein jähes Ende.

Ich schlucke. »Du hast ihn so lange nicht gesehen. Das tat mir einfach so leid.«

»Nun, das muss es nicht.«

»Austin …«

»Ich brauche dein Mitleid nicht.«

»Austin, ich …«

»Was, du?« Sein scharfer Ton lähmt mich. »Du dachtest, er und ich könnten wieder Freunde sein und dann wären all meine Probleme gelöst, ja? Geht es darum? Wenn ich die Verbindung zu meiner Vergangenheit wiederherstelle, werde ich der brave Junge, der ich nie war, und passe endlich in dein perfektes kleines Schema?«

»Ich habe kein perfektes Schema!«

»Aber deine Mutter! Das wissen wir beide.«

»Ich wollte dir doch nur helfen, Austin.«

»Helfen? Wobei denn? Alles auszulöschen, was geschehen ist? Nun, weißt du was? All das ist Teil meines Lebens und hat mich zu dem gemacht, der ich bin.«

Er steht auf und wendet sich so abrupt um, dass der Sand hinter ihm aufwirbelt.

»Und ich mag dich, so wie du bist«, betone ich, stehe ebenfalls auf und drehe ihn zu mir um. »Austin, du sollst dich nicht verändern. Kein bisschen. Darum geht es nicht. Es tut mir leid. Ich wollte dir nur etwas Gutes tun.«

Seine Miene wird ein wenig weicher. »Nein, *mir* tut es leid. Es ist nur … Wie hast du ihn überhaupt gefunden?«

»Brian kennt sich supergut mit Computern und Suchmaschinen und so aus«, sage ich.

Austin verdreht die Augen. »Das hast du also den ganzen Tag getan, während ich gearbeitet habe? Mit Brian, deinem zukünftigen Verlobten? Oder ist das Kyle?«

»Wie bitte?« Meine Stimme überschlägt sich. »Was soll das denn heißen?«

»Hast du mit Kyle Schluss gemacht?«

Ja, will ich schon sagen, zögere aber, weil ich an meine letzten Worte bei unserem Telefonat denke. Ich habe mich verabschiedet und aufgelegt. Mehr nicht. Jetzt erst wird mir bewusst, dass es kein besonders klarer Abschluss war und Kyle meine Absicht leicht anders interpretiert haben kann.

Austin beobachtet mich scharf, während ich überlege, und nimmt das als Antwort. »Na toll«, bemerkt er sarkastisch.

»Austin, ich … ich meine, Kyle weiß …«

»Gut«, sagt Austin und wendet sich zum Gehen.

Ich packe ihn am Arm und drehe ihn wieder zu mir. »Warte.«

»Warum?«, entfährt es ihm laut. »Warum bleibst du bei ihm? Liebst du ihn?«

Austins lauter Ton verschlägt mir die Sprache. Vergeblich suche ich nach einer Antwort auf seine Fragen, und mir wird klar, wie unerträglich es für meine Mitmenschen ist, dass ich es immer allen recht machen will. Ich möchte niemandem wehtun, will alle glücklich machen. Aber damit habe ich ein gewaltiges Problem: Ich kann nicht meine Mutter, Kyle und Austin gleichzeitig zufriedenstellen, geschweige denn auch noch mich selbst.

Auch weiterhin will ich niemanden verletzen, aber gerade wird mir klar, dass man nur dann das Richtige tut, wenn man seinem Herzen folgt, ganz gleich, was andere darüber denken.

Mein Handy fängt in der Hosentasche an zu vibrieren und schließlich ertönt ein »Boom Boom Pow«, Kyles Klingelton, der mich wieder in die harte Realität zurückholt. Mein Herz macht einen Satz, als ich zu Austin aufblicke.

»Du bist immer noch mit ihm zusammen«, bemerkt Austin und das ist eine Feststellung, keine Frage.

Ich will bereits den Kopf schütteln, doch da berührt Austin meine Hand und ich merke, dass er Kyles Ring an meinem Finger dreht.

Vor meinem inneren Auge sehe ich bereits alles unwiderruflich zu Bruch gehen. Ich kann die Uhr nicht zurückdrehen und zweifelsfrei mit Kyle Schluss machen, und ich kann auch nicht im Nachhinein an ein Detail denken wie das, Kyles Ring vom Finger zu ziehen. Ich sehe es an Austins Blick: Es ist zu spät.

»Nein, Austin. Nein.«

»Er ruft dich gerade an, Sienna.«

»Ich geh nicht dran.«

»Aber was ist morgen und übermorgen?«, fragt Austin. »Was ist ab dem Herbst, wenn du mit ihm zusammen am College bist?«

»Es muss nicht so laufen, Austin. Du und ich, im Herbst – wir können das hinkriegen.«

»Können wir das?« Ich höre die Warnung in seiner Stimme, den Zweifel, der so untypisch ist für ihn, und es macht mir Angst. Er verzieht das Gesicht zu einer skeptischen kleinen Mundbewegung. »Du trägst noch immer seinen Ring, Sienna.«

»Aber Austin, es ist nicht so, wie du denkst.«

»Du bist noch immer mit diesem Idioten zusammen, obwohl er dich hintergeht«, sagt er und kneift die Lippen zu einer schmalen Linie zusammen.

»Wie bitte?«

»Ich hab ihn gesehen!«, schreit er plötzlich, ohne auf die Leute zu achten, die in Hörweite am Strand spazieren gehen. »Nach dem Spiel damals habe ich gesehen, wie er mit einem Mädchen rumgemacht hat, und er hat mehr oder weniger zugegeben, dass sie nicht die Einzige war. Er ist ein Lügner, Sienna. Er hat gelogen, was die Schlägerei in dem Grillrestaurant anbetrifft, genau wie er dich wegen Turbo angelogen hat. Er hat dich die ganze Zeit belogen!«

Seine Wut lässt mich einen Schritt zurückweichen. Ich denke an das, was Kyle über Austin gesagt hat, dass er austicken würde, wenn ich eines Tages den falschen Knopf drücke. Doch dem widerspricht meine Unterhaltung mit Lindsay. Sie wäre froh gewesen, wenn Austin bei ihrer Trennung gewütet und getobt hätte, denn das hätte bedeutet, dass er sie wirklich liebt.

»So etwas würde ich dir niemals antun!«. Die Verzweiflung in seiner Stimme schnürt mir das Herz zusammen. »Weißt du eigentlich, was du bist und was du verdient hast? Kyle liebt dich nicht, nicht so wie ich. Das wird er nie tun.«

Ich starre ihn an und es trifft mich wie ein Schlag in die Magengrube, als mir klar wird, dass ich alles verbockt habe. Mein Mund ist wie ausgetrocknet und nur mit Mühe bringe ich eine Antwort hervor. »Es tut mir so leid. Ich …«

»Weißt du was, behalt doch deine Entschuldigungen für dich«, erwidert Austin unwillig.

Ich wollte ihm sagen, dass ich alles in Ordnung bringen würde, irgendwie. Nun fehlen mir die Worte. Das war etwas, was ich an Austin zu lieben glaubte: dass er nie eine Entschuldigung erwartet. Sooft ich es versucht habe, nie wollte er davon hören. Doch jetzt erkenne ich, was in Wahrheit dahintersteckt.

Austin will seinen Vater wirklich nie mehr wiedersehen. Er hasst Entschuldigungen, weil er nicht verzeihen will. Ich kenne das von mir selbst. Als Landon und Evan mit ihren halbherzigen Entschuldigungen ankamen, da wollte ich die auch nicht hören.

Und genauso will auch Austin nichts von all dem hier wissen. Er war geduldig – überaus geduldig – mit mir, so wie er auch jahrelang voller Geduld auf seinen Vater gewartet hat. Bevor es ihm zu viel wurde.

Schon glaube ich, dass es Austin nun auch mit mir endgültig zu viel wird, da schließt er die Augen und atmet aus. Als er sie wieder aufschlägt, ist alle Wut aus ihnen gewichen. Seine Hände umfassen zärtlich mein Gesicht und für einen nervenaufreibenden Augenblick treffen sich unsere Blicke, bevor seine Lippen die meinen berühren. Er küsst mich, wie er es noch nie zuvor getan hat. Sanft und traurig zugleich.

Langsam lösen sich unsere Lippen voneinander, während seine Hände mein Gesicht weiter mit einer tröstlichen Berührung umfangen halten.

Doch plötzlich lässt Austins die Arme sinken, wendet sich ab und zerrt mich so in die Wirklichkeit zurück. Dann steigt er auf sein Motorrad, lässt den Motor aufheulen, seufzt noch einmal tief und fährt davon, ohne sich noch einmal umzublicken. Ich sehe ihm hinterher, klammere mich dabei an den Geschmack von Austin Dobbs und seinen überwältigenden Kuss auf meinen Lippen, den ich festhalten und nie mehr loslassen will. Weil ich begriffen habe. Weil ich verstehe.

In diesem Kuss lag kein Versprechen *bis zum nächsten Mal.* Während ich Austins Gestalt in der Ferne verschwinden sehe, wird mir klar, dass dieser Kuss ein Abschiedskuss war.

Ohne an morgen zu denken, packe ich meine Sachen und liege dann die ganze Nacht wach. Beim ersten Schein des Tageslichts setze ich mich auf. Mein Zimmer ist sauber und ordentlich, meine Koffer stehen neben der Tür, alles ist gepackt bis auf zwei Dinge. Ich habe die ganze Nacht versucht, sie nicht ständig anzustarren: die Schuhe, die Austin mir auf der River Street gekauft hat, und die Palmblatt-Rose, die er gemacht hat. Ich nehme mein Handy und schicke rasch eine SMS. Es ist 6.03 Uhr und mir bleibt nur noch wenig Zeit bis zu unserer Abfahrt.

Ich warte fünfundzwanzig quälende Minuten ohne jede Antwort von Austin. Schließlich mache ich mein Bett und schleiche mich zur Hintertür hinaus. Am Pier kontrolliere ich wieder das Handy. Er wird kommen. Er kommt immer. Das hier ist unser Treffpunkt. Ich schicke eine SMS, er kommt. Er schickt eine SMS, ich komme.

Um mich selbst zu beruhigen, lege ich die Arme um mich und sehe meinen letzten Sonnenaufgang auf Tybee an. Wenn ich zurück in Virginia bin, werde ich das Zuhause meiner Kindheit leer räumen und verlassen müssen. Aber selbst das ist nicht so schlimm wie dieser Abschied hier.

Kommst du zum Pier?

Alles andere ließe sich nicht in einer SMS schreiben. Nein, ich muss ihn sehen. Mit ihm persönlich reden.

Ich warte.

Ein Segelboot gleitet im Wasser vorüber, die Möwen kreischen und tanzen über den Himmel und der Sand rieselt über meine Flip-Flops. Ich warte und vermeine, das Geräusch seiner Schritte hinter mir zu hören, doch das ist nur Einbildung. Ich warte, voll Sehnsucht, dies alles in Ordnung zu bringen. Ich warte und warte und warte, bis ich schließlich die harte Wahrheit erkennen muss.

Diesmal wird Austin nicht kommen.

Es hat nur einen Monat gedauert. Einen Monat, in dem ich erfahren habe, dass Liebe den Schmerz lindern und die gähnende Leere mit Leben füllen kann. Und nun dreht sich der Spieß um und die Liebe zerreißt das eben geheilte Herz in tausend Stücke. Austin ist nicht mehr da. Es gibt kein *bis zum nächsten Mal* mehr.

Das Meer verschwimmt vor meinen Augen. Ich blinzele und spüre die Feuchtigkeit hinter meinen Augenlidern, ein fast vergessenes Gefühl. Tränen füllen meine Augen und laufen mir übers Gesicht. Tränen, die ich seit einem Jahr nicht geweint habe, die mich schwach machen. Und dennoch widerstehe ich der Versuchung, sie einfach fortzuwischen.

Ich schleppe mich zum Strandhaus zurück und lasse mich auf die Stufen sinken. Dort starre ich in den Sand, der ebenso wie ich von den Wellen des Lebens hin und her geworfen wurde. Der Wind trocknet meine Tränen und macht meine Wangen kühl und salzig. Ich weiß nicht, was schlimmer ist: diese einzigartige Liebe zu verlieren oder zu wissen, dass ich selbst schuld daran bin.

Die Hintertür öffnet sich, und ich spüre die Gegenwart meiner Mutter, während sie sich hinsetzt. Sie stellt ihr Glas mit Grünkohlsaft ab, legt den Arm um mich und reibt meine Schulter.

»Es ist hart loszulassen, wenn sich etwas so gut anfühlt.« Sie scheint genau zu verstehen, warum ich weine.

»Ich will aber nicht loslassen«, sage ich. Das Schluchzen in meiner Kehle erscheint mir so fremd. Es erinnert mich an meinen furchtbaren Zustand nach dem Tod meines Vaters. Austin hat diese Löcher in meinem Herzen ausgefüllt. Nun sind sie wieder leer und das nehme ich ihm übel. Es ging mir besser, solange keine Tränen fließen wollten. Wenigstens fühlte ich mich da stark. Mir kommt der Gedanke, dass es mir ohne ihn möglicherweise besser ging.

»Aber dir ist doch klar, Süße«, sagt meine Mutter, »dass es so am besten ist.«

Meine Lippen zittern. Ich sage nichts und fürchte mich vor dem Gedanken, dass sie vielleicht recht haben könnte.

»Andere Mütter haben auch schöne Söhne, mein Schatz. Folge meinem Rat und such dir einen, der besser zu dir passt.«

Da trifft sie einen wunden Punkt. »Was meinst du mit ›einer, der besser zu mir passt‹?«, frage ich, um der Sache auf den Grund zu gehen. Wie genau sieht das perfekte Schema meiner Mutter aus?

»Tu dir selbst einen Gefallen, Sienna – verlieb dich in einen, der sich eine glückliche Zukunft mit dir leisten kann.«

Entgeistert sehe ich meine Mutter an. Jetzt kapiere ich endlich, warum sie Austin so sehr hasst. »Einen, der sich eine glückliche Zukunft mit mir leisten kann? Ist es das, was du im Nachhinein lieber getan hättest, als Dad zu heiraten? Anstatt sich all die Jahre abzumühen, wie ihr zwei es tun musstet?«

»Ich habe deinen Vater geliebt, Sienna …«

»Aber er war ein bisschen so wie Austin, nicht wahr?«

Schockiert fährt sie herum und sieht mich verletzt an. »Das habe ich nie gesagt.«

»Aber es ist wahr.«

»Sienna!«

»Du bist deinem Herzen gefolgt, Mom.«

»Ich war jung und dumm.«

»Vielleicht hat dein Herz verstanden, was dein Verstand nie begriffen hätte.«

»Ich würde alles genauso wieder tun, Sienna«, seufzt meine Mutter entnervt. »Aber ja, hätte dein Vater finanziell besser dagestanden, dann hätte mir das viel Stress und Mühe erspart, dorthin zu kommen, wo ich jetzt bin.«

»Und wo genau ist das, Mom?« Beinahe lache ich angesichts unserer aktuellen Situation. »Ich meine, dass wir uns mühen müssen, macht uns doch stark. Es bringt uns dazu, darüber nachzudenken, was wir wollen und wohin wir wollen. Es hilft uns zu erkennen, was wirklich wichtig ist.«

»Ich sage dir nur, was ich weiß, Sienna«, erwidert sie spitz. »Man musste dich schon dein ganzes Leben in die richtige Richtung schubsen und genau das habe ich immer getan.«

Das trifft mich noch heftiger als ihre Ohrfeige im *Westin* Hotel. Mich in die richtige Richtung schubsen? Nach all den Jahren kapiere ich endlich, was hier wirklich gespielt wird: Die ewigen Nörgeleien meiner Mutter, der Tunnelblick, den sie auf meine angebliche Bestimmung im Leben hatte, das alles rührte daher, dass sie meinte, ich hätte es nötig. Und ich habe ständig versucht, es ihr recht zu machen, während sie mich in Wahrheit für unfähig hielt, eigene Entscheidungen zu fällen.

Ich stehe auf und klopfe mir den Sand von den Shorts. »Weißt du was? Ich weiß genau, in welche Richtung ich jetzt gehe, Mom. Ich gehe aufs College, weil ich das will, aber ob ich wirklich Tanz studiere, weiß ich nicht so genau.«

Der Schock sitzt tief, das ist nicht zu übersehen.

»Und – ich – liebe – Austin.«

Sie steht nun ebenfalls auf und sieht mir in die Augen. »Wie kannst du das sagen? Du hattest vielleicht einen Flirt mit ihm. Vielleicht hat er dir das Gefühl gegeben, etwas Besonderes zu sein oder besonders schön oder was immer es war. Aber woher willst du wissen, dass er dich nicht fallen lässt, sobald er mit dir fertig ist? Du warst einfach in ihn verknallt, Sienna, wie sicherlich jede Menge Mädchen vor dir und nach dir. Aber was macht er schon aus seinem Leben? Könnte er für dich sorgen, selbst wenn er es wollte?«

»Er hat ein Stipendium für die University of Florida«, kontere ich, und diese Nachricht scheint sie tatsächlich zu verblüffen. »Er spielt ab dem Herbst für das College-Team Football und ja, er hat Zukunftspläne. Er bedeutet mir alles, Mom. Und ich habe es weggeworfen.«

In meinen Augen stehen Tränen und die Miene meiner Mutter verliert an Härte. Ihr Widerstand schmilzt sichtlich dahin.

»Außerdem hat Geld nichts mit Liebe zu tun«, sage ich und halte jetzt nichts mehr zurück. »Liebe ist, sich um jemanden zu kümmern, mit dem man den Rest seines Lebens verbringen will, und das hat keinen Preis. Liebe ist ein Nehmen *und* Geben. Ich wusste vielleicht im vergangenen Jahr nicht, wohin, aber inzwischen weiß ich eines: Ich liebe Austin.«

Ich mache kehrt und gehe die Treppe hinauf, da ich jede Hoffnung aufgegeben habe, dass Austin zu mir zurückkommt. Ich habe ihm geschrieben. Er ist nicht gekommen.

Dennoch schaue ich immer und immer wieder auf mein Handy. Nichts. Keine SMS. Ich gehe auf Facebook und sehe eine neue Freundschaftsanfrage. Neugierig klicke ich darauf und betrachte regungslos das Profilbild. Vermutlich sind im Augenblick all meine Gefühle verbraucht.

Landon Earl.

Da ist er und starrt mich aus dem Bild mit einem Dauerlächeln an – Austins Freund. Ich überfliege sein Profil und denke an all das, was in diesem Sommer vollkommen unvorhersehbar herausgekommen ist. Überraschenderweise trägt Landon auf diesem Foto ein frisch gebügeltes Polohemd und ist sauber rasiert. Er hat eine Handvoll Freunde und ein paar Kommentare hier und dort bei seinen Posts. Wie hatte ich mir den Motorradfahrer aus jener Nacht vorgestellt? Hätte ich gedacht, dass er ein ganz normales Leben führt wie alle anderen auch?

Selbst die Punkte Beruf und Schule sind in Landons Profil ausgefüllt, was ich irgendwie nicht erwartet hätte. Er hat einen Job. Im Vertrieb. Er hat ein Ziel. Ich weiß nicht recht, was ich denken soll angesichts dieses Lächelns, das den Eindruck eines guten Lebens vermittelt, oder angesichts der Tatsache, dass er lebt, während mein Dad tot ist. Und ganz gewiss weiß ich nicht, was ich von seiner Freundschaftsanfrage halten soll. Dennoch bin ich letztlich froh, dass die Sache wenigstens in einer Hinsicht gut ausgegangen ist: Sein Leben wird weitergehen.

Mein Finger schwebt über den beiden Wahlmöglichkeiten: *Bestätigen* oder *Nicht jetzt*. Und ich klicke auf *Bestätigen*.

Wir beladen das Auto und ich fahre das erste Stück. Nachdem wir das Marschland zwischen Tybee und Savannah hinter uns gelassen haben, biege ich zu einem letzten kleinen Umweg von der Hauptstraße ab. Ich spüre den fragenden Blick meiner Mutter, aber sie sagt kein Wort.

Ich kurve durch die Straßen von Savannah, vorbei am

Chippewa Square, wo Milo, Tolby und Freedom an ihrem Stammplatz sitzen und Palmblatt-Blüten flechten. Vorbei am *Pirate's House* und die Bay Street entlang, wo ich Ausblicke auf den Fluss und schließlich über die River Street erhasche. Alles Ausblicke auf diesen Sommer, der von nun an nur noch eine schmerzliche, liebevoll gehütete Erinnerung sein wird.

Ich habe mich verändert, bin vielleicht sogar stärker geworden. Und bei diesem letzten Blick auf Savannah wird mir auch klar, warum: Ich habe mir selbst verziehen. Endlich. Irgendwie, irgendwann im Laufe dieses Sommers. Trotz des Unfalls, trotz der Tatsache, dass ich meinem Dad nie mehr sagen kann, wie leid es mir tut, kann ich nun nach vorne schauen. Auch wenn ich Austin nie wiedersehen sollte, habe ich ihm dafür auf jeden Fall zu danken.

Ich kehre zu unserer eigentlichen Route Richtung Virginia zurück.

»Können wir jetzt nach Hause fahren?«, fragt Mom.

Ich konzentriere mich auf die Straße vor mir. »Ja. Ich bin bereit.« Und damit lasse ich Georgia hinter mir und zugleich einen Teil meiner selbst – den Teil meines Herzens, der für immer Austin gehören wird.

41

Austin

Eine Stunde hier, eine Stunde dort … so vergeht die Zeit, seitdem Sienna vor drei Tagen abgereist ist. Ich rolle mich aus dem Bett, hebe Gewichte und gehe joggen, nur um etwas zu tun zu haben. Ich vergrabe mich in Arbeit, das gehört zu den wenigen Dingen, die ich gut kann. Am Ende des Tages falle ich wieder ins Bett. Die Uhr an meiner Wand tickt vor sich hin. Ticktack. Ticktack. Und ich rede mir selbst ein, dass ich es noch einen weiteren Tag aushalten werde. Immer ein Tag nach dem anderen.

Aber ich schlafe kaum. Wieder mal.

Ich kann mir nichts vormachen.

Ich setze mich auf und verfluche das Sonnenlicht, das durch mein Fenster fällt. Es war alles zu viel: Sienna und Kyle. Und sein Anruf genau in diesem Augenblick am Strand, als gerade alles den Bach runterging. Zu wissen, dass sie beide im Herbst auf demselben College sein werden. Sienna und ich haben dagegen einfach keine Chance. Ich habe es ja alles mit angehört. Ein Teil von mir will ihr glauben, während der andere Teil vom Gegenteil überzeugt ist.

Ich fahre mir mit den Fingern durch die Haare, die schon

wieder viel zu lang sind. Dann schmeiße ich mich in die Klamotten und gehe nach draußen. Werfe mein Motorrad an. Ich muss hier raus. Oder bin ich etwa auf der Jagd nach etwas, das ich niemals fangen werde? Während die Zeit langsam verrinnt, schwindet auch die Erinnerung an den Klang ihres Lachens, den Geruch ihrer Haare und das Gefühl ihrer Hand in der meinen.

Als ich an jenem 5. Juni abends zur River Street aufbrach, hätte ich mir niemals, niemals vorstellen können, was dann geschah. Jetzt sitze ich auf einer Bank und blicke über den Savannah River. Kunsthandwerker, Musiker und Schmuckverkäufer haben ihre Stände an den üblichen Stellen, drüben am Fluss spielt Max Saxofon und der Duft von *Pralines* erfüllt die Luft. Ich bin schon Hunderte von Malen über die River Street gegangen und doch kommt sie mir jetzt seltsam unvertraut vor. Wie erstarrt. Hoffnungslos. Ein einsamer, steinerner Weg.

Ich blicke auf das T-Shirt in meinen Händen. Hebe es an die Nase, schließe die Augen und atme langsam den Duft ein. Ihren Duft. Leicht und blumig, mit einem Hauch von Ozean. Auch dieser Duft verblasst langsam. Und er zerrt so viele Gefühle und Erinnerungen an die Oberfläche: Wärme, Lachen – und schließlich Schmerz. Ich lasse das T-Shirt auf die Bank fallen und richte meine Gedanken stattdessen auf mein Studium, auf meine Ersparnisse und die Football-Saison, die vor mir liegt. Nach all den Jahren sind diese Träume nun endlich zum Greifen nah.

Ich habe die SMS am Morgen ihrer Abreise bekommen und bin einfach sitzen geblieben. Ich habe dagesessen und gesessen und gesessen. Hab nachgedacht. Gehadert. Gezögert. Und dann wurde mir plötzlich klar, was für ein Idiot ich bin. Was wäre, wenn es doch noch eine Chance gäbe? Was, wenn sie wirklich endgültig mit Kyle Schluss machen würde? Wie unwahrscheinlich das auch erschien, es war doch möglich. Eine Chance, wenn auch eine kleine. Und genau damit kann ich nicht leben: zu wissen, dass ich sie mir möglicherweise habe entgehen lassen.

Sienna hat meinen Freunden verziehen. Fremden, die mehr oder weniger für den Tod ihres Vaters verantwortlich waren. Wie kommt es, dass ich nie richtig über zweite Chancen nachgedacht habe? Mein ganzes Leben lang habe ich mich an dem Groll festgehalten, den ich vor allem für meinen Vater empfand, und habe diese Wut als Antrieb für meine ehrgeizigen Ziele benutzt. Wie sollte ich Sienna nicht vergeben können?

Ich bin nach Tybee gerast, bin dort am Strand entlanggerannt und habe überall nach ihr gesucht. Ich bin zu ihrem Strandhaus gelaufen, habe dort an die Tür geklopft. Mich umgesehen. Noch einmal geklopft.

Es war leer.

Ich war zu spät.

Ich ziehe mein Handy aus der Hosentasche und spiele mit dem Gedanken sie anzurufen. Das habe ich seit ihrer Abreise schon ein Dutzend Mal getan. Doch dabei stellt sich mir immer wieder eine Frage: Warum konnte sie zwei völlig Fremden verzeihen, während ich nicht einmal einen einzigen freundlichen Gedanken über meinen Dad zustande bringe? Es stimmt schon. Sie hat irgendwie mit mir gespielt. Konnte sich nicht von Kyle trennen. Aber in vielerlei Hinsicht ist sie ein besserer Mensch als ich. Anstatt sie anzurufen, greife ich in die Tasche und hole den Zettel heraus. Ich lese die Adresse, die dort in Siennas Handschrift geschrieben steht – die Adresse meines Vaters.

Es fällt mir wirklich nicht leicht, meinem Bauchgefühl zu

folgen. Ja, ich werde Sienna wiedersehen und wenn ich dazu den ganzen Weg bis nach Richmond mit dem Motorrad fahren muss. Doch zuvor gibt es noch ein paar Dinge, die ich erledigen muss. Und so schiebe ich jede Vernunft beiseite, wähle eine Nummer und warte. Mein Leben, wie es sich im Augenblick darstellt, ist wertlos. Aber mit dieser Entscheidung fühle ich mich plötzlich seltsam zufrieden.

»Hallo?«, höre ich Jesses Stimme.

Ich stehe auf und laufe zu meinem Motorrad. »Jesse, hier ist Austin.«

»Ah, hallo, dich hab ich ja schon lang nicht mehr gesehen, aber *du* hast vermutlich gesehen, was mit dem Café passiert ist: geschlossen, bis wir das Geld von diesen Halunken wiederkriegen, um Holz zu kaufen und den Balkon zu reparieren.«

»Und wirst du Anzeige erstatten?«

»Klar doch. Wieso fragst du?«

»Wie viel wird die Reparatur kosten?«

»Schätze mal, dass es schon zehn Riesen werden könnten. Auf jeden Fall ein ordentlicher Batzen.«

Ich gehe die letzten Stufen hinauf und überquere die Bay Street. »Lass die Anzeige fallen.«

»Was? Diese eingebildeten, reichen Fratzen sollen blechen für das, was sie getan haben. Außerdem hab ich keine zehn Riesen einfach so rumliegen.«

»Ich schon«, sage ich und steige auf mein Motorrad, während am anderen Ende Schweigen herrscht.

»*Du* willst für ihren Unfug bezahlen?«, ruft Jesse erstaunt aus. »Wozu das denn?«

Ich werfe einen letzten Blick auf die Adresse meines Vaters, bevor ich den Zettel wieder in die Hosentasche schiebe. »Weil ich es will.«

Jetzt gibt es kein Zurück mehr. Ich habe Jesse das Geld gegeben, und er hat sich bereit erklärt, keine Anzeige zu erstatten. Wenn ich das mit den Kosten für Turbos Aufenthalt in der Tierklinik zusammenrechne, ist mein Bankkonto jetzt fast leer gefegt.

Die Juliluft ist heiß und stickig. Sie bläst mir ins Gesicht, während ich vom F. J.-Torras-Damm in Richtung St. Simons abbiege. Die Straße wird rechts und links von Eichen gesäumt, die einen dichten Tunnel aus Ästen bilden. Bald tauchen immer mehr Häuser, altmodische Restaurants und Beach-Shops in der grünen Landschaft auf. Meine gut anderthalbstündige Fahrt ist fast vorbei.

Ich bleibe bei Rot an einer alten Ampel stehen, die an Drähten über der Straße hängt. Der Ort ist klein und idyllisch. Noch einmal abbiegen und fünf Minuten später stelle ich mein Motorrad am Straßenrand ab. Ich mustere das türkisgrün gestrichene Haus, das zu der Adresse gehört, die Sienna mir gegeben hat. Unkraut sprießt aus Rissen im Asphalt und der Rasen im Vorgarten sieht eher aus wie ein Flickenteppich. Gemütlich? Oder heruntergekommen? Ich bin mir nicht sicher. Und schon stehe ich auf der Schwelle, bevor ich noch recht weiß, was ich hier zu suchen habe.

Ich starre die Haustür an und habe plötzlich Angst, was ich wohl auf der anderen Seite vorfinden werde. Wird es der nette, lustige Dad sein, der sich an seinen einzigen Sohn erinnert, den er liebt, oder ist es der taumelnde, reizbare Junkie, wie ich ihn aus jenen letzten Monaten kannte? Mein ganzes Leben lang habe ich meine Stärke aus meiner Wut bezogen, die mich zu Höchstleistungen angespornt hat. Zum Erfolg. Und mal ehrlich, warum sollte ich mich jetzt auf einmal der Vergangenheit stellen? Ich trete einen Schritt zurück und beschließe, dass es nicht zu spät ist umzukehren, doch dann öffnet sich die Haustür, bevor ich entkommen kann.

Ich starre auf das Fliegengitter vor der Tür, und es gelingt mir nicht, durch das Gewirr von Metall hindurchzusehen. Ob ich ihn überhaupt erkenne? Vielleicht hat Sienna ja die falsche Adresse bekommen. Ich stehe da und kann mich nicht entscheiden, ob ich das eine oder das andere hoffen soll. Als ich gerade etwas sagen will, geht die Gittertür auf und ich sehe ihn.

Zuerst sind da die blauen Augen, ein Bild aus vergangenen Tagen, das ich, wie mir jetzt klar wird, nie vergessen konnte.

Aber ich selbst habe mich verändert. Bin gut einen halben Meter größer, sodass die damals viel zu großen Zähne endlich zu mir passen. Und dann der Wandel durch die Pubertät. Meine Stimme ist um eine Oktave tiefer geworden. Mein Gesicht wirkt immer etwas stoppelig und ich habe einen Bartschatten, ganz gleich, wie gut ich mich rasiere. Dazu noch das Krafttraining für den Football, und ich sehe ganz anders aus als der schmächtige Neunjährige, von dem er sich an jenem letzten Morgen verabschiedet hatte.

Schließlich finde ich meine Stimme wieder. »Du kannst dich vielleicht nicht an mich erinnern …«

Er tritt einen Schritt nach vorn und schließt mich in die Arme.

»Austin!« Seine Stimme versagt fast bei meinem Namen. Er riecht nach Pfefferminz und Rasierschaum und nach dem Aftershave aus der blauen Flasche, die früher immer auf seiner Kommode stand. Die Umarmung ist mir peinlich. Ich weiß nicht, wie ich sie erwidern soll, weil ich nicht damit gerechnet habe. Überhaupt nicht. Ich habe mir das alles hier nicht richtig überlegt. »Natürlich erinnere ich mich an dich!«, ruft er aus.

Er löst die Umarmung. Ich habe vergessen, was für ein herzliches Lächeln er hat. Das hat sich nicht verändert, ganz im Gegensatz zum Rest seines Äußeren. Das Gefängnis hat Spuren hinterlassen oder die Drogen oder der Alkohol oder eine Kombination aus alldem. Sein Gesicht ist hagerer, knochiger, als ich es in Erinnerung hatte. Dunkle Ringe umgeben seine Augen. Tiefe Falten graben sich in seine Haut. Seine einst dunkelbraunen Haare sind nun mehr weiß als grau meliert.

»Komm rein!«, sagt er ohne zu zögern, so als würde ich jeden Tag bei ihm vorbeischauen.

Ohne nachzudenken, folge ich ihm ins Haus, noch immer starr vor Schreck, dass ich tatsächlich meinem Vater gegenüberstehe. Er klopft mir fest auf die Schulter und bietet mir, noch immer lächelnd, einen Platz an. Ich gehe zu einem orangefarbenen Schaukelstuhl, ein Exemplar, für das sich Hippies wie Milo, Tolby oder Freedom glatt die Dreads abrasieren würden. Als ich mich setze, wirbelt Staub auf.

»Ich bleibe nicht lang«, sage ich. »Es tut mir leid, ich …«

»Du machst Witze, oder?«, unterbricht er meine halbherzige Entschuldigung. »Ich kann's nicht glauben. Du – hier! Möchtest du etwas trinken?«

»Nein danke.«

»Ich hol dir trotzdem eine Milch«, sagt er und humpelt in die Küche.

Ich sehe mich in dem Wohnzimmer um und rutsche unbehaglich in meinem Stuhl hin und her. Gleich trinke ich ein Glas Milch mit meinem Dad und fühle mich dabei, als wäre ich neun. Der Raum ist sparsam dekoriert. Ein paar Bilder hängen wie zufällig an der Wand. Auf einem Beistelltisch unter einer Lampe liegt ein ledergebundenes Buch. Eine Bibel? Passt eher nicht zu meinem Dad. Ein gerahmtes Foto steht auf dem

Sims eines gemauerten Kamins. Es zeigt einen schlaksigen Jungen mit zotteligen Haaren und einem Football in der Hand.

Mein Dad kommt um die Ecke mit einem breiten Lächeln auf dem Gesicht. »Lass dich ansehen! Du siehst fit aus. Und groß bist du! Bestimmt über 1,90 m, oder?«

»Knapp darunter«, sage ich.

»Und 90 Kilo reine Muskeln«, fügt er hinzu, während er zwei Becher auf dem Tisch neben mir abstellt. »Ich hab dir auch gleich noch einen O-Saft mitgebracht, falls du den lieber magst. Möchtest du was essen?«

»Nein danke.«

»Sicher?«

»Ja, danke.«

»Ich hätte noch ’ne große Schale Obst im Kühlschrank.«

Obst? Das hört sich ja fast schon an wie bei Siennas Mutter. »Ich möchte nichts, danke.«

Schließlich hört er mit den Höflichkeitsfloskeln auf, doch sein Lächeln bleibt. Fast wünschte ich, er wäre betrunken oder bekifft. Gemein. Dann könnte ich einfach wegfahren und nie mehr zurückschauen.

Er setzt sich mir gegenüber in einen Sessel, dessen Polster schon dauerhaft den Abdruck seines Körpers tragen. Ein paar unangenehme Sekunden vergehen. Wir starren uns gegenseitig an und wieder erstaunt es mich, wie stark er gealtert ist. Sein Haar ist dünn geworden, genau wie der Rest seines Körpers. Er kam mir immer so groß vor, aber das lag vielleicht auch daran, dass ich damals noch ein Kind war. Ich befürchte, dass ich hier einer älteren Ausgabe meines eigenen Spiegelbilds gegenüberstehe, mit blauen Augen und grauen Haaren. Aber ohne Drogen und Gefängnis werde ich hoffentlich frühestens mit Anfang 60 so schlimm aussehen wie er mit gerade mal 41.

Weil mir nichts anderes einfällt, trinke ich einen Schluck Milch und frage mich, ob er dieses Lächeln wohl je wieder absetzen wird. Sollen wir hier rumsitzen und plaudern, als wäre nichts geschehen, als wäre er nie ohne jede Erklärung plötzlich verschwunden? Nicht ein Brief. Nicht ein Anruf. Klingt eigentlich verlockend, die Vergangenheit einfach ruhen zu lassen. Was mache ich überhaupt hier?

»Wieso wohnst du jetzt hier?«, spreche ich die nächste logische Frage aus. »In Georgia? Ich meine, du bist in Alabama aufgewachsen, aber das ist doch viele Jahre her und deine Eltern sind tot.«

»Ich hab dieses Haus hier von Tante Grace geerbt«, sagt er. »Aber reden wir nicht über mich. Erzähl mir von *dir*! Was macht du hier in Georgia?«

»Ich wohne seit einem Jahr in Savannah bei Tante Debbie und Onkel Mark.«

»Im Ernst? Was für ein Zufall. Und hast du inzwischen deinen Highschool-Abschluss gemacht?«

Ich nicke und beschließe, den Sprung ins kalte Wasser zu wagen. Ich werde nicht lange bleiben, und wenn ich gehe, werde ich nie wieder zurückkommen. Ich bin aus einem einzigen Grund hier: um die Vergangenheit auszugraben und zumindest oberflächlich zu einer Art Versöhnung mit meinem Dad zu kommen, damit ich Sienna sagen kann, dass ihr Geburtstagsgeschenk nicht umsonst war. Und dann werde ich diesen ganzen Mist ein für alle Mal hinter mir lassen. »Wie lange wohnst du schon hier?«

»Fast drei Jahre.«

Seine Worte versetzen mir einen Stich. Seit drei Jahren ist er wieder frei und hat nie nach mir gesucht? »Du bist also seit drei Jahren wieder aus dem Gefängnis?«

Sein Lächeln weicht einem resignierten Ausdruck. »Ich bin froh, dass deine Mutter es dir gesagt hat.«

»Sie hat mir gar nichts gesagt.«

Er verzieht schmerzlich das Gesicht. »Es tut mir leid, Austin. Deine Mutter trifft keine Schuld. Du darfst es ihr nicht übel nehmen.«

»Ich nehme ihr nichts übel.« Die Schärfe in meiner Stimme bleibt nicht ohne Wirkung auf ihn. »Es waren die Drogen, oder?«

Er räuspert sich und massiert seine Hände. »Genauer gesagt war es Beihilfe zur Geldwäsche.«

Ich spüre, wie sich meine Stirn in Falten legt. »Geldwäsche? Hat dich das Finanzamt hinter Gitter gebracht?«

Er senkt den Blick und murmelt: »Ja, und das FBI noch dazu. Ich wurde außerdem wegen Gebrauchs einer Schusswaffe … und Drogenschmuggels verurteilt.«

Plötzlich scheint er sich sehr für den Fußboden zu interessieren. Schaut nicht mehr auf.

Die Tatsache, dass ich samstags immer beim Federal Enforcement Training Center gearbeitet habe, wo genau die Polizisten ausgebildet werden, die ihn verhaftet haben, erwähne ich lieber nicht.

»Ein Drogenproblem hatte ich auch«, gibt er zu.

»Du *hattest* eins?«

»Ich bin clean, seit dem Tag meiner Verhaftung«, verkundet er stolz.

Ich weiß nicht recht, ob ich ihm glauben soll, denn er sieht wirklich sehr elend aus. Müde. Abgemagert. Seine Augen sind verquollen und er ist kurzatmig, selbst wenn er nur dasitzt. Er beugt sich vor und reibt sich den Rücken. »Und deine Mutter?«

»Hat wieder geheiratet«, antworte ich kurz angebunden. Wann kommt er endlich damit heraus? Ist er nie zurückgekommen, weil er zu feige war? Oder weil es inzwischen andere gab, die ihm wichtiger waren? Vielleicht hat er irgendwo noch ein weiteres Kind.

Er nickt schweigend. »Das habe ich gehört. Sie hat ein bisschen Glück verdient.«

»Hast du wieder geheiratet?«

»Nein«, antwortet er.

»Ich habe also keine Halbgeschwister?«

»Nein.«

Nun, immerhin haben wir diesen Punkt geklärt. Aber ich weiß nicht recht, ob ich froh bin, dass er nicht wieder geheiratet hat, oder traurig, weil er so ein jämmerliches Leben führt.

»Du hast uns verlassen«, stoße ich schließlich mit klopfendem Herzen hervor. Sein Lächeln ist verschwunden. »Ich bin aus der Schule gekommen und habe auf dich gewartet, aber du bist nie mehr nach Hause gekommen.«

Er schließt die Augen, als würde es den Schmerz lindern, wenn er mich nicht ansehen muss. »Wie lange hast du gewartet?«

»Viel zu lange«, erwidere ich.

Er massiert sich die Stirn.

»Ich habe jeden Tag nach der Schule am Briefkasten auf Post gewartet. Monatelang. Immer, wenn das Telefon geklingelt hat, bin ich hingerannt, weil ich hoffte, deine Stimme am anderen Ende zu hören.«

»Austin, ich …«

»Ich habe Mom gefragt, wo du bist, und sie hat nur gesagt, ich solle dich vergessen. Genau das hat sie gesagt. Aber ich habe trotzdem immer darauf gewartet, dass *du* es mir erklärst. Aber da kam kein Brief. Kein Anruf. Nichts.«

»Deine Mutter wollte es so – keinen Kontakt. Sie hatte Angst, dass du auch Drogen nimmst und wie dein Vater endest. Sie meinte, ihr zwei wärt besser dran ohne mich.«

»Schieb jetzt nicht ihr die Schuld in die Schuhe«, sage ich mit erhobener Stimme. »Mein Vater ist seit drei Jahren aus dem Gefängnis entlassen und hat es nie für nötig befunden, Kontakt zu seinem Sohn aufzunehmen, um zu sehen, wie es ihm geht?«

Ich trinke die Milch mit zwei großen Schlucken aus und stelle das leere Glas auf den Tisch, bevor ich aufstehe. »Danke für die Milch.«

Ich gehe zur Tür, verwundert über meine eigene Dummheit, die mich glauben ließ, ich könnte mich mit diesem selbstsüchtigen Mann aussöhnen. Selbst wenn er eine Erklärung hätte, weiß ich nicht, ob ich sie akzeptieren könnte. Sienna vielleicht schon, aber ich nicht. Ich bin kein so guter Mensch.

Ohne mich noch einmal umzudrehen, lege ich die Hand auf den Griff der Haustür.

»Ich habe draußen vor dem Football-Stadion gestanden«, ruft er mir hinterher, und in seiner Stimme klingt Bedauern mit. »Ich war gerade aus dem Gefängnis entlassen worden. Du warst im zweiten Jahr auf der Meadowbrook Highschool und hast als Wide Receiver und Cornerback in der Schulmannschaft gespielt. Ich habe eine Ewigkeit dagestanden, die jubelnde Menge gesehen und gehört, wie dein Name über die Lautsprecher verkündet wurde. Du hast alleine in der ersten Halbzeit drei Touchdowns geholt. Einen davon nach einem langen Pass. Damit hätte niemand gerechnet, das habe ich gemerkt, weil die Leute auf der Tribüne plötzlich aufgesprungen sind. Alle haben dir zugejubelt, aber ich habe die Luft angehalten.«

Ich bemerke einen abwesenden Ausdruck in den Augen meines Vaters, so als würde sich die Erinnerung vor seinem inneren Auge noch einmal abspielen, und ich spüre, wie der Kloß in meinem Hals immer dicker wird.

Eine Träne rinnt seine Wange hinunter. »Dann hast du den Punkt gemacht und alle haben deinen Namen gerufen. Ich habe bis zur Halbzeit dort gestanden und da wurde es mir klar.«

Er steht auf und kommt dabei nur mit Mühe auf die Füße. Langsam nimmt er das gerahmte Foto vom Kaminsims und betrachtet es wie ein alter Mann, dessen Vergangenheit alles ist, was er noch hat. Ich kann in seinen Augen die Erinnerungen und das schmerzliche Bedauern über die jämmerlichen Reste seines Lebens lesen.

»Was ist dir klar geworden?«, frage ich.

Er fährt auf, als würde er aus einer Trance erwachen. »Dass ich nicht gut genug für dich war. Deine Mutter wollte nichts mehr mit mir zu tun haben und hat die Scheidung eingereicht, während ich im Gefängnis saß. Dennoch hatte ich gehofft, irgendwie Teil deines Lebens bleiben zu können. Aber an diesem Abend habe ich begriffen, dass du wirklich besser dran warst ohne mich. Du hattest etwas Besseres verdient, Austin.«

Seine Worte zerren Erinnerungen an die Oberfläche, die ich lieber vergessen würde. All die Spiele, während derer ich zur Tribüne schaute und mich fragte, ob er wohl jemals dort sitzen würde. Und dabei war er sogar einmal da. So nah.

»Und deswegen bin ich nie zurückgekommen«, sagt er. Er geht durch den Raum zu einer Kommode an der Wand und zieht eine Schublade auf, aus der er einen Zeitungsausschnitt holt. Ein verblasstes Schwarz-Weiß-Foto von mir blickt mir aus der Zeitung entgegen. Es ist ein Artikel aus der Lokalzeitung über unsere Schulmannschaften. Das Papier ist dünn und die Überschrift mit Flecken übersät, so als hätte er den Artikel in hundert einsamen Nächten in der Hand gehalten.

Etwas rührt sich in mir, und mit einem gewissen Unmut stelle ich fest, dass mein Bedürfnis zu gehen inzwischen gar nicht mehr so groß ist. Wie soll ich ihm sagen, dass er sich täuscht, dass ich nicht besser dran war ohne ihn? Wie soll ich ihm erklären, was ich selbst erst langsam begreife – dass ich zwar vor langer Zeit aufgehört habe, auf ihn zu warten, es in Wahrheit aber doch immer getan habe?

Ich spüre seine Hand auf meiner Schulter und bemerke, dass er Tränen in den Augen hat. »Du brauchst mir nicht zu verzeihen«, sagt er und scheint es ehrlich zu meinen. »Alleine dich wiederzusehen ist mehr, als ich je erwarten konnte.«

Mein Blick fällt durch die kaputten Jalousien auf mein Motorrad dort draußen, und ich weiß, dass ich jetzt nicht einfach gehen kann. Meine Augen brennen bei der Erinnerung an das, was ich einst für diesen Mann empfunden habe.

»Ich hab dich gehasst«, gestehe ich.

»Du hattest jedes Recht dazu.«

Ich schüttele den Kopf. »Nein. Ich war nicht der Einzige, der etwas Besseres verdient hatte, Dad.« Der Name bricht aus meiner zugeschnürten Kehle hervor. So lange habe ich ihn nicht mehr ausgesprochen. Eine Träne rinnt seine Wange hinunter. Dieser Mann, der in meiner Erinnerung immer so stark und selbstsicher war, ist jetzt hilflos und gebrochen. Zum ersten Mal braucht mein Dad mich mehr als ich ihn.

Ich umfange seinen schmächtigen Körper in einer Umarmung, die viel zu lange auf sich warten ließ.

Mein Dad erwidert die Umarmung, wobei mich seine Hände

fest, ja beinahe verzweifelt umklammern. »Dass du hier auftauchst, dass du mein Sohn bist – das ist mehr, als ich verdient habe. Es tut mir so leid, Austin.«

Und endlich kann ich die Worte der Versöhnung aussprechen, die ich bislang für unaussprechlich gehalten habe. »Es ist gut, Dad. Alles ist gut.«

42

Austin

Am Sonntag fahre ich wieder zu meinem Vater und bringe noch einen Freund mit, den er schon seit Langem nicht mehr gesehen hat. Turbo sitzt neben mir auf dem Beifahrersitz von Marks Wagen. Tante Debbie war sich ganz sicher, dass er ihn vor Dienstag bestimmt nicht brauchen würde. Mark selbst hat nichts dazu gesagt, aber ich habe den Eindruck, dass sein Zögern mehr mit meinem Besuch bei meinem Vater zu tun hatte als damit, dass ich mir sein Auto leihen wollte. Aber darüber mache ich mir jetzt keine Gedanken.

Turbo läuft schwanzwedelnd zur Haustür. Als die Tür aufgeht, steht dort ein alt wirkender Mann mit weißem Hemd und Krawatte, der keinerlei Ähnlichkeit mit dem Vater meiner Kindheit hat.

Sein Blick wandert nach unten. »Turbo?«, fragt er ungläubig. »Ist das Turbo?«

Turbo bellt zur Antwort, springt an ihm hoch und trottet dann an ihm vorbei nach drinnen.

»Tut mir leid«, sage ich. »Turbo, hierher!«

»Lass nur!« Mein Dad beugt sich hinunter, krault Turbo am Kopf und lässt sich von ihm auf die Hose sabbern. »Natürlich kann er reinkommen. Ich muss ihm ohnehin etwas zeigen. Komm mit, Turbo.«

Er bedeutet Turbo, ihm zu folgen. Als wir in die Küche kommen, höre ich ein Kratzen auf der anderen Seite der Glastür. Mein Dad zieht den Vorhang beiseite und ein heller Labradorwelpe mit Schlappohren schaut zu uns auf.

Ich beuge mich hinunter. »Na so was.«

»Als ich dich das letzte Mal gesehen habe, hast du ungefähr so ausgesehen, Turbo.« Mein Dad macht die Tür auf und der Welpe kommt hereingestürmt, wobei er mit seinen Pfoten auf dem Holzboden ausrutscht. »Turbo, darf ich vorstellen, das ist Dusty.«

Turbo steht ganz still und tut gelangweilt, während Dusty um seine Aufmerksamkeit buhlt. Mein Dad lacht und ich lasse mich von seiner Heiterkeit anstecken.

»Ich komme eben aus der Kirche. Lass mich nur schnell meinen Sonntagsanzug ausziehen, dann können wir einen Spaziergang mit den Hunden machen.«

Er geht sich umziehen und ich versuche mich zu erinnern, ob er in meiner Kindheit jemals in die Kirche gegangen ist oder einen Schlips getragen hat. Während wir anschließend die Mallory Street entlangspazieren, sehe ich ihn an und mir wird klar, wie wenig ich eigentlich über meinen Dad weiß.

»Erzähl mir von dir«, fordert er mich erwartungsvoll auf und sieht dabei irgendwie jünger aus. »Du hast also deinen Highschool-Abschluss. Und was für Pläne hast du jetzt?«

Es mag an seiner Art zu fragen liegen – so als würde er nichts Bestimmtes annehmen oder von mir erwarten –, jedenfalls ist er der Erste, dem ich am liebsten sofort von meinem Erfolg berichten möchte. »Also, auf jeden Fall werde ich Football spielen.«

Sein Gesichtsausdruck ist noch viel besser, als ich erwartet hätte. »Am College?«

»Yep.«

»Im Ernst?«

»An der University of Florida.«

Meinem Dad bleibt der Mund offen stehen. »Das darf doch nicht wahr sein. Mein Sohn spielt Football bei den *Gators*!«

Ich freue mich über seine Reaktion, den elterlichen Stolz, der mir immer gefehlt hat. Die Antwort meiner Mutter auf diese Neuigkeit war ein Schweigen am anderen Ende der Leitung. Zum einen, weil sie nichts für Football übrighat, zum anderen, weil sie immer besorgt ist, ich könnte mich verletzen. Die beiden Male, als ich eine Gehirnerschütterung hatte, ist sie jedes Mal fast umgekommen vor Sorge.

Wir gehen so langsam, dass die Hunde ständig im Kreis um uns herumrennen. Leute kommen an uns vorbei, die auf dem Weg zum Meer sind. Zwei Oldies cruisen in einem Golfcart auf der Straße an uns vorbei und halten dabei ihren Hund an der Leine, der nebenhertrottet. So ungefähr sieht das Leben in dieser Stadt hier aus. Gechillt und superruhig.

Mein Dad winkt unterwegs allen zu, denen wir begegnen. Einige erwidern das, wenn's hoch kommt, mit einem matten Lächeln. Ich sehe meinen Dad an: sein schütteres Haar, sein ausgemergeltes Gesicht und alle anderen negativen Auswirkungen des Lebens, das er geführt hat. Dad winkt einer weiteren Nachbarin zu, irgendeiner Frau, die ihre Büsche schneidet und dabei so tut, als würde sie uns gar nicht sehen. Das erinnert mich an die Art, wie die Leute Milo, Tolby oder Freedom meiden, als wären sie ansteckend, und sie sicherheitshalber auf Abstand zu halten.

Wir kommen nicht besonders weit, bevor mein Dad meint, wir sollten lieber umkehren.

»Hast du … du weißt schon …«, sagt er schwer atmend, als wir uns seinem Haus nähern. »Gibt es da jemand Besonderen in deinem Leben?«

Ich lache leise auf, ein schwacher, jämmerlicher Laut. »Es gab jemanden.«

Entweder ist mein Dad so außer Atem, dass er nicht reden kann, oder er wartet auf eine Erklärung, also fahre ich fort. »Sie hat ihr ganzes Leben schon fertig geplant und da gibt es keinen Platz für mich. Außerdem hat sie etwas Besseres verdient.«

»Oh, nein«, sagt er, »das stimmt nicht.«

»Irgendwie schon.«

Mein Dad setzt sich in einen Sessel auf seiner Veranda. »Ich habe erst zu spät gemerkt, mein Junge, dass man manchmal nicht mehr tun kann, als genau der zu sein, der man ist, und ansonsten den Dingen ihren Lauf zu lassen. Und wenn man das tut, dann geht es normalerweise gut aus.«

Ich denke daran, warum ich hierher zu meinem Vater gekommen bin, und mir ist klar, dass es etwas damit zu tun hat. Ich bin gekommen, um meine Wut auf ihn zu überwinden und hinter mir zu lassen. Und das ist mir auch gelungen. Aber eigentlich wollte ich etwas ganz anderes hinter mir lassen.

»Bist du deswegen hierhergezogen?«, frage ich und setze mich neben ihn. Ich denke an seine freundliche Art und wie er jeden, den er trifft, grüßt. Er ist ein besserer Mensch, als ich gedacht hätte.

»Ich hatte das Glück, dieses Haus hier zu erben«, sagt er. »Und ich wusste ohnehin nicht so recht, wohin, und da dachte ich, dass ich hier ebenso gut wie überall sonst ein neues Leben beginnen könnte.«

»Du hast die Wahrheit gesagt, nicht wahr?«, frage ich. »Du warst die ganzen Jahre über clean.«

Mein Dad nickt, legt mir seinen Arm um die Schultern und zieht mich fest an sich. »Und siehst du, alles ist gut geworden.« Ich glaube, ich sehe eine Träne in seinem Augenwinkel, bevor er sich abwendet und hinzufügt: »Ich habe meinen Sohn zurückbekommen.«

Zum Abendessen machen wir schwedische Pfannkuchen, ein Rezept meiner Mutter auf einer alten Karteikarte, die mein Dad immer aufbewahrt hat und die inzwischen voller Fettflecken ist. Er spricht ein Tischgebet und wir erzählen von früher, unscharfe, verstaubte Erinnerungen, von denen ich manche wohl lieber nicht vom Staub befreien würde.

Ich war bei Weitem kein Musterknabe und auch nicht der Klügste. Mein Dad ist nicht der Einzige, der sich verändert hat. Ich versuche, den genauen Zeitpunkt meines Wandels zu bestimmen. Zuerst denke ich an Tante Debbie und Onkel Mark, die mich aufgenommen haben und wirklich mehr als gut zu mir waren. Dann an den Augenblick, in dem ich mein Stipendium für die University of Florida bekommen habe, aber am Ende beschließe ich, dass es am meisten mit dem Tag zu tun hat, an dem ich einem gewissen Mädchen auf der River Street begegnet bin.

Wir reden bis weit nach Sonnenuntergang, bis unsere Augenlider schwer werden und wir in unseren Sesseln zusammensacken. Ich werfe einen Blick auf die Uhr. Schon elf Uhr! Ich setze mich auf und denke an die lange Fahrt und an die Arbeit im Beach-Shop morgen früh. Dad bietet mir ein Bett für die Nacht an, und da Tante Debbie mir ja versichert hatte, dass sie das Auto nicht brauchen würden, beschließe ich, erst morgen in aller Frühe zurückzufahren.

Ich putze mir mit den Fingern die Zähne und schlafe im Gästezimmer auf einem Bett, aus dem meine Füße unten heraushängen. Ich träume vom Strand auf Tybee, von Sienna und dem Tag, an dem wir unter dem Pier Schutz vor dem Gewitter gesucht haben.

Am Montagmorgen kündige ich meinen Job und am Donnerstag ziehe ich mitsamt all meinen Sachen zu meinem Vater. Das erscheint mir sinnvoll. Bei Tante Debbie und Onkel Mark ist es ohnehin ein bisschen eng und es wird Zeit für eine Veränderung. Außerdem habe ich das Gefühl, dass mein Dad gewiss nichts dagegen hat, wenn ich bei ihm wohne, im Gegenteil.

Am 6. August beginnt das Football-Training, bis dahin sind es noch drei Wochen und zuvor muss ich nach Florida umziehen, aber im Augenblick habe ich Zeit. Ich bin so gut wie pleite, denn abzüglich der Reparaturkosten für Jesses Café bleiben mir gerade noch dreihundert Dollar. Es ist ein Sprung ins Ungewisse, was mir eigentlich nicht besonders liegt, und hoffe, dass am Ende wirklich alles gut wird.

Eines Morgens wache ich von der Sonne auf, die mir ins Gesicht scheint, und bin überrascht, meinen Dad im Türrahmen stehen zu sehen. Er schlurft davon. »Tut mir leid.«

»Schon gut«, sage ich. Wie lange er mich wohl so beobachtet hat? Irgendwie komisch. Ich habe diesen Ausdruck auf seinem Gesicht nun schon mehrmals gesehen, so als würde er ein Foto betrachten und hätte Angst, es könnte jederzeit aufwachen und zur Tür hinauslaufen. Ich ziehe mir mein Meadowbrook-Monarchs-T-Shirt über, das immer noch ganz leicht nach Sienna duftet. »Was gibt's?«

»Ach, nichts Besonderes. Ich hab nur an all das gedacht, was ich bei dir versäumt habe.«

»Kein Grund zur Sorge, Dad. In den nächsten vier Jahren werde ich nur ein paar Stunden entfernt sein und dich an den Wochenenden besuchen.« Dann kommt mir eine Idee. »Hey, hättest du nicht Lust, mal zu einem meiner Spiele zu kommen?«

Ich sehe, wie er schluckt, so als hätte er gedacht, ich würde das niemals fragen. »Ich würde zu jedem Einzelnen kommen.«

»Das soll also Ja heißen?«

Er lächelt. »Mit dem größten Vergnügen.« Dann macht er kehrt und geht in die Küche.

Ich denke an den Football, während ich Paprika für unser Frühstücksomelett klein schneide. Ich beschließe, danach joggen zu gehen und mir irgendwo ein Fitnessstudio zu suchen. Mein Dad kommt zu einem meiner Spiele – wenn nur Sienna das ebenfalls vorhätte! Ich halte es nicht länger ohne sie aus. Gerade als ich nach meinem Handy greife und Siennas Nummer aufrufen will, bemerke ich aus den Augenwinkeln, wie eine Eierschale neben mir in die Schüssel mit Eigelb fällt. Ich drehe mich zu meinem Dad um und sehe nur noch, wie er den Flur entlangeilt, bevor sich die Badezimmertür hinter ihm schließt. Ich lege das Handy aus der Hand und überlege, wie oft mein Dad in den letzten Tagen rasch im Badezimmer verschwunden ist. Ständig. Ich schleiche den Flur entlang und höre leise, dass er würgt und in die Toilette spuckt.

Zwanzig Minuten später kommt er wieder. Er hat zwar wieder ein Lächeln im Gesicht, aber ich bemerke, wie er sich den Rücken hält, während er in seinem Sessel Platz nimmt. Ich trage unsere beiden Teller mit Omeletts ins Wohnzimmer und reiche ihm einen.

»Danke«, sagt er. »Sorry, dass ich dir nicht weiter geholfen habe.«

»Alles okay mit dir?« Ich setze mich in den orangefarbenen Schaukelstuhl.

Er nickt. Eine Lüge.

»Hast du Grippe oder so?«

»Nein, mir geht's gut«, sagt er. Ein paar Minuten vergehen und er hat noch immer sein Essen nicht angerührt. Irgendetwas stimmt nicht mit ihm.

»Ich hab was für dich«, sagt er unvermittelt und stellt seinen Teller auf den Wohnzimmertisch. Er greift in ein Schränkchen neben sich, zieht einen Pappordner hervor und reicht ihn mir.

»Was ist das?«

Er holt tief Luft, als hätte er Angst. Er zögert. »Du liebst sie wirklich, oder?«

Ich blicke auf und sehe ihn vielsagend grinsen.

»Dieses Mädchen«, fährt er fort. »Die, von der du meinst, du wärst nicht gut genug für sie.«

»Ja, ich liebe sie«, gestehe ich. Aber worauf will er hinaus?

»Mein Junge, manchmal muss man einfach den Dingen ihren Lauf lassen, und dann wieder muss man nach den Sternen greifen, selbst wenn sie unerreichbar scheinen.«

»Was willst du damit sagen?«

Dad beugt sich vor. »Eines konntest du schon immer gut: Du blickst nach vorn trotz aller Schwierigkeiten. Verbring dein Leben nicht damit, nach hinten zu schauen und zu bereuen, so wie ich es getan habe. Du bist nur einmal jung und das geht schnell genug vorbei.«

Keine Briefe. Nicht ein einziger Anruf. Ich sehe den kleinen Jungen vor mir, der am Briefkasten gewartet hat, und frage mich, ob Sienna wohl noch an mich denkt. Und wartet. Meine Gedanken rasen. Sie ist nur einen Anruf entfernt. Vergiss es, ich muss sie sehen. Der Mist ist allerdings, dass ich nur noch dreihundert Dollar besitze, mit denen ich wohl kaum ein Flugticket bezahlen kann.

Dad zuckt zusammen und massiert sich mal wieder die Seite – und lenkt damit meine Aufmerksamkeit zurück in die Gegenwart.

Mein Blick wandert zu dem Ordner in meinen Händen. »Was ist das hier, Dad?«

»Mein Testament«, antwortet er mit ruhiger Stimme, während er mich nicht aus den Augen lässt.

Angst überkommt mich. Ich stehe auf und werfe den Ordner auf den Wohnzimmertisch. »Das will ich nicht.«

Ich sehe ihn lange und unverwandt an. Seine geschwollenen Hände. Das erschöpfte Gesicht. Ich denke daran, wie schwer es ihm fällt, nur die Mallory Street hinunterzulaufen, und an all die anderen Zeichen, auf die ich bisher nicht geachtet habe.

»Du bist krank«, stelle ich fest, und mein Hals ist dabei ganz trocken, während ich endlich eins und eins zusammenzähle. Alles Gute aus den vergangenen anderthalb Wochen droht mir wieder zu entgleiten: das Verzeihen, die Beziehung, die wir nach all den Jahren endlich wieder aufbauen, die Erinnerung an früher und die Augenblicke des Schweigens, wenn gar nichts gesagt werden musste.

Schließlich nickt mein Dad, ein einfaches Eingeständnis, das meine ganze Welt zum Einsturz bringt.

Chronisches Nierenversagen.

Das Ticken der Uhr an der Wand hämmert durch die Stille. Ich ärgere mich über die resignierte, beinahe schicksalsergebene Haltung meines Vaters.

»Du unternimmst doch etwas dagegen, oder? Ich meine, man kann da doch sicher was machen!«

Dad lächelt traurig. »Chronisches Nierenversagen ist nur eines von meinen Problemen, Austin. Die Nierenkrankheit hat auch Herzprobleme zur Folge.«

Der Druck in mir steigt und presst mir von allen Seiten die Brust zusammen. »Nimmst du Medikamente? Komm schon, Dad, du klingst, als hättest du bereits aufgegeben.«

Wieder lächelt er. »Ich hab mir schon gedacht, dass du so reagieren würdest. Anders als du konnte ich nie gut nach vorn blicken trotz aller Schwierigkeiten.«

»Dann musst du es eben lernen, Dad!« Fast schreie ich. »Komm, ich bring dich jetzt zu einem Arzt.«

»Mein Junge, ich gehe schon seit Jahren in Arztpraxen ein und aus und habe alle möglichen Medikamente genommen. Auch Dialyse hatte ich schon. Ich befinde mich in Stadium vier. Das ist kurz vor dem Endstadium, Austin. Es gibt jetzt nur noch eins, was wir beide tun können, und das ist, aus meinen Fehlern zu lernen. Die Drogen sind schuld, weißt du?«

Ich versuche den Kloß in meinem Hals herunterzuschlucken. »Wie lange noch?«

Ich muss peinigende Sekunden des Schweigens durchstehen, bevor er schließlich antwortet: »Schwer zu sagen. Im Januar meinte mein Kardiologe, ich hätte noch eine Lebenserwartung von etwa sechs Monaten.«

Ich reibe mir mit den Fingern über die Schläfe in dem Versuch, die plötzlich aufsteigenden Kopfschmerzen zu vertreiben. »Oh Mann, Dad, das war ja schon vor zwei Wochen.«

»Ich weiß«, sagt er und lächelt stolz. »Ich bin schon jetzt weiter als erwartet!«

»Und was ist mit einer Operation? Einer Transplantation?«

»Das ist die nächste Komplikation. Die Herzprobleme werden übermächtig. Wenn es noch schlimmer wird, ist eine Transplantation nicht mehr möglich. Ich stehe seit zwei Jahren auf der Warteliste für eine Nierentransplantation, doch es kann zwischen drei und fünf Jahren dauern, bis eine passende Spenderniere gefunden wird. Bei meiner Blutgruppe möglicherweise sogar noch länger. Der Kampf ist verloren, Austin.«

Ich hole mein Handy aus der Hosentasche. »Welche Blutgruppe hast du?«

Er sieht mich misstrauisch an. »Du bist nicht für mein verkorkstes Leben verantwortlich, Austin. Das ist ganz und gar meine Schuld. Sieh dich an. Du bist stark und gesund. Du hast Chancen auf ein Leben, wie ich es nie hatte. Und du hast deinen Football. Das kannst du nicht für mich riskieren.«

»Das ist mir egal.«

»Es ist vorbei und ich habe mich damit arrangiert, Austin«, sagt Dad. »Ich habe Gott gefunden und ich habe meinen Sohn zurückbekommen. Das ist mehr, als ich je erwartet hätte.«

Ich gehe quer durchs Zimmer und knie mich neben ihn. »Ich will nicht Football spielen, wenn du nicht auf der Tribüne sitzt und mir zuschaust. Kapiert?«

Mein Dad ist zu keiner Antwort fähig, so als würden ihm meine Worte wirklich etwas bedeuten.

»Wenn es eine Niere gäbe«, frage ich, »und damit die Möglichkeit, dass du wieder gesund wirst, würdest du es dann tun?«

Er legt die Hand auf seine große, ledergebundene Bibel und

holt tief Luft. In diesem Augenblick des Zögerns erkenne ich es in seinen Augen: In ihm steckt noch immer ein starker Lebenswille, ganz gleich, was er sagt.

»Dad, würdest du es tun?«, wiederhole ich. »Für mich?«

Endlich nickt er.

Ich stehe auf. »Also gut. Welche Blutgruppe hast du?«

Er sieht mich an, bevor er widerstrebend antwortet: »AB negativ.«

Ich lasse Dad in seinem Sessel zurück, während ich zum Telefonieren nach draußen gehe.

»Austin?« Meine Mutter klingt überrascht, was mich daran erinnert, dass ich sie öfter anrufen sollte. »Alles okay mit dir?«

Ich habe keine Lust zu lügen und komme deswegen direkt zur Sache. »Mom, welche Blutgruppe habe ich?«

Der Gesundheitszustand meines Vaters lässt eine Operation nur noch mit Mühe zu. Er hat seinen Spender in allerletzter Sekunde gefunden – mich, seinen einzigen lebenden Blutsverwandten. Ich versuche, nicht darüber nachzudenken, was geschehen wäre, wenn ich nicht nach St. Simons gekommen wäre oder Sienna mir seine Adresse nicht gegeben hätte.

Nach eingehenden Untersuchungen, Röntgenaufnahmen, dem Abgleich von Gewebeproben und Bluttests ist alles bereit für die Transplantation, die das Nierenproblem meines Vaters und damit auch seine Herzschwäche entscheidend verbessern könnte. Die Ärzte haben mir erklärt, dass eine Transplantation zwischen Familienmitgliedern etwa einen Monat nach der Evaluation von Spender und Empfänger durchgeführt werden kann, doch genau da liegt das Problem.

In Abwesenheit meines Vaters trage ich den Ärzten mein Anliegen vor und setze dabei zum ersten Mal auf den Bonus, den ich als angehender Spieler der *Florida Gators* besitze. Das Footballtraining fängt in weniger als drei Wochen an. Doch dann halten mir die Ärzte einen Vortrag, was eine solche Operation für einen Leistungssportler bedeutet, und daraufhin versinkt die Welt um mich herum erst einmal für eine gute Stunde in Schweigen, während ich im Krankenhaus sitze und nachdenke – über die möglichen Folgen meiner Entscheidung und meinen Traum, der immer noch wahr werden könnte.

Ich weiß nicht recht, was ich erwartet hatte. Dass die Ärzte mir an einem Tag die Niere rausziehen und ich am nächsten Tag wieder Sport machen kann? Letztendlich schiebe ich all das beiseite und treibe die Sache weiter voran, ohne einen Blick zurück. In Anbetracht des schlechter werdenden Gesundheitszustands meines Vaters und meines Studienbeginns ziehen die Ärzte die Operation vor und setzen sie für den 3. August an, also in etwas weniger als zwei Wochen.

Zu Hause sehe ich meinen Dad in seinem Sessel sitzen, aus dem er sich seit dem Frühstück nicht bewegt hat.

»Hey, Dad.«

Ich mache den Kühlschrank auf, hole die Obstschale raus und setze mich an den Tisch. Jetzt verstehe ich auch die veränderten Ernährungsgewohnheiten meines Vaters. Ich sehe ihn an, wie er bewegungslos in seinem Stuhl sitzt und unverwandt auf den Fußboden starrt.

»Was ist los?«, frage ich.

»Wann fängt dein Training an?«

Ich kaue an einer Erdbeere herum und zögere meine Antwort hinaus. »Am 6. August.«

Dad massiert sich die Stirn, was er in letzter Zeit immer öfter tut, so als könne er sich nicht konzentrieren. »Hast du deinem Trainer schon Bescheid gesagt?«

»Ich rufe ihn heute an«, sage ich und werfe die nächste Erdbeere ein, bevor ich nicht ganz wahrheitsgemäß verkünde: »Das ist kein großes Ding.«

»Du spendest eine deiner Nieren, Austin!«

»Der Arzt meinte, davon würde man sich schnell erholen und ich wäre in kürzester Zeit wieder ganz fit.«

»Du bist auf jeden Fall drei Tage lang in der Klinik«, fährt er mit brüchiger Stimme fort. »Entsprechend kommst du erst einen Tag vor dem Training raus.«

»Perfektes Timing also«, bemerke ich mit aufmunternder Miene.

»Aber du sollst danach nichts Schweres heben, für wie lange noch mal, vier Wochen? Das funktioniert doch gar nicht.«

Ich konzentriere mich ganz auf die Obstschale. Fakt ist, dass ich vermutlich nicht am College Football spielen werde, wenn ich eine Niere spende, ganz zu schweigen von einer Karriere als Profifootballer. Unser erstes Spiel ist am 5. September gegen Charleston, etwas mehr als vier Wochen nach der OP. Zwar war ich als Wide Receiver die erste Wahl der *Gators*, aber ich brauche diese vier Wochen Training mindestens ebenso wie alle anderen.

»Austin.« Dad holt sich meine Aufmerksamkeit zurück. »Wir werden das nicht machen.«

»Und was dann, Dad?« Ich stehe auf und werfe meine Gabel ins Spülbecken. »Dann stirbst du einfach? Die Ärzte haben dir eine Lebenserwartung von sechs Monaten gegeben. Die Zeit war schon vor drei Wochen vorbei! Wir können von Glück sagen, dass sie die Transplantation überhaupt noch vornehmen wollen. Es ist ja nicht so, dass ich erst diese Saison spielen und dir dann meine Niere spenden kann. Du bist erst 41, Dad. Ich lebe schon seit einem Jahr weniger als zwei Stunden von dir entfernt. Und es war nicht einmal ich, der deine Adresse herausgefunden hat, sondern Sienna. Ich habe sie gebraucht, um zu merken, was für ein Idiot ich bin. Glaubst du, ich könnte damit leben? Glaubst du, ich könnte dich sterben lassen in dem Wissen, dass ich der Einzige bin, der dich hätte retten können?«

Der Sessel knarrt, als mein Dad sich mit zitternden Armen zum Stehen hochdrückt. Langsam schlurft er zu mir und nimmt mich in die Arme. Dann tritt er einen Schritt zurück und hält mein Gesicht zwischen seinen beiden Händen.

»Dich trifft keine Schuld. Als meine sechs Monate um waren, habe ich gebetet, um Frieden zu finden und sterben zu können. Ein paar Tage später hast du an meine Tür geklopft. Verstehst du nicht, mein Sohn? Du hast mir schon genug gegeben. Vielleicht wirst du eines Tages, wenn du selbst Vater bist, verstehen, dass es mehr bedeutet, seinen Sohn wiederzusehen und zu wissen, dass es ihm gut geht, als selbst zu leben.«

Ich sehe meinen Dad an, seine hohlen Wangen und die müden Augen.

»Bisher war Football das Einzige, was ich wollte«, sage ich fest entschlossen. Dass wir uns wiedergesehen haben, mag ihm genügen, aber es ist nicht genug für mich. »Jetzt will ich mehr.«

43

Austin

Die Zeit scheint gegen mich zu arbeiten. Ich spüre es, den Drang zur Eile. Aber ich habe den Ratschlag meines Vaters nicht vergessen, dass man ein Leben ohne Reue führen sollte.

Ein Schreibblock, ein Umschlag, ein paar Briefmarken und zwei Silberdollars: Mit alldem in meinem Rucksack fahre ich nach Savannah zur River Street. Als ich gerade mit meinem Motorrad an einer Tankstelle stehe, höre ich, wie jemand meinen Namen ruft. Ich drehe mich um und sehe Brian, der sich aus einer Gruppe von Freunden löst.

»Hey, Austin, wie geht's?« Er schlägt mich ab wie einen Kumpel. »Dich hab ich ja schon seit einer Ewigkeit nicht mehr gesehen.«

»Ja, das ist eine Weile her.«

Brians Anblick ruft mir Sienna wieder frisch ins Gedächtnis und streut Salz in die Wunde, dass sie drei Staaten entfernt ist und dass sie und ich nicht zusammen sind.

»Hast du in letzter Zeit mal was von Sienna gehört?«, fragt er.

»Nee«, antworte ich, was er bestimmt nicht ungern hört. »Ich hab seit ihrer Abreise nicht mehr mit ihr gesprochen.«

Brian verzieht bedauernd das Gesicht. Nicht das, was ich erwartet hätte.

»Weißt du, zuerst war ich ja eifersüchtig auf dich«, sagt er unvermittelt. »Wie sie dich angeschaut hat! Ich meine, echt, wer würde von einem Mädchen wie ihr nicht gerne so angeschaut werden? Mann, so viele Sommer waren wir hier zusammen und ich hab sie nicht einmal geküsst. Aber das wusstest du ja ohnehin schon.«

Die Benzinpumpe hinter mir klickt, ohne dass ich mich darum kümmere, weil das, was er sagt, vollkommen neu für mich ist.

»Sie war immer mit diesem Kyle zusammen, obwohl ich keine Ahnung hab, warum«, fährt Brian fort. »Ich hab den Typen erst diesen Sommer kennengelernt, aber mir war schon immer klar, dass er nicht gut für sie ist. Im Gegensatz zu dir. So gerne ich sie für mich gehabt hätte, Austin, es passt einfach nicht. Aber du hast ihr gutgetan.«

Verlegen fummele ich an meinem Geldbeutel herum, weil mich seine Ehrlichkeit überrascht. Aber ich weiß sie zu schätzen. »Danke.« Mehr fällt mir nicht ein.

»Und die Sache mit Spencer und dem Café ist ja wirklich zu blöd gelaufen.« Brian wechselt das Thema und räuspert sich, so als würde diese Unterhaltung jetzt auch ihm zu tiefschürfend. »Sonst hätte Sienna länger bleiben können. Es tut mir leid, dass ihre Mutter jetzt für den Schaden aufkommen muss, und das auch noch, nachdem ihr Vater gestorben ist.«

»Sie muss nichts mehr zahlen«, rutscht es aus mir heraus. »Ich kenne Jesse, den Besitzer. Es ist alles geregelt.«

»Du hast ihn davon abgebracht, Anzeige zu erstatten?«

Ich gebe keine Antwort, merke aber, wie Brian eins und eins

zusammenzählt und sich ausrechnet, dass ich derjenige sein muss, der gezahlt hat. Er lächelt. Ich bin froh, als seine Freunde schließlich angefahren kommen, um ihn einzusammeln, weil mir diese ganze Unterhaltung ziemlich peinlich ist.

Brian holt sein Handy hervor. »Hey, kann ich deine Nummer haben?«

»Klar«, sage ich und rattere die Nummer herunter, während er sie zu seinen Kontakten hinzufügt.

»Ich ruf dich an, wenn wir mal wieder einen Extraspieler brauchen«, sagt er, während er in das Auto steigt. »Mach sie alle fertig im Herbst, okay?«

Football. Ich schätze, Sienna wird es ihm erzählt haben, und ich habe nicht vor, ihm von meinen geänderten Plänen zu berichten. Der Trainer war ziemlich enttäuscht, als er von der Transplantation gehört hat, aber er konnte ja nicht wirklich etwas dagegen sagen, dass ich meinem Vater das Leben retten will. Er meinte, ich sollte erst einmal aussetzen und käme wieder zum Einsatz, sobald die Ärzte einverstanden sind. Ich weiß, was das in Wahrheit bedeutet.

Ich denke daran, dass Brian im letzten Jahr wegen einer Verletzung nicht in die Highschool-Mannschaft aufgenommen wurde. Jetzt weiß ich, wie er sich gefühlt haben muss. Unvermittelt rührt sich in mir so etwas wie Mitleid.

»Danke, Brian«, sage ich, immer noch verwundert über seine unerwartete Herzlichkeit. Während er mit seinen Freunden davonfährt, denke ich daran, dass ich ihn und seine ganze Familie anfangs für reiche, versnobte Schnösel gehalten habe. Und daran, dass auch Brians Mutter gegenüber Siennas Mom ein gutes Wort für mich eingelegt hat. Ich habe mich wirklich in ihnen getäuscht.

Ich gehe vom einen Ende der River Street bis zum anderen,

wo ich Sienna zum ersten Mal begegnet bin. Dort suche ich mir eine Bank, schaue auf den Fluss und denke nach. Wenigstens hatte ich in einer Hinsicht recht: Als ich damals nicht mit Reggie und Leo losgezogen, sondern stattdessen zur River Street gegangen bin, hat das tatsächlich mein Leben für immer verändert. Ich reiße eine Seite des Schreibblocks ab, hole einen Stift aus dem Rucksack und mache genau das, was ich mein Leben lang zu vermeiden versucht habe: Ich riskiere eine Zurückweisung, denn mittlerweile erscheint es mir richtig, Schmerz zu spüren, weil es bedeutet, dass ich wirklich geliebt habe. Sienna. Meinen Dad. Ich schreibe all die Worte auf, die ich hätte sagen sollen.

Ich unterzeichne den Brief, falte das Papier und stecke es in den wattierten Umschlag, zusammen mit einem der Silberdollars aus dem Rucksack. Auf dem Rückweg zu meinem Motorrad werfe ich den Brief in einen Briefkasten, dann drehe ich mich um und schaue ein letztes Mal zurück auf das Flussufer – auf die River Street. Die zweite Münze lasse ich unterwegs auf den Boden fallen, damit jemand einen Glücksdollar auf der River Street finden kann, wie einst Sienna.

Bevor ich am Freitagmorgen nach St. Simons zurückfahre, verabschiede ich mich mit einer Umarmung von Tante Debbie. Sie hatte mich und meinen Dad so oft zum Essen eingeladen, dass ich sie vor der OP auf jeden Fall noch einmal besuchen wollte, auch wenn die Fahrt für Dad zu anstrengend gewesen wäre. Tante Debbie scheint mich tatsächlich zu vermissen.

»Komm uns besuchen, hörst du? Sonntags zum Essen. In den Ferien. Du kannst jederzeit hier wohnen.«

»Ich würde mir keine Gelegenheit entgehen lassen, bei dir

zu essen, Tante Debbie«, sage ich und knie mich dann auf Megans Höhe hin. »Kuss, Megan?«

Schüchtern wie immer versteckt sich Megan erst einmal hinter dem Bein ihres Vaters. Erst in letzter Minute schießt sie kurz vor und gibt mir ein Küsschen auf die Wange. Endlich einmal.

Tante Debbie klatscht, Mark lächelt und Megan rennt in seine Arme.

Ich wende mich zu Mark, der den Mund aufmacht, als wolle er etwas sagen, es sich dann aber verkneift. Wir wissen beide, dass wir dasselbe denken. Wenn wir uns doch einfach nur auf mein erstes Football-Spiel am 5. September freuen könnten, dann würde uns dieser Abschied nicht so schwerfallen. Mark hatte fest vorgehabt, dorthin zu kommen.

Letztlich begnügen wir uns damit, uns gegenseitig kräftig auf die Arme zu klopfen, dann schlinge ich mir den Rucksack über die Schultern und steige aufs Motorrad.

»Willst du wirklich alles aufs Spiel setzen?«

Ich drehe mich um. Mark ist mir nach draußen gefolgt. Jetzt sind wir beide alleine, und er spuckt endlich aus, was er sich die letzten paar Wochen verkniffen hat.

»Er ist mein Dad.«

Mark wirkt wenig überzeugt. »Und er hat nichts für dich getan.«

Ich fummele an meinem Helm herum, denke an die OP am Montagmorgen, an meinen Traum vom College-Football, der sich nie bewahrheiten wird, an Sienna, die mir gezeigt hat, was Liebe wirklich bedeutet. Die Dinge haben sich verändert. Zuvor war Football alles für mich, nun ist der Gedanke an ein Leben als Football-Spieler, aber ohne Sienna und ohne meinen Dad, als würde ich in einen endlosen, dunklen Tunnel starren. Durch Sienna habe ich mich verändert, und wenn ich die Chance hätte, alles neu zu erleben, dann würde ich wieder die River Street entlangspazieren.

Ich ziehe meinen Helm auf, winke Mark zum Abschied zu und lasse Savannah hinter mir.

Die Sonne scheint, der warme Wind raschelt im dichten Laub der Bäume und im nahe gelegenen Park spielt ein Vater mit seinem Sohn Baseball. Ich fahre durch das Städtchen St. Simons und kann mir dabei nicht recht erklären, woher ich plötzlich dieses stillschweigende Vertrauen in die Zukunft habe, ganz gleich, welche offenen Fragen noch vor mir liegen. Ich fühle mich wohl an diesem Ort, auf dieser Insel. Fast wie zu Hause.

Vor dem Haus meines Vaters halte ich an. Sobald ich den Helm abnehme, umfängt mich die feuchtwarme Luft. Ein Windstoß bläst mir entgegen – die ersten Anzeichen eines Gewitters ballen sich am Himmel zusammen. Ich drehe den Türknauf der Haustür und stelle fest, dass abgeschlossen ist. Ich klopfe. Die schwüle Luft lastet drückend auf mir. Je länger ich warte, desto mehr macht sich ein ungutes Gefühl in mir breit. Schließlich gehe ich zur Hintertür.

»Hey, Turbo.« Ich klopfe gegen mein Bein, doch er wimmert nur. Dusty will gar nicht aufhören zu kläffen, er springt mich an, rennt dann zur Hintertür und bellt wie verrückt. Turbo drückt die Schnauze ins Gras neben seinen Pfoten und jault. Mich packt die Angst, als ich die Hunde so sehe und mich der Blick aus Turbos traurigen Augen trifft. Unübersehbar versucht er mir etwas mitzuteilen, genau wie damals, als mein Dad verschwunden war und er mich warnen wollte.

»Dad?«, rufe ich, nachdem ich die Schiebetür geöffnet habe. Ich gehe durch die Küche. »Dad?«

Dann höre ich seine Stimme, schwach und zitterig. »Austin?«

Ich folge dem Klang seiner Stimme ins Wohnzimmer, doch er sitzt nicht wie üblich in seinem Sessel. Stattdessen finde ich ihn um die Ecke auf dem Fußboden liegend.

Der Helm gleitet mir aus den Fingern und fällt krachend hinunter. »Dad!«

Mit hämmerndem Herzen knie ich mich neben ihn. Er hält mit einer Hand den Ausschnitt seines Hemds umklammert und ringt keuchend um Luft. »Was ist los, Dad?«

»Ich … ich …«, stößt er zwischen schweren Atemzügen hervor. »Hol den Ordner auf dem …«

Noch bevor er den Satz beendet hat, halte ich das Handy in der Hand.

»911. Was für einen Notfall haben Sie?«, fragt eine Stimme.

»Ich glaube, mein Vater hat einen Herzinfarkt. Oder er hatte gerade einen. Wir brauchen einen Krankenwagen, sofort.«

Ich gebe die Adresse und Telefonnummer durch, während Dad an meinem Hemd zieht, um meine Aufmerksamkeit zu erregen. Ich versuche die Fragen des Notrufs zu beantworten, aber mein Dad ist so beharrlich, dass ich schließlich nachgebe und das Telefonat beende.

Es darf nicht sein.

Ich renne in die Küche, reiße eine Schranktür auf und hole die Schachtel mit Medikamenten heraus. Sie rutscht mir aus den Händen, Flaschen purzeln heraus und rollen über den Holzboden. Ich suche das Aspirin und renne damit zurück zu meinem Dad.

»Austin«, sagt er mit halb geschlossenen Augenlidern. »Auf dem Schrank. Der Ordner.«

»Nein, Dad!« Ich schaue gar nicht erst in die Richtung, in

die er zeigt. Ich will dieses dumme Testament nicht sehen. »Du gibt jetzt nicht einfach so auf. Die Transplantation ist am Montag. Das sind nur noch ein paar Tage, Dad. Du musst durchhalten.«

»Mein Junge«, sagt er, und ein schwaches Lächeln umspielt seine faltigen Lippen.

Ich wische ihm einen Spuckefaden vom Mund und spüre heiße Tränen hinter meinen Augen brennen. »Nein«, sage ich. »Es ist nicht zu spät.«

Er seufzt tief. »Es ist besser so ...«

»Nein«, unterbreche ich ihn, und das Wort wird von einem Schluchzen in meiner Kehle erstickt. »Der Krankenwagen ist unterwegs. Die Transplantation. Ich kann dich noch retten.«

Er lächelt. »Das hast du auch so getan, Austin.« Wieder deutet er mit solchem Nachdruck auf den Umschlag, dass ich ihn nicht länger ignorieren kann. »Ich wünschte nur, ich wäre für dich da gewesen. Für dich und deine Mutter ... Nichts, was ich je getan habe, kann dieses Versagen wieder ausgleichen.«

»Du hast nicht versagt.«

Er lächelt wenig überzeugt.

Ich sehe ihm in die Augen und achte darauf, dass auch er mich ansieht. »Ich liebe dich, Dad.« Meine Stimme klingt brüchig, ein Schluchzen, alles andere als männlich.

Er seufzt. »Ich weiß. Du hast den Mut, den ich nie hatte. Den Mut zu lieben mit allem, was du hast. Und schon deswegen wird alles gut werden, das weiß ich.«

In der Ferne ist leise der Klang einer Sirene zu vernehmen, der sich mit dem Donnergrollen mischt. Mit zitternder Hand deutet er auf das ledergebundene Buch auf dem Beistelltisch. Ich nehme es in die Hand. Seine Bibel. Ich habe ihn nicht einmal nach seinem Glauben gefragt; in den ganzen letzten

Wochen ging es eigentlich immer nur um mich. So viele Fragen habe ich noch nicht gestellt.

Dad holt mehrmals tief Luft, seine Lippen sind schlaff. »Das hier ist nicht das Ende, Austin.«

Die Sirene wird lauter, wenngleich nicht schnell genug.

»Du hast recht, Dad. Es ist nicht das Ende«, sagte ich. Ich drücke ihm das Fläschchen mit den Aspirin-Tabletten in die Hand. »Ich hol dir Wasser. Wir schaffen dich ins Krankenhaus.«

Ich fülle ein Glas mit Wasser. *Er kommt durch. Er kommt durch.* Ich lasse keinen anderen Gedanken zu. Aber ein schepperndes Geräusch aus dem Wohnzimmer macht meine Hoffnungen zunichte. Ich drehe mich um, sehe in seiner Hand das leere Fläschchen und die auf dem Fußboden verstreuten Tabletten. Das Wasser strömt durch den Abfluss, während ich von Trauer erstickt regungslos dastehe, als mir klar wird, was hier geschieht.

Ab da verläuft alles wie in Trance. Der Notarztwagen, Sanitäter, die zu meinem Dad eilen und ihn schließlich für tot erklären, was ich nicht hören will. Leute kommen und gehen: die Polizisten, ein Arzt. Ich beantworte Fragen, so gut ich kann, doch nachdem alles gesagt und getan ist, fühlt sich der ganze Tag irgendwie irreal an, als hätte es ihn gar nicht gegeben. Es kann einfach nicht sein.

Dicke Wolken türmen sich am Himmel draußen und lassen dieses Haus voll Liebe, Hoffnung und wiedergewonnener Erinnerungen seltsam fremd und dunkel erscheinen.

Mein Dad ist nicht mehr.

Ich starre auf den Boden, wo ich ihn zuvor gefunden habe. Was wäre wohl geschehen, wenn ich nicht da gewesen wäre, wenn Sienna mir nicht die Adresse gegeben hätte? Wie lange hätte er hier gelegen, bis ihn jemand gefunden hätte?

Irgendwann wäre bestimmt jemand gekommen. Aber je mehr ich darüber nachdenke, desto deutlicher wird mir, was für ein einsames Leben mein Dad geführt hat. Wer wird außer mir bei seiner Beerdigung sein? Und werden diejenigen Trauer empfinden oder Mitleid, oder werden sie den Tod eines Junkies für selbst verschuldet halten?

Alle Menschen brauchen Freunde, habe ich einmal zu Sienna gesagt. Gleichzeitig war ich immer davon überzeugt, dass die Menschen grundsätzlich gut und anständig sind. Jetzt fällt es mir schwer, das zu glauben.

Ich nehme den Umschlag in die Hand, den ich nun endlich öffne, und blättere den Stapel mit Papieren durch: ein Letzter Wille, sein Testament, Kontoauszüge, Anleihen und Versicherungen, die Heirats- und die Scheidungsurkunde. Selbst für seine Beerdigung hat er Vorsorge getroffen: ein Bestattungsinstitut, eine Grabstelle auf einem Friedhof, sogar der Sarg ist bereits bezahlt. Es scheint gar nicht so recht zu ihm zu passen, dass er alles so sorgfältig geplant hat, und ich bedaure wieder einmal, dass ich nur so wenig über meinen Dad weiß.

Schließlich finde ich noch einen kleinen Umschlag, auf dem FÜR AUSTIN geschrieben steht. Ich reiße ihn auf und lese:

Austin,

ich sehe dir durchs Fenster zu. Wir sind eben von einem Spaziergang am Strand zurückgekommen und jetzt mähst du den Rasen. Du ahnst nicht, wie viel mir die letzten Wochen bedeutet haben. Unsere Spaziergänge mit den Hunden, die Gespräche über alte Zeiten, dein Lächeln. Dass du plötzlich vor meiner Tür standest, ist ein Gottesgeschenk, und ich werde für dieses Wunder immer dankbar sein.

Wenn du diesen Brief geöffnet hast, bedeutet das, dass ich nicht

mehr da bin. Du wirst mein Testament und andere Unterlagen zusammen mit diesem Brief finden. Ich habe nicht viel, aber das, was ich habe, gehört dir. Es sind etwa 30 000 Dollar auf der Bank. Auch das Haus ist deins. Es ist schuldenfrei, du kannst damit also machen, was du willst. Es behalten, es verkaufen, ganz egal. Hauptsache, du bist glücklich und lebst dein Leben so, dass du anschließend keinen Grund hast, mit Bedauern zurückzuschauen. Es tut mir leid, dass ich nicht für dich da war, Austin. Ich schwöre dir, dass ich immer der Meinung war, das zu tun, was am besten für dich ist, aber mir ist jetzt klar, dass auch das ein Fehler war. Ich hätte da sein sollen, um dich beim Football zu sehen oder bei der Abschlussfeier der Highschool. Es gibt so vieles, was ich versäumt habe, und ich wünschte, ich könnte es wiedergutmachen. Aber du sollst wissen, dass ich dich von nun an beim großen Spiel des Lebens anfeuere und begleite, auch wenn du mich nicht mehr unter den Zuschauern sehen kannst.
Ich liebe dich, mein Sohn.
Dad

Während ich den Brief noch in der Hand halte, wird mir nach und nach bewusst, was das bedeutet. 30 000 Dollar? Ein Haus? Ich habe so hart gearbeitet und geknausert, um mir das Geld zusammenzusparen, das im Handumdrehen verschwunden war, nachdem ich Turbos Tierarztrechnung und die Reparaturen an Jesses Café bezahlt hatte. 30 000 Dollar, keine Transplantation und dazu weiterhin mein Football-Stipendium. Das ist alles, wovon ich immer geträumt habe – Unabhängigkeit, Geld, Football. Mein Dad hatte recht. Alles wird gut.

Ich knülle die Unterlagen in meiner Faust zusammen und knalle sie auf den Wohnzimmertisch. Doch selbst das ist noch nicht genug. Am liebsten würde ich sie zerreißen. Sie verbrennen. 30000 Dollar, ein Haus und ein Stipendium – dieser Traum, der mir einmal alles bedeutet hat, ich würde ihn jederzeit eintauschen, wenn nur mein Dad zu einem einzigen meiner Spiele kommen könnte.

Ich gehe zur Haustür und reiße sie auf. Er ist tot. Ich stehe auf der Veranda und schwanke wie eine Palme im Wind. Ein Regentropfen triff meine Wange. Eilig kommen die Leute die Straße vom Strand her gelaufen. Der Wind trägt leise die Geräusche von St. Simons zu mir herüber. Die Welt um mich herum scheint sich einfach weiterzudrehen, als wäre dies ein Tag wie jeder andere.

Er ist nicht mehr da, denke ich immer und immer wieder, als ließe sich die harte Realität durch die Wiederholung mildern. Der Drang, all dem zu entfliehen, treibt mich zu meinem Motorrad und ich fahre einfach drauflos. Ohne Ziel. Ich weiß nur, dass ich nicht hierbleiben kann. Der Nieselregen ist kühl und erfrischend, doch je schneller ich fahre, desto mehr brennt er in meinem Gesicht.

Wenn es im Leben darauf ankommt, nichts zu bereuen, dann habe ich jetzt eines gelernt: Man hat nicht richtig gelebt, solange man nicht alles gegeben hat. Und man hat nicht alles gegeben, solange man nicht ein Stück seiner selbst gegeben hat.

Aber all das spielt jetzt keine Rolle. Ich habe alles gegeben, aber es hat nichts geholfen. Ich bereue mehr denn je. Ein kalter Schauer läuft mir das Rückgrat entlang, doch in mir flackert Wärme auf bei dem Gedanken, dass ich vielleicht eine Sache noch rechtzeitig in Ordnung bringen kann, bevor ich auch die bereue. Ich muss Sienna nicht verlieren, nicht für immer. Genau wie der Regen umfängt mich der Trost, den dieser Gedanke spendet, und lindert meinen Schmerz.

Auf der Straße bleibt das Wasser in flachen Pfützen stehen.

Ich erwache aus meinen Gedanken und bemerke, dass ich vollkommen durchnässt bin. Es ist einer jener Augenblicke, in denen man vor sich hin fährt und plötzlich erkennt, dass man sich an die letzten Minuten gar nicht erinnern kann. Ich konzentriere mich wieder auf die Straße, doch für den Bruchteil eines Augenblicks zu spät. Ein Auto, das mich offensichtlich nicht bemerkt hat, biegt auf die Hauptstraße ein. Ich hätte das vorhersehen müssen. Ich bremse, lenke seitwärts und versuche, dem Wagen auszuweichen, ohne ins Rutschen zu kommen, während mir das Unvermeidliche bereits vor Augen steht und ein lähmender Schock mir in die Glieder fährt.

Es reicht nicht.

Es ist zu spät.

Ich höre das Kreischen der Bremsen, Scheinwerfer blenden mir ins Gesicht. Die letzten beiden Gedanken, die mir durch den Kopf gehen, gelten Sienna und der erschreckenden Erkenntnis, dass ich keinen Helm trage.

44

Sienna

Die Grenze zwischen dem, was Traum war und was Wirklichkeit, verschwimmt mehr und mehr. Meine Anfälle haben aufgehört und damit auch die Möglichkeit, zu Austin zurückzukehren. Ich habe den Unfall endlich verarbeitet. Heißt das, ich werde keine Anfälle mehr bekommen?

Die Zeit heilt alle Wunden. Genau wie der Schmerz über den Verlust meines Vaters im Laufe des letzten Jahres langsam nachgelassen hat, wird auch die Erinnerung an Austin verblassen. Ob ich es will oder nicht.

Ich gehe ein letztes Mal durch unser leer geräumtes Haus, über die Terrasse und durch den verwilderten Garten, nun kahle Orte, die nur noch in der Erinnerung lebendig sind. Endlich kann ich wieder nach vorne schauen. Alles ist, wie es sein sollte. Aber noch während ich versuche, mir das einzureden, weiß ich bereits, dass es nicht stimmt.

Ich gehe wieder nach drinnen, wo meine Mutter gerade ein Telefonat beendet. Sie strahlt dabei übers ganze Gesicht, so als hätte sie gerade eine Kreuzfahrt gewonnen.

»Was ist los?«

Sie seufzt erleichtert auf, während sie bereits die nächste

Nummer auf dem Handy aufruft. »Ich kann's nicht fassen. Das muss Gary gewesen sein. Das war bestimmt Gary.«

»Was denn? Was hat Gary getan?«

»Das Café«, sagt Mom, als müsste ich das längst kapiert haben. Sie hält sich das Handy ans Ohr und sieht mich an. »Die Schäden sind bezahlt. Es wird nicht einmal mehr Anzeige erstattet. Gary hat gesagt, ich sollte mir keine Sorgen machen, es würde schon alles gut werden. Aber ich hätte nie gedacht, dass er ... Gary?« Sobald Gary antwortet, achtet sie nicht mehr auf mich. Sie lächelt dankbar, wenn auch ein wenig verlegen, so als würde er direkt vor ihr stehen. »Das hättest du nicht tun müssen.«

Ich überlege, was das bedeutet. Momentan können wir jede finanzielle Hilfe gebrauchen. Vielleicht hätte ich nicht so ablehnend gegenüber Gary sein sollen. Offensichtlich scheint ihm wirklich etwas an meiner Mutter zu liegen.

Mit gerunzelter Stirn lauscht sie seiner Antwort. »Du weißt schon, wovon ich rede«, sagt sie. »Von dem Café. Dem abgebrannten Balkon. D-der Schaden ist ... bezahlt.«

Mom schweigt. Was Gary wohl am anderen Ende sagt?

»Äh«, sagt sie und ihr Mund bleibt offen stehen. Es passt gar nicht zu meiner Mutter, ein Füllwort wie »Äh« zu benutzen, das sie unsicher wirken lässt. »Ja, genau. Man hat mich eben angerufen. Der Besitzer wird keine Anzeige erstatten.«

Es folgt ein kurzes Schweigen.

»Ja ... offenbar ist jemand für den Schaden aufgekommen.« Die Röte steigt ihr in die Wangen, und ich merke, dass sie ihre voreiligen Rückschlüsse bereut. Und wie! Sie verdreht die Augen und blickt gen Himmel, während ihr Mund still das Wort *Warum?* formt. »Ich bitte um Verzeihung. Das ist allein meine Schuld.« Sie hält inne, als hätte Gary ihr das Wort abgeschnitten. »Nein, nein, Gary, du bist wirklich so lieb. Du hast schon so viel für mich getan.«

Der Rest des Gesprächs verläuft angespannt, um das Mindeste zu sagen. Sie legt auf und ist kreidebleich, als sie sich zu mir umdreht. Die Arme. Wie peinlich!

»Keine Ahnung«, sage ich als Antwort auf die Frage, die unausgesprochen im Raum steht. »Vielleicht Brians Eltern?«

Etwas Farbe kehrt in Moms Gesicht zurück. »Ja, das kann sein. Warum hab ich daran nur vorhin nicht gedacht?«, sagt sie und hält sich wieder das Handy vors Gesicht. Brians Vater – ein wohlhabender Arzt, der in Georgia sehr viel für das Gemeinwohl getan hat – hat mehr als genug Geld und ist genau der Typ, der so etwas tun würde.

»Hallo, Judy«, sagt meine Mutter, als diese ans Telefon geht. Diesmal tastet sie sich vorsichtig an das Thema der bezahlten Schäden heran. Sie hat das Telefon auf Lautsprecher gestellt, sodass ich mithören kann.

»Ich habe keine Ahnung«, sagt Mom, nachdem Judy uns mitgeteilt hat, dass es ihr ebenso wie uns ein Rätsel ist. Dann berichtet sie von dem peinlichen Telefonat mit Gary und lässt sich von Judy bedauern.

Die Nachricht, dass die Schäden bezahlt sind, lenkt uns so sehr ab, dass wir nicht einmal eine Träne vergießen, als wir unser Haus zum letzten Mal verlassen. Spencer holt noch schnell die restliche Post aus dem Briefkasten und dann fahren wir zu Brittneys Hochzeitsempfang. In Gedanken versunken sitzt Mom am Steuer. Ich surfe mit dem Handy im Internet herum und lande auf Seiten mit Wettervorhersagen und Reiseangeboten, auf denen ich mir das Wetter in Savannah anschaue und mich über Flüge nach Florida informiere, die ich niemals buchen werde.

»Danke.«

Ich drehe mich zu Spencer um, weil ich meine, mich verhört zu haben. »Danke wofür?«

»Dass du so eine gute Schwester bist.«

Es Schock zu nennen, wäre untertrieben. Ich bin unsagbar gerührt von diesen Worten, die ich von Spencer nie erwartet hätte.

»Gern geschehen«, sage ich lächelnd.

Er verzieht den Mund. Seine Gefühle konnte er noch nie besonders gut verbergen. »Fährst du wirklich schon in zwei Wochen?«

Ich nicke traurig. Ich werde ihn vermissen. Jetzt, wo ich weiß, dass auch er mich vermissen wird, vielleicht sogar noch mehr. Spencer nimmt meine Hand und legt etwas hinein. Es versetzt mir einen Stich, als ich eine Batman-Action-Figur dort sehe, die Dad ihm vor Jahren geschenkt hat.

»Die ist für dich«, sagt er.

Dass Spencer sich von etwas so Besonderem trennt, ist ungewöhnlich, und mir wird klar, dass es ein großer Schritt nach vorne für ihn ist. Dieser Sommer hat uns wohl alle beide verändert. Ich nehme Spencers Hand und nicke ihm zu, weil meine Kehle wie zugeschnürt ist und ich kein Wort herausbringe.

Der Empfang im Richmond Country Club ist wunderschön, die Räumlichkeiten sind ebenso elegant und stylish wie die Braut. Rinderlende und italienische Pasta werden auf feinem Porzellan serviert, Brittney und ihr Bräutigam sind überglücklich. Kyle lässt mich die ganze Zeit nicht aus den Augen. Ich bin vermutlich die aufmerksamste Brautjungfer, die es je gegeben hat. Ständig frage ich Brittney, ob ich ihr etwas holen kann, nur damit ich Kyle aus dem Weg gehen kann. Es ist vorbei zwischen uns. Endgültig. Ich kann nicht mehr zu ihm zurück. Nicht, seitdem ich weiß, wie sich wahre Liebe anfühlt.

Gegen Ende des Festes schmerzen meine Füße in den High Heels gewaltig. Brittney tanzt mit ihrem frisch angetrauten Ehemann, glücklich lachend wirbeln sie im Kreis herum. Es erinnert mich daran, wie ich mich mit Austin gefühlt habe. Dennoch ist Austin am letzten Morgen nicht zum Strand gekommen, um mich anzuhören. Und er hat sich seitdem nicht bei mir gemeldet.

Ich spüre eine sanfte Hand auf meinem Rücken, und als ich mich umdrehe, steht Kyle da. Seine dunklen Augen über dem perfekt sitzenden Smoking strahlen, und ich muss an all die Schulbälle denken, zu denen wir gemeinsam gegangen sind.

Er streckt eine Hand aus. »Darf ich um diesen Tanz bitten?«

Ich zwinge mich zu lächeln. Das musste ja kommen. »Natürlich«, sage ich, lege meine Hand in seine und lasse mich von ihm auf die Tanzfläche führen. Kyles Arme halten mich umfangen, und trotz allem bemerke ich, wie vertraut seine Berührung ist.

Wir machen Small Talk, gekünstelt und steif zuerst, doch nach und nach wird unsere Unterhaltung echter und es gelingt ihm sogar, mich zum Lachen zu bringen. Er zieht mich näher an sich, seine Berührung ist erschreckend tröstlich und verlockend.

»Du siehst schön aus«, sagt er und mustert mein Kleid. »Um nicht zu sagen, sexy.«

Ich lächele und unterdrücke ein bitteres Lachen. »Zu wie vielen anderen hast du das im Laufe der letzten drei Jahre gesagt?«, entschlüpft es mir. Damit betrete ich gefährliches Gelände. Hier ist weder der richtige Ort noch der richtige Zeitpunkt für eine solche Diskussion.

Er verdreht die Augen und sagt: »Muss das sein?«

Der hat wirklich Nerven.

»Also, da war Courtney«, sage ich und löse mich von ihm. »Und sie ist nicht die Einzige, stimmt's?«

Ich denke an das, was Austin mir erzählt hat über Kyle in dem Grillrestaurant mit einem anderen Mädchen. Das mit Courtney wusste ich schon; sie war der Hauptgrund für unsere Trennung. Aber nach Austins Aussage musste ich mir endlich eingestehen, was ich schon lange hätte wissen sollen: Kyle ist ein Lügner.

Kyle hat mich mehr als einmal angelogen, nicht nur bei der Geschichte mit Turbo, und ich weiß, dass er von Zeit zu Zeit ganz locker seine Eltern und Lehrer, ja sogar seine Freunde angelogen hat. Daran wird sich bis heute nichts geändert haben. Eine Lüge zieht weitere Lügen nach sich, sie werden mit der Zeit größer und größer.

Was aber vor allem zählt: Ich liebe einen anderen.

»Lass es, okay?«, sagt Kyle. Er nimmt meine Hand, als wollte er mich wieder an sich ziehen, um den Tanz zu beenden. Und dabei bemerkt er es.

Er hält inne, dreht meine Hand um. Kalt wandert sein Blick von meinen Fingern nach oben, bis er mir in die Augen sieht. »Wo ist er?«

Zuerst sage ich gar nichts.

»Wo ist der Ring, Sienna?«, fragt er.

Ich schaue auf den hellen Schatten, den der Ring in diesem Sommer auf meiner gebräunten Haut hinterlassen hat. Als ich ihn vor ein paar Tagen abgenommen habe, hatte ich damit gerechnet, etwas dabei zu empfinden. Bedauern, Verwirrung, vielleicht sogar Befreiung. Aber ich habe gar nichts gefühlt.

Es wäre einfacher gewesen, den Ring zusammen mit einem

Brief in einen Umschlag zu stecken. So hatte ich es ursprünglich vor. Die Worte zu Papier zu bringen, ist das eine, sie jemandem direkt ins Gesicht zu sagen, das andere. Jetzt muss ich zugeben, dass die Idee mit dem Brief feige war. Ich mag in dem Augenblick, als ich Kyles Ring abgelegt habe, nichts empfunden haben, aber jetzt … jetzt schon. Ich merke, dass dies der richtige Weg ist.

Ich hole tief Luft, weil ich noch immer niemandem wehtun möchte, geschweige denn einem Freund. »Du bekommst ihn zurück.«

»Ich will ihn nicht haben«, sagt er. »Zieh ihn wieder an.«

»Nein, Kyle«, sage ich ruhig und bestimmt.

Auf seinem Gesicht steht der Schock geschrieben. »Was? Das soll es jetzt gewesen sein? Nur damit du mit diesem Austin zusammen sein kannst?«

Ich versuche, mir nicht anmerken zu lassen, wie weh es mir tut, Austins Namen zu hören, aber ich weiß schon, dass es mir ganz und gar nicht gelingt. Musste ich Austin erst verlieren, um zu merken, was ich an ihm hatte? Austin hat mir mein Lachen, meine Hoffnung und meinen Lebensmut wiedergegeben. Doch dieser Gedanke macht alles nur noch schlimmer. Tatsache ist: Austin gehört mir nicht, so traurig es ist. Eines Tages wird sich sein Herz für jemand anderes öffnen und er wird sich erneut verlieben.

Kyle mustert mich. »Oh, ich verstehe. Du hast Austin den Laufpass gegeben, ja? Irgendwie hast du's verbockt und er nimmt dich nicht wieder zurück und jetzt hast du gar nichts mehr. So ist es doch, oder?« Er grinst hämisch. »Und weißt du, woher ich das weiß, Sienna? Weil du es mit mir oft genug ebenso gemacht hast. Und falls du glaubst, dass ich es jetzt endlich satt habe, dann hast du verdammt recht!«

Jedes Wort aus seinem Mund trifft mich wie ein harter Schlag ins Gesicht. Wut steigt in mir auf, und plötzlich kann ich es kaum glauben, dass ich es so lange mit Kyle ausgehalten habe – einem Typ, der versucht hat, einen Hund umzubringen, um sich zu rächen. Wer, bitte, tut so etwas?

Doch im Handumdrehen wird Kyles Miene wieder ganz sanft und er legt mir eine Hand ans Gesicht. *Er* ist Two-Face, das Doppelgesicht, nicht etwa Austin.

»Baby«, säuselt Kyle. Austins Kosename für mich klingt falsch aus seinem Mund. »Es tut mir leid. Ich möchte doch nur, dass alles zwischen uns wieder gut wird und wir die nächsten vier Jahre am College gemeinsam verbringen.«

Ich lache kurz auf. Ja, wir sind wie Magnete, Kyle und ich. Aber jetzt ziehen wir uns nicht mehr gegenseitig an, sondern stoßen uns ab.

»Kyle«, sage ich und nehme all meinen Mut zusammen. »Es tut mir leid, aber die letzten drei Jahre mit dir haben zu einem Desaster geführt. Die nächsten vier wären ein klarer Fehler.«

Ich drehe mich um und gehe davon. Diesmal habe ich mich wirklich von ihm verabschiedet, was ich schon vor langer Zeit hätte tun sollen.

Ich gehe nach draußen, wo ich auf Spencer stoße, der auf einer Bank sitzt und mit seinem Nintendo DS spielt.

Ich wuschele ihm durch die Haare und fühle mich plötzlich ganz anders. Frei. »Hey, Kleiner. Wie wär's, wenn wir hier 'nen Abflug machen und uns irgendwo ein Eis holen?«

»Musst du nicht noch irgendwelche Blumen auffangen oder so'n Quatsch?«, fragt er.

»Wer hat schon Lust, rumzustehen und sich um einen Blumenstrauß zu kloppen?«, erwidere ich, was ihn offensichtlich überrascht. »Was meinst du?«

»Klar!« Er springt auf und wir gehen zusammen zum Auto. Beim Einsteigen zieht Spencer etwas aus der Jackentasche. »Das hier willst du bestimmt lesen.«

Er reicht mir einen wattierten Umschlag, der an mich adressiert ist. Ich erkenne die kleine, etwas unordentliche Handschrift. Mein Mund wird trocken und mein Herz setzt einen Schlag aus.

»Spencer! Du hast das doch nicht etwa gelesen?«

»Nein, aber kann ich die Münze haben?«

»Was für eine Münze?«, frage ich, als etwas aus dem offenen Umschlag rollt und auf meinem Schoß landet. Ein Silberdollar. Ich kann den Brief gar nicht schnell genug herausziehen. Mit angehaltenem Atem lese ich:

Liebe Sienna,
ob du wohl errätst, wo ich gerade bin? Auf der River Street. Ich sitze auf einer Bank und denke an einen Abend, der leider schon allzu lange her ist, an dem ich ein Mädchen aufgefangen habe, als sie ohnmächtig wurde. Habe ich dir je gesagt, dass ich, schon damals, als ich dich im Arm hielt, dachte, wie unglaublich schön du bist? Du hast mir erzählt, du wärst auf die River Street gegangen, um nach einem Silberdollar zu suchen, und du hättest einen gefunden. Ich habe dir nie gesagt, was ich gefunden habe.
Ich bin zum Pier gefahren, um dich noch vor deiner Abreise zu erwischen, aber ihr wart bereits fort. Ich bin am Strand entlanggelaufen, wo wir so viel Zeit miteinander verbracht haben im Sonnenschein. Ich erinnerte mich an den Tag, als wir unter dem Pier Schutz vor dem Gewitter gesucht haben. Warum habe

ich dir wie gesagt, was ich bei unserem ersten Kuss gedacht habe? Dass ich hoffte, das mit uns wäre etwas Endgültiges? Es gibt so vieles, was ich dir hätte sagen sollen.
Du hast mich verändert, und zwar zum Guten. Erst dadurch, dass du in mein Leben tratst, merkte ich, dass mir etwas gefehlt hatte.
Ich habe meinen Dad gefunden. Ich bin deinem Rat gefolgt und zu der Adresse gefahren, die du mir gegeben hast. Ich würde gern stur behaupten wollen, dass das mein Leben nicht vollkommen umgekrempelt und zum Guten verändert hat, doch das wäre gelogen. Mein Dad ist ein besserer Mensch geworden, besser als ich es je erwartet hätte. Und ich habe sogar schon das eine oder andere von ihm gelernt. Dafür danke ich dir.
Ich habe dir für so vieles zu danken.
Weißt du noch, wie wir die Sterne über dem Savannah River angeschaut haben? Ich habe auf die Venus gezeigt und gesagt, das wäre der Nordstern, und du hast gelacht. Aber genau das habe ich an jenem Abend auf der River Street gefunden: dich. Meinen Nordstern. Und dadurch habe ich den richtigen Weg wiedergefunden. Du hast mich so vieles gelehrt: zu vertrauen, zu verzeihen.
Ich kann nur hoffen, dass du auch mir eines Tages verzeihen wirst.
Ich verspreche dir eins. Ich werde dich nie wieder vergeblich warten lassen. Ich würde ewig an diesem Strand stehen bleiben, wenn ich wüsste, dass du zurückkommst.
Bis zum nächsten Mal,
Austin

Wie einen Hauptgewinn im Lotto halte ich den Brief in der Hand. *Bis zum nächsten Mal* … Das ist zu schön, um wahr zu sein.

»Kann ich jetzt die Münze haben?«

»Nein, Spencer!«, lache ich überglücklich.

Das Handy brummt in meiner Handtasche. Ich reiße es heraus und bin fast enttäuscht, als ich die Anrufer-ID sehe. Hatte ich im Ernst erwartet, dass Austin mich in genau diesem Augenblick anrufen würde?

»Hallo, Brian«, sage ich. Bestimmt ist die Geschichte von dem peinlichen Anruf meiner Mutter bei Gary inzwischen auch zu ihm durchgedrungen. Wenn Gary nicht für den Schaden bezahlt hat und auch Brians Eltern nicht, wer war es dann? Ich bezweifle, dass Jesse uns einfach nur verziehen hat.

»Sienna«, sagt Brian mehrfach, während ich in Gedanken ganz woanders bin.

»Ja? Sorry. Was ist los, Brian? Bist du unterwegs zu einer Party?«, frage ich, weil ich ihm möglichst schnell viel Spaß wünschen und anschließend Austin anrufen will.

Es folgt eine gewichtige Pause, bevor er antwortet. »Nicht wirklich.«

Ich höre es an seiner Stimme, erahne es an dem schwer lastenden Schweigen. »Was ist passiert, Brian?«

»Etwas Schlimmes, Sienna. Wir hatten unsere Nummern ausgetauscht, und ich wollte ihn anrufen, um ihn etwas wegen einer Sportwette zu fragen«, sagt Brian zögernd und ich kapiere gar nichts. »Aber dann ist stattdessen sein Onkel drangegangen. Es ist echt übel.«

»Wen hast du angerufen, Brian? Was ist passiert?«

Er schweigt und holt tief Luft. Wieder Stille – eine Stille, die einem den Sauerstoff aus den Lungen saugt und den Herzschlag einfrieren lässt.

»Es ist Austin«, sagt er mitfühlend. »Er hatte keinen Helm auf.«

Es geschieht, bevor ich irgendetwas dagegen unternehmen kann: der kalte Hauch, der mich anweht, die hämmernden Palpitationen in meiner Brust. Das Handy rutscht zu Boden. *Keinen Helm.*

»Sienna?«, höre ich Spencer rufen. Er klingt besorgt, doch er verschwimmt ebenso vor meinen Augen wie das Armaturenbrett. Blind taste ich nach meinem Handy. Dieser Anfall kommt viel zu schnell. Ich kann nichts dagegen tun, es nicht einmal versuchen. Das helle Licht blendet mich und ich warte eine gefühlte Ewigkeit darauf, ihn endlich zu sehen.

Schließlich erkenne ich den Strand und das Meer und dann ihn. Seine blauen Augen sehen mich an, seine Lippen öffnen sich zu einem perfekten Lächeln. Ob ich ihn wohl nur noch so sehen werde? *Bis zum nächsten Mal.* Es wird immer ein nächstes Mal geben, aber vielleicht nur für mich.

Der Regen strömt vom Himmel. Wir rennen zusammen zum Pier. Er zieht mich in seine Arme. Seine Berührung ist warm und sie zerreißt mir das Herz. Ich bin froh, dass der Regen die Tränen verbirgt, die mir über die Wangen strömen, während sich seine Lippen auf meine senken zu dem ersten Kuss, der mir jemals etwas bedeutet hat.

Und da bleibt mir vor Schreck das Herz stehen, als mir bewusst wird, dass ich es ihm nie gesagt habe. Ich habe nie diese drei Worte erwidert. Ich habe Austin nie gesagt, dass ich ihn liebe.

45

Sienna

Vierundzwanzig Stunden später gehe ich gemeinsam mit meiner Mutter durch die Gänge im Krankenhaus und habe das Gefühl, das alles schon mal mitgemacht zu haben. Ich vermeide es, mein Spiegelbild in einer Fensterscheibe zu betrachten. Diesen Fehler habe ich am Flughafen gemacht: trockene, verquollene, gerötete Augen. Abgekaute Nägel. Wilde Strähnen, steif von Haarspray, hängen aus der Hochsteckfrisur, die man mir gestern zusammen mit Brittney beim Friseur verpasst hat. Das alles scheint eine Ewigkeit her zu sein: die Hochzeit. Dass ich mit Kyle Schluss gemacht habe. Austins Brief und Brians Anruf.

Der Aufzug steigt in die Höhe, und ich fühle mich, als wäre ich in einem abgrundtiefen Brunnen gefangen. Als sich endlich die Türen öffnen, strömt mit dem Licht auch der Geruch herein. Ein Geruch, der mir die Erinnerung an den Tod meines Vaters schmerzlich ins Gedächtnis ruft. Eine übelkeiterregende Mischung aus Gummihandschuhen und Desinfektionsmittel. Es riecht nach Krankheit und Trauer. Es riecht nach Tod. Aber er lebt. Er lebt! Diese Worte habe ich mir in den letzten fünfzehn schlaflosen Stunden immer und immer wieder vorgesagt. Dennoch fürchte ich mich davor, ihn in diesem Krankenhausbett zu sehen, lebend, aber regungslos. Ich bin froh, dass mein Dad sofort tot war und nicht noch lange so daliegen musste, während das Leben langsam aus seinem Körper wich. Ich erinnere mich daran, wie Austin mir von seinen beiden Gehirnerschütterungen erzählt hat. Ich schlinge die Arme um mich und versuche, nicht an meinen Kommentar dazu zu denken. Etwas wie: Beim dritten Treffer ist es aus. Das ist ebenso furchtbar wie seine Vermutung, er würde wohl nicht lange leben. Ich bete, dass er damit unrecht hatte, während ich mich seinem Zimmer nähere.

Vor dem Zimmer wartet Brian auf meine Mutter und mich. Dazu noch jede Menge andere Leute: Tante Debbie und Onkel Mark, Leo und Reggie und ein Typ, den ich als einen Kellner aus dem Aqua Star wiedererkenne, und sogar Jesse. Es hätte mich nicht gewundert, auch noch den Saxofonspieler von der River Street, die Hippies Milo, Tolby und Freedom, Mr Saunders oder selbst die Eisverkäuferin von *River Street Sweets* hier zu sehen.

Mom stellt sich neben Brian, die Hände fest ineinander verschlungen. Als sich ihr Blick mit dem von Jesse kreuzt, lächelt sie verlegen. Sie hat kein Wort gesagt, seit Brian uns erzählt hat, dass Austin für die von Spencer verursachten Schäden gezahlt hat. Deswegen ist sie hier, und ich merke, wie leid es ihr tut, dass sie sich Austin gegenüber so ablehnend verhalten hat.

Während der vergangenen fünfzehn Stunden hat sich mein Verhältnis zu meiner Mutter verändert, und zwar zum Guten. Nach über einem Jahr fängt diese unsichtbare Schranke zwischen uns endlich an, zu verschwinden. Wer hätte gedacht, dass ausgerechnet Austin das bewirken könnte?

Einige sehen mich an, während andere starr zu Boden blicken, aber alle treten beiseite. Die Tür steht offen, so als hätte man auf mich gewartet. Plötzlich habe ich Angst, durch diese Tür zu gehen, fürchte mich vor dem Zustand, in dem ich ihn vorfinden werde.

Der Gips an seinem Arm ist das Erste, was ich bemerke, als ich über die Schwelle trete, dann die Bandagen um sein Kinn, die Schnitte und Blutergüsse in seinem Gesicht. Er ist fast überall schwarz und blau und ich muss erst einmal tief Luft holen.

Austins Mom steht neben ihm und ich habe Sorge, ihr etwas von der Zeit mit ihrem Sohn zu stehlen.

»Ich wollte mir gerade einen Happen zu essen holen in der Cafeteria«, sagt sie zu meiner Überraschung und knetet an einem Papiertaschentuch herum. »Ich hab den ganzen Tag noch nichts gegessen.«

Ob das der Wahrheit entspricht oder nicht, weiß ich nicht. Jedenfalls geht sie nach draußen und lässt mich mit ihrem Sohn allein.

Ich setze mich neben Austins Bett und schlage mir instinktiv die Hand vor den Mund, als ich die Stiche bemerke, die über seine Stirn bis zu seinem linken Ohr hinab verlaufen. Ich weiß nicht, was ich erwartet habe, aber das hier jedenfalls nicht. Das hier erscheint irgendwie unwirklich. Ich schaue den Jungen an, dem ich zuerst auf der River Street begegnet bin und der so stark und vollkommen und beinahe unbesiegbar wirkte. Ich wünschte, er wäre es. Doch sobald ich seine geschwollene Hand berühre, zerrt die Realität an mir wie ein rostiger Anker, der an meinem Herzen hängt.

Austins Haare sind länger als zuvor, als hätte er sie seit meiner Abreise nicht mehr schneiden lassen. In dunklen Wellen fallen sie ihm in die Stirn und lassen ihn irgendwie jünger und verletzlicher erscheinen, wie einen kleinen Jungen. Ich sehe seine geschlossenen Augen an, blau und schwarz umrandet von den Blutergüssen, die Kratzer und tiefen Schnitte, die seine gebräunte Haut zeichnen. Er ist noch immer vollkommen. Für mich wird er das immer sein.

»Austin?« Wie schrecklich, dass ich seinen Namen wie eine Frage ausspreche, so als würde er nie mehr darauf antworten. Multiple Schädelfrakturen, ein gebrochener Arm und eine Gehirnerschütterung, die ihn ins Koma versetzt hat.

»Ich hab deinen Brief bekommen.« Die glatten Wände in diesem Raum lassen meine Stimme widerhallen. So mit ihm zu reden, fühlt sich seltsam an, wie eine einseitige Unterhaltung, aber nichts zu sagen, wäre noch viel schlimmer. Ich werfe einen Blick zur Tür, um sicherzugehen, dass wir allein sind. Dann fahre ich mit gedämpfter Stimme fort: »Du hast gefragt, ob ich mich an den Abend erinnere, an dem wir die Sterne über dem Fluss angeschaut haben. An dem Tag hast du mich durch Savannah geführt, als wärst du mein persönlicher Reiseführer. Wir haben in dem Piraten-Restaurant gegessen und Jack Sparrow hat das erste Bild von uns gemacht. Unser einziges Bild bisher. Als wir die Sterne angeschaut haben, hast du zum ersten Mal meine Hand gehalten. Ich war an dem Tag so glücklich wie schon seit sehr langer Zeit nicht mehr. Und als ich dann später das Bild von uns beiden auf meinem Handy angeschaut habe, war mir klar, dass ich mich Hals über Kopf in dich verliebt hatte.«

Sanft schiebe ich meine Hand in seine, wobei ich darauf achte, nicht die Infusionsnadel zu berühren, die auf seine Haut geklebt ist. »Aber ich muss dich etwas fragen.«

Ich halte inne, auch wenn ich mich dagegen wehre, dass ich unterbewusst auf eine Reaktion von ihm warte. Ich fülle die

Stille mit meinen Worten. »Weißt du noch, was du gesagt hast, als du mich nach Hause gebracht hast? Nachdem du mich gefragt hast, ob ich noch mit anderen ausgehen würde, und ich Ja gesagt habe? Du meintest: ›Viel Glück bei der Suche nach einem Abend, an dem ich nicht da sein werde.‹«

Eine Träne kullert meine Wange hinunter. »Also, ich rechne noch immer fest damit, dass du da sein wirst.«

Sein regloser Körper verschwimmt hinter einer Wand von Tränen. Ich dränge sie zurück. »Wenn ich gewusst hätte, dass du doch am Strand auf mich wartest, dann wäre ich nie aus Georgia weggefahren. Wenn ich die Zeit jetzt zurückdrehen könnte, würde ich dir sagen, was ich schon lange hätte sagen sollen.«

Ich schiebe ihm eine Strähne aus der Stirn und spreche es aus. »Ich liebe dich, Austin, und daran wird nichts etwas ändern. Hörst du? Nicht, dass wir in verschiedenen Bundesstaaten aufs College gehen, und auch nicht die unterschiedlichen Verhältnisse, aus denen wir kommen. Nichts kann an meinen Gefühlen für dich etwas ändern. Ich liebe dich. Für immer.«

Erschöpft lehne ich mich an sein Bett. Ich lege den Kopf neben ihn, hebe seine freie Hand an meine Wange und wünschte, er würde mir wie so oft mit den Fingern durch die Haare fahren. Ich wünschte, er würde die Berührung erwidern.

Und genau das tut er. Seine Hand gleitet sanft über mein Gesicht, seine Finger fahren durch mein Haar wie eine schmerzstillende Arznei. Ich merke erst gar nicht, dass ich eingeschlafen bin, bis ich fast eine Stunde später aufwache. Austin liegt da wie zuvor, regungslos und schwer verletzt. Es war ein Traum, dass er mich berührt hat. Nur ein Traum.

Jetzt steht eine Krankenschwester an seinem Bett und kontrolliert Austins Werte. Sie sieht mich an und geht dann zur Tür.

Enttäuschung macht sich breit, wo ich zuvor einen Hoffnungsschimmer sehen wollte. Was hatte ich denn erwartet? Etwa, dass meine Stimme Austin aufwecken würde? Ich küsse meinen Finger und berühre damit sanft seine Wange.

»Ich liebe dich«, sage ich und hoffe, dass wenigstens diese drei Worte in Austins Unterbewusstsein dringen, selbst wenn ich sie nie wieder von ihm hören sollte.

Doch dann bewegt er sich.

Oder habe ich mich getäuscht?

Wie erstarrt sehe ich Austin an und frage mich, ob ich mir das Flattern seiner Augenlider nur eingebildet habe. »Schwester!«, rufe ich sie zurück. »Schwester!«

Wieder bewegen sich Austins Augenlider. Diesmal unverkennbar.

Mein Herz macht einen Satz. Die Schwester eilt herbei und beugt sich über Austins Bett. »Kannst du die Augen aufmachen, Austin?«

Seine Hand bewegt sich, als würde er nach etwas suchen.

Die Schwester fährt fort: »Weißt du, wie du heißt?«

Austin murmelt etwas Unverständliches und die Schwester entfernt einen Schlauch aus seinem Mund.

»W-wo …?«

»Du bist im Krankenhaus«, erklärt sie ihm. »Alles wird gut.«

Da schlägt Austin die Augen auf. Sein Blick ruht direkt auf mir. »Du«, sagt er und ringt um Atem. Mein Herz hört auf zu schlagen. »… hast vergessen …«, fährt er bruchstückhaft fort. »… es zu sagen.«

»Was denn zu sagen?«, fragt die Schwester.

»Bis zum nächsten Mal.«

Eine Welle der Erleichterung durchläuft mich von den Zehen bis zu meinen Lippen, wo sie in einem Lächeln endet. Er ist da. Er lebt. Er ist wach! Und er gehört zu mir. Dieses Gefühl will ich in den kommenden Jahren noch hundertmal erleben. Vielleicht kann ich das.

Ich schiebe meine Hand in seine, weil mir klar wird, dass er genau danach gesucht hat. »Hallo, Austin.«

»W-was ist passiert?«, nuschelt er, während ihm die Augen wieder zufallen.

Ich will unbedingt glauben, dass das hier nicht nur ein Traum ist. »Du hattest einen Unfall.«

Die Schwester nickt mir aufmunternd zu und eilt nach draußen, vermutlich um weitere Hilfe zu holen.

Austin lächelt schwach. »Du«, krächzt er mit großer Mühe hervor, »bist so schön.«

Als würde mir jemand einen Spiegel vorhalten, werden mir plötzlich meine geröteten Augen und die wirre Frisur bewusst. Ich sehe mal wieder aus wie ein Gnu, aber das Gute ist, dass es weder mir noch Austin etwas ausmacht. Ehrlich gesagt, hat er selbst auch schon mal besser ausgesehen. »Danke.«

Sein Mund verzieht sich zu einer Art Lächeln, das rasch wieder von seinen geschwollenen, erschöpften Lippen verschwindet.

»Du bist zurückgekommen«, flüstere ich.

Er schlägt die Augen auf und runzelt die Stirn. »W-wundert dich das?«

Ich zucke die Schultern, und meine Unterlippe verzieht sich unwillkürlich zu einer Grimasse, während ich ihn betrachte.

Er grinst. »Sehe ich so schlimm aus?«

»Nein, nein«, lüge ich und bemühe mich, überzeugend zu klingen. Ich halte seine Hand und gehe in Gedanken jeden

Augenblick durch, den ich mit Austin erlebt habe, seit der Nacht, in der wir uns zum ersten Mal begegnet sind. Und ich denke an die Worte meines Dads, als ich vor so vielen Jahren auf der River Street den Silberdollar gefunden hatte.

»Ich liebe dich«, sage ich und achte dabei darauf, dass Austin mich diesmal auch wirklich hört.

Ein glückliches Lächeln umspielt seine Lippen, während er meine Hand drückt. Und ein Blick in seine blauen Augen sagt mir alles, was ich wissen muss.

Auf der River Street ist alles möglich, waren die Worte meines Dads. Und damit hatte er wie immer recht.

Epilog

Sienna

Vier Monate später

»Alles okay mit dir?«

Ich presse die Lippen zusammen und lächle. Ich konzentriere mich ganz darauf, die Stimme meines Vaters in meiner Erinnerung einzuschließen und sie für immer dortzubehalten.

»Sienna«, sagt er und ich blicke endlich auf. Seine dunkelbraunen Augen sehen mich an, ein amüsiertes kleines Lächeln spielt um seine Mundwinkel. Apfelbäume und ein bewölkter Himmel rahmen die Umrisse seiner Gestalt ein. Aber etwas ist diesmal anders. Etwas, das ich nicht ganz festmachen kann.

»Alles okay mit dir?«, fragt er noch einmal.

»Ja«, antworte ich. »Alles bestens sogar.«

»Bestens?«, sagt er. »Wie das?«

»Nun, also zum einen, weil du hier bist«, sage ich und bemerke zum ersten Mal, dass alles um mich herum unscharf erscheint. Der Himmel verschwimmt mit den dunklen Haaren meines Vaters. »Am College ist es besser, als ich dachte. Viel Arbeit, aber gut. Und ob du's glaubst oder nicht: Mom hat einen Job bei der Wohnzeitschrift bekommen, die sie immer gelesen hat und in der mal ein Artikel über *Viva Bella* war. Sie verdient ziemlich gut. Spencer hasst seinen neuen Lehrer, aber seine Betreuerin ist toll. Ich glaube, er ist sogar ein bisschen in sie verknallt. Und Austin …«

Ich halte inne, weil eine verwirrende Erkenntnis meinen Gedankengang durchbricht.

»Ich weiß«, sagt Dad und nickt, so als wäre ihm das alles seit Langem bekannt, obwohl ich Austin noch nie erwähnt habe. Nicht ein einziges Mal. Wie hätte ich das gekonnt? Jedes Mal, wenn ich irgendetwas zu sagen versuchte, was sich auf die Vergangenheit auswirken würde, bin ich aufgewacht.

Ich blicke meinem Vater in die Augen. Irgendetwas stimmt nicht. Panik steigt in mir auf und löst einen Alarm aus, der alle meine Sinne aktiviert. Sehr bewusst nehme ich die Hand meines Vaters wahr, die langsam nach meiner Schaufel greift, wobei seine Finger die meinen fast berühren.

Er lächelt. »Du kannst jetzt loslassen.«

Mein Herz schlägt empört Purzelbäume in meiner Brust.

»Aber, Dad«, sage ich und klammere mich mit aller Kraft an die Schaufel, damit er sie mir nicht wegnehmen kann. »Der Pakt. Was ist mit unserem Pakt? Wir haben uns doch versprochen, dass wir uns an diesen Augenblick erinnern.«

Dad lächelt wieder, doch diesmal erreicht das Lächeln auch seine Augen und alles um ihn herum, einschließlich mir. Ich versuchte mir dieses Bild ganz fest einzuprägen und schließe es tief in meinem Herzen ein, damit ich es nie vergesse.

»Lass uns einen neuen Pakt schließen«, sagt er, und seine Stimme hallt fast wie ein Echo. Sein Blick ruht mit einer gewissen Zufriedenheit, ja sogar Stolz auf mir.

Ich schaue nach unten auf unsere Hände, die sich wie beim

Tauziehen um meine Schaufel klammern, und da begreife ich. Es geht hier um viel mehr als nur darum, diese Schaufel loszulassen. Und ich weiß nicht so recht, wie es mir dabei geht. Nach und nach lösen sich Verwirrung, Trauer und sogar Wut und legen etwas in meinem Inneren frei.

Es ist Zeit.

Ein letztes Mal richte ich den Blick auf meinen Dad.

»Okay«, sage ich mit einem kleinen Schluchzen in der Kehle und lasse unausgesprochene Worte zwischen unseren Augen hin- und herwandern, die mehr sagen, als wir je artikulieren könnten.

Und dann lasse ich endlich los.

»Willkommen in Atlanta, Georgia.« Eine unbekannte Stimme, die aus Lautsprechern um mich herum ertönt, rüttelt mich auf. »Die Ortszeit ist 16.55 Uhr. Die Temperatur beträgt momentan 13 Grad. Ein angenehmer Dezemberabend. Bitte bleiben Sie angeschnallt, bis die …«

Ich setzte mich kerzengerade hin und lächele meinem Sitznachbarn, der mitbekommen hat, wie ich so plötzlich aufgewacht bin, verlegen zu. Noch etwas schlaftrunken begibt sich mein Körper langsam in Habachtstellung, während ich meine Tasche aus der Gepäckablage über mir nehme und die leere Dose meiner allerersten Dr Pepper Cola wegwerfe. Gar nicht so schlecht eigentlich.

Erst als ich aus dem Flugzeug steige, erinnere ich mich an den Traum, den ich während des Fluges hatte. Ich ziehe das Revers meiner Jacke zusammen gegen die kühle Luft im Flughafen. Es war nur ein Traum. Ich bin nicht ohnmächtig geworden. Ich bin nirgendwohin zurückgekehrt. Nur ein Traum. Und dann steigt ein überwältigendes, unglaubliches Gefühl in mir auf, das mich beinahe schockiert. Ich trete aus der mobilen Gangway und blicke auf, als wäre es der erste Schritt, den ich jemals gemacht hätte.

Austin steht am anderen Ende der Halle, direkt hinter der Sicherheitskontrolle, und das breite Grinsen auf seinem Gesicht zeigt mir, dass er mich schon länger beobachtet, lange bevor ich ihn bemerkt habe. Die eine Hand steckt in seiner Hosentasche, in der anderen hält er eine Palmblatt-Rose, die derart verwelkt aussieht, dass ich fast glaube, er hat sie selbst gemacht.

Der Geruch von Fast Food und die ganze Geschäftigkeit des Flughafens verschwinden im Nichts, als sich unsere Blicke treffen. Er steht fest auf beiden Beinen, ein Wunder für mich, die ihn zuletzt mit gebrochenen Knochen und übersät mit blauen Flecken in einem Krankenhausbett gesehen hat.

Morgen ist ein Meisterschaftsspiel, die *Gators* gegen die *Georgia Bulldogs*, und es ist Austins zweites Spiel nach einem bemerkenswerten Comeback. Ich habe während meiner ersten vier Monate am College viel gejobbt, um für diesen Augenblick zu sparen.

Strahlend gehe ich auf ihn zu. So vieles ist noch unsicher: ob Austin morgen wirklich spielen darf oder was der Rest seiner Football-Saison am College mit sich bringen wird, zum Beispiel. Aber eines ist ganz, ganz sicher.

Austin breitet die Arme aus und strahlt übers ganze Gesicht.

Ich werfe alle guten Manieren über Bord und fange an zu rennen, bahne mir meinen Weg durch die Menge, bis ich die Grübchen erkennen kann, die sein Lächeln umrahmen. Seine blauen Augen ziehen mich magisch an und steigern die Vorfreude, bis ich mich in seine Arme werfe.

Austin hält mich fest und schwingt mich im Kreis. Sein

erdiger Geruch mit einem Hauch von Aftershave bringt so viele Erinnerungen zutage. Wir lösen uns voneinander und ich blicke zu ihm auf, zu seinen dunklen Haaren, dem markanten Kinn und dem Lächeln, in das ich mich vom ersten Augenblick an verliebt hatte. Sein Gesicht ist von einer Narbe gezeichnet, eine Linie, die von der Außenkante seiner Augenbraue bis zu seinem Kinn verläuft und mich an den Unfall erinnert und an die tröstliche Tatsache, dass er hier ist.

Der Pakt. Ich denke an die Botschaft, die mein Dad mir bei unserem letzten Abschied durch seinen Blick mitgeteilt hat.

Austins Lippen berühren meine – ein perfekter Augenblick, zu dem ich nie zurückkehren werde. Doch das ist ja gerade das Besondere an allen Augenblicken: Jeder einzelne will gelebt und dabei wirklich *er*lebt werden, denn schließlich kann es ihn nur ein einziges Mal geben.

Ich nehme Austins Hand und gemeinsam tun wir den ersten Schritt in unser gemeinsames Für-Immer, und von nun an gibt es keinen Grund mehr, zu Vergangenem zurückzukehren.

Danksagung

Zunächst gebührt mein aufrichtiger Dank Alicia Condon, meiner unglaublichen Lektorin, weil ihr »Zwischen uns nur der Himmel« so gut gefiel, dass sie es veröffentlichen wollte. Vielen Dank auch an Elizabeth May, Ellen Chan und allen bei Kensington Publishing für die tolle Unterstützung. Ihr wart einfach alle wunderbar!

Besonderer Dank gilt Kelly Nelson, einer außergewöhnlichen Autorin, Schreibfreundin und Gefährtin. Mit einer Freundin wie dir an meiner Seite war diese Reise noch abenteuerlicher und unvergesslicher.

Unermesslichen Dank an Kay Lynn Mangum für endlose Ermutigungen, Komplimente und wertvolle Kritik. Danke, dass du an diese Geschichte geglaubt hast! Deine Werke inspirieren mich und ich schätze deine Freundschaft.

Dank auch an Jennette Green, die talentierte Autorin und Freundin, für Kritik, Rat und Lob. An Britney Gulbrandsen für ihre Rückmeldung zu meinem Buch und ihre Ermutigung zum rechten Zeitpunkt. Mein Dank gilt ebenso Tracy Anderson, Fotografin, Schwester und eine meiner frühen Leserinnen.

Ebenso den vielen anderen Freunden und Familienmitgliedern, die mein Buch gelesen und mir Feedback gegeben haben: Cami, Kristyn, Julie, Jenna, Kelli, Sandra, Cari und viele mehr – ich danke euch!

Ich danke meiner ANWA-Schreibgruppe und der Online-Literaturkritik-Gruppe – danke für eure Freundschaft und dass ihr mitgeholfen habt, meinen Text zum Leuchten zu bringen.

Dank an die vielen Blogger, die mich unterstützt und mitgeholfen haben, diesen Roman zu verbreiten.

Keinesfalls darf ich Kristin B. Cherrington, meine liebe Mutter, vergessen, die diesen Roman so gerne gelesen hat. Nie hat es mich so glücklich gemacht, dich zum Weinen zu bringen.

Dank an Dave und Kerri Johnston, wunderbare Schwiegereltern, die einen wunderbaren Sohn großgezogen haben.

Vielen Dank an Dr. Jason Samuelian, der viele medizinische Fragen beantwortet hat. Und ebenso an Jessica Jackson für ihre Freundschaft und ihre Hilfe bei anderen medizinischen Details.

Ich danke meinen beiden Kleinen: Tally und Savannah, die einen Großteil meines Schreibprozesses mitgemacht haben. Hoffentlich werdet ihr das hier eines Tages lesen und euch vielleicht sogar daran erfreuen.

Ich danke dem Schöpfer aller Dinge für mein Leben und die Möglichkeit, meine Träume zu verfolgen.

Für meinen Dad und die Augenblicke, die wir gemeinsam in unserem Garten verbracht haben und die einen wesentlichen Teil dieses Romans inspiriert haben. Du fehlst mir!

Und vor allem für K. C. Johnston, der neben mir am Strand in Georgia saß, als die ersten Ideen für dieses Buch Gestalt annahmen, und der den gesamten Roman inspiriert hatte. Wir wissen beide, dass ich dieses Projekt ohne deine Unterstützung schon lange aufgegeben hätte. Danke, dass du mir das Gefühl gibst, ich könnte alles schaffen. Wenn ich zu irgendwelchen Augenblicken im Leben zurückkehren könnte, so wären es Augenblicke, die ich mit dir gemeinsam erlebt habe.